Hans Hellmut

KIRST

Aufruhr in einer kleinen Stadt

Roman

GOLDMANN VERLAG

Ungekürzte Ausgabe

Made in Germany · 1. Auflage · 8/86

Umschlagentwurf: Design Team München
Foto der vorderen Umschlagseite: Michael Englet /
Gruner + Jahr Fotoservice, Hamburg
Druck: Elsnerdruck, Berlin
Verlagsnummer: 8487
MV · Herstellung: Sebastian Strohmaier
ISBN 3-442-08487-3

Der Mann, der in die grelle Sommersonne blinzelte, hieß Mutsch. Ein schwerer Mantel hing über seinem linken Arm und berührte den Kiesboden. Einen Koffer hatte er neben sich gestellt.

Der Zug, der ihn nach Wahlheim an der Panse gebracht hatte, pfiff gellend, fuhr aber noch nicht ab. Es war, als warte er geduldig auf den Mann, der Mutsch hieß, und der zu überlegen schien, ob er die Sperre des Bahnhofes Wahlheim durchschreiten sollte, oder ob es besser sei, diese Stadt nicht noch einmal zu betreten.

Mutsch sah angestrengt in die Sonne. Er kniff die Augen zusammen; die Luft flimmerte. Die Erde, auf der er stand, schien zu kochen. Er spürte, daß es ein Gewitter geben würde. Das erheiterte ihn. Er nahm seinen Koffer auf, packte seinen Wintermantel fester und setzte sich in Bewegung.

Der Beamte an der Sperre sah ihm aufmerksam entgegen. Er öffnete seinen Kragen weit, denn ihm war heiß. Dann schickte er seinen Sohn, der sich auf dem Bahngelände herumtrieb, zum Stationsvorsteher. »Er soll aus dem Fenster sehen«, sagte er, »es lohnt sich.«

Der Junge warf einen Blick auf Mutsch, aber er fand nichts Besonderes an diesem Mann, der sich jetzt der Sperre näherte. Der Junge schlenderte in das Stationsgebäude und stellte sich dort an das Fenster. Den Vorsteher zu benachrichtigen, hielt er für Zeitverschwendung; er durfte sich nichts entgehen lassen, denn das Dasein in Wahlheim an der Panse war arm an Neuigkeiten.

Der Beamte an der Sperre setzte ein wohlwollendes Lächeln auf; in seinen Augen lag Neugier, in seiner Stimme Wohlwollen. »Ist das nicht Mutsch?« fragte er.

»Seit wann«, fragte Mutsch zurück, »duzen wir uns?«

Der Beamte warf einen prüfenden Blick auf die Fenster des Stationsgebäudes. Da er dort den Bahnhofsvorstand nicht erblickte, sah er keinen Grund, übermäßig viel dienstliche Würde zu entwickeln. »Ist Ihre Zeit denn schon um?« fragte er interessiert. »Sie hatten doch vier Jahre.«

»Man kann begnadigt werden oder ausbrechen«, sagte Mutsch.

Der Beamte überprüfte in Eile die Fahrkarte, die ihm Mutsch hinhielt; sie gestattete die Benutzung der III. Klasse von Buchenberg nach Wahlheim. In Buchenberg lag das Bezirksgefängnis. Und vor drei Jahren schrieb der »Wahlheimer Bote« groß auf der ersten Seite: »Schläger Mutsch in Buchenberg eingeliefert.«

»Als was sind Sie eigentlich bei der Bundesbahn angestellt?« fragte Mutsch ruhig. »Als Fahrkartenzwicker, Aushorcher oder Verkehrshindernis?«

Der Beamte gab den Durchgang frei. Die Klugheit gebot es ihm, friedfertig zu sein; denn er war fest davon überzeugt – nach allem, was damals vorgefallen war! –, daß dieser Mutsch fähig war, halb Wahlheim zu demolieren.

Mutsch ging an ihm vorbei, ohne ihn noch einmal anzusehen. Er ging durch die Bahnhofshalle auf den Vorplatz. Dort blieb er stehen. Wieder überfiel ihn das heftige Verlangen, einfach umzukehren. Doch er sah nicht mehr zurück. Er ging auf Wahlheim zu.

Die Stadt hatte sich in den letzten drei Jahren kaum verändert. Sie lag da, als schliefe sie ermattet in der Nachmittagssonne. Die Häuser waren klein und außen sauber.

Wahlheim lag abseits der großen Straßen und erfreute sich der mangelnden Aufmerksamkeit jeder Regierung. Es war eine Stadt, bei deren Anblick die turbulente Gegenwart das große Gähnen ankam. Selbst der Krieg hatte sich um Wahlheim herumgedrückt. Es war eine Stadt, mit der keine Geschichte zu machen war. Nicht einmal eine Kaserne befand sich hier. Auch kein Zuchthaus. Die Straßen sahen reparaturbedürftig aus, wie vor drei Jahren; fast schien es, als seien sie in der Zwischenzeit kaum benutzt worden. Nur die Kirche hatte einen neuen, goldenen Hahn; der funkelte in der Sonne und blickte unsagbar stolz auf das kleine Wahlheim herab. Und hinten, am Horizont, jenseits der Panse, qualmte der dicke Schornstein der Tuchfabrik stinkend zum Himmel.

Mutsch schlenderte die Bahnhofstraße hinunter, überquerte den Jahnplatz, strebte auf die Hauptstraße zu, die direkt zum Marktplatz hinführte. Nur wenige Menschen begegneten ihm, darunter einige, die so taten, als hätten sie ihn nie gekannt.

Mehrmals wurden Gardinen zur Seite geschoben und einmal spielende Kinder ins Haus gerufen.

Der Marktplatz, zwischen dessen Steinen Gras wuchs, lag dösend in der Sonne. Dort, wo das Kriegerdenkmal gestanden hatte, befand sich eine Zementdecke, die nicht älter als sechs Jahre war. Die Befreier hatten den Adler entfernen und den Sockel schleifen lassen, was die örtlichen nationalen Kräfte naturgemäß schwer verstimmen mußte, zumal dieser Adler, der scharf nach Westen geblickt hatte, heute, durch eine Drehung, mühelos in der Lage gewesen wäre, gen Osten zu spähen.

Ein junger Mann, der in der Nähe des Rathauses offenbar tatenlos herumgestanden hatte, kam auf Mutsch zu. Er hatte den etwas steifen Gang von Leuten, die eine lange Motorradfahrt hinter sich haben. »Ich heiße Flammer«, sagte er und tippte sich gegen die Stirn, dorthin, wo sich sonst der Rand einer Feldmütze abgezeichnet haben mochte. »Sind Sie Herr Mutsch?«

Mutsch betrachtete den Jüngling erstaunt. »Woher kennen wir uns?«

»Wir haben uns soeben miteinander bekanntgemacht«, sagte Flammer. »Ich arbeite hier für den ›Wahlheimer Boten‹, das erste und letzte Blatt am Platze. Ich bin erst seit einem Jahr hier. Ich habe ein Abkommen mit dem Schalterhengst am Bahnhof getroffen; er meldet mir immer, wenn interessante Leute eintreffen, dafür nenne ich seinen Namen, sobald irgend etwas Neues von der hiesigen Bundesbahn zu berichten ist. Er will Bahnhofsvorstand werden, und ich protegiere ihn.«

»Und was wollen Sie von mir?«

»Ich habe gehört, Sie kommen aus dem Gefängnis?« Der junge Mann fragte gelassen danach, als erkundige er sich nach dem Barometerstand. »Das interessiert mich; vielleicht läßt sich das für die Zeitung verwerten. Ich brauche immer gute Nachrichten. Augenblicklich ist hier große Flaute.«

Mutsch sah den Jüngling Flammer scharf an, aber der lächelte harmlos. »Warum wollen Sie das wissen?« fragte Mutsch. »Ich bin kaum wieder hier und schon ödet man mich an.«

»Wenn Sie mir das nicht sagen wollen«, erklärte Flammer gelassen, »dann werde ich mich bei anderen danach erkundigen. Aber vermutlich werden die mir mehr sagen, als wirklich passiert ist. Ich halte mich gerne an die Quellen.«

»Mann«, sagte Mutsch, »ich will meine Ruhe haben. Ich habe

drei Jahre Gefängnis hinter mir. Ich habe also eine Vergangenheit, die ich vergessen will.«

»Ausgerechnet hier in Wahlheim?«

»Hier ist mir diese Vergangenheit angehängt worden – hier will ich sie auch loswerden. Ich saß wegen Zeugennötigung, versuchter Aussageerpressung und Körperverletzung.«

Flammer strahlte seinen Gesprächspartner an. »Sie!« sagte er. »Das ist aber hochinteressant. Wie viele Körper haben Sie denn in Wahlheim verletzt?«

»Vorläufig erst einen«, sagte Mutsch bedächtig, »einen angeblich wertvollen.«

»Und weshalb sind Sie hierher zurückgekommen?«

»Raten Sie mal«, fragte Mutsch augenzwinkernd.

Flammer war begeistert. »Wollen Sie etwa noch einmal?«

»Kann man das so genau wissen«, sagte Mutsch versonnen, ließ den verblüfften jungen Mann stehen und ging weiter.

Der »Schwarz-weiße Ochse« war der größte und angesehenste Gasthof des Ortes. Er hatte sechs Fremdenzimmer und in jedem fließendes Wasser; bei Gerichtsverhandlungen, Viehmärkten oder Feierlichkeiten waren regelmäßig alle Räume belegt. Im Restaurant waren die Wände mit Holz getäfelt und mit Geweihen behängt.

Dieser Gasthof war, neben der Kirche, der einzige Ort in Wahlheim, wo sich Bürger aller Altersklassen, ohne Unterschied von Geldbeutel oder Weltanschauung, zu treffen pflegten. Selbst unversöhnliche Gegner saßen hier oft, wenn auch an getrennten Tischen und in verschiedenen Ecken, unter den gleichen Deckenbalken; und gelegentlich standen sie in der neuerrichteten Herrentoilette, die zehn Mann auf einmal Platz bot, friedfertig nebeneinander.

Dieses versöhnliche Element des »Schwarz-weißen Ochsen« basierte auf den vielfachen und vielseitigen Vorzügen seiner Besitzerin. Frau Krampus, eine Witwe im besten Alter und von besten Formen, war ein Magnet, dem sich so leicht niemand entzog. Sie hieß Irene mit Vornamen und war eine Französin.

Bei der Besetzung Frankreichs hatte sie den Schützen Krampus kennengelernt, der sich dort als Kavalier entpuppt haben soll. Und da er neben körperlichen Vorzügen auch ein gutes Herz besaß und obendrein in einem Verpflegungsdepot Krieg führte, tat er alles, was in seinen Kräften stand, den Lebensstandard der besetzten Franzosen zu erhöhen und Irene wieder zum Lächeln zu bringen.

So wurde denn Irene aus Orleans Frau Krampus; und sie war aufrichtig erstaunt, als sich herausstellte, daß zu dem stattlichen Krampus ein nicht minder stattliches Gasthaus gehörte, das er einmal, wenn Vater Krampus auf dem schönen Friedhof Wahlheims ruhen würde, erben sollte. Irene war gerne Wirtin. Kaum stand sie hinter der Theke, verdreifachte sich der Umsatz; und Schwiegervater Krampus sah mit Stolz und Wohlwollen auf die Kriegsfrau seines Sohnes. Und alle Gäste sahen ebenfalls wohlwollend auf sie und ihre Reize.

Das große Völkerringen räumte dann kurz und heftig um Irene aus Orleans auf. Innerhalb einer Woche wurde Irene Witwe und Wirtshausbesitzerin. Krampus senior geriet in einen Bombenangriff, als er seinen alljährlichen Großeinkauf in der Landeshauptstadt tätigen wollte; diese Nachricht erreichte Krampus junior, der in Rußland Partisanen bekämpfte, nicht mehr – er hatte sich beim Ausruhen auf eine Mine gesetzt.

Irene trauerte mit Würde und übernahm den »Schwarz-weißen Ochsen« mit Eifer. Und der männliche Ansturm wurde noch größer als bisher, da zu der allgemeinen Freude über ihren Anblick die Möglichkeit hinzukam, sie selbst zu besitzen – möglicherweise dazu noch den ebenfalls stattlichen Gasthof. Und Irene war klug genug, die so erweckten Hoffnungen nicht zu zerstören; sie war wie ein großes Versprechen, von dem niemand wußte, wann und wem es gehalten würde. Der Gasthof glich einer Festung, die hartnäckig belagert wurde, aber niemals Anstalten machte, sich zu ergeben.

Den »Schwarz-weißen Ochsen« betrat der Mann Mutsch. Er stellte seinen Koffer ab und warf den Wintermantel über einen Haken. Er ging auf den Schankkellner Weinberger zu, der hier zugleich Portier war, mißmutig hinter der Theke stand und im spärlichen Annoncenteil des »Wahlheimer Boten« las. Er blickte zunächst nur flüchtig auf, dann stutzte er, schob die Zeitung zur Seite, lehnte sich vor und starrte Mutsch an.

»Es ist kaum zu glauben«, sagte Weinberger gedehnt, »sind Sie also auch wieder im Lande?« Und als Mutsch keinerlei Anstalten machte, hierauf zu antworten, fügte er hinzu: »Daß Sie sich wieder hierher trauen – allerhand!«

»Ich brauche ein Zimmer«, sagte Mutsch, »vorläufig für drei Tage.«

Weinberger war erstaunt und voller Ablehnung. »Bei uns?« fragte er ungläubig. »Wir sind das erste Haus am Platze.«

»Dazu gehört nicht viel«, sagte Mutsch. »Kriege ich das Zimmer, oder nicht?«

Weinerger schabte sich vor Verlegenheit den Schädel. »Ich weiß nicht«, sagte er. Das war eine peinliche Situation. Völlig unmöglich, im voraus zu erraten, wie Frau Irene Krampus, die Chefin, hierauf reagieren würde. Gewiß, sie war jederzeit bereit, zu verdienen, aber sie haßte Unannehmlichkeiten. Sie sah immer zuerst auf den Geldbeutel der Gäste, dann auf deren Benehmen; nach einem polizeilichen Führungszeugnis hatte sie allerdings noch nie gefragt.

»Was ist mit Ihnen los?« fragte Mutsch.

»Moment«, sagte Weinberger und machte eine verlegene Handbewegung. Dann stieg er die Treppen hoch. Das geschah nicht ohne Eifer, was aber ausschließlich persönliche Gründe hatte; bereitete es doch auch ihm Vergnügen, in die dunklen Augen seiner Chefin zu blicken und das selbst dann, wenn diese Augen vor Zorn grün wurden. Und selbst wenn sie ihn prügeln würde – ihm hätte sogar das nur Genuß bereitet.

Mutsch lehnte sich gegen die Theke und sah sich um. Er war allein im Restaurant; die Mittagsgäste waren nicht mehr da, die ersten Abendgäste würden nicht vor fünf Uhr erscheinen. Nichts hatte sich verändert. In Wahlheim schien die Zeit stillzustehen.

Die Räume waren hell, die Tische weiß gescheuert; der Boden glänzte. Durch die klaren Fensterscheiben war der Marktplatz zu sehen und jener Zementboden, auf dem sich einst der Sockel mit dem Adler erhoben hatte, der in jede beliebige Himmelsrichtung gedreht werden konnte. Die Kirche warf einen langen Schatten darauf.

»Der Himmel meint es gut«, sagte Mutsch, »aber wer bemerkt das schon!« Dann richtete er sich auf, denn er hörte Schritte.

Irene Krampus kam die Treppe herunter, auf ihn zu. Sie war es gewohnt, daß man sie ansah. Sie trug ein helles, dünnes Seidenkleid; es war bequem und verbarg wenig. Mutsch roch ihr Parfüm, als er ihr gegenüberstand; es war ein süßlicher, schwerer Duft. Und Mutsch überfluteten in heftiger Gegenwehr die

Gerüche seiner letzten Jahre: Kübeldunst, altwerdendes Brot und moderndes Holz. Er zwang sich, den Duft dieser Frau einzuatmen; und dann lächelte er.

»Guten Tag«, sagte Irene.

»Dieser Herr will ein Zimmer«, warf Weinberger ein.

»Dann geben Sie ihm doch eins«, sagte Irene.

Der Mann vor ihr trat zurück. »Ich heiße Mutsch«, sagte er warnend.

Die Frau nickte, ihre Augen waren tiefblau. »Freut mich«, sagte sie. »Ich heiße Krampus, Irene Krampus.«

Mutsch schüttelte den Kopf. Er sagte: »Ich komme aus Buchenberg. Ich war dort im Gefängnis. Unter anderem wegen Körperverletzung. Ich bin heute früh entlassen worden.«

»Ich habe davon gehört«, sagte Irene Krampus. »Sie haben sicher ein besonders gutes Zimmer nötig. Bitte, Weinberger, für Herrn Mutsch Zimmer Nummer 1.«

»Jawohl, gnädige Frau«, sagte Weinberger erstaunt und diensteifrig. Wilde Gedanken um Irene Krampus durchkreuzten sein Hirn; sie war unberechenbar, völlig unberechenbar. Verwirrung ging von ihr aus.

Daß sie diesen Kerl, diesen Mutsch, nicht nur aufnahm, sondern ihm auch noch das beste Zimmer des Hauses gab, das mißbilligte Weinberger. Er wog den Schlüssel Nr. 1 in seiner Hand und hatte das Gefühl, dieser Schlüssel sei gewichtig. Er öffnete das sogenannte Fürstenzimmer; dort hatte schon einmal ein richtiger General geschlafen, wenn auch nur einer in Zivil.

»Fällt es Ihnen schwer, Weinberger?« fragte Irene.

Der verneinte hastig und schob über die Theke den großen Ring, an dem der Schlüssel Nr. 1 befestigt war, auf Mutsch zu. Nur mit großer Mühe gelang es ihm, zu verbergen, wie betrübt er war.

»Einen Augenblick noch«, sagte Mutsch und musterte Irene Krampus ungläubig und dankbar. »Sie sind sehr freundlich zu mir – aber gerade deshalb will ich nicht, daß Sie Schwierigkeiten haben. Damit Sie im Bilde sind: ich bin derjenige, der vor fast vier Jahren den Direktor Seebaum zusammengeschlagen hat. Und als sie mich abführten, habe ich versprochen, die halbe Stadt zu demolieren.«

»Mon dieu«, sagte Irene und machte eine wegwerfende Handbewegung, »das ist eine alte Geschichte. Was geht sie mich an? Sie sind hier Gast. Sie bezahlen dafür, und ich will, daß Sie sich wohlfühlen. Alles andere kümmert mich nicht.«

»Ich danke Ihnen«, sagte Mutsch.

Die Frau gab ihm ihre Hand. »Herzlich willkommen«, sagte sie lächelnd.

Direktor Seebaum, der »König von Wahlheim«, dessen Villa jenseits der Panse in unmittelbarer Nähe seiner Tuchfabrik lag, empfing die Nachricht von der Rückkehr eines gewissen Mutsch mit Haltung. Er verzog keine Miene. Nur seine Knie zitterten ein wenig. Er ließ sich in einen Sessel fallen und streckte die Beine aus.

Willibald Seebaum war der gewichtigste Bürger der Stadt Wahlheim. Er verfügte über mehr Geld, als nötig war, in seinem Bezirk alles das aufzukaufen, was sich kaufen ließ. Er war nicht nur der Besitzer der Tuchfabrik, ihm gehörten auch das Kino, ein Gut, das die Stadt beliefert, zwei Omnibuslinien, eine Arbeitersiedlung, sieben Mietshäuser, die Druckerei des »Wahlheimer Boten« und Anteile an etwa zwölf Unternehmen.

Seebaum trat auch als Wohltäter auf. Er hatte der Kirche den neuen goldenen Hahn kurz nach Kriegsschluß gestiftet, den Sportplatz bis auf Widerruf pachtfrei zur Verfügung gestellt und unterstützte den National-Liberalen Bürgerblock mit wahlentscheidenden Geldbeträgen. Die Bürger grüßten ihn stets respektvoll und die Väter der Stadt hörten auf seinen Rat.

Er bestand aus Energie und Menschenverachtung. Mit dreißig Jahren hatte er seine sämtlichen Angehörigen aus der Leitung der Tuchfabrik ausgeschaltet; fünf Jahre später hatte er ihnen alle Anteile abgekauft, nachdem kunstvoll frisierte Bilanzen den Ruin des Unternehmens anzuzeigen schienen. Kaum war das geschehen, erhielt er Staatsaufträge und erneuerte seinen Maschinenpark. Seebaum-Uniformstoffe wurden sogar vom Oberbefehlshaber getragen. Als Seebaum fünfundvierzig Jahre alt war, gehörte ihm halb Wahlheim. Den Zusammenbruch überstand er, da er sich grundsätzlich niemals öffentlich zu einer Partei, Weltanschauung oder Religion bekannt hatte.

Er hatte sich frühzeitig Respekt zu verschaffen gewußt; jetzt wurde ihm sogar Ehrfurcht entgegengebracht. Aber seine Position war, vor nicht ganz vier Jahren, nicht wenig erschüttert worden. Er, der König von Wahlheim, wurde verprügelt. Ein

Mensch stand vor ihm, vor ihm, dem man sich nur mit Ergebenheit zu nahen pflegte, brüllte ihn an, versuchte eine falsche Aussage von ihm zu erpressen, schloß die Tür ab und prügelte ihn durch. Das würde er niemals vergessen – niemals, solange er lebte!

Direktor Seebaum klingelte seiner Wirtschafterin. Die band sich eilig eine neue Schürze um, lief durch die Halle, überprüfte Haartracht und Kleidung, klopfte dann hastig und trat ein. Sie blieb an der Tür stehen und wartete, bis sie angesprochen wurde.

Willibald Seebaum war damit beschäftigt, einige Notizen auf seinen Merkblock zu schreiben. Er unterbrach seine Tätigkeit nicht. Er las auf einmal langsam, was er sich notiert hatte, und sagte dann, ohne aufzusehen: »In einer halben Stunde haben wir Gäste – Oberst Gümpel und Bürgermeister Reißer. Stellen Sie drei Flaschen Schloß Johannisberger kalt. Bereiten Sie ein paar Brote vor. Servieren Sie im Herrenzimmer. Das ist alles.«

Hierauf erhielt der Chauffeur den Befehl, Oberst Gümpel und Bürgermeister Reißer, in dieser Reihenfolge, abzuholen und hierherzufahren. Der Buchhalter, der die Sonderkonten bearbeitete, meldete sich anschließend bei ihm. Seebaum entnahm der Aufstellung, daß sich die Spenden für den National-Liberalen Bürgerblock in mäßigen Grenzen hielten, was ihm jetzt gestatten würde, großzügig zu sein, ohne die im voraus einkalkulierten Beträge wesentlich zu überschreiten.

Er begrüßte seine Gäste, die pünktlich erschienen waren, sehr verbindlich. Er setzte Gümpel, den Oberst a.D., an seine Rechte, und Reißer, den Bürgermeister, an seine Linke. Beide machten ernste Gesichter, denn sie wußten aus Erfahrung, daß diese betonte Freundlichkeit teuer war.

Seebaum schenkte persönlich ein. »Das Wetter«, sagte er, »ist in diesem Jahr erfreulich. Es wird eine gute Ernte geben. Dadurch werden unsere Bauern über eine erhöhte Kaufkraft verfügen, was dem hiesigen Handel guttun wird. Die Geschäftsleute von Wahlheim werden also allen Grund haben, mit dem Bestehenden zufrieden zu sein.«

Er öffnete bald darauf die zweite Flasche. »Die Stimmung in der Bevölkerung«, sagte er, »darf als besonders hoffnungsvoll bezeichnet werden. Auch die jüngste Vergangenheit hat eine gewisse Zeit gebraucht, sich durchzusetzen. Die Erfahrung ist ein guter Lehrmeister und die Umsätze sind gut. Wer richtig denkt, ist konservativ.«

Bei der dritten Flasche ließ er dann, programmgemäß, die Katze aus dem Sack: »Unser Wahlheim ist zu einer Oase der Ruhe und der Wohlhabenheit geworden. Wir leben friedlich und erfolgreich. Das Hauptverdienst daran fällt zweifellos dem National-Liberalen Bürgerblock zu, dessen vorzüglicher Leiter Herr Oberst Gümpel ist, und natürlich Ihnen, Herr Reißer, als dem durch diese Mehrheit gewählten Bürgermeister. Jeder Mensch, der noch über Logik verfügt, muß das anerkennen und wünschen, daß keinerlei Änderung eintritt. Ich hoffe, daß auch die kommende Wahl diese gute Entscheidung erneut bestätigt. Sie erlauben mir doch, daß ich Ihnen zu Ihrer freien Verfügung einen bescheidenen Beitrag überreiche.«

Direktor Willibald Seebaum riß einen bereits ausgefüllten und unterschriebenen Scheck aus dem länglichen Buch, das er immer in der Brusttasche bei sich trug, und legte ihn mitten auf den kleinen Tisch zwischen die Weingläser. Ihn einem der beiden Herren direkt zu überreichen, vermied er taktvoll, da er klug genug war, keinerlei Rangunterschiede anzudeuten.

Bürgermeister Reißer war der erste, der nach dem Scheck griff. Er warf einen Blick auf den verzeichneten Betrag. Er gab wortlos den schmalen Zettel an Oberst a. D. Gümpel weiter und auch der sagte vorerst kein Wort. Der Betrag lautete auf zehntausend Mark; er war fünfmal so hoch wie die bisherigen Jahresbeträge, die Seebaum regelmäßig zur Verfügung gestellt hatte.

»Ich hoffe, Sie sind zufrieden.«

Die Besucher nickten.

»Zu Ihrer freien Verfügung, meine Herren. Sie können damit machen, was Sie wollen. Und ich bin überzeugt, Sie werden das Geld richtig anwenden.«

»Und was können wir für Sie tun, Herr Dirktor?«

»Nichts. Jedenfalls nichts, was nicht auch Sie selbst als richtig erkennen würden. Meine Herren, die allein wertvolle Politik geht doch um die Betreuung der uns anvertrauten Menschen. Sie fördern heißt aber auch, sie zu beschützen. Wir müssen sie also bewahren vor üblen Elementen. Trinken Sie doch, meine Herren. Auf Ihre Arbeit! Und jetzt plaudern wir noch ein wenig über einen Mann, der Mutsch heißt. Es ist ein Mensch, der unsere besondere Fürsorge nötig hat.«

Polizeihauptwachtmeister Pulver, Auge des Gesetzes, Hüter der Ordnung, hatte mehrere Regierungen überdauert; er war jeder treu, solange sie existierte. Er war Polizeibeamter, tat stets seine Pflicht und schützte das Ansehen von weltlichen und geistlichen Obrigkeiten, soweit sie gerade maßgeblich waren. Er tat nichts, was sich nicht mit den jeweils gültigen Gesetzen vereinbaren ließ.

Pulver war groß und breit und kantig wie eine Kiste. Seine Muskelkraft machte ihn stolz und unternehmungslustig. Früher hatte er bei Festlichkeiten und Tanzvergnügungen stets voller Ungeduld auf eine Rauferei gewartet, um sich dann in dienstlicher Eigenschaft in das Gewimmel zu stürzen. Niemand in Wahlheim war ihm gewachsen, und die Schlachten, die er schlug, waren seinem Ansehen dienlich, das langsam in Autorität ausartete.

In den letzten Jahren ließen seine Kräfte offenbar ein wenig nach, und er begann, sich um geistige Werte zu kümmern: er las Kriminalromane; und die dort geübten Methoden setzte er in die Praxis um. So kam das gehobene Kreuzverhör nach Wahlheim und selbst den winzigsten Diebstahl pflegte er, wenn seine Zeit es ihm erlaubte, frei nach Edgar Wallace aufzuklären.

Schuld an diesem Rückzug auf geistiges Hinterland, zu dem der bisher für unbesiegbar Gehaltene sich gezwungen sah, war ein Mann namens Mutsch. Dieser Mutsch verprügelte nicht nur den Direktor Seebaum, wozu vom sportlichen Gesichtspunkt aus nicht sonderlich viel gehörte, sondern bot auch ihm – ihm, Pulver! –, der zu einer Verhaftung schreiten wollte, die freche Stirn. Mutsch legte ihn mit zwei kurzen, trockenen Hieben mitten auf den Teppich im Direktionsbüro; und sein Ruhm als starker Mann von Wahlheim verlosch wie ein Komet. Das war der große, geheime Kummer des Polizeihauptwachtmeisters Pulver. Und wenn er den Namen Mutsch hörte, sah er rot.

An diesem Tag hörte er nur den Namen Mutsch. Zuerst rief der Fahrkartenheinrich vom Bahnhof an und behauptete, Mutsch gesehen zu haben. Pulver machte ihm klar, daß das ein Sehfehler sein müsse – die Strafzeit war noch nicht um, infolgedessen müsse also Mutsch nach wie vor sitzen. Der zweite, der ihn mit dem Namen Mutsch anödete, war der Lümmel Flammer vom »Boten«, der die Frechheit besaß, wissen zu wollen, ob es tatsächlich der Wahrheit entspreche, daß damals Pulver mit

Mutsch nicht fertig geworden sei. Pulver warf vor Wut über diese hinterhältige Beamtenbeleidigung den Hörer auf die Gabel. Dann aber rief Bürgermeister Reißer an – und auch er nannte den Namen Mutsch. Und damit war das kaum noch zu Fassende amtlich: der gemeingefährliche Mutsch hielt sich wieder in Wahlheim auf.

Pulver atmete tief. Hätte er doch schon damals, vor vier Jahren, seine Dienstpistole gehabt – aber damals war die deutsche Demokratie noch nicht soweit fortgeschritten wie heute –, dann hätte er scharf geschossen. Und der Fall Mutsch wäre mit vierundzwanzig Gramm Pulver und achtunddreißig Gramm Blei für alle Zeiten bereinigt gewesen. Denn: es hat sich doch um einen tätlichen Angriff auf die Staatsgewalt, die er verkörperte, gehandelt. Aber diese Richter brummten dafür dem Mutsch nur drei Jahre auf, die Untersuchungshaft nicht miteingerechnet! Nun hatte man ihm auch noch einen Teil der Strafe erlassen . . .

Polizist Pulver erhob sich entschlossen, glättete seine Uniform, umgürtete sich, überprüfte kurz seine Dienstpistole, lächelte mit unverkennbarer Befriedigung und setzte sich dann in Marsch. Er ging durch den Kanonenweg auf den Marktplatz zu. Hier warf er einen prüfenden und mißmutigen Blick auf die Stelle, wo einst das Siegesmal gestanden hatte, und auf den funkelnden Hahn, der den Kirchturm krönte. Dann überquerte er den Platz und näherte sich dem »Schwarz-weißen Ochsen«. In der Glastür spiegelte sich sein Bild, und er sah, daß er stattlich war.

Er betrat den Gasthof, überblickte die Gäste, die sich mittlerweile eingefunden hatten, und stolzierte auf Irene Krampus zu, die wie üblich an einem kleinen Ecktisch saß und von dort aus den Betrieb dirigierte.

»Guten Abend, schöne Frau«, sagte Pulver galant und lokkerte für einige Augenblicke sein strengdienstliches Aussehen. Er pumpte den Brustkorb voll Luft, wippte in den Knien und ließ seine Augen blitzen.

»Guten Abend«, sagte Irene und sah ihn lächelnd an. Ihre rote Zunge glitt kurz über die noch röteren Lippen; ihre Augenbrauen hoben sich. »Legen Sie doch ab. Was wollen Sie trinken?«

Pulver, immer noch in den Knien wippend, wehrte ab. »Später, Verehrteste, vielleicht später.« Und er versuchte, ihr in den

Ausschnitt des Kleides zu sehen. »Zunächst«, sagte er, »etwas Dienstliches.«

»Bitte.«

»Kann ich die Anmeldeformulare der neuen Gäste sehen?«

»Ich lasse sie morgen vormittag auf das Revier bringen, wie üblich. Oder? Ist irgend etwas nicht in Ordnung?«

»Erlauben Sie?« fragte Pulver; und bevor er die erbetene Erlaubnis erhielt, saß er bereits neben ihr. »Sie müssen wissen«, erklärte er, sich weit vorbeugend, »daß Sie sich auf mich verlassen können, in jeder Beziehung, in jeder Situation.«

»Sie sind sehr entgegenkommend«, sagte Irene und lehnte sich zurück, wodurch sich ihr Kleid spannte. »Womit habe ich das verdient?«

Pulver betrachtete sie hingebungsvoll. »Sie stehen«, sagte er, »sozusagen unter meinem Schutz; und ich gewähre ihn nicht nur in meiner Eigenschaft als Amtsperson.«

»Ich komme gerne bei passender Gelegenheit auf Ihr Angebot zurück.«

»Vielleicht ist diese Gelegenheit nicht mehr fern.« Pulver richtete sich, was ihm diesmal nicht leichtfiel, wieder zur dienstlichen Haltung auf. »Stimmt es«, fragte er, »daß sich unter Ihren Gästen auch ein gewisser Mutsch befindet?«

»Herr Mutsch ist Gast meines Hauses. Stimmt.«

»Und wissen Sie, was für ein Mann das ist? Ich frage in Ihrem Interesse. Kennen Sie seine Vergangenheit?«

Irene schüttelte unwillig den Kopf. »Was geht mich das an«, sagte sie. »Gast ist Gast! Ich frage doch auch nicht nach Ihrer Vergangenheit, Herr Pulver.«

»Leider«, sagte der. »Meine Vergangenheit ist einwandfrei.«

»Da haben Sie Glück gehabt.«

»Glück?« Pulver war ein wenig befremdet. »Das ist eine Frage des Charakters.«

»Nicht auch der Gelegenheit?«

»Madame!« Pulver wurde fast feierlich. In gewissen bedeutsamen Augenblicken redete er Irene Krampus mit »Madame« an. Das war französisch und er fand es sehr eindrucksvoll. »Madame«, sagte er erneut und ließ durchblicken, daß ihn aufrichtige Sorge erfüllte, »dieser Mann kommt direkt aus dem Gefängnis. Der Mann ist ein Schläger.«

»Interessant. Wen schlägt er? Frauen?«

Pulver starrte die Frau vor sich an. Was war denn das? War diese Äußerung naiv oder frivol? Er betrachtete sie noch genauer.

»Was haben Sie?« fragte Irene sanft. »Fühlen Sie sich nicht wohl? Sie sehen aus, als hätten Sie Magenschmerzen.«

»Madame!« rief Pulver betrübt. Er erhob sich. »Wo hält sich dieser Mutsch auf?« fragte er; es klang dienstlich.

»Herr Mutsch«, sagte Irene und musterte ihn auch weiterhin freundlich, »speist im Nebenzimmer. Er wollte allein sein und gut essen.«

»Dann werde ich seinen Appetit ein wenig dämpfen!«

Irene sah ihn unvermindert freundlich an. »Hören Sie mal«, sagte sie dann, »ich hoffe, Sie werden meine Gäste nicht belästigen!«

Pulver machte ein Verbeugung, die nach Zustimmung aussah. »Sie wissen«, versicherte er, »wie sehr ich Sie respektiere und alles, was zu Ihnen gehört. Leider zwingen mich meine dienstlichen Verpflichtungen, nicht jeden Aufenthalt in Ihrem Hause als Privatvergnügen anzusehen. Aber mein Wort darauf: ich werde es kurz machen und ohne jedes Aufsehen.«

Sie sah ihn zweifelnd an.

Pulver begab sich zur Tür des Nebenzimmers, straffte sich und trat dann ein. Der Anblick, der sich ihm bot, war ungewöhnlich. Es verschlug ihm zunächst für mehrere Sekunden die Sprache.

»Machen Sie die Tür zu«, sagte Mutsch, der kaum aufsah, »möglichst von außen.«

Pulver schloß die Tür hinter sich. Mit kriminalistisch geschultem Blick registrierte er die Einzelheiten: blütenweiß gedeckter Tisch; darauf drei Gläser, eins für Kognak, eins für Rotwein, eins für Sekt; eine Schale mit einem riesigen Hummer, dazu Mayonnaise; eine Flasche Fine Napoléon, geöffnet; eine Flasche Beaujolais, 1918, geöffnet; eine Flasche Mumm cordon rouge, extra dry, noch versiegelt im Sektkühler. Hinter all dem saß Mutsch, aß genußvoll und trank in kleinen Schlucken.

»Allerhand«, murmelte Pulver.

»Was wollen Sie?« fragte Mutsch ungnädig.

»Das kostet mindestens dreißig Mark«, stellte Pulver fest.

»Das geht Sie nichts an«, sagte Mutsch und trank ein wenig Rotwein, »denn das kostet ja nicht Ihr Geld. Aber gehen Sie jetzt lieber. Sie stören.«

Pulver stand wie eine Eiche. »Ich bin in amtlicher Eigenschaft hier.«

»Das ändert nichts daran, daß Sie mich stören.«

Der Polizist hatte Mühe, sich zu beherrschen. »Woher kommen Sie?« fragte er streng.

»Das steht auf dem Meldezettel.«

»Wie lange gedenken Sie hierzubleiben?«

Mutsch roch an seinem Kognak. »Solange es mir gefällt. Vielleicht zwei Tage, vielleicht zwei Jahre, vielleicht ein Leben lang. Wer weiß! Sie werden das schon merken. Und jetzt bitte ich Sie, sich zu entfernen. Ich wünsche in Ruhe zu speisen.«

Pulver zog einen Stuhl zu sich herüber und setzte sich breit darauf. »Das hier«, sagte er, »ist ein Gasthaus! Und Ihre Wünsche interessieren mich nicht. Ich bleibe.«

»Ich kann Sie leider nicht hindern«, sagte Mutsch gleichmütig. Er zerlegte seinen Hummer und goß Mayonnaise darüber. »Drei Jahre«, sagte er, »drei volle Jahre habe ich gegessen, nennen wir es so – jetzt aber speise ich. Drei Jahre lang mußte ich Malzkaffe trinken, jetzt genieße ich einen guten Kognak. Anstelle von trockenem Roggenbrot verzehre ich endlich einen delikaten Hummer. Nie in meinem Leben vorher habe ich Hummer gegessen; vermutlich werde ich es später auch nie wieder tun. Sie wollen wissen, woher ich das Geld habe?«

Pulver sagte kein Wort. Er hockte auf seinem Stuhl und fixierte Mutsch unentwegt. Daß er nicht nervös wurde, regte ihn auf.

»Ich habe drei Jahre Zeit gehabt«, sagte Mutsch, »mir einiges zusammenzuarbeiten. Siebenhundertachtzig Mark! In drei Jahren, bei einer täglichen Arbeitszeit von acht Stunden. Ich habe Tüten geklebt. Tausend Stück für drei Mark und fünfzig. Ein königliches Honorar. Sehen Sie her: ich gieße mir einen Kognak ein, ich erhebe das Glas – nicht auf Ihr Wohl, Herr – und trinke es aus. So! Köstlich. Preis: zwei Mark fünfzig; etwa siebenhundertundzwanzig geklebte Tüten. Hier ein Stück Hummer. Etwa dreihundert Tüten wert. Sehen Sie genau zu, rechnen Sie mit. Ich verspeise hier auf einen Sitz den Reinverdienst von sechs Wochen Gefängnisarbeit.«

Pulver sagte noch immer kein Wort. Mit finsteren Blicken fixierte er Mutsch. Seine Erregung nahm immer mehr zu.

»Drei Jahre«, sagte Mutsch, »drei volle Jahre! Erinnern Sie sich noch, wer mich dort hineingebracht hat?«

»Soll das eine Drohung sein?« Pulver erhob sich schwer. »Ich warne Sie«, sagte er. »Sie haben hier in dieser Stadt nichts mehr zu suchen. Und wenn Sie wieder eine Schlägerei mit uns anfangen wollen, wird scharf geschossen.«

»Verstehe«, sagte Mutsch, »das ist die bequemste Methode.«

»Was!« Pulver war empört. Er fühlte das dringende Bedürfnis, sich auf Mutsch zu stürzen, aber er zog es vor, Zurückhaltung zu üben. Denn einmal war dieser Mutsch ein wilder Schläger, das war erwiesen. Zum anderen hatte bei ihm, Pulver, in letzter Zeit die Spannkraft nicht unerheblich nachgelassen; das kam vom vielen Alkohol, dem fetten Essen und der Liebe. Außerdem war er doch kein Idiot! Mit diesem Mutsch würde er allemal fertig, und zwar auf eine verhältnismäßig bequeme Art, mit Überlegung nämlich. Und mit Hilfe des Bürgermeisters.

»Nun?« fragte Mutsch. »Wollen Sie mir Revanche geben? Ich lege zwar keinen Wert darauf, aber ich würde auch nicht ausweichen.«

»Das könnte Ihnen so passen!« rief Pulver ablehnend. »Schließlich leben wir in einer Zeit, in der wir uns wieder auf die alten, guten Werte besinnen. Da haben wir für Menschen Ihrer Sorte keinen Platz mehr. Ich rate Ihnen im eigenen Interesse: reisen Sie so schnell wie möglich ab und lassen Sie sich nie wieder hier blicken. Oder es passiert was.«

»Was passiert?«

»Das werden Sie schon sehen!«

»Sie machen mich sehr neugierig.« Mutsch begann, seine Sektflasche zu öffnen. »Darauf muß ich trinken.«

Der Polizeihauptwachtmeister Pulver, gepackt von Empörung, Abscheu und Mißgunst, wendete sich jäh ab und verließ den Raum. Er schlug die Tür kräftig hinter sich zu. Mutsch sah ihm lange nach.

Kurz danach öffnete sich die Tür wieder. Irene Krampus näherte sich ihrem Gast und fragte: »Der Appetit ist Ihnen nicht vergangen?«

Mutsch verneinte. »So leicht geht das bei mir nicht.« Und er sah sie mit wachsendem Wohlgefallen an.

»Was werden Sie anfangen? Sie bleiben hoffentlich in Wahlheim?«

»Das weiß ich noch nicht. Das Klima ist hier nicht sonderlich günstig, scheint mir.«

Irene setzte sich zu ihm. Sie sagte: »Die Wettermacher können ausgewechselt werden. Wir leben in einer Staatsform, die das möglich macht. Reden Sie doch mal mit Scheuermann darüber.«

Mutsch horchte auf. Er suchte ihren Blick, aber sie schien sich auf einen winzigen Flecken auf der Tischdecke zu konzentrieren. »Wie kommen Sie«, fragte Mutsch, »auf Scheuermann? Wie kommen Sie gerade auf Scheuermann?«

Irene öffnete die vollen Lippen und zeigte ihre prächtigen Zähne. »Das werden Sie schon noch merken«, sagte sie; und sie schien sich zu amüsieren. »Und wenn Sie das merken, wird das eine große Überraschung sein, nicht nur für Sie.«

Karl Scheuermann war Elektriker, Schlosser und Installateur; er war der geschickteste Arbeiter in Wahlheim an der Panse und ein Politiker, den man für gefährlich hielt. Er hätte ein verhältnismäßig wohlhabender und unabhängiger Mann sein können, aber er zog es vor, in Wahlheim zu leben, Wasserrohre zu löten und dabei Vorträge zu halten, die naturgemäß seinen Kundenkreis erheblich einengten.

Scheuermann kannte die halbe Erde und eine große Anzahl Bücher; als Spezialmonteur einer angesehenen Firma hatte er weite Reisen gemacht, um schließlich doch wieder in Wahlheim zu landen. Für ihn war die ganze Welt Wahlheim. Es war nicht nötig zu reisen, wenn man wissen wollte, wie das Leben ist. Was auch immer auf dieser Erde geschah, es könnte genausogut in Wahlheim geschehen sein.

Karl Scheuermann wurde eines Tages Mitglied der Sozialen Partei, ließ sich in den Stadtrat wählen und schließlich auf die Liste für den Landtag setzen.

Er war der Hecht im Karpfenteich. Die Einwohner Wahlheims, die entweder verläßliche Untergebene oder zielstrebige Vorgesetzte waren, duldeten ihn; sie respektierten ihn als Handwerker und nahmen seine Weltanschauung mißmutig in Kauf. Hinter Scheuermann standen lediglich einige Arbeiter der Tuchfabrik, zwei Dutzend kleinere Handwerksbetriebe, sieben Außenseiter, darunter einer von den zwei Stadttrotteln, und ein Postbote; letzterer, um damit seine Frau zu ärgern, die aus »höheren Beamtenkreisen« kam und das nicht vergessen konnte.

Wahlheim war konservativ. Wahlheim brach nicht mit der Vergangenheit, nicht einmal mit der jüngsten, weil es keine Veranlassung dafür sah; die Stadt stand unversehrt; alle hatten nur ihre Pflicht und Schuldigkeit getan, und nicht zu widerlegen war, daß die Wirtschaft nicht so blühte wie ehedem. Die Söhne mußten sich von den Vätern belehren lassen, daß zu ihrer Zeit ein Liter Schnaps nicht acht Mark gekostet hatte, sondern nur vier Mark; und die Großväter sogar versicherten, niemals mehr als zwei Mark dafür bezahlt zu haben. Das waren noch Ziffern, gegen die jede Weltanschauung ein Gestammel war.

Und diese durchschlagenden Argumente waren es in erster Linie, die allen Neuerern den Boden unter den Füßen wegzogen. Es gab nur zwei Perioden wirtschaftlicher Schwäche in Wahlheim, und in beiden Zeitspannen war eine Staatsform vorübergehend am Ruder gewesen, die sich Demokratie nannte, woraus sich die weiteren Folgerungen ganz von selbst ergaben. Ein Mann wie Scheuermann, ein schäbiger Sozialist, hatte in Wahlheim keine sonderlichen Chancen; denn hier hatte man sehr schnell aus den Erfahrungen des ersten Dilemmas alle Konsequenzen für das Verhalten während des zweiten Dilemmas gezogen; man machte erst gar keine kostspieligen Parteiexperimente, sondern bildete für die Gemeindewahl einen National-Liberalen Block und der setzte sich, wie erwartet, durch. So wurden denn, im alten Geiste, zu neuen Taten berufen: Friedrich Wilhelm Reißer als Bürgermeister, beschattet von Oberst a. D. Gümpel, dem Befehlshaber der örtlichen nationalen Sammelbewegung. Karl Scheuermann wurde lediglich in den Stadtrat gewählt. Und bei der neuen Wahl, die demnächst stattfinden würde, waren ähnliche Ergebnisse zu erwarten – wenn nicht ein Wunder geschähe!

Mutsch erschien bei Meister Scheuermann spät am Abend, als dieser gerade dabei war, das verwickelte Leitungsnetz eines Vierkreisers mit einem Voltmeter zu überprüfen. Er suchte nach einer Bruchstelle und fand sie auch schnell, worüber er sich freute. Als er Mutsch sah, wurde sein Gesicht ernst. Er unterbrach seine Arbeit und richtete sich auf. »Ich habe schon davon gehört«, sagte er, »daß sie dich entlassen haben.«

Mutsch nickte ihm unbekümmert zu. »Und ich sehe, wie sehr du dich darüber freust.«

Scheuermann blieb unverändert ernst. »Ich hoffe, du hast inzwischen eingesehen, daß Faustschläge keine Argumente sind. Damit erreicht man nichts – höchstens drei Jahre.«

Mutsch schwieg.

Und Scheuermann sagte entschieden: »Ich habe damals keinen Finger gerührt, um dich vor den Folgen zu bewahren. Ich bin ein Gegner jeder Gewalttätigkeit.«

»Ich weiß, ich weiß, du läßt dich lieber verprügeln, ehe du prügelst. Warum bist du nicht Kirchenpfleger geworden? Mit Pfarrer Marcus hast du dich doch schon immer prachtvoll verstanden, besonders, als der noch politisch unerwünscht war.«

Mutsch beugte sich über den Radioapparat, den Meister Scheuermann reparieren wollte. Er tastete das Leitungsgefüge ab und fand die Bruchstelle mühelos. Er schnitt mit sicheren Griffen ein Stück Wachsdraht zurecht und setzte den elektrischen Lötkolben unter Strom.

Scheuermann beobachtete ihn aufmerksam. »Warum bist du hierher zurückgekommen?«

»Wo sollte ich denn sonst hin?«

»Der alten Sache wegen, Mutsch?«

»Vielleicht.«

»Oder weshalb sonst? Eines Mädchens wegen?«

»Auch möglich«, sagte Mutsch und beugte sich tiefer über den Apparat. Er schob den alten Draht aus den Lötstellen und fügte den neuen ein. Er paßte, auf den Millimeter genau.

»Wo hast du das gelernt?« fragte Scheuermann.

»Im Gefängnis«, sagte Mutsch. »Ich habe dort meine Kenntnisse vervollkommnet. Jetzt bin ich auch Elektriker, Installateur und Rundfunktechniker. Es macht mir Spaß, komplizierte Dinge zu entwirren; möglichst ohne Gewaltanwendung, versteht sich. Ich will arbeiten, weiter nichts; vorausgesetzt, daß sie mich arbeiten lassen. Zu tun ist genug, auch für mich. Jetzt möchte ich gerne manches reparieren.«

Mutsch arbeitete weiter. Scheuermann griff ein Stück Packpapier auf, zog einen Bleistift aus der Tasche, schrieb eine Reihe Zahlen und begann zu rechnen.

In der Zwischenzeit wechselte Mutsch einen Kondensator aus. »Ich will nichts von dir«, sagte er dabei. »Du sollst mir nicht helfen. Ich schlage mich schon durch. Ich wollte nur mal sehen, wie es dir geht. Nur mal hören, wie du jetzt denkst. Du hast dich kaum verändert. Du bist immer so ein müder Sozialist gewesen und willst nicht einsehen, daß allein das Verhalten des Gegners die Methoden diktiert, mit denen man ihm auf den Leib rückt.

Gut, gut – das ehrt dich; aber weit wirst du damit nicht kommen.«

»Zweihundertfünfzig Mark im Monat kann ich dir geben«, sagte Scheuermann entschlossen und überprüfte seine Rechnung noch einmal. »Aber mehr nicht.«

Mutsch sah erstaunt hoch. »Soll das ein Witz sein?«

»Ein Angebot. Einverstanden?«

»Nein«, sagte Mutsch. »Ich komme aus dem Gefängnis und habe den denkbar schlechtesten Ruf. Kaum bin ich hier eingetroffen, hat schon ein kleines Kesseltreiben begonnen. Du ersparst dir viel Unannehmlichkeiten, wenn du deine Finger aus dieser Sache heraushältst.«

»Die zweihundertfünfzig Mark sind das Nettogehalt. Alles andere, Krankenkasse und Versicherung, zahle ich.«

Mutsch trat zurück. »Tu das nicht«, sagte er ernsthaft. »Wenn du hier ein x-beliebiger Handwerksmeister wärst, würde ich ja sagen, von Herzen gern. Aber du hast deine Finger in die Politik gesteckt, und die müssen sauber bleiben. Du kannst dich nicht mit mir belasten.«

Scheuermann rechnete gelassen weiter. »Du kannst bei mir wohnen«, sagte er. »Ich habe genügend Platz; seit vor acht Jahren meine Frau in einen Bombenhagel geriet, steht mein Häuschen halb leer. Außerdem habe ich dich dann immer in der Nähe der Werkstatt, und das kommt bekanntlich dem Arbeitsprozeß zugute.«

»Hast du dir das genau überlegt, Scheuermann?«

»Ich hoffe, Mutsch, du wirst dich mit meiner Tochter, der Uschi, gut vertragen. Sie hat mit ihren zwölf Jahren ein Mundwerk wie drei Erwachsene.«

Mutsch nickte. »Mit Uschi verstehe ich mich bestimmt! Wir waren schon damals, als das kleine Frauenzimmer knapp neun Jahre alt war, mächtig ineinander verliebt. Mit einundzwanzig wollte sie mich heiraten.«

Scheuermann lächelte. »Ich fürchte«, sagte er, »du wartest nicht mehr so lange, was?«

»Das fürchte ich auch«, sagte Mutsch.

»Also einverstanden? Schlag ein, Mutsch!«

Der zögerte nicht mehr. Er streckte seine Hand aus, ergriff die von Scheuermann und drückte sie kräftig. »Abgemacht«, sagte er. »Mit allen Konsequenzen. Wir werden sehen, wie lange das gutgeht. Aber gib mir später keine Schuld, wenn hier die Funken fliegen.

»Meine erste Aufgabe wird sein, den Bürgermeister schonend darauf vorzubereiten, daß du hier deine Zelte aufzuschlagen gedenkst. Wenn wir ihn gewinnen, kann nicht mehr viel passieren. Aber der Mann gehört zur Gegenpartei. Und außerdem sitzt er auf einem hohen Roß.«

Mutsch war jetzt guter Laune und voller Zuversicht. »Wer hoch sitzt, kann tief fallen! Und scheinen nicht einige in Wahlheim das dringend nötig zu haben?«

In dieser ersten Nacht wälzte sich Mutsch schlaflos in dem breiten Bett in seinem Hotelzimmer. Der Mond brach durch die dünnen Gardinen und schien ihn anzugrinsen.

Mutsch preßte die Augen zu; und er sah vor sich die weißgekalkte Wand der Zelle und die Gitterstäbe, die wie ein großes Kreuz im Raum schwebten. Sein Atem ging schwer. Er sog die Nacht tief ein. Er roch den Duft frischer Wäsche, einen leichten Parfümgeruch, der das ganze Haus zu durchschweben schien und der zu Irene Krampus gehörte.

Dann lächelte er befreit und schlug die Augen auf. Er konnte jetzt die Gegenstände, die in seinem Zimmer standen, deutlich voneinander unterscheiden. Das Mondlicht war zum Spiegel hochgekrochen. Er hob die Hand und sah sie im Spiegel; er schwenkte seine Hand und die Hand im Spiegel schien ihm zuzuwinken.

Er lachte. Dann erhob er sich und zog sich an. Die Kirchturmuhr schlug zwölf.

Ein Hund bellte, laut kläffend, rauh, mit Ausdauer. Ein Auto fuhr mit vollen Lichtern durch die Nacht; die Gummiräder schnurrten über das Pflaster.

Der Polizist Pulver hatte den Bürgermeister verlassen, der mit Oberst a. D. Gümpel im »Schwarz-weißen Ochsen« saß und wichtige Probleme zu besprechen hatte. Sie hatten soeben eine neue Flasche bestellt, und die würde nicht vor einer Stunde leer werden.

Pulver schlenderte über den Marktplatz und blieb dann, als beobachte er, vor der Bürgermeisterwohnung stehen. »Gnädige Frau«, rief er gedämpft, »ich muß Sie dringend sprechen.«

Die Frau des Bürgermeisters erschien am offenen Fenster des Schlafzimmers. »Mein Mann ist nicht zu Hause«, sagte sie.

»Es ist sehr dringend.«

»Dann kommen Sie, bitte, herauf.«

Hochwürden Marcus lag in seinem Bett und las im Brevier. Seine Lippen bewegten sich mechanisch.

Er ließ, wie ermattet, das Buch sinken und sprach vor sich hin: »O Herr«, sagte er, »alles, was ich tue, ist wie leeres Stroh, das gedroschen wird. Mir mangelt es an Kraft; und selbst wenn ich alle meine Kräfte zusammennehme, mangelt es mir an Mut, sie zu gebrauchen. Ich verschanze mich hinter dem, was wir die Weisheit des Alters nennen, aber ich bin nur müde. Ich lebe mich zu Tode.«

Pfarrer Marcus klappte das Brevier zu und starrte vor sich hin.

»Herr«, sagte er, »führe mich in Versuchung!«

Die meisten Bewohner der Stadt Wahlheim schliefen. In der Tuchfabrik glühte ein Ofen. In der Villa, die daneben stand, lag der Direktor Seebaum wach in seinem riesenhaften Schlafzimmer und grübelte darüber nach, ob es gut sei, Schlaftabletten einzunehmen.

In der Töpfergasse wurde ein Kind geboren. Das Kind schrie und der Arzt sah auf die Uhr.

Zwei Straßen weiter erstickte ein Rentner. Niemand hörte ihn.

»Wir haben die Verpflichtung«, verkündete im »Schwarz-weißen Ochsen« Oberst a. D. Gümpel entschlossen und nachdem er sich mit einem kräftigen Schluck die Lippen befeuchtet hatte, »das Denkmal wieder aufzurichten. Sie haben es zerstört und wußten nicht, daß es unzerstörbar war. Es ist eine Selbstverständlichkeit, daß wir ihm wieder den Platz geben, der ihm gebührt.«

Bürgermeister Reißer widersprach vorsichtig. »Wir brauchen die gespendeten zehntausend Mark dringend für andere Dinge. Wir haben den Wahlkampf zu finanzieren. Wir sollten Vereinigungen unterstützen, die uns nahestehen. Eine Hilfsaktion für minderbemittelte Mitglieder unserer Partei ist zu erwägen.«

»Sie vergessen«, sagte Oberst a. D. Gümpel schwer, »daß es hier nicht um Wohltätigkeit geht, sondern um unsere Ehre.«

»Gewiß«, pflichtete Bürgermeister Reißer bei, »ganz gewiß.« Aus Erfahrung wußte er, daß es völlig sinnlos war, mit Gümpel über dieses Thema zu diskutieren, besonders dann, wenn der Alkohol Gümpels Bereitschaft zur Verteidigung der höchsten Güter zu verzehrender Flamme entfacht hatte. Er bestellte eine neue Flasche. Dann sagte er: »Es wird wichtig sein, zuerst die von Seebaum gestellte Bedingung zu erfüllen.«

»Nichts leichter als das«, sagte der Oberst a. D. Gümpel. »Diesen Mutsch feuern wir zum Tempel hinaus. Das ist doch selbstverständlich. Wie ich Sie kenne, Reißer, erledigen Sie das mit der linken Hand.«

Ein Mann, der wie ein Schatten aussah, ein langer, dünner, gebeugter Mann, bewegte sich durch Wahlheim. Er kam aus dem Haus Semper, das neben der Eisenbahnbrücke stand, und ging durch die Straßen, über den Marktplatz, zur Panse hinunter.

In der Nähe der Kirche ging er auf Mutsch zu, der an einer Mauer stand, stieß ihn fast an und schien ihn nicht zu sehen.

»Machen Sie doch die Augen auf!« sagte Mutsch.

Der Mann, der wie ein Schatten aussah, antwortete nicht; es war, als habe er nicht hingehört, als höre er nur auf das, was in ihm vorging. Die Dunkelheit verschluckte ihn.

Später tauchte er, aus dem Stadtpark kommend, wieder an der Panse auf. Er starrte ins Wasser. Lange starrte er auf das Mondlicht, das sich im Wasser spiegelte.

Dann hob er sein Gesicht und sah in den Mond.

Der Mann, der wie ein Schatten aussah und offenbar nicht wußte, wo er hinsollte, schluchzte. Er war wie ein Tier, das mit erstickter Stimme den Mond anschrie.

Neben der Schmiede, dicht am jenseitigen Ufer der Panse, getrennt von der Tuchfabrik durch Wiesen und eine Zementstraße, stand das Haus Loos. Nächtliches Schweigen umhüllte es; nur eine Kuckucksuhr tickte laut.

Der Schmied Loos schlief. Sein Gesicht war streng und zerfurcht. Von seiner Frau war, wie immer, nichts zu bemerken.

In einer Kammer lag das Mädchen Ulrike und lächelte im Schlaf. Es hatte sich auf die Seite gedreht. Sobald Ulrike die Augen aufschlug, mußte ihr Blick auf das Kind fallen, das in einem großen Wäschekorb schlief. Die Hände dieser beiden Menschen lagen ausgestreckt über der Bettdecke.

Das Mädchen, das Mutter war, lächelte.

Mutsch traf, als er seinen nächtlichen Spaziergang beendet hatte, im Restaurant des »Ochsen« Irene Krampus. Sie nickte ihm zu und unterbrach die Kasse.

»Sie scheinen, wie ich, die Nacht zu lieben«, sagte Irene freundlich.

»Die Nächte sind friedlich, denn die meisten Menschen schlafen.«

Irene Krampus schloß die Stahlkassette ab. »Werden Sie in Wahlheim bleiben?«

»Scheuermann nimmt mich auf.«

»Das war zu erwarten. Und sonst? Weshalb bleiben Sie sonst hier?«

Mutsch lächelte ein wenig müde. »Den Verbrecher, sagt man, treibt es an den Ort seiner Tat zurück.«

»Und den Liebenden«, erwiderte Irene, »in die Arme seiner Geliebten.«

»Wenn diese Arme für ihn noch geöffnet sind!«

Die Nacht über Wahlheim löschte langsam jede Tätigkeit aus. Der Polizist Pulver hatte die Wohnung des Bürgermeisters verlassen und dann dem Bürgermeister und Oberst a. D. Gümpel, die sich nur schwer von ihren Weinflaschen getrennt hatten, das Ehrengeleit gegeben. Hochwürden Marcus schlief fest; das Brevier war zur Erde geglitten und lag dort aufgeschlagen neben seinen Pantoffeln.

Sorge und Begierde wichen der Müdigkeit. Das neugeborene Kind schrie voll Angst vor dem Leben; der Arzt schleppte sich nach Hause und dachte an die Rechnung, die er ausstellen würde. Der Journalist Flammer ließ sich aus dem Fenster seiner Freundin gleiten und schwor sich, mit ihr zu brechen.

Der Mann, der wie ein Schatten aussah, saß im Haus Semper unter einer Lampe und schrieb. Sein Mund stand offen und seine Hände waren unruhig.

»Es ist sinnlos«, sagte der Mann, der wie ein Schatten aussah.

»Es muß gut werden«, sagte Mutsch.

»Schlaf schön«, sagte das Mädchen Ulrike zu ihrem Kind.

Um fünf Uhr früh, auf die Minute genau, erhob sich der Schmied Loos. Sein Tagesablauf war streng geregelt. Nach dem Besuch der Toilette stellte er sich vor die Tür seines Hauses, warf einen prüfenden Blick auf das Tor seiner Schmiede, sah dann, über die Panse hinweg, auf die Stadt Wahlheim. Und während er das tat, ballte er die Faust in der Tasche.

Er verfluchte Wahlheim murmelnd, behauptete, daß alles Unglück von dort komme, insbesondere die Schande seines Hauses. Diese heftige Erinnerung an seine Schande ließ ihn an sein planvolles Tagewerk denken. Er setzte sich, als habe er einen Stoß bekommen, in Bewegung; er betrat die Kammer seiner Tochter Ulrike, rief leise: »Aufstehen!« Dann stellte er sich vor den Korb, in dem das Kind lag und betrachtete es lange.

»Armes Kind«, sagte er und seufzte, als schnüre ihm jemand die Luft ab.

»Ja, es ist wirklich lieb«, sagte seine Tochter Ulrike.

Der Schmied Loos warf einen anklagenden Blick auf seine mißratene Tochter. Die lächelte. Sie lächelte jeden Morgen, wenn sie aufwachte. Denn jeden Morgen erlebte sie die gleiche Zeremonie der väterlichen Betrübnis.

Loos ging in die Küche. Dort hantierte seine Frau, still und hurtig wie eine graue Maus, am Ofen. Er setzte sich an den Küchentisch, blätterte in der Bibel, wählte eine Stelle aus, überlas sie, wobei sich seine Lippen langsam bewegten. Dann steckte er ein Heiligenbild zwischen die ausgewählten Blätter, schlug die Bibel zu und legte sie, genau im rechten Winkel, an die rechte Seite seines Platzes.

Hierauf erhob sich der Schmied Loos wieder, begab sich auf den Hof und von hier zu seiner Schmiede. Er sperrte zwei klobige Schlösser auf, entfernte die Sicherheitsstange und öffnete die Torflügel weit. Er atmete den Geruch von Kohle, stinkendem Wasser, Öl und Rost. Dann ergriff er den Vorschlaghammer, hob ihn und ließ ihn auf den Amboß fallen. Er blickte in die Runde und sah vor sich die Aufgaben des neuen Tages: zwei Pflüge, einen Wagenbeschlag, ein Rad. Er hatte seine Arbeit immer geliebt.

Es schlug sechs. Und damit war die Minute gekommen, in der das Morgensüppchen auf dem Tisch zu stehen hatte. Er eilte in die Küche, nicht weil er Hunger verspürte, nur um zu sehen, ob das Essen rechtzeitig aufgetragen war. Es war aufgetragen.

Die Haferflockensuppe dampfte in der Terrine. Er sah hinein, rührte drin herum und fand sie dick genug. Dann setzte er sich. Seine Frau und seine Tochter Ulrike taten das gleiche.

Der Schmied Loos sah seine Angehörigen prüfend an. »Wollen wir beten.«

Er murmelte das Vaterunser vor sich her, sagte sein »Amen« und ergriff die Bibel. Er las die ausgesuchte Stelle mit lauter Stimme, wie ein Herold des lieben Gottes.

Dann nickte er bedeutsam und schlug die Bibel zu. Jetzt waren, wie nun schon seit Monaten, die täglichen Fragen an das Gewissen der Tochter fällig, die regelmäßig gestellt wurden, in immer gleichem Wortlaut, auch wenn es hierauf niemals eine Antwort geben würde.

»Ich frage dich jetzt abermals, Ulrike, ob du mir den Namen des Mannes nennen willst, der dich zur Mutter gemacht hat.«

»Nein«, sagte Ulrike. »Es ist mein Kind. Der Vater ist nicht wichtig.«

Der Schmied sah sie an, als sei sie die Verworfenheit in Person. »Erkennst du die Schwere deiner Sünde und bereust du sie?«

»Es war keine Sünde und daher habe ich auch nichts zu bereuen.«

»Ich bedauere dich«, sagte Loos dumpf. »Und ich werde Gott bitten, daß er dir gnädig ist.« Dann hob er die Schöpfkelle aus der dicken Suppe, die schon stark abgekühlt war, und füllte seinen Teller bis zum Rand.

Er verschlang das Essen. Sein faltiges, eingefallenes Gesicht sah aus, als habe er ewig Hunger. Mißmutig schob er den leeren Teller von sich.

»Dieses Wahlheim«, sagte er ehrlich betrübt, »ist ein Sündenbabel. Aber sie werden schon noch sehen, wohin sie damit kommen.«

Otto Reißer, der Bürgermeister, der laut Geburtsurkunde Ottokar mit Vornamen hieß, war ein Mann voller Optimismus. Eigentlich war er Metzgermeister, aber eine günstige Stunde und die Gunst einflußreicher Kreise von Wahlheim hatten ihn zum Stadtoberhaupt gemacht. Er nahm die Wahl mit Erstaunen und nicht ohne Stolz an.

Seine Tätigkeit, worüber er anfangs selbst am meisten verwundert war, konnte als außerordentlich erfolgreich bezeichnet werden, da er weder finanzielle Vorteile suchte noch weltanschauliche Entscheidungen erstrebte. Er war ein Mann des Ausgleichs. Und er war vor allen Dingen ein Mensch, der gerne im Mittelpunkt stand. Bald erfaßte ihn das Gefühl, für etwas Höheres geboren zu sein, für die großen Entscheidungen und die schönen Frauen. Er begann, vom Ruhm zu träumen und von Abenteuern.

Bald glaubte er, sich über sein bisheriges Leben beklagen zu müssen. Er war nur wohlhabend, nicht reich; zufrieden, doch nicht glücklich. Seine Metzgerei ging auch ohne ihn; ein schlesischer Flüchtling leistete dort ganze Arbeit. Seine Frau Ulrike war, wie er glaubte, keine sonderliche Schönheit; gewiß, sie hatte viel Herz und noch mehr Geld in die Ehe gebracht, aber von den großen Problemen der Zeit verstand sie wenig und von seinen privaten psychologisch-erotischen Problemen so gut wie nichts. Er fühlte sich vernachlässigt. Natürlich gebot ihm die Klugheit, seine liebe Frau, besonders in Anwesenheit wichtiger Persönlichkeiten, mit ausgesuchter Achtung, wenn nicht gar Herzlichkeit zu behandeln. Aber das alles änderte nichts daran, daß ihm seine Nächte im ehelichen Schlafgemach trostlos schienen.

So wurde denn die örtliche Politik sein Feld, auf dem er sich oft bis zur Erschöpfung aufrieb. Seine erotischen Abenteuer gab es zwar nur in seinen Gedanken, sie schlugen dort aber seltsame Purzelbäume. Er war fest entschlossen, solcherlei Phantasien einmal in die Tat umzusetzen, doch er kam einfach nicht dazu. Das Amt verbrauchte ihn; und er widmete sich ihm mit Seele und Leib.

Was ihn also ganz gegen seinen Willen zwang, ein hochanständiges Privatleben zu führen, war das komplizierte, nervenverbrauchende politische Leben der Stadt Wahlheim. Daß man nicht sein biederes Gesicht gewählt hatte, sondern seine kaufmännische Gerissenheit, war ihm schnell klargeworden. Ihn trug das Vertrauen der sogenannten nationalen Mehrheit; und er ließ sich tragen. Nur mit dieser Mehrheit konnte er ungestört verwalten, planen, beherrschen. Erst respektierte er sie nur, dann lernte er, sie zu benutzen; geliebt hatte er sie nie, aber das merkte keiner. Eins stand fest: wenn er wiedergewählt werden wollte – und das wollte er! –, dann mußte ihm die Mehrheit gewogen bleiben.

Jeden Morgen pünktlich um acht Uhr pflegte er sich, ob die Nacht vorher kurz oder anstrengend gewesen war, der Bevölkerung von Wahlheim zu zeigen.

Er verließ sein Haus, das am Marktplatz stand, zur linken Hand der Kirche, mit gut eingeübter Würde, die viel Menschlichkeit durchblicken ließ. Er sah mit Interesse seine Sekretärin, Margarete von Habern, auf die Bürgermeisterei zugehen. Er fühlte sich wohl und unternehmungslustig, denn der Tag versprach angenehm kühl zu bleiben; und er beschloß, viel zu diktieren. Er schwenkte seinen Spazierstock aus Eiche, der zwar nur zur Zierde diente, aber auch als Waffe geeignet war, und begann um den Marktplatz herumzugehen, um gegrüßt zu werden und wieder zu grüßen.

Der erste, den er traf, war Scheuermann, Abgeordneter der Sozialen und in ganz Wahlheim der einzige ernst zu nehmende Gegner für ihn. Er mißtraute diesem ironisch lächelnden Mann, der zwar keine Krawatte trug, sich aber mit Vorliebe antiproletarisch gebärdete und sich unbekümmert in die wohlgeordnete Welt Wahlheims drängte. Manchmal verabscheute er ihn sogar, denn er witterte seine Überlegenheit; aber er behandelte ihn stets mit ausgesuchter Höflichkeit.

»Grüß Gott, Herr Abgeordneter«, rief er und zog seinen Hut. »Wie geht es Ihnen?«

»Guten Tag, Herr Reißer«, sagte Scheuermann. »Gut, daß ich Sie treffe. Ich wollte Sie gerade in Ihrem Büro aufsuchen.«

Otto Reißer war entschlossen, sich durch die unverkennbare Unfreundlichkeit Scheuermanns nicht im geringsten beeindrukken zu lassen; er war von vornherein auf Schwierigkeiten gefaßt. »Was kann ich für Sie tun, Verehrtester?« fragte er überaus liebenswürdig.

»Gehen wir ins Rathaus«, schlug Scheuermann sachlich vor.

»Fangen wir ruhig an«, sagte Reißer, »denn ich bin immer und überall im Dienst. Nutzen wir doch den kleinen Gang über den Marktplatz aus. Ihre Zeit wird kostbar sein und meine gehört sowieso dem Amt.« Und er legte dem widerstrebenden Scheuermann freundschaftlich die Hand auf den Arm und begann gemächlich mit ihm durch das Geschäftszentrum Wahlheims zu wandern.

Die Stadt Wahlheim war zu voller Tätigkeit erwacht. Das frische Brot lag schon im Schaufenster; es war noch warm und glänzte. Die Zeitungsfrauen verteilten den »Wahlheimer Boten«; und der Klempnermeister Niegalke, Scheuermanns Konkurrent, überprüfte sofort, ob in der Anzeige sein Name auch richtig und groß genug gedruckt worden war. Bauern luden Gemüse, Eier und Butter ab; die Hausfrauen prüften das Angebot mißtrauisch und kauften ein. Der Buch- und Papierwarenhändler Hohlhänder stand wie üblich tatenlos vor seiner Ladentür; er grübelte darüber nach, warum seine Tochter mit übermüdeten Augen herumlief. Pfarrer Marcus umkreiste die Kirche.

Reißer, der Bürgermeister, hatte seine Augen überall; er dankte, wenn er gegrüßt wurde, er beobachtete seine Sekretärin, die sich vor der Bürgermeisterei mit dem Nichtstuer Flammer, dem Journalisten, unterhielt, und er achtete auf Scheuermann, den er wie einen lieben Freund zu behandeln bemüht war.

Scheuermann ärgerte sich darüber, denn er kannte den Trick des Bürgermeisters, der neuerdings keine Gelegenheit versäumte, um vor der Öffentlichkeit zu demonstrieren, wie freundschaftlich und leutselig er mit der sogenannten Opposition verkehrte. Im »Schwarz-weißen Ochsen« trank er ihm zu, und während der Sitzungen des Stadtrates zwinkerte er mit den Augen und wollte damit sagen: rede ruhig, lieber Scheuermann, rede ruhig gegen mich, schließlich mußt du das ja tun, wegen deiner Wähler; im übrigen aber, mein lieber Scheuermann, verstehen wir uns doch ganz ausgezeichnet! Was ist denn schon Opposition, besonders hier bei uns in Wahlheim? Wahlmache!

»Sicherlich haben Sie schon davon gehört«, sagte Scheuermann und versuchte Abstand zu nehmen, »daß Mutsch wieder zurück ist.«

Der Bürgermeister Reißer nickte. »Man hat es mir berichtet, und ich kann nicht sagen, daß es mich erfreut hat. Solche Elemente verderben die Atmosphäre unserer friedlichen Stadt, der unsere – Ihre sowohl als auch meine – Sorge gilt. Derartige Menschen, die eine bedenkliche Vergangenheit haben, sind Herde der Unruhe. Es gehört mit zu unseren Aufgaben, diese Gefahren zu erkennen und zu beseitigen.« Er grüßte mit weiter Bewegung einen Briefträger und sah Scheuermann mit listiger Freundlichkeit an.

Scheuermann räusperte sich. »Herr Mutsch«, sagte er, »hat

eine Strafe hinter sich und damit eine Tat gebüßt, die, wie Sie wissen, auch ich mißbilligt habe.«

»Ich höre das mit Freuden«, sagte Reißer. »Es zeigt mir, wieviel gemeinsame Gedanken wir haben, wenn es um das Wohl der Stadt geht.« Er sah zum Rathaus hinüber und wurde ein wenig unruhig, denn dort standen immer noch seine Sekretärin und dieser Winkeljournalist zusammen.

»Es handelt sich hier gar nicht um die Stadt«, widersprach Scheuermann, »es handelt sich um einen einzelnen Menschen, der keine Angehörigen mehr hat, der einen Beruf braucht und ein Heim.«

»Aber doch nicht in Wahlheim, Verehrtester!« Der Bürgermeister sprach das aus wie ein wohlüberlegtes Urteil, gegen das es keine Berufung gibt. Nur mühsam gelang es ihm, den Blick von seiner Sekretärin zu reißen, die vor der Tür stand und die dieser junge Schmierfink vom »Boten« anlachte.

»Was heißt das?« fragte Scheuermann massiv. »Wollen Sie hier etwa Hoheitsrechte ausüben, so wie die Landverweser im Mittelalter, die jeden ausweisen konnten, dessen Nase ihnen nicht paßte?«

Der Bürgermeister versuchte sich endgültig von dem Liebesgeplänkel vor seinem Amtsgebäude zu lösen. Flüchtig dachte er: vielleicht tun die nur so! Dann: diese Habern wird, wenn sie so weitermacht, die längste Zeit Sekretärin bei mir gewesen sein; sie hat nur Augen für den jungen Bengel und sieht nicht, daß der Chef kommt. Hierauf: dumm ist die Habern nicht, eine Schlafmütze auch nicht; die wird mich gesehen haben und inszeniert jetzt eine Art Gartenlaube mitten auf dem Marktplatz, damit ich eifersüchtig werde, das kleine Luder . . .

»Wir leben aber nicht mehr im Mittelalter«, sagte Scheuermann. »Wir leben in einer Zeit, die versucht, die Freiheit zu fördern. Jeder kann sich aufhalten, wo er will, kann tun und lassen, was er will – solange er nicht gegen die Gesetze verstößt.«

Bürgermeister Reißer nahm sich zusammen. »Wie recht Sie haben!« rief er zustimmend. »Und wie gut Sie das gesagt haben, lieber Herr Kollege. Ich stimme Ihnen bei, mit ganzer Überzeugung! Aber sehen Sie sich um, sehen Sie sich unsere schöne Stadt an: das ist gewachsen, das ist solides, verläßliches Bürgertum. Und alle diese Menschen sehen auf uns, denn sie haben uns gewählt, infolgedessen sind wir ihnen verantwortlich.«

Scheuermann unterbrach den Redestrom. »Leider, Herr Reißer, versteht jeder von uns beiden unter Verantwortung etwas anderes. Ich finde, es gibt auch eine Verantwortung dem Menschen Mutsch gegenüber, der eine Chance erhalten muß.«

»Gewiß«, sagte Reißer, »ganz gewiß braucht er seine Chance, und er wird sie auch bekommen – aber doch nicht bei uns! Er braucht einen neuen Boden, eine Umgebung, wo ihn niemand kennt. Und Deutschland ist groß. In Wahlheim ist für ihn doch kein Platz mehr. Sehen Sie, unsere Stadt ist eine Insel des Friedens. Kleinigkeiten werden hier immer vorkommen, ein Diebstahl, eine Unterschlagung, ruhestörender Lärm, vielleicht sogar Urkundenfälschung oder Betrug. Aber doch kein Gewaltverbrechen! Und von der vorsätzlichen Körperverletzung bis zum Mord ist nur ein Schritt!«

»Herr Reißer«, sagte Scheuermann sehr ernst und blieb stehen, »Ihre Stellung gegen Mutsch entspringt doch rein persönlichen Motiven! Sie handeln im Auftrag oder doch im Sinne von Direktor Seebaum!«

Der Bürgermeister versuchte, seinem Gegenüber eine Hand auf die Schulter zu legen, aber der wich aus. »Ich bin es gewohnt«, sagte Reißer mit großer Geste, »geschmäht und beschimpft zu werden. Das bringt ein Amt wie das meine automatisch mit sich. Aber ich bin nicht nachtragend, ich habe keine Zeit dazu; und außerdem entspricht das nicht meinem Charakter.«

Scheuermann sah Reißer fest an. »Ich bin entschlossen«, sagte er, »Herrn Mutsch zu mir zu nehmen, in mein Haus, in meinen Betrieb. Und ich bitte Sie daher, einen Schlußstrich zu ziehen. Vergessen Sie, was war. Erinnern Sie sich einfach nicht mehr daran. Das wäre das Beste – für uns alle.«

Bürgermeister Reißer dachte offenbar angestrengt nach. Er übersah sogar einen Grüßenden. Dann hörte er ein helles, lautes Lachen; er sah sich ruckartig um: es war seine Sekretärin, die so unverschämt laut lachte, daß es über den ganzen Marktplatz zu hören war. Und jetzt wieherte auch noch der Journalist!

»Ich rate dringend, zu vergessen, was Ihnen Direktor Seebaum eingeblasen hat«, sagte Scheuermann. »Helfen Sie mit, ein Kriegsbeil zu begraben.«

»Ich«, sagte da der Bürgermeister, der sich jetzt mit Energie ganz auf seinen Gegner Scheuermann konzentrierte, »habe nichts zu vergessen! Ich habe auch niemals ein Kriegsbeil ausgegraben. Ich würde einen Mutsch, wenn er bereut, aufnehmen wie einen Sohn unserer lieben Stadt. Aber kommt es auf mich an? Bin ich allmächtig? Ich bin doch lediglich der erste Diener dieser Stadt und habe mich ganz nach den Wünschen der Bürger zu richten, auf das Gemeindewohl zu achten. Und da, mein lieber Herr Kollege, sehe ich schwarz.«

»Sie wollen also nicht?«

»Natürlich will ich. Aber auf mich kommt es doch gar nicht an. Ich kann nur versuchen zu regulieren. Und das werde ich auch tun. Aber jetzt schon muß ich Sie warnen, lieber Herr Kollege, Sie in Besonderheit. Man wird nämlich sagen, Sie hätten sich ganz eindeutig für ein Subjekt – bitte, ich sage das, was man sagen wird, nicht das, was ich denke –, für ein Subjekt entschieden, das wegen schwerer Körperverletzung im Zuchthaus saß.«

»Er saß im Gefängnis.«

»Das weiß ich doch! Natürlich saß er im Gefängnis. Aber man wird sagen, er saß im Zuchthaus: Zuchthäusler wird man sagen.«

Scheuermann wollte sich abwenden und gehen. Aber er beschloß, noch einen letzten Versuch zu wagen. »Überlegen Sie sich das gut«, sagte er warnend. »Sie gefährden die Ruhe eines Menschen, der Ruhe nötig hat und sie auch verdient – und es könnte sogar sein, daß Sie noch ganz andere Dinge gefährden.«

»Ich bitte Sie!« sagte der Bürgermeister mit dröhnender Herzlichkeit. Er hatte beobachtet, daß seine Sekretärin den Journalisten einfach stehenließ, ihm den Rücken zudrehte und davonging, in die Bürgermeisterei hinein, ohne sich zu verabschieden. »Wenn sich einer hier etwas zu überlegen hat, dann sind Sie das. Ich fürchte nämlich«, sagte er abschließend und überaus freundlich, »Sie werden einen schweren, einen sehr schweren Wahlkampf haben.«

Uschi Scheuermann, zwölf Jahre alt, hatte den Onkel Mutsch in ihr gar nicht kleines Herz geschlossen. Das Mädchen mit der Stupsnase und den Sommersprossen hatte vor acht Jahren seine Mutter verloren und wuchs, wenig behütet und nicht im geringsten verwöhnt, bei ihrem Vater und der alten Tante Lina auf, die, ohne sich übermäßig anzustrengen, den Haushalt führte und im übrigen den lieben Gott einen guten Mann sein ließ.

Lange Jahre hindurch galt Uschi als ein sehr artiges, weil schweigsames Kind. Sie machte große Augen und hörte zu. Sie stand beim Vater in der Werkstatt, war dabei, wenn er mit Lieferanten verhandelte, und trug sein Werkzeug, wenn er Kunden aufsuchte, um Reparaturen an Ort und Stelle auszuführen. Scheuermann nahm sie sogar, damit sie nicht einsam zu Hause herumsaß, zu öffentlichen Versammlungen mit und selbst zu den internen Besprechungen der Parteifreunde. Und Uschi paßte genau auf, sagte aber nichts.

Eine Zeitlang galt sie als gutmütig und nicht sonderlich klug; und Scheuermann war der Ansicht, er habe ein sonniges Kind mit frohem Gemüt. Das aber änderte sich schnell und gründlich. Denn eines Tages griff Uschi in eine interne Besprechung der Partei ein, als es sich darum handelte, einen Feldzugsplan auszuknobeln, der geeignet war, das geplante »Projekt Schlachthof« zu Fall zu bringen; ein Projekt übrigens, von dem der Bürgermeister, als Besitzer einer Metzgerei, den meisten Vorteil hatte. Die Parteifreunde suchten damals nach schlagenden Gegenargumenten, fanden aber keine; und da rief Uschi empört: »Schlachthof! Wozu denn! Sollen sie doch zuerst in der Schule eine Toilette bauen. Die Jungen pinkeln immer gegen die Mauer!«

Das war lediglich ein bescheidener Anfang, und bald zeigte sich immer deutlicher, daß Uschi mehr gehört hatte, als für ihr kleines, waches Köpfchen gut war. Sie zog fortan sämtliche Gespräche im Hause Scheuermann an sich, diskutierte alle ihre Mitschülerinnen und den Klassenlehrer in Grund und Boden; außerdem hatte sie Kräfte wie ein Junge und die Ausdauer und Wendigkeit einer Katze; kurz: Scheuermann verwunderte sich sehr über die plötzliche Lebhaftigkeit seiner Tochter, die ihn und alles sonst Erreichbare mit entwaffnender Selbstverständlichkeit zu tyrannisieren begann.

Hieraus resultierte zunächst eine Entfremdung zwischen Vater und Tochter, denn Scheuermann war sehr vorsichtig geworden, nachdem sich das sonnige, verträumte Kind in eine Kratzbürste verwandelt hatte. Gewiß, er liebte sie noch mehr als früher, war mächtig stolz auf sie, aber er nahm sie nur noch selten mit, wenn er in Versammlungen ging oder in den Gasthof zum »Schwarz-weißen Ochsen«. So kam es, daß Uschi etwas empfand, was Erwachsene Einsamkeit nennen. Und in diese Zeit hinein kam Mutsch; und Mutsch beschäftigte sich mit ihr und war ein aufmerksamer Zuhörer. Sie liebte ihn fürchterlich!

Sie ging in die Werkstatt, stellte sich vor ihn und lächelte ihn an.

Mutsch sah von seiner Arbeit hoch, lächelte zurück und sagte: »Na, kommst du mich stören?«

»Ich will dir eine Freude machen«, sagte Uschi ernsthaft.

Mutsch nickte ihr zu. »Dann tu's.«

»Komm mit mir spazieren!« forderte sie.

»Das geht nicht, mein Fräulein«, sagte Mutsch. »Wie du siehst, habe ich zu arbeiten.«

Uschi schüttelte den Kopf. »Unsinn!« sagte sie. »Das da«, und sie stieß ihr kleines Kinn in Richtung des Rundfunkapparates, an dem Mutsch montierte, »gehört dem Lindner, und der läßt seinen Kasten immer so laut spielen, daß seine ganze Nachbarschaft vor Wut zittert. Alle freuen sich, wenn er sein Radio nicht so schnell wiederkriegt. Komm, wir gehen spazieren.«

Mutsch war anderer Meinung. »Du vergißt, daß ich eine feste Arbeitszeit habe. Erst in zwei Stunden ist Feierabend.«

Uschi wußte es besser. »Auch das ist Unsinn. Der Vater ist weggefahren, also kann dich keiner kontrollieren. Außerdem hat der Vater zu mir gesagt: wenn ich nicht dabin, wird Onkel Mutsch für dich sorgen. Jetzt sorge für mich, Onkel. Sorge dafür, daß ich an die frische Luft komme, das tut mir gut.«

Mutsch zögerte noch ein wenig. Natürlich konnte er es sich leisten, zwei Stunden früher Schluß zu machen; und er war sicher, daß Scheuermann sich freuen würde, wenn er sich mit Uschi beschäftigte. Aber er arbeitete gern; von dieser Arbeit ging etwas Seltsames aus: sie lenkte ab, sie konzentrierte seine Gedanken auf andere Dinge als auf die Erinnerungen, die ihn nicht losließen.

»Wir gehen auch in den Stadtpark«, versprach ihm Uschi. »Und wir setzen uns wieder auf den Hügel. Dann sehen wir wieder auf die Panse und auf die Schmiede vom Loos.«

Mutsch nickte; er war einverstanden. Auch Uschi nickte; sie hatte gewußt, daß er einverstanden sein würde, wenn sie die Panse, diesen Dreckfluß, und die Schmiede vom Loos erwähnen würde. Immer wieder ging Onkel Mutsch an die Panse und sah auf die Schmiede; und sie war sich noch nicht klar darüber, warum er das tat.

Sie half ihm, die Fenster und Türen der Werkstatt zu schließen; dann lieferte sie den Schlüssel bei Tante Lina ab, die ihren Nachmittagskaffee trank, und sagte: »Wir müssen jetzt einen wichtigen Kunden aufsuchen.«

Hand in Hand gingen dann Mutsch und die kleine Uschi durch Wahlheim. Sie schlenderten durch die Hauptstraße und überquerten den Markt.

Mutsch grüßte Irene Krampus, die vor ihrem Gasthof stand, mit besonderer Höflichkeit.

Irene Krampus lächelte ihm zu, wohlwollend, und dann winkte sie Uschi zu sich. »Willst du Schokolade, mein Kind?« fragte sie.

»Ich bin nicht Ihr Kind«, sagte Uschi. »Welche Sorte Schokolade haben Sie denn?«

Uschi erhielt die geliebte Krokantschokolade und zog strahlend mit Mutsch weiter, an der Kirche rechts vorbei, durch den Engelsweg auf den Stadtpark zu.

»Das ist eine feine Dame«, sagte Mutsch.

Uschi stimmte zu. »Das kann man sagen! Sie gibt mir oft Süßigkeiten. Warum eigentlich?«

Mutsch antwortete nicht. Sie hatten den Hügel über der Panse erreicht. Sie sahen jenseits des trägen Flusses die Gebäude der Papierfabrik und, dicht neben der Brücke, die Schmiede Loos. Mutsch setzte sich und betrachtete versonnen, was vor ihm lag.

Uschi teilte die Krokantschokolade andächtig in zwei gleiche Teile und gab die eine Hälfte Mutsch. Der steckte sie ein. Er wußte: Uschi duldete keine Ablehnung; sie schenkte gerne und eine Weigerung wäre eine Beleidigung gewesen. Und er wußte: in ein oder zwei Stunden, wenn sie ihren Anteil schon lange aufgegessen hatte, würde sie ein besonders freundliches Gesicht machen und sich beiläufig danach erkundigen, ob er denn keine Schokolade esse, ob sie ihm nicht schmecke, und ob er wolle, daß sie weich und ungenießbar werde. Und dann würde er sie bitten, doch so nett zu sein und die Schokolade zu verspeisen, damit sie nicht umkomme; und sie würde dann gnädig nicken und es tun.

Während Uschi kaute, betrachtete Mutsch das Gelände, das er genau kannte und das für ihn voller Erinnerungen war: dort eine Wiese, und an ihrem Rand hatte er sie zum erstenmal geküßt; weiter rechts ein großer Baum, von Buschwerk umstanden, dort hatten sie sich heimlich getroffen; die müde Panse, deren Wasser nur in den späten Nachtstunden klar war, wenn der Betrieb in der Tuchfabrik ruhte, dieses trübe Gewässer, das nicht höher als bis zu den Achseln ging und in dem sie oft gebadet hatten.

Uschi betrachtete ihn und wunderte sich. »Was Besonderes?« fragte sie. »Du siehst immer zur Schmiede hinüber.«

»Glaubst du?«

»Sicher! Warum tust du das? Was interessiert dich da so? Das sind doch ganz gewöhnliche Leute. Und das Mädchen, das dort lebt, hat sogar ein Kind und keinen Vater dazu.«

Mutsch wurde heftig aus seinen Träumen gerissen. »Was sagst du da? Die Ulrike Loos hat ein Kind?«

»Klar. Ein dickes Kind und keinen Vater!«

»Woher weißt du das?«

»Das wissen alle.« Uschi sah ein wenig betrübt aus, denn sie war beim letzten Stück Schokolade angelangt.

Mutsch wurde unruhig. Uschi merkte nichts davon. Sie rollte das Silberpapier zu einer Kugel und spielte damit. Mutsch stützte sich auf die Hände und diese Hände griffen in den Grasboden. Er starrte in die Landschaft zu seinen Füßen, die für ihn voller Erinnerungen war. Und eigentlich dieser Erinnerungen wegen war er nach Wahlheim zurückgekehrt; denn sie hatten ihn begleitet und nie losgelassen in den drei Jahren, als er in seiner Zelle in Buchenberg saß, im Gefängnishof seine Runden zog, in den Werkstätten arbeitete, durch deren Fenster nichts anderes zu sehen war als eine Mauer und ein kleines Stück Himmel. Der gleiche Himmel über ihm und Ulrike Loos.

»Was hast du?« fragte Uschi mitfühlend. »Ist dir nicht gut? Du machst so ein komisches Gesicht.«

»Hör mal«, sagte Mutsch eindringlich, »Wie alt ist das Kind? Weißt du das?«

»Welches?«

»Welches! Das von Ulrike Loos.«

Uschi sah ihn prüfend und ein wenig mitleidig an. Sie spielte mit ihrer Kugel aus Silberpapier.

Mutsch verlor die Geduld. »Sag doch!«

»Was ist mit dir los?« Uschi machte die Stirn kraus und dachte angestrengt über ihren Onkel Mutsch nach. Sie kam zu keinem rechten Ergebnis; aber er tat ihr leid, sie wußte selbst nicht, warum. »Ich will es dir sagen: das Kind ist etwa ein Jahr alt. Aber warum willst du das so genau wissen?«

Mutsch lehnte sich zurück. Er strich sich über die Stirn. Er atmete tief aus und dachte nach: sie hat also ein Kind geboren, während er schon zwei Jahre im Gefängnis saß. Und der Vater dieses Kindes ist nicht bekannt. Und er sagte: »Arme Ulrike.«

»Warum?« Uschi hörte genau zu. »Woher willst du wissen, daß sie arm ist?«

»Du hast recht!« sagte Mutsch. »Sollte ich lieber sagen: armer Mutsch?«

Uschi war verwundert. »Du lieber Himmel!« rief sie aus. »So kenne ich dich ja gar nicht. Was soll das heißen – armer Mutsch? Schließlich hast du ja mich!«

»Wie konnte ich das vergessen!« sagte Mutsch und versuchte zu lächeln. »Dafür muß ich bestraft werden.«

Uschi war damit einverstanden. »Sehr richtig!« sagte sie. »Du lieferst sofort deine Schokolade bei mir ab.«

Oberst a. D. Gümpel, Eitelheinz mit Vornamen, war nicht nur der Held von Wahlheim an der Panse, der anerkannt größte lebende Sohn des Ortes, er war auch zugleich der wichtigste Wähler der Stadt. Denn Gümpel war tonangebend: alle ehemaligen und kommenden Untergebenen respektierten ihn, außerdem hatte er viel freie Zeit und eine erstaunliche Ausdauer; er suchte die persönliche Ansprache und duldete und fand auch keinen Widerspruch.

Selbstverständlich war er der Garant des rechten Flügels; Traditionsgefühl und Überzeugungstreue bestimmten seinen Wert und Weg. Er war, auf Anraten von Direktor Seebaum, der Begründer des National-Liberalen Bürgerblocks geworden, der sich glorreich durchzusetzen verstand. Motto: wer die Heimat liebt, wählt uns – für Vaterlandsverräter ist kein Raum in unserer Stadt! Es fanden sich nicht viele, die sich als »Kreatur«, »ehrloser Geselle« oder »Demokrat« beschimpfen lassen wollten; das alles hatte natürlich nicht das geringste mit Gesinnungsterror zu tun, denn es ging doch allein um den »Sieg der gerechten Sache«, die auf ewigen Werten gegründet ist.

Er war der Mann, der, wie allgemein bekannt, auf die schäbige Pension des von ihm verachteten Staates verzichtet hatte. Er konnte sich das leisten, denn er war Generalvertreter des beliebten Waschmittels »Blanco« (Blanco-Blitz, Blanco-Trocken, Blanco-Atom), das ein gutes Einkommen garantierte, ohne daß er es nötig gehabt hätte, seinen Schreibtisch zu verlassen. Es stimmte zwar nicht ganz, daß er, wie die Sage ging, der Bundesregierung die Pension vor die Füße geworfen hatte; sie ruhte nur, da er in einem höflichen Schreiben darum gebeten hatte.

Oberst a. D. Gümpel hatte, ebenfalls auf Anraten von Direktor Seebaum, die Spitzen seiner politischen Vereinigung in den Gasthof zum »Schwarz-weißen Ochsen« gebeten, ins kleine Nebenzimmer. Hier gab er zunächst, nach einer Lage Bier, einen Rückblick auf das Geleistete, sprach sodann ausführlich über die Sicherung der erreichten Position und versuchte schließlich »die unerschütterliche Hoffnung« auf stete Sicherung und ständigen Ausbau dieser Stellung in Herzen und Hirne seiner Gesinnungsfreunde zu pflanzen.

»Kameraden«, rief er aus, »es besteht kein Zweifel darüber, daß wir auch in den kommenden Gemeindewahlen einen klaren Sieg erringen werden. Unsere Position hat sich erfreulich gestärkt und selbst ehemalige Feindmächte können uns ihre Anerkennung nicht mehr versagen. Das imponiert uns zwar nicht, wir nehmen es aber als ein Symptom. Wir können getrost in die Zukunft sehen!«

Die »Kameraden«, die zu ihm hochblickten, schienen seine Ansichten zu teilen. Kolonialwarenhändler Scheuwitz nickte heftig und oft; er war zur Zeit schnell zufriedenzustellen, denn sein Geschäft ging gut. Klempnermeister Miegalke, der sich nur wegen seiner geschäftlichen Konkurrenz mit Scheuermann in die Politik gestürzt hatte, sah hingerissen dem Oberst in die stahlblauen Augen. Gottlieb Bremer, der Chefredakteur des »Wahlheimer Boten«, starrte tiefsinnig auf die Tischdecke; er liebte und unterstützte alles, was sich gut anhörte und mit Hingabe vorgetragen wurde. Polizeiwachtmeister Pulver, der in der Nähe der Tür saß, hatte keine eigene Meinung und wartete auf die seines Bürgermeisters, um sich ihr anzuschließen.

Reißer, der Bürgermeister, trommelte ungeduldig an sein Bierglas; er schien den Optimismus des Herrn Obersten a. D. nicht zu teilen. Dann wieder war es, als höre er überhaupt nicht zu, sondern betrachte wie abwesend die Beine seiner Sekretärin, die er zur Protokollaufnahme mitgebracht hatte. Schließlich benutzte er eine winzige Pause im Redestrom des Obersten, um das Wort zu ergreifen. »Ich freue mich«, sagte er, »über ihre Zuversicht, aber ich kann sie nicht teilen.«

Pulver nickte sofort heftig; auch er teilte, wie der Bürgermeister, diese Zuversicht nicht. »Sehr richtig!« rief er.

Der Oberst a. D. Gümpel strahlte seine in langen Dienstjahren gewachsene Überlegenheit aus. »Das national gesinnte Wahlheim, also die Mehrzahl unserer Bevölkerung, steht hinter uns. Viele alte Soldaten besinnen sich wieder auf ihre verdammte Pflicht und Schuldigkeit. Kaum einer, der mich nicht mit meinem Dienstgrad anredet. Glauben Sie mir, meine Kameraden: die Zeiten, da wir auf der Stelle traten, sind endgültig vorbei.«

Der Bürgermeister zögerte nicht, Beifall zu nicken. »Ich beglückwünsche Sie«, sagte er, »zu Ihren Erfolgen. Sie sind wertvoll und erfreulich.« Dabei betrachtete er anerkennend die übergeschlagenen Beine seiner Sekretärin. »Aber dennoch finde ich, daß wir unser Ziel noch nicht erreicht haben und daß noch viel zu tun übrig bleibt.«

»Sehr richtig«, rief Pulver abermals.

Und Chefredakteur Bremer bemerkte: »Die Geschichte lehrt, daß Vollkommenheit immer ein Wunschtraum bleibt.«

Oberst a. D. Gümpel verschloß sich diesen Einwänden nicht. »Gewiß«, gab er zu, »noch bleibt manche Schlacht zu schlagen. Die große Schmach der Schleifung unseres Heldenmals ist noch nicht getilgt. Noch dürfen sich die alten Krieger nicht vereinigen. Die Tapferkeitsauszeichnungen ruhen in den Schubladen. Gewiß, das ist bedauerlich. Aber auch das wird überwunden werden, weil es überwunden werden muß!«

Der Bügermeister übte sich in Geduld; er kannte alle Argumente des Obersten a. D., sie langweilten ihn maßlos, aber er hatte herausgefunden, daß es klug war, ihnen nicht zu widersprechen. Denn das nie zu stillende Verlangen großer Teile der Bevölkerung nach Symbolen, heroischen Worten und wohltönenden Versprechen war ihm bekannt. Und der Oberst a. D. war ein Hohepriester der Phrasen; ihn wirken zu lassen, machte sich immer bezahlt.

»Immer«, versicherte der Oberst a. D. Gümpel, mannhaft die große Schmach verbergend, der er sich stets bewußt war, »immer wenn ich über den Marktplatz gehe und jene leere Stelle betrachte, auf der sich einst unser Heldenmal erhob, schwöre ich mir, nicht zu ruhen, bis dieser Schandfleck auf unserem Waffenschild getilgt ist.«

Chefredakteur Bremer sah den Obersten a. D. mit Rührung

an; das waren Worte, wert, in einem Leitartikel verarbeitet zu werden, der den Wehrwillen fördern und die Soldatenehre erneuern sollte.

Bürgermeister Reißer machte erfolgreiche Anstrengungen, ein ihn heftig anfallendes Gähnen zu unterdrücken. »Unser Herr Oberst«, sagte er, »ist ein Idealist und verdient unsere Bewunderung. Leider zwingt mich mein Amt dazu, Realist zu sein; und daher erlaube ich mir einige konkrete Vorschläge. Bitte, reichen Sie mir meine Notizen herüber, Fräulein von Habern. Danke. Also: Vor jeder Wahl steht der Wahlkampf. Jeder Wahlkampf bedeutet Auseinandersetzung. Jede Auseinandersetzung stützt sich auf zwei Methoden: Angriff und Abwehr. Für beide gibt es positive und negative Argumente!«

»Sehr gut!« rief Pulver und machte sich damit zum Sprecher der Mehrheit.

»Metternich«, sagte der Chefredakteur, seine Bildung beisteuernd.

»Jetzt bitte Ihre Vorschläge.« Der Bürgermeister lehnte sich zurück und sah erwartungsvoll um sich. Ihm war sofort klar, daß nun geraume Zeit vergehen würde. Er widmete sich wieder seiner Sekretärin: sie war schlank, graziös und hatte ein Profil wie die Garbo. Irene Krampus dagegen besaß ausgeprägtere Formen. Begehrenswert waren beide; es wäre, Zeit und Gelegenheit vorausgesetzt, ein außerordentliches Vergnügen, beide Festungen zu Fall zu bringen.

»Kommen wir also zum Positiven!« sagte der Oberst a. D. Gümpel. »Wir brauchen ein Symbol, um das sich die Mannschaft scharen kann. Ich schlage daher vor: wir setzen uns für ein neues Denkmal ein. Das wird die Geister ausrichten und kostet außerdem nicht zu viel.«

Die Versammelten enthielten sich jeder Bemerkung; sie überließen dem Bürgermeister gerne das Wort.

»Dieser Vorschlag ist ausgezeichnet!« sagte Reißer. »Aber er ist praktisch nicht durchführbar. Für ein Heldenmal ist die Zeit noch nicht reif, selbst in Wahlheim nicht. Ein anderes Denkmal kommt aber wohl kaum in Frage. Wir in Wahlheim haben leider keinen berühmten Sohn, wenn wir von Alfred Planer, dem Schriftsteller, absehen, der sich in der Emigration einen gewissen, aber doch wohl höchst fragwürdigen Namen geschaffen hat.«

»Wir sehen von diesem ehrlosen Gesellen ab!« entschied der Oberst a. D.

Bürgermeister Reißer warf einen Blick auf seine Notizen, dann einen weiteren Blick auf die Schenkel seiner Sekretärin. »Erlauben Sie mir, daß ich die Lage umreiße. Wir haben nur einen ernst zu nehmenden Gegner: die Soziale Partei, die der Abgeordnete Scheuermann anführt. Die Kirche wird neutral bleiben; sie ist ein stilles Wasser, solange niemand Steine hineinwirft. Also nur von Scheuermann sind Angriffe zu erwarten, gegen ihn müssen wir uns verteidigen.«

»Und der Angriff«, sagte der Oberst, »war schon immer die beste Verteidigung!«

»Clausewitz«, kommentierte der Chefredakteur; und er freute sich über seine Bildung.

»Die politischen Argumente sind bekannt», sagte Reißer. »Sie werden die gleichen sein wie bei der letzten Gemeindewahl. Auf diesem Gebiet ist keine Überraschung zu erwarten. Bleibt: die persönliche Sauberkeit!«

»Bei uns – kein Stäubchen!« versicherte der Oberst.

Der Bürgermeister nickte. »Ich bin davon überzeugt«, sagte er. »Doch betrachten wir unseren Gegner. Betrachten wir ihn genau.«

»Er hat vermutlich einen sehr niedrigen Dienstgrad gehabt«, sagte Gümpel.

»Nur wenige Auserlesene können Oberst sein«, sagte Reißer mit ritterlicher Geste.

»Gewiß.«

Polizeiwachtmeister Pulver meldete sich zu Wort. »Und was«, gab er zu bedenken, »ist mit diesem Mutsch los? Dieser ehemalige Sträfling ist mit Scheuermann befreundet, eng befreundet. Er wohnt sogar bei ihm. Ist das nicht bezeichnend?«

»Gleich und gleich gesellt sich gern!« rief der Oberst a. D.

»Volksmund!« erläuterte der Chefredakteur.

Bewegung kam in die Anwesenden. Klempnermeister Miegalke brach eine Lanze für das ehrenwerte Handwerk. Kolonialwarenhändler Scheuwitz machte auf die Moral, die gefährdet sei, aufmerksam. Andere verlangten »absolute Sauberkeit«.

»Man stelle sich vor«, sagte einer, »bei mir funktioniert das elektrische Licht nicht. Ich sitze mit meiner Familie, darunter zwei minderjährigen Töchtern, im Dunkeln. Und da erscheint zur Reparatur ein ehemaliger Zuchthäusler, und meine ganze Familie ist ihm ausgeliefert.«

»Das haben Sie nicht nötig«, versicherte der Klempnermeister Miegalke, »denn Sie lassen ja die Reparatur durch meine Firma durchführen. Und bei mir werden keine Zuchthäusler beschäftigt.«

»Klarer Fall!« Der Oberst a. D. hatte seine Entscheidung bereits getroffen. »Bei der Armee«, versicherte er, »wurde so ein Kerl einfach zu einem anderen Truppenteil abgeschoben. Auf unsere Situation übertragen: Dieses Subjekt muß raus aus der Stadt!«

Der Kolonialwarenhändler dachte praktisch: »Wir brauchen ihn aber doch zum Wahlkampf!«

»Wir machen ihn fertig und damit auch Scheuermann. Die einfachste Sache von der Welt!«

Der Bürgermeister Reißer hob beide Hände hoch, um den Sturm zu bannen. »Aber meine Herren!« rief er beschwichtigend. Und dann machte er seiner Sekretärin ein Zeichen: jetzt mitschreiben. »Wir werden fair sein, ich meine: ritterlich! Wir achten unseren Gegner, wenn wir ihn auch bekämpfen müssen. Und alte Soldaten wissen, daß mit dem Wert des Gegners der Ruhm des Siegers steigt. Ich schätze den Abgeordneten Scheuermann, wenn ich auch nicht mit ihm übereinstimme. Aber da eine Auseinandersetzung unvermeidlich erscheint, wollen wir nicht zögern, weil wir nicht zögern dürfen. Und ich beklage es in diesem Zusammenhang sehr, daß der Abgeordnete Scheuermann in seiner Umgebung Menschen duldet, gegen die unsere Moralbegriffe rebellieren müssen. Ich empfinde es als eine besondere Tragik, daß die Umstände uns zwingen, auf einen Übelstand mit Nachdruck hinzuweisen, der unsere Billigung nicht haben kann!« Und er machte seiner Sekretärin ein erneutes Zeichen: jetzt Stenogramm beenden.

Der Oberst hatte die Situation sofort erfaßt. »Also kurz und gut: wir machen diesem Mutsch die Hölle heiß!«

»Im Prinzip richtig«, bestätigte Reißer. »Ich bitte aber um Feingefühl, um Takt, um Diplomatie. Wir zielen auf den einen, um den anderen zu treffen. Ich vertraue auf Ihre Fähigkeit, meine Herren!«

Der Mann, der wie ein Schatten aussah, der Mann aus dem Hause Semper, mit dem grauen Gesicht, saß in seiner Kammer und starrte auf die weiß-blauen Würfel der Tischdecke. Schreibpapier lag vor ihm, aber es war leer. Er lauschte in die Stille des Hauses.

Er schloß die Augen und horchte in sich hinein. Sein Gesicht hatte scharfe Züge. Plötzlich sank sein Kopf tiefer, fiel fast auf das Schreibpapier, blieb dann aber vorgereckt, als erwarte er einen Schlag.

Unten im Haus wurden Schritte vernehmbar; sie näherten sich der Treppe, die zu seiner Kammer führte. »Sebastian!« rief eine klagende Stimme.

Der Mann, der Sebastian gerufen wurde, zuckte zusammen. Dann erhob er sich plötzlich, stopfte das leere Papier in seine Tasche und verließ die Kammer.

Er sah seine Mutter, die unten an der Treppe stand, wartend, müde, vorwurfsvoll, mitleidig und böse, nicht an. Er sah flüchtig auf seinen Vater, der in der Küche saß und in die Zeitung blickte.

Ohne seinen Kopf zu heben, sagte der Vater: »Du tust nichts, du tust immer noch nichts. Ich habe mein Leben lang gearbeitet. Jetzt lebe ich von meiner Pension. Sie reicht nicht für drei. Muß ich das immer wieder sagen?«

Sebastian Semper blieb stehen. Er sagte sehr leise: »Mich ekelt alles an! Ihr alle ekelt mich an.«

Der Vater warf die Zeitung weg, sprang hoch und schrie. Seine Worte waren nicht zu verstehen. Die Mutter weinte lautlos.

Sebastian Semper warf die Tür des kleinen Hauses hinter sich zu.

Scheu sah er sich um. Dann ging er über die Bahnschienen auf die Wiesen zu. Er umkreiste ruhelos die kleine Stadt. Er glitt in den Stadtpark und durchwanderte ihn. Er näherte sich der großen Straße, die, von Wahlheim kommend, die Panse überquert, an der Tuchfabrik vorbei zur Autobahn strebt. An den Rand dieser Straße setzte er sich; müde sah er auf das breite Band aus Kies, Steinen und Asphalt.

Sebastian Semper betrachtete seine Hände; sie waren schmal und kraftlos. Mit ihnen hatte er im seichten Gewässer der Panse geplanscht; diese Hände hatten Gewehre geladen, Schnapsgläser gehoben, das Brot im Gefangenenlager zerkrümelt, die

Decke über den frierenden Körper gezogen und Abfälle gestohlen.

Und auf diese Hände, die er im Sonnenlicht betrachtete, legte sich ein Schatten. Er sah hoch und sah Ulrike Loos.

»Wie geht es dir, Sebastian?« fragte sie und lächelte ihn an.

»Gut«, sagte er. »Gut.«

Sie ließ sich neben ihm nieder. Sie berührte seine Hände.

»Warum kommst du nicht mehr?« fragte sie ihn.

»Es ist sinnlos«, sagte er, »es ist alles sinnlos.«

Ulrike schüttelte langsam den Kopf. »Ist es nicht möglich«, sagte sie, »daß wir nicht immer sofort wissen, wozu wir auf der Welt sind? Daß oft Jahre vergehen müssen, ehe wir erkennen, was unsere eigentliche Aufgabe war? Ich weiß das nicht, ich denke mir das nur so aus. Aber es kann doch so sein. Ich, Sebastian, denke nie richtig nach, weil ich weiß, daß es für mich keinen Zweck hat. Ich lebe, wie ich leben muß.«

»Das ist doch kein Leben!«

»Ich bin zufrieden.«

Sebastian Semper sah sie nicht an. »Wie geht es dir?«

»Gut.«

»Und dem Kind?«

»Auch gut, Sebastian.«

Sie atmete tief und sah ihn mit einem scheuen Lächeln an. »Sebastian«, sagte sie dann, »du mußt dir keine Sorgen um mich machen. Um mich nicht und um das Kind auch nicht. Es geht uns gut.«

Sie saß aufgerichtet da und lächelte. Er betrachtete wieder seine Hände.

Sie unterbrach das Schweigen nur zögernd. »Bitte, sag mir, Sebastian, wenn ich irgend etwas für dich tun kann. Sag's mir. Schau, Sebastian, ich will dir doch helfen. Was soll ich tun?«

»Laß mich in Ruhe! Das ist alles, was du für mich tun kannst. Könnt ihr mich denn nicht in Ruhe lassen! Ich brauche Ruhe. Das ist alles. Nur Ruhe. Nichts weiter. Ruhe.«

Fritz Flammer, vierteljährlich kündbarer Angestellter des »Wahlheimer Boten«, war dort zugleich Redakteur für Lokales, Feuilleton und Sport – Politik und Wirtschaft hatte sich Bremer, der die Bezeichnung Chefredakteur trug, vorbehalten – ferner: Reporter, Annoncenwerber und Laufbursche. Der »Bote« erschien dreimal wöchentlich, hatte keine hohe Auflage (offiziell zwölf Tausend, also wahrscheinlich: sechs), aber dennoch großen Einfluß auf die öffentliche Meinung von Wahlheim und Umgebung. Denn nicht wenige Wahlheimer lasen nur zwei Dinge in ihrem Leben: den »Boten« und die Bibel.

Flammer hatte sehr schnell gemerkt, was eine Zeitung ist, im besonderen dann, wenn sie in Wahlheim erscheint: eine Zusammenstellung aus anderen Zeitungen, gewürzt mit einigen ortsbezüglichen Artikeln der besten Feder von Wahlheim. Das hieß: Flammer schrieb so ziemlich alles allein, Bremer strich daraus sämtliche Glanzlichter und setzte seinen Namen darunter. Flammer protestierte einmal und nie wieder; er war intelligent und sah sehr schnell ein, daß Bremer immer recht hatte. Fortan nahm Flammer, der sich selbst nie ernst nahm, auch den »Boten« nicht mehr ernst und war erfolgreich bestrebt, seine Arbeit in ein Vergnügen zu verwandeln.

Er brauchte immer Stoff, und er fand auch immer welchen; gelegentlich erfand er ihn sogar. So hatte er im vorigen Hochsommer die gesamte Bevölkerung von Wahlheim, einschließlich des Chefredakteurs und des Polizisten Pulver, mit Schilderungen über eine Einbruchserie in Atem gehalten, deren Einzelheiten er einem alten Illustrierten-Roman entnommen hatte. Aber da es galt, wöchentlich drei ganze Seiten mit Wahlheimer Ereignissen zu füllen – von der Geburtsanzeige bis zum ehrenden Nachruf –, konnte es vorkommen, daß die verbogenen Kotbleche eines simplen Autounfalls eine ausgedehnte Reportage zur Folge hatten und daß die allmonatliche Versammlung der Hundezüchter derartig ausführlich gewürdigt wurde, daß der Schriftführer die Auslassungen des »Boten« als Versammlungsprotokoll in sein Heft klebte.

In intensiver Kleinarbeit war es Flammer schon nach einem Jahr gelungen, die Bürger Wahlheims zur eifrigen Mitarbeit zu erziehen: die zwei Hotelportiers lieferten täglich eine Gästeliste ab; die Parteien, Organisationen, Verbände und Vereine richteten Pressestellen ein; Pulver verfaßte alle zwei Tage einen Polizeibericht; das Bürgermeisteramt wurde angehalten, die offiziellen Bekanntgaben mit ausführlichen Kommentaren zu versehen. Alles das flatterte Flammer auf den Tisch. Der sichtete es, wählte aus, und spürte vielversprechenden Themen mit der ihm eigenen Unbekümmertheit nach.

Besonders gerne fand er sich im Bürgermeisteramt ein, seitdem dort Margarete von Habern Sekretärin war. Er betrat das Vorzimmer, winkte freundlich, setzte sich auf einen Stuhl und betrachtete Margarete ungeniert.

»Was gibt es Neues?«

Die Habern verbarg geschickt, daß er ihr gefiel; oder besser, daß er ihr gefallen würde, wenn er seine Frechheit wenigstens ihr gegenüber eindämmen könnte. »Ihr Benehmen«, sagte sie, »ist unverändert schlecht.«

»Und Ihr Befinden, Verehrteste?«

»Auch schlecht, wenn Sie hiersind.« Margarete von Habern versuchte, weiterzuarbeiten; aber es gelang ihr nicht, sich auf ihre Tätigkeit zu konzentrieren. Sie schrieb das »Protokoll der außerordentlichen Sitzung des National-Liberalen Bürgerblocks der Stadt Wahlheim in Sachen Gemeindewahlen« und vertippte sich in Flammers Gegenwart dreimal kurz hintereinander.

»Woran arbeiten Sie?« fragte Flammer.

»Das geht Sie nichts an, mein Lieber.«

Flammer ging auf sie zu und beugte sich über das in die Schreibmaschine gespannte Papier. Er überflog die Überschrift. »Interessant!« sagte er. »Zeigen Sie mal her!«

»Das kommt gar nicht in Frage!« sagte Margarete von Habern und deckte beide Hände über das Geschriebene.

»Sie haben schöne Hände«, sagte Flammer.

Sie zog sofort die Hände zurück. Sie stülpte einen Deckel über die Maschine und sah ihn mißbilligend an. »Sie sind reichlich frech«, sagte sie dann.

»Im Gegenteil. Bei Ihnen habe ich Hemmungen. Leider. Was macht man dagegen?«

»Gehen Sie mir aus dem Weg!«

»Ausgeschlossen! Sie sind eine meiner besten Informationsquellen. Aber auch sonst möchte ich Sie nicht missen.«

Margarete von Habern schüttelte ihren schmalen Kopf. »Sie sind unmöglich!«

Flammer setzte sich wieder auf seinen Stuhl. »Lernen Sie mich näher kennen und Sie werden begeistert sein. Aber Sie weichen Ihrem Glück aus.«

»Es ist wohl dasselbe Glück, das Sie bisher der Tochter des Buchhändlers bereitet haben«, sagte die Habern.

Flammer lachte. »Sie haben davon gehört? Sehen Sie, das war

wegen meiner Bildung. Ich wollte mir einen Überblick über die neue Literatur verschaffen.«

»Und was wollen Sie sich bei mir verschaffen? Informationen? Ich sage Ihnen nur das, was der Bürgermeister für eine Publikation freigegeben hat. Nicht mehr und nicht weniger. Sie werden von mir nicht mehr erfahren, als ich Ihnen sagen darf.«

»Versuchen wir es doch mal«, sagte Flammer freundlich.

Maragarete von Habern schwieg gekränkt. Soviel Unverschämtheit, dachte sie, muß man sich bieten lassen! Dabei kann er nett sein, wenn er nur will, und lustig – warum ist er denn nicht nett zu mir und lustig mit mir?

Flammer schien ihre Gedanken erraten zu haben. »Sie sagen immer nur nein, und das ist sehr schade. Soll ich denn in die Knie fallen und Sie mit gebrochener Stimme anflehen? Wenn ich mit Ihnen ins Kino gehen will, behaupten Sie, den Film schon zu kennen. Wenn ich die Absicht habe, Ihnen im Stadtpark die neuen Blumenbeete zu zeigen, erklären Sie, nichts von Blumen zu verstehen. In der Panse baden wollen Sie auch nicht mit mir, vermutlich, weil es in der Badewanne sauberer ist. Was soll ich da machen?«

»Seien Sie still!« sagte Margarete von Habern ein wenig nervös. »Sie reden genauso blumig, wie Sie schreiben. Ihre Zeitung gefällt mir nicht.«

»Sie haben die gleiche Meinung wic ich«, versicherte Flammer. »Wir passen großartig zusammen. Wollen wir das ausprobieren?«

Margarete von Habern gab sich Mühe, dieses heikle Thema zu unterbrechen. »Erzählen Sie mir lieber, ob Sie einen gewissen Mutsch kennen. Wer ist das? Was hat er mit Scheuermann zu tun?«

Flammer horchte auf. »Wie kommen Sie jetzt gerade auf Mutsch? Wie kommen Sie im Zusammenhang mit Scheuermann auf Mutsch?«

»Nur so«, sagte die Habern ein wenig verlegen.

Aber Flammer registrierte ihre Verlegenheit sofort und gab sich mit ihrer Erklärung nicht zufrieden. Er dachte nach, betrachtete die Habern, sah auf die Schreibmaschine, vor der sie saß, bemerkte, wie sie das beschriebene Blatt ein wenig hastig zur Seite schob. »Ah!« sagte er. »Das hat mit den National-Liberalen und der Gemeindewahl zu tun.«

»Reden Sie keinen Unsinn!« sagte die Habern heftig.

Flammer lehnte sich zurück. »So unsinnig scheint mir das gar nicht zu sein. Sie! Das ist aber hochinteressant.«

Die Habern war verwirrt; ihre großen, dunklen Augen blickten ihn bittend an. »Seien Sie doch vernünftig. Ich habe Ihnen nichts gesagt. Oder wollen Sie mir Schwierigkeiten machen?«

»Natürlich nicht.« Flammer lächelte sie an. »Das heißt: wenn es sich vermeiden läßt. Ich weiß nämlich nicht, ob ich der Öffentlichkeit diese wichtige Information vorenthalten darf, oder ob es nicht zweckmäßig sein könnte, sie beim Bürgermeister gegen eine andere Information einzutauschen.«

»Ich bitte Sie«, sagte Margarete ernsthaft, »tun Sie das nicht.«

Flammer wiegte sein junges Haupt. »Das muß ich mir sehr überlegen. Wie wäre es, wenn Sie mir dabei helfen würden? Ich schlage vor: wir gehen heute abend spazieren und denken darüber nach. Einverstanden?«

»Das ist Erpressung!«

»Was bleibt mir anderes übrig! Also, wir sehen uns um acht; ich hole Sie ab.«

»Das kommt gar nicht in Frage. Sie holen mich nicht ab. Wir treffen uns am Sportplatz. Um neun.«

»Gut. Um acht Uhr am Sportplatz. Wiedersehen. Und verbindlichen Dank.«

Flammer stieg beschwingt die Treppe hinunter, begegnete dem Bürgermeister, übersah ihn aber. Er ging auf den Marktplatz und blinzelte zufrieden in den hellen Tag. Gelobt sei Mutsch! dachte er. Durch diesen Mann komme ich endlich zu einem langersehnten Rendezvous. Mehr von der Sorte nach Wahlheim!

Er überlegte, ob er in die Redaktion gehen sollte; aber die Arbeit, die dort auf ihn wartete, hatte Zeit. Auch verwarf er den Einfall, im »Schwarz-weißen Ochsen« einige Gläser Bier zu trinken; er dachte an sein Rendezvous. Einen Besuch in der Buchhandlung lehnte er ebenfalls ab. Aber es wäre nicht uninteressant, diesen sagenhaften Mutsch näher zu betrachten.

So ging er die Hauptstraße hinunter, auf das Haus von Scheuermann zu. Noch ehe er es erreichte, sah er Mutsch, der ihm entgegenkam.

»Wo gehen Sie hin?«

»Ich muß mich schikanieren lassen«, sagte Mutsch gleichmütig. »Pulver hat den amtlichen Wunsch ausgesprochen, mich zu sehen.«

»Ich begleite Sie«, erklärte Flammer bereitwillig.

»Warum?« wollte Mutsch sofort wissen.

»Ich will mit Ihnen plaudern«, sagte Flammer, »und ich will Pulver ärgern. Mißgönnen Sie mir das Vergnügen?«

»An mir soll es nicht liegen.«

Sie gingen über den Marktplatz und bogen dann links in den Kanonenweg ein, wo das Polizeirevier lag. Flammer versuchte, Mutsch auszufragen; er erhielt auch bereitwillig Auskunft, aber er wurde dadurch nicht klüger.

Polizeihauptwachtmeister Pulver wartete schon auf Mutsch. »Sie waren um drei Uhr bestellt«, sagte er.

»Und jetzt ist es halb vier«, sagte Mutsch.

»Und in Moskau«, warf Flammer ein, »ist es jetzt erst zwei Uhr dreißig.«

Pulver war über die Anwesenheit des Journalisten keineswegs erfreut. »Was wollen Sie hier eigentlich?« fragte er.

»Sie bei der Arbeit bewundern!«

»Ich verbitte mir Ihre Scherze!«

»Niemand scherzt hier, Herr Hauptwachtmeister«, versicherte Flammer ernsthaft. »Ich sammle Material für einen Artikel in der Serie ›Verdienstvolle Bürger unserer Stadt‹, Heute: Polizeihauptwachtmeister Pulver. Mit Bild.«

Pulver betrachtete die Anwesenheit des Journalisten nach wie vor als Störung; denn er hatte die Absicht, sich diesem Subjekt Mutsch intensiv zu widmen, und dabei konnte er keine Zeugen gebrauchen. Mißmutig sah er auf die beiden Männer, die jenseits der Schranke standen und ihn aufmerksam betrachteten.

»Was wollen Sie also von mir?« fragte Mutsch. »Ich habe wenig Zeit.«

»Ich aber nicht«, sagte Pulver.

Pulver wollte grob werden; aber er hielt es für klüger, Rücksicht auf die Anwesenheit des Journalisten zu nehmen.

Flammer schien sich Notizen zu machen und murmelte deutlich vernehmbar vor sich hin: »Sehr korrekt im Dienst – sehr sachlich – immer freundlich den Besuchern gegenüber – die Polizei, dein Freund und Helfer.«

Das verwirrte Pulver. Und er hatte sich das doch so vortrefflich vorgestellt: Mutsch kalt ansehen, ihn stehenlassen, dann einige

Worte wechseln, dann wieder stehenlassen, eine Notiz machen, ihn wieder stehenlassen, ihn anbrüllen, und immer wieder stehenlassen. Weich würde der Kerl werden!

»Ich habe meine Zeit nicht gestohlen«, sagte Mutsch grob. »Sagen Sie, was Sie von mir wollen, oder ich gehe wieder.«

»Ruhe!« brüllte Pulver verärgert. Aber er zog es vor, sich sofort wieder zu besänftigen, denn Flammer blickte ihn nur groß und erstaunt an und schüttelte dann langsam, voller Verwunderung den Kopf. Mutsch aber drehte sich um, als wolle er nachsehen, ob sich hinter ihm noch jemand im Zimmer befände, an den das Ruhe-Gebrüll gerichtet sei.

»Also«, sagte Pulver wieder ruhig, »ich brauche einige Angaben zur Vervollständigung Ihrer Personalien. Ich hole jetzt die Akte.« Dann ging er hinaus und setzte sich auf die Toilette.

Mutsch und Flammer sahen sich an.

»Das ist ein Herzchen«, sagte der Journalist und freute sich diebisch.

»Außerdem liegt mein Aktenstück hier griffbereit auf dem Nebentisch. Sehen Sie her. Was ich Ihnen sagte: kleine Schikane!«

Flammer beugte sich neugierig vor. »Und was steht in dem Aktenstück drin?« fragte er.

»Das möchten Sie wohl gerne wissen?«

»Klar«, versicherte Flammer.

Pulver tauchte wieder auf und setzte sich an seinen Schreibtisch. »Die Akte wird gesucht«, versicherte er. Und dann beugte er sich über ein Fahndungsblatt und tat, als ob er lese.

»Ich denke gar nicht daran, hier zu warten«, erklärte Mutsch renitent. »Entweder das Aktenstück ist da, und dann tragen Sie die Ergänzungen ein, die Sie machen wollen, oder es ist nicht da, und dann gehe ich.«

»Sie wird gesucht!« sagte Pulver gereizt.

»Und wie lange wird das dauern?«

»Das weiß ich doch nicht!«

Mutsch blieb hartnäckig am Feind. »Es kann also Stunden dauern.«

»Und wenn schon.«

»Schöner Saustall«, sagte Flammer.

Pulver schlug mit der flachen Hand auf seinen Schreibtisch, und es staubte. »Das verbitte ich mir!«

»Was ist denn los?« fragte Mutsch freundlich. »Haben Sie nun das Aktenstück, oder nicht?«

Pulver stürzte sich über den Nebentisch. Er wollte Schluß machen! Aber er fand das Aktenstück nicht. Er blickte ratlos auf einen Stoß Papiere und begann dann darin zu wühlen. Er schüttelte verwundert den Kopf. Dann stürzte er an das Regal und begann dort zu wühlen.

»Gehen wir«, sagte Flammer und klemmte seine Ledermappe unter den Arm, »sonst stehen wir morgen noch hier.«

Mutsch folgte ihm bereitwillig. Sie traten ins Freie und gingen durch den Kanonenweg auf den Marktplatz zu.

»Der kann lange suchen!« sagte Flammer gutgelaunt. »Das Aktenstück habe ich hier.« Und er schlug triumphierend auf seine Ledermappe. »Der soll suchen, bis er schwarz wird. Ich lasse ihn einige Tage zappeln, dann schicke ich ihm den Wisch per Post.«

Mutsch blieb überrascht stehen. Er schüttelte verwundert den Kopf. Dann sagte er: »Sie sind vielleicht ein Früchtchen!«

Flammer winkte heiter ab.

Ausgesprochen friedlich war die Atmosphäre im »Schwarzweißen Ochsen«. Dünner Rauch stieg zur geschnitzten Balkendecke, und ein ungemein appetitanregender Duft schwebte von der Küche her durch das große Gastzimmer. Es würde also Hammelkeule geben, die niemand in Wahlheim an der Panse so vortrefflich zubereiten konnte wie Irene Krampus. Jeden Donnerstag gab es Hammelkeule; und anerkannte Feinschmecker stellten diesen Genuß am höchsten.

Langsam füllte sich das Gastzimmer: pünktlich um neunzehn Uhr wurde die Hammelkeule serviert; wer zu spät kam, ging leer aus. Aber Eingeweihte kamen nicht zu spät: der Bürgermeister, der Oberst und die Seinen placierten sich an den Tischen in der Nähe des Fensters; Scheuermann mit Gefolgschaft bevorzugte die Plätze in der Nähe der Theke. Zwischen diesen beiden Gruppen saß Pfarrer Marcus mit seinem Organisten, dem Hauptlehrer Kuhn, und besprach mit diesem die Angelegenheiten des Kirchenchors.

Mit fast feierlicher Spannung, unter gedämpften Gesprächen, pflegte man sich sonst die Zeit bis zum Servieren der Hammelkeule zu vertreiben. Doch an jenem Tag herrschte eine unverkennbare Nervosität, und als Herd der Unruhe konnte mit Sicherheit der Tisch bezeichnet werden, an dem Mutsch saß.

Mutsch saß dort mit Flammer. Sie führten hier mit zunehmendem Bierkonsum immer lauter werdende Gespräche. Als Scheuermann zu den beiden stieß, dämpfte sich zunächst deren Lautstärke erheblich. Aber nach geraumer Zeit lachten alle drei, was im gegnerischen Lager geradezu alarmierend wirkte. Und der Oberst a. D. Gümpel trommelte ununterbrochen den Defiliermarsch auf der Tischplatte.

Die Zeit der Hammelkeule nahte bereits, als Polizeihauptwachtmeister Pulver im Lokal erschien. Er machte ein Gesicht, als stehe er vor einer Schlacht; er hatte sich das Koppel umgelegt, blitzte zunächst in Richtung Mutsch, salutierte sodann in Richtung Bürgermeister. Reißer dankte mit gewohnter Freundlichkeit, während der Oberst a. D. sein Trommeln nicht unterbrach; er verachtete heimlich den Polizisten Pulver, weil er versucht hatte, sich kameradschaftlich anzubiedern, obwohl er nur Feldwebel gewesen war, und weil er bedauerlicherweise sehr oft vergaß, mit ihm in der dritten Person zu sprechen.

Pulver stelzte zu seinem Bürgermeister und beugte sich hinunter. Selbst noch im Bücken sah er stramm aus; er sprudelte hastige Worte hervor und richtete sich dann wieder zur vollen Größe auf.

Der Bürgermeister trocknete sich seine Ohrmuschel und sah nachdenklich auf sein halbvolles Bierglas. Schließlich zuckte er die Schultern und sagte sehr zweideutig: »Tun Sie Ihre Pflicht. Tun Sie immer nur Ihre Pflicht. Ich werde Sie nie daran hindern.«

Pulver fühlte sich beflügelt und war sicher, mit starker Rükkendeckung rechnen zu dürfen. Er salutierte abermals. Dann ging er – während alle Gespräche verstummten – quer durch das große Gastzimmer auf den Tisch zu, an dem Scheuermann mit Mutsch und Flammer saß.

Er sagte laut: »Folgen Sie mir!«

Scheuermanns Augen wurden klein. Mutsch rückte seinen Stuhl zurück und sah interessiert zu Pulver hoch. Flammer warf einen kurzen Blick auf seine Aktenmappe, die Irene Krampus auf sein Verlangen hinter der Theke deponiert hatte. Eine bedrohliche Stille lag in dem großen Raum; nur fern in der Küche klapperten einige Teller.

»Ich habe mich wohl verhört«, sagte Scheuermann kühl.

Pulver verneinte. »Ich ersuche Sie, mir zu folgen!«

Irene Krampus mischte sich ein. »Lieber Herr Wachtmeister«, sagte sie herzlich, »seien Sie doch nicht so böse! Wollen Sie mir meine Gäste vertreiben? Bitte! Das kann nicht Ihr Ernst sein.«

Pulver verlor an Haltung. »Pardon«, sagte er. »Aber meine Pflicht.«

Irene strahlte ihn an. Sie wollte ihn vollends auftauen; aber Scheuermann sagte, noch kühler: »Bitte, misch dich hier nicht ein!« Und niemand fiel auf, daß er sie duzte.

Irene zog sich sofort zurück, und Pulver gewann wieder an Haltung. Scheuermann schien entschlossen, den vor aller Öffentlichkeit hingeworfenen Fehdehandschuh aufzunehmen.

»Sie fordern uns auf«, sagte er mit Schärfe, »Ihnen zu folgen. Ich ersuche Sie, mir bekanntzugeben, wer von uns Ihnen folgen soll, wohin und weshalb.«

Pulver fühlte sich im Mittelpunkt des allgemeinen Interesses. Aber sonderlich wohl war ihm nicht mehr dabei; er hatte sich seine Expedition wesentlich einfacher vorgestellt und langsam dämmerte ihm, daß es noch gar nicht feststand, ob er diese Schlacht gewinnen würde. »Ich bin in amtlicher Eigenschaft hier«, sagte er.

»Das merke ich«, sagte Scheuermann. »Ich würde mich auch sonst auf kein Gespräch mit Ihnen einlassen.« Und er registrierte, daß diese Formulierung Mißbilligung an den Tischen der Fensterwand auslöste. »Wie lange soll ich denn noch auf Ihre Erklärung warten?«

»Also«, Pulver holte tief Luft, »Sie bestehen auf einer Erklärung hier vor allen Anwesenden?«

»Ich bestehe darauf.«

Pulver sah kurz zum Bürgermeister hinüber, der ihn aber nicht ansah. Immerhin nickte ihm der Oberst a. D. Gümpel energisch zu. Das entfachte seinen Mut erneut. Er begann: »Heute nachmittag gegen sechzehn Uhr verschwand aus dem Polizeirevier die Akte Mutsch, und zwar zu einer Zeit, in der sich Herr Mutsch dort selbst aufhielt. Ich vermutete zunächst, daß die Akte verlegt worden war; Nachforschungen aber ergaben, daß dem nicht so ist. Der Verdacht liegt also nahe, daß . . . Jawohl! Und deshalb muß ich Nachforschungen halten. Ich habe mich zu Ihrem Haus begeben, Herr Scheuermann, wo auch Herr Mutsch wohnt.«

»Sehr bezeichnend!« rief der Oberst a. D. kräftig dazwischen.

»Ganz Ihrer Meinung«, rief Scheuermann sofort. »Ihr Zwischenruf ist sehr bezeichnend.«

Der Oberst wollte auffahren, aber der Bürgermeister legte ihm seine Hand auf den Arm.

»Sie wollen also«, sagte Scheuermann zu Pulver, »in meinem Haus Nachforschungen durchführen.«

»Genau das«, bestätigte der.

»Einen Augenblick«, sagte Scheuermann. Und er erhöhte noch die allgemeine Spannung, als er sich zu Mutsch hinüberbeugte und dem, unverständlich für alle Anwesenden, ins Ohr flüsterte: »Hast du das Aktenstück? Ja oder nein?«

Mutsch schüttelte den Kopf. Er sah kurz zu Flammer hinüber, der sich unbekümmert auf seinem Stuhl herumlümmelte. Dann flüsterte er zurück: »Ich habe das Aktenstück nicht – mein Wort darauf.« Und er setzte hinzu: »Mach dem Kerl ein kräftiges Feuerwerk unter den Hintern.«

Flammer nahm am Kriegsrat teil. Er sagte zu Scheuermann: »Ich kann jederzeit folgendes beeiden: Ich befand mich die ganze Zeit ebenfalls auf dem Polizeirevier. Pulver hatte die Akte nicht zur Hand. Er behauptete, sie werde im Nebenraum gesucht. Aber Mutsch hat diesen Nebenraum nie betreten. Ich bin Kronzeuge.«

Scheuermann wurde hierauf wieder laut. Er erklärte: »Ihre mehr als fragwürdigen Vermutungen, Herr Pulver, kann ich nicht ernst nehmen. Ich sehe keinen Grund, der Ihnen das Recht gibt, uns beim Abendessen zu stören. Außerdem: Haben Sie einen Haussuchungsbefehl? Nicht? Eben! Also denken wir gar nicht daran, Ihrer Aufforderung Folge zu leisten.«

»Aber . . .!« Pulver suchte hartnäckig nach Argumenten.

»Was wollen Sie noch? Belästigen Sie uns bitte nicht weiter. Oder gedenken Sie, uns zu verhaften? Wo ist Ihr Haftbefehl?«

Pulver, der Prellbock, stand einsam da und sah hilfesuchend um sich. Unwilliges und zustimmendes Gemurmel war zu hören. Der Bürgermeister studierte die Speisekarte. Der Oberst a. D. Gümpel blickte wie ein fassungsloser Feldherr geradeaus: er sah die Garde im ungeordneten Rückzug und wollte es nicht glauben. »Unerhört!« rief er scharf. »Das ist das Benehmen von Gangstern!«

»Sie können wegtreten«, sagte Mutsch großzügig; er spürte

das Bedürfnis, Gümpel, der ihn bereits verachtungsvoll fixiert hatte, wissen zu lassen, wie er über ihn denke. Laut sagte er zu seinen Freunden: »Und ich war der Meinung, dieser Verein stirbt aus.«

Der Oberst erhob sich ruckartig. Hochwürden Marcus, der Friedfertige, verschlang eilig die letzten Bissen seiner Vorspeise. Der Bürgermeister sah abwesend aus.

»Die Hammelkeule wird serviert!« rief Irene Krampus, aber niemand kümmerte sich um sie.

Pulver beschloß auszuscheiden und sank auf einen in der Nähe stehenden Stuhl. Flammer strahlte und rieb sich die Hände. Mutsch sah sehr unternehmungslustig aus.

Der Oberst a. D. Gümpel glich jetzt einem Standbild. Er klappte seinen Mund weit auf und stellte fest: »Ein Sträfling kann mich nicht beleidigen.«

Mutsch wurde bleich. Scheuermann sah das sofort, legte umständlich seine Serviette weg, schob den Stuhl zurück und machte Anstalten, sich zu erheben. Aber Mutsch hielt ihn zurück. »Das ist meine Sache«, sagte er. »Das ist ganz allein meine Sache. Überlaß ihn mir. Es ist für dich besser, wenn du dich hier nicht einmischst.«

Pfarrer Marcus, dem es schwerfiel, seine Gedanken von der duftenden, servierbereiten Hammelkeule zu lösen, breitete die Arme aus und sagte: »Aber bitte . . . Seid friedfertig!«

»Wir sind hier nicht in Ihrer Kirche!« sagte der Oberst a. D.; auch er sah keine andere Möglichkeit mehr, als diese Attacke zu Ende zu reiten mit der gebotenen Verve, die Teile von Wahlheim zwang, bewundernd zu ihm hochzublicken.

Pfarrer Marcus wollte auflodern wie ein heiliges Feuer, aber er besann sich auf seine Würde, besann sich des profanen Ortes, an dem er sich befand, erinnerte sich an die häufigen Mahnungen seiner Oberen zu Geduld und Nachsicht. Er resignierte.

»Wenn ich ein Sträfling bin«, sagte Mutsch in die atemlose Stille hinein, »dann sind Sie ein Totengräber.«

Der Oberst a. D. schaltete nicht rechtzeitig. »Wie meinen Sie das?« fragte er verblüfft.

Mutsch klärte ihn auf. »Ich habe einen Bürger dieses Ortes verprügelt. Ich tat es nicht aus Rauflust – ich tat es aus Überzeugung. Der Richter nannte das schwere Körperverletzung und dafür wurde ich eingesperrt.«

»Lächerlich kurze Zeit«, sagte der Oberst a. D.

»Sie aber«, erklärte er, »haben im Krieg einige hundert Menschen in den Tod geschickt!«

Ein heftiger Tumult brach los, vornehmlich an den Tischen in der Fensternähe. Selbst der Bürgermeister beteiligte sich daran.

»Vaterlandsverräter!« schrie eine schrille Stimme.

»Gesinnungslump!«

»Etappenschwein!«

»Ruhe!« brüllte Mutsch und es trat sofort Ruhe ein. »Lassen Sie mich ausreden«, sagte er. »Der ehemalige Oberst hat also einige hundert Menschen in den Tod geschickt. Und er tat es sicher nicht aus Sadismus oder aus Fahrlässigkeit – ich will sogar annehmen: er tat es aus Überzeugung!«

»Allerdings«, sagte der Oberst a. D.

»Nun gut«, sagte Mutsch freundlich. »Ich ließ mich aus Überzeugung in eine Prügelei ein und bekam Gefängnis. Sie schickten Menschen in den Tod, auch aus Überzeugung, und erhielten dafür Orden. Das ist alles!«

Stimmen wurden laut; Gelächter tönte dazwischen. Rauchwolken stiegen zur Decke. Biergläser wurden geleert. Irene Krampus lehnte mit blitzenden Augen an der Theke. Pfarrer Marcus hatte die Hände gefaltet.

»Das«, stellte der Oberst a. D. Gümpel fest, »zerschneidet die Tischdecke zwischen uns, zwischen ehrlichen Deutschen und einem vaterlandslosen Gesellen.«

Mutsch lächelte. Er sah zufrieden aus und schien das Schauspiel, das der erzürnte Oberst a. D. Gümpel bot, zu genießen.

Einen nicht minder zufriedenen Eindruck machte inmitten des allgemeinen Tumultes der Bürgermeister Reißer. Das Feuer war also eröffnet, und zwar gleich mit schwersten Kalibern. Er hatte seine Vorhuten ins Treffen geführt, und die schlugen sich wie die Löwen. Nicht sonderlich geschickt, aber tapfer. Das einzige, was ihn beunruhigte, war die Tatsache, daß sich Scheuermann aus der Feuerlinie hielt. Das war taktisch geschickt. Um Scheuermann herauszulocken, war ein Gegenangriff nötig.

»Gratuliere«, sagte er gedämpft zum Obersten a. D. Gümpel, der sich wieder setzte. Dann erhob er sein Glas und trank Scheuermann listig lächelnd zu. Hierauf sagte er, laut und deutlich: »Wir in unserem Wahlheim sollten eine Vereinigung für Toleranz gründen.«

»Aber nur für Menschen mit einwandfreier Vergangenheit«, knurrte der Oberst streitlustig. »Für gewisse Subjekte gibt es keine Toleranz.«

»Wie recht der Mann hat«, sagte Mutsch.

Die erste Welle der bürgerlichen Empörung, die auf Mutsch zurollte, war noch harmlos. Er hatte Mittagspause, saß auf der Bank hinter dem Haus und höhlte kunstvoll einen Kürbiskopf aus, den er zu einem grausigen Lampion umarbeiten wollte, wie er es Uschi versprochen hatte.

Uschi saß mit angezogenen Beinen neben ihm und sah mit fröhlichen Augen zu. Mutsch war es, als schnurre sie wie eine zufriedene Katze. Und er beschloß, dem Lampion grinsende Züge zu geben.

Albert, der Sohn des Bäckermeisters, lugte über den Zaun; er hatte sich auf die Zehenspitzen gestellt und war begierig, zuzusehen. »Ich komme jetzt mal rüber zu dir, Uschi«, rief er freundlich.

Uschi zuckte mit den Schultern. »Bleib, wo du bist«, rief sie, »mit Feiglingen will ich nichts zu tun haben.«

Albert sah traurig und böse aus. Er wußte nicht recht, was er sagen sollte und wippte unruhig auf den Zehenspitzen.

»Albert ist ein sehr netter Junge«, sagte Mutsch versöhnlich, »er hat dich gern, das merkt man doch.«

»Er will nicht mit mir Murmeln spielen. Er hat Angst, daß er seine Glasmurmel verliert.«

Albert, der dem Gespräch mit offenem Mund gefolgt war, rief: »Wenn du mich zuschauen läßt, spielen wir nachher um meine Glasmurmel.«

»Wir spielen erst um deine Glaskugel und dann darfst du zuschauen«, entschied Uschi.

Das entscheidende Murmelspiel fand auf dem Jahnplatz statt, der, in der Nähe von Scheuermanns Haus, zwischen Markt und Bahnhof lag. Zu Füßen der großen Linde befanden sich die Wurf-, Warte- und Ziellöcher.

Die Kunde, daß um die größte und schönste Murmel des Ortes gespielt wurde, verbreitete sich wie ein Lauffeuer in den umliegenden Häusern und Höfen; siebzehn Kinder fanden sich ein. Mutsch saß ein wenig abseits auf einer Bank; er hatte mitkommen müssen, einmal, um den Triumph Uschis mitzuerleben, dann aber auch, um nicht inzwischen die Arbeiten am Kürbiskopf fortsetzen zu können, denen Albert nach dem Spiel zusehen durfte.

Das Spiel selbst, obwohl es auf fünf Gänge angesetzt war, entschied Uschi schnell, mit einer tüchtigen Portion Glück und einer handfesten Schiebung, für sich. Sie nahm die große Kugel und hielt sie entzückt gegen die Sonne. Dann trug sie sie zu Mutsch, der sie bewundern sollte.

Mutsch gab sich begeistert, dann behauptete er, Albert zu bewundern, da der sich wie ein fairer Sportsmann benommen habe und der beste Verlierer sei, der jemals eine derartig prachtvolle Kugel besessen habe. Das schmeichelte Albert sichtlich; und doch konnte er den Verlust nicht verwinden.

Und er erklärte mitten unter den Kindern: »Ich brauche kein Lob von einem Zuchthäusler!« Dann stolzierte er davon.

Mutsch hatte Mühe, Uschi zurückzuhalten. Sie versuchte, sich aus seinen zupackenden Händen zu reißen; sie spuckte Albert nach und war nur schwer zu beruhigen.

»Laß nur«, sagte Mutsch, »reg dich nicht auf. Das ist doch nicht so schlimm. Er hat es sicherlich nicht so böse gemeint.«

»Er ist ein Schweinehund«, sagte Uschi überzeugt. Sie beruhigte sich nur langsam.

Mutsch ließ sie los. »Und außerdem«, sagte er ruhig, »hat er nicht unrecht. Er hat sich nur ungeschickt ausgedrückt.«

Die Kinder, die zurückgewichen waren, die aber nicht fortlaufen wollten, schoben sich jetzt ein wenig näher. »Stimmt das«, fragte einer, der seine blauen Augen weit aufriß, »daß du ein Zuchthäusler bist?«

»Soll ich dir eine knallen?« fragte Uschi wild.

»Nicht doch«, sagte Mutsch begütigend. »Warum sollen sie nicht fragen? Ich war im Gefängnis. Drei Jahre lang. Das stimmt.«

»Das stimmt«, sagte ein Mädchen, »meine Eltern haben auch davon gesprochen.«

»Und warum warst du im Gefängnis?« forschte der Knabe mit den großen blauen Augen.

»Stellt euch vor«, sagte Mutsch, »da war ein steinreicher Mann; der verbrauchte an einem Tag so viel wie ein armer Arbeiter in einer Woche verdient. Und da war ein armer Mann, und der geriet in Not. Da sagte ich zu dem reichen Mann: du mußt dem armen Mann, der ein Leben lang für dich gearbeitet hat, helfen, sonst werden seine Kinder verhungern. Der reiche Mann aber lachte mich aus. Da verprügelte ich ihn. Und dafür kam ich ins Gefängnis.«

»Und wer jetzt noch etwas sagt, dem kratze ich die Augen aus!« sagte Uschi abschließend.

Eine halbe Stunde später war das erste Unglück passiert. Kurze, heftige Schreie waren zu hören und ein wütendes Gekeuche.

Dasselbe wiederholte sich noch zweimal innerhalb von zwanzig Minuten.

Dann tauchte Uschi mit zerzausten Haaren und zerkratztem Gesicht wieder auf. Sie war rot vor Glück und Anstrengung.

»Denen habe ich es aber gegeben!« sagte sie stolz.

Ihre Opfer waren: Albert, der Sohn des Bäckermeisters, Karl-Heinz, der Sohn des Dentisten Feuersänger, und Felizitas, die Tochter des Friseurs, die gerade auf dem Weg zur Kinderbibelstunde gewesen war.

Karl-Heinz sah zerzaust und finster aus. Felizitas heulte. Auf Alberts Hinterkopf wuchs eine mächtige Beule.

Die Eltern reihum waren entsetzt über das Unglück, das ihre armen, kleinen Kinder betroffen hatte.

Der Bäckermeister, seinen leidenden Sohn an der Hand, überfiel den Bürgermeister, der eben vorüberkam. Obwohl Reißer einen Wähler vor sich hatte, verhielt er sich reserviert.

»Kinder sind so«, sagte er begütigend.

»Alles wegen diesem Mutsch!« rief der Bäckermeister böse.

Reißer sagte freundlich: »Sie haben natürlich recht. Menschen wie dieser Mutsch sind Elemente der Unruhe. Hier sieht man es wieder.«

Der Dentist Feuersänger war fest entschlossen, diesen Fall zur Anzeige zu bringen. Nachdem er seinem Söhnchen die Kratzwunden mit Jod ausgepinselt hatte, klebte er Leukoplast darüber und verzierte Karl-Heinz mit einem mächtigen Verband.

Als sich hierauf der kleine Feuersänger im Spiegel betrachtete, weinte er bittere Tränen, weil er sich selber so leid tat.

Der Vater begab sich mit seinem Sohn auf die Polizeiwache und störte hier den Polizisten Pulver aus seiner Nachmittagsträumerei auf. Pulver musterte seine Besucher unwillig. Dann fragte er: »Was ist mit ihm los?«

Pulver war ein geschworener Feind des Dentisten Feuersänger, denn als er vor einigen Monaten diesen Feuersänger, anstelle seines in Urlaub befindlichen Zahnarztes, aufsuchen mußte, wurde er barbarisch behandelt. Er war fest davon überzeugt, daß die dort ausgestandenen Leiden künstlich vergrößert worden waren, nur weil es Pulver zweimal fertiggebracht hatte, Feuersänger Strafmandate wegen Verstößen gegen die Verkehrsordnung zu geben.

»Die Uschi hat ihn verletzt«, berichtete Feuersänger empört.

»Im Ernst?« Pulver sah eine günstige Gelegenheit, dem Dentisten eins zu versetzen. »Was ist das für ein Junge, der sich von einem Mädchen verdreschen läßt?«

»Sie hat ihn heimtückisch überfallen und mit scharfen Gegenständen bearbeitet.«

Der kleine Feuersänger fühlte sich in seiner Mannesehre schwer gekränkt. »Ich habe es ihr aber auch gegeben. Ihre Nase hat geblutet.«

Pulver, fest entschlossen, seine Nachmittagsträumerei nicht länger unterbrechen zu lassen, wickelte den Verband ab, riß ein Heftpflaster ab und betrachtete die Kratzer. »Halb so wild«, sagte er dann, »nicht der Rede wert. Da hätte ich viel zu tun, wenn ich aus jedem Kratzer ein Aktenstück machen wollte.«

Feuersänger rief erbittert: »Daß ausgerechnet Sie diesen Mutsch in Schutz nehmen, will mir nicht in den Kopf.«

Pulver fuhr hoch. »Wovon reden Sie? Erzählen Sie ausführlich, Mann.«

Und Pulver erfuhr, daß das Mädchen Uschi, die Tochter von Scheuermann, offenbar von Mutsch aufgeputscht worden war. Das Ende sei die Schlägerei gewesen. Er überlegte lange, ob eine Polizeiaktion gerechtfertigt sei; und seine Erfahrung, mehr noch als sein Bedürfnis, seine Nachmittagsträumerei wiederaufzunehmen, bestimmte ihn, hier seine Person nicht in die Waagschale zu werfen.

Er nahm eine Aktennotiz auf für alle Fälle, und dann sagte er: »Wir werden die Sache im Auge behalten. Wenn das so weitergeht, besteht ganz Wahlheim nur noch aus Totschlägern.«

Hochwürden Marcus wehrte den Friseur ab. »Wie können Sie denn erwarten«, sagte er mit Würde, »daß ich Streitigkeiten unter Kindern zum Anlaß nehme, um von Amts wegen einzugreifen.«

»Es ist auf dem Weg zur Kirche geschehen.«

»Mag sein. Aber nicht in der Kirche.«

»Dieser Mutsch ist schuld daran!«

Hochwürden Marcus lächelte nachsichtig. »Kinder sind nicht so kompliziert wie die Erwachsenen. Sie prügeln sich wegen einer Murmel oder der Nachspeise. Sie folgen meistens nur ihren Impulsen.«

»Oder ihren Vorbildern!«

»Sie glauben doch nicht im Ernst, daß ein erwachsener Mann einem kleinen Mädchen beibringt, wie man andere Kinder verdrischt?«

»Jawohl«, sagte der Friseur, »das glaube ich.« Und er betrachtete nicht ohne Erschütterung die zerzauste Kaltwelle, die das verheulte Gesicht seines Lieblings krönte. »Dieser Mutsch ist fürchterlich. Alle sagen es.«

Uschi, nicht im mindesten betrübt und nach wie vor sehr stolz auf ihre Erfolge, saß im Wohnzimmer und trödelte an ihren Schularbeiten herum. Scheuermann und Mutsch saßen dabei und frischten ihre Kenntnisse auf. Tante Lina las im »Boten«.

»Die sind richtig!« rief Uschi plötzlich, »erst werden sie frech und dann heulen sie.«

»Darauf wird dir Onkel Mutsch antworten«, sagte Scheuermann ernst.

Mutsch nickte. »Wenn du das haben willst, gerne. – Also, Uschi: Prügel sind keine Argumente.«

»Jede Frechheit verdient eine Strafe!« Uschi war ihrer Sache völlig sicher.

Scheuermann mischte sich ein. »Du hast etwas sehr Wichtiges vergessen, Uschi. Du hast Onkel Mutsch einen schlechten Dienst erwiesen. Mit deinen Prügeleien hast du ihm geschadet.«

»Stimmt das, Onkel?«

»Es stimmt schon, Uschi. Aber mach dir nichts daraus. Ich bin nicht so leicht kleinzukriegen.«

Uschi sah ihn kameradschaftlich an. »Verlaß dich darauf, wir kriegen alle klein. Die ganze Schule habe ich durch diese drei fertiggemacht, das kannst du mir glauben. Und ihr beide übernehmt die Großen. Klar?«

»Es tut mir leid«, sagte Mutsch zu Scheuermann, als sie beide allein im Wohnzimmer saßen.

»Dir braucht nichts leid zu tun, Mutsch.«

»Ich habe dich gewarnt, aber du wolltest nicht auf mich hören.« Mutsch sah dem Rauch nach, der aus seiner Pfeife aufstieg.

»Du rauchst ein fürchterliches Kraut, Mutsch. Warum nimmst du nicht eine von meinen Zigarren?«

»Jeder soll das rauchen, was er verdient«, sagte Mutsch.

»Willst du jetzt schon eine Lohnaufbesserung?«

»Ich will dir einen anderen Vorschlag machen: ich verlasse dein Haus wieder.«

Scheuermann betrachtete Mutsch neugierig. »Du willst also weg von Wahlheim. Nun gut, ich kann das verstehen. Ich an deiner Stelle würde es vielleicht auch tun. Du kannst, wenn du willst, sofort in Frankfurt eine gute Stelle antreten. Ich habe dort Freunde. Dreihundertundfünfzig Mark netto. Wohnung ist vorhanden.«

Mutsch stieß eine dicke Rauchwolke aus. »Du hast also vorgesorgt.«

»Ich habe mit allem gerechnet.«

Mutsch klopfte seine Pfeife aus, mit kurzen, energischen Schlägen. »Nun gut, ich gehe. Ich verlasse dein Haus, aber ich bleibe in Wahlheim.«

»Hör mal zu, mein Freund«, sagte Scheuermann energisch, »solange du in Wahlheim bleibst, bleibst du bei mir. Ob das Tage oder Jahre dauert. Wofür hältst du mich eigentlich? Du bleibst in meinem Haus. Fertig.«

»Du bist ein wunderbarer Narr, Scheuermann.«

»Ich bin dein Freund«, sagte der. »Aber willst du mir nicht verraten, was dich hier in Wahlheim hält. Hier muß doch etwas sein, das stärker ist als alle Unannehmlichkeiten, Verdächtigungen und Beschimpfungen.«

»Dreimal darfst du raten«, sagte Mutsch.

Scheuermann schlug mit der flachen Hand auf den Tisch. »Hol der Teufel alle Weiber!« rief er aus. »Aber natürlich hast du recht – was sollen wir schon ohne sie anfangen! Wer ist es?«

»Das wirst du sehr bald erfahren – oder nie.«

»Du bist ein hoffnungsloser Fall. Du scheinst auf Verdacht zu lieben. Jetzt wird mir langsam alles klar: du hast sie damals verlassen und willst jetzt nachschauen, ob sie immer noch an derselben Ecke wartet, wo du sie vor vier Jahren stehengelassen hast. Mensch, Mutsch! Was kann inzwischen alles passiert sein? Am Ende stellt sich heraus, daß sie sich kaum noch an deinen Namen erinnert!«

Ulrike Loos, von Uschi begleitet, näherte sich Mutsch nur zögernd. Seitdem er entlassen worden war, hatte sie gehofft, er würde sich melden; und zugleich hatte sie sich davor gefürchtet, ihn wiederzusehen. Drei Jahre, sagte sie sich, sind eine lange Zeit; da kann sich vieles von Grund auf verändern.

Drei Jahre, sagte sich Mutsch, der ihr entgegensah, sind keine lange Zeit. Sie hat sich nicht im geringsten verändert, äußerlich bestimmt nicht. Sie ist noch immer das kleine, sehr zart aussehende Mädchen, das so gar nicht zu Vater Loos, dem robusten, versponnenen Schmied an der Pansebrücke, passen wollte.

»Es war nicht leicht, sie loszueisen«, erklärte Uschi Scheuermann, die mit großem Geschick den verschwiegenen Boten gespielt hatte. »Ist es wenigstens die Richtige?«

»Sie ist es«, sagte Mutsch. Er ging auf Ulrike zu und reichte ihr die Hand. Sie sahen sich an und schwiegen. Die Bäume des Stadtparkes umstanden sie, und Uschi Scheuermann sah neugierig zu ihnen hoch.

»Wollt ihr so stehenbleiben?« fragte Uschi verwundert. »Setzt euch doch!«

Die beiden Erwachsenen, die sich jetzt zaghaft anlächelten, nahmen gehorsam auf einer Bank Platz. Uschi stand vor ihnen und sah sie erwartungsvoll an.

»Wie wäre es«, sagte Mutsch, »wenn du dir Schokolade kaufen würdest? Hier ist eine Mark.«

»Ihr wollt mich also loswerden. Na schön! Aber die Schokolade, die ich mir kaufen will, kostet eine Mark dreißig.«

Mutsch gab ihr eine Mark fünfzig, und Uschi zog fröhlich ab.

Der Stadtpark war leer, wie immer um diese Zeit. Sie saßen auf einer Bank, die hohes Gebüsch umstand. Sie war bequem, aber nicht sonderlich breit; wenn zwei Menschen auf ihr saßen, kamen sie sich zwangsläufig sehr nahe. Damals, vor drei Jahren, hatten sie sich hier oft getroffen; es war ihre Bank, ihr Park, ihre Liebe.

»Du bist unverändert«, sagte Mutsch.

Ulrike schüttelte den Kopf. »Es ist alles anders geworden«, sagte sie. »Jetzt habe ich ein Kind.«

»Ich hörte davon, Ulrike. Ist es ein liebes Kind?«

»Es ist ein schönes Kind, es ist klug und lebhaft. Es ist mein Kind.«

»Auch wir«, sagte Mutsch versonnen, »wollten einmal ein Kind haben. Aber ich mußte mich drei Jahre lang mit anderen Dingen beschäftigen. Aber lassen wir das. Du bist noch nicht verheiratet – willst du heiraten?«

Ulrike schüttelte den Kopf und sah auf den Kiesweg zu ihren Füßen. »Muß man, wenn man ein Kind hat, auch gleich verheiratet sein?«

»Das Kind wird doch einen Vater haben.«

»Natürlich.«

»Und?«

Ulrike Loos schwieg. Ihre kleinen Hände betasteten die Sitzbretter der Bank. »Ich habe das Kind geboren. Wir zwei sind uns genug. Ich kann ohne einen Mann leben.«

Mutsch drehte sich herum und sah sie voll an. »Was ist eigentlich los?« fragte er. Er wollte ihr helfen, denn er hatte sie geliebt. »Weigert sich der Kerl etwa, seinen Vaterpflichten nachzukommen? Wenn das so ist, Ulrike, dann werde ich ihn zurechtbiegen.«

Sie sah ihn mit großen Augen an und rückte einige Zentimeter von ihm ab. »Du willst schon wieder prügeln?« fragte sie. »Ist das alles, was du kannst?« Und da sie spürte, daß er gekränkt war, fügte sie hinzu: »Es ist anders, als du denkst. Ganz anders.«

»Ist er tot?« fragte Mutsch behutsam.

Sie schüttelte heftig den Kopf. »Aber nein! Es ist nur . . . Doch das ist unwichtig.«

Sie war für einen normalen Lebensablauf offenbar nicht geboren. Ständig lebte sie im Schatten ihres Vaters. Sie war immer still, doch meist heiter. Schon als Kind zeichnete sie gerne und las Bücher, saß mit ernster Miene am offenen Fenster und summte selbsterfundene Melodien vor sich hin. Der Schmied prügelte sie gelegentlich, aber das änderte nichts. Mit zunehmendem Alter wuchs ihre zärtliche Fröhlichkeit, ihre schwebende Leichtigkeit; ihre Augen wurden groß und tief, und ihr weicher Mund lächelte. Die Tiere liebten sie; und sie liebte alles, was sich ihr bot.

Ihre erste Liebe überflutete sie. Sie war hingebend und zärtlich, aber dann schämte sie sich. Aber sie hatte Mutsch geglaubt, wenn er sagte, daß er ohne sie nicht leben könne. Mutsch war damals voller Zweifel und wirkte zuweilen hilflos wie ein Kind. Dann liebte sie ihn maßlos.

»Es ist dir wohl nicht schwergefallen«, sagte sie, »dich von mir zu trennen?«

Mutsch wich dieser Frage aus. »Du hast dich damit abgefunden«, stellte er fest.

»Selbstverständlich«, sagte sie schnell und schloß die Augen.

Sie hatte sich damit abfinden müssen! In den ersten Monaten seiner Gefängnishaft war Mutsch von der Sinnlosigkeit seines Daseins überzeugt. Er verfluchte seine Leidenschaftlichkeit, die ihn in diese Prügelei hineingerissen hatte. Und sein Unglück war auch das des Menschen, den er liebte. Und er beschloß, daß sie nicht teilhaben dürfte an diesem Verhängnis. So schrieb er denn aus dem Gefängnis an sie, daß es recht nett gewesen sei, daß sie eine schöne Zeit gehabt hätten, daß es aber jetzt besser sei, sich zu trennen, denn er könne ihr keine Zukunft bieten, nicht einmal Liebe – denn was sie als Liebe bezeichne, sei für ihn lediglich ein körperlicher Reiz gewesen.

»Wer ist der Vater von deinem Kind, Ulrike?«

Sie wich dieser Frage aus. »Du kennst ihn nicht. Niemand hier kennt ihn richtig.«

»Auch dein Vater nicht?«

»Auch der nicht«, sagte Ulrike und sah Mutsch lächelnd an; und in diesem Lächeln lag eine Überlegenheit, die er nie zuvor an ihr bemerkt hatte und die ihn erstaunte.

Er konnte sich denken, was das zu bedeuten hatte: wenn ein Mann wie der Schmied Loos sich in der Schande fühlte, dann wurde Gott in ihm zum Amboß, auf dem er die Menschen seiner Umgebung zu schmieden trachtete wie heißes Eisen. Er bereitete im Namen des Herrn eine Hölle auf Erden – aber Ulrike lächelte. Mein Gott, dachte Mutsch, nicht wenig bedrückt: sie ist stark; sie ist viel stärker als ich – ich gerate in maßlose Wut, sie lächelt.

»Im Grunde ist alles ganz einfach«, sagte Ulrike.

»Aber es sollte auch klar sein! Hilft der Kerl dir?«

»Ich bin für ihn da«, sagte sie, »er ist ja der Vater meines Kindes.«

Er hieß Sebastian Semper. Er hatte zehn Jahre Krieg hinter sich. Er war als müder Mann heimgekehrt. Er fand keinen Anschluß mehr an das Leben, das er nie richtig gekannt hatte. Er lebte, fast völlig unbeachtet, am Rande der Stadt bei seinen Eltern, die ein kleines, verfallendes Häuschen besaßen. Arbeit behagte ihm nicht, er las viel, doch nichts gründlich, er schrieb Gedichte und zerriß sie wieder. Er wandelte oft durch den Stadtpark, grübelte über sich und die Welt, malte Figuren in den Sand und sah den Vögeln nach und beneidete ihre Leichtigkeit. Und hier im Park stieß er auf Ulrike Loos, die nach Erinnerungen suchend auf jenen Wegen wandelte, die sie einst so glücklich beschritten hatte.

»Was ist mit ihm los?« forschte Mutsch. »Ist er krank?«

»Er hat keine Stellung.«

»Was kann er denn?«

»Er war im Krieg und dann in Gefangenschaft.«

Mutsch rechnete: elf Monate war das Kind alt; plus neun Monate macht zwanzig Monate. »Er muß doch mindestens schon zwei Jahre in Wahlheim sein.«

»So ungefähr. Er studiert zu Hause und schreibt Gedichte.«

»Was schreibt er? Gedichte?« Mutsch mußte grinsen: der zeugte also geistige und leibliche Kinder. Auch ein Beruf! Und er versuchte, sich die Frage zu beantworten, wie wohl Ulrike zu ihrem Dichter gekommen war; er fand keine rechte Einstellung hierzu.

Sie, das Mädchen und der Dichtende, begegneten einander und erkannten bald ihre Einsamkeit; ihn hatte die Welt verstoßen, sie der Geliebte. Sie fanden Gefallen aneinander, gaben sich zuerst Trost, dann Freude; sie trafen sich oft und heimlich. Er fand bei ihr ein wenig Ruhe. Doch er wurde schnell wieder mutlos; da brach ihre Mütterlichkeit durch, und sie verwechselte diese mit einer zärtlichen Liebe.

Als sie sich Mutter fühlte, erschrak sie heftig und machte sich Sorgen, vor allem seinetwegen! Denn sie spürte genau, daß er die Verantwortung für sein eigenes Leben kaum tragen konnte. Eine Frau wäre für ihn eine unerträgliche Belastung gewesen, ein Kind aber die Katastrophe.

Diese Gedankengänge erfüllten sie mit neuer Kraft und nahmen viel von ihrer Verträumtheit. Sie wurde vorwärtsgestoßen, aber sie war elastisch genug und ging nicht in die Knie. Das Mädchen wandelte sich zur Frau. Sie beschloß, für sich und ihr Kind allein zu sorgen und den Mann von allen Folgen zu verschonen.

»Bist du glücklich?« fragte Mutsch. »Bist du auch mit ihm glücklich?«

»Ja«, sagte sie, »er ist der Vater des Kindes, das ich sehr liebe.«

»Na schön!« sagte Mutsch abschließend. »Hoffentlich ist er das auch wert.«

Ob er das wert ist? Als sie ihm sagte, daß sie schwanger sei, war er entsetzt. Er brütete vor sich hin und erklärte dann dumpf, so nicht weiterleben zu können, so nicht weiterleben zu wollen. Schließlich willigte er ein, daß verborgen bleiben sollte, wer der Vater sei, bis andere Zeiten kämen. »Aber ob sie jemals kommen werden, Ulrike, in dieser sinnlosen Welt!« Und gelegentlich las er ihr Gedichte vor, die klangen schön und geradezu klassisch schlicht; es ging etwas ungemein Vertrautes von ihnen aus. Und da sie ihr Kind von Herzen liebte, war sie überzeugt, daß auch der Vater ein wertvoller Mensch sei.

»Es ist also wirklich alles in Ordnung?« fragte Mutsch.

»Doch. Natürlich!« versicherte Ulrike.

Mutsch betrachtete sie lange, als nehme er Abschied. »Du weißt, daß ich immer für dich da bin. Ich helfe dir gerne.«

»Du bist gut«, sagte Ulrike leise.

»Ich bin ein Idiot«, brummte Mutsch. »Ich habe dich damals aufgegeben, weil ich nicht weitersehen konnte als bis zur Gefängnismauer, die mich umgab.«

»Vergiß das. Das ist lange her. Seitdem hat sich vieles verändert.«

»Ich bin ein Sträfling, und du hast ein Kind.«

Ulrike sah ihn zärtlich an. »Das mußt du doch wissen: mich hätte es nicht gestört, daß du im Gefängnis warst.«

»Das Kind stört mich auch nicht«, sagte Mutsch.

Ulrike hob abwehrend die Hand. »Vergiß das bitte nicht: das Kind hat einen Vater.«

»Schon gut«, sagte Mutsch. »Wie heißt dieser Vater eigentlich?«

»Dir kann ich es ja sagen, denn ich weiß, daß du mein Freund bist. Er heißt Sebastian Semper.«

»Ich werde mir diesen Namen merken«, sagte er bedächtig. »Also dann: lebe wohl!«

»Auf Wiedersehen, Mutsch!«

»Ich glaube kaum, Ulrike, daß wir uns noch einmal wiedersehen werden. Ich habe in Wahlheim offenbar nichts zu suchen. Alles Gute, Ulrike. Und wenn du heiratest, dann schreib mir. Heiratest du aber nicht, schick ein Telegramm. Ich nehme dann das nächste Flugzeug.«

»Ich danke dir, Lieber, für alles!« Sie beugte sich ihm entgegen und küßte ihn auf den Mund.

Mutsch schob sie zurück. »He!« rief er verwundert. »Was soll das!«

»Du bist mein einziger Freund.«

Mutsch erhob sich. »Das wird mir zu gefährlich«, sagte er. »Es ist höchste Zeit, daß ich hier verschwinde. Freund? Ach – such dir einen anderen!«

Mutsch baute in den Radioapparat, der vor ihm stand, eine neue Skala ein. Er entfernte die Reste der alten Klebmasse und prüfte, ob das neue Glas paßte. Millimeterarbeit.

Scheuermann, in eine Rechnung vertieft, addierte stirnrunzelnd Zahlen. Großlieferanten gegenüber war er mißtrauisch; er hätte es sich nie verziehen, von ihnen übervorteilt worden zu sein.

Das Telefon klingelte. Scheuermann erhob sich mißmutig, nahm den Hörer ab und meldete sich. Dann grinste er und sagte: »Bitte, wenden Sie sich an Klempnermeister Miegalke. Der ist dafür zuständig.« Dann hängte er ab.

Mutsch sah erstaunt hoch. »Du schickst deine Kunden zur Konkurrenz?«

»Der Mann ist nicht mein Kunde«, sagte Scheuermann und grinste unentwegt. »Es handelt sich um Gümpel. Der Herr Oberst haben einen Wasserrohrbruch in der häuslichen Kaserne.«

Mutsch lachte auf. »Es scheint also doch so etwas wie eine ausgleichende Gerechtigkeit zu geben.«

Scheuermann setzte sich wieder an seine Arbeit. »Den macht selbst ein Wasserrohrbruch nicht naß. Der ist hier nicht umsonst der Leithammel.«

Mutsch lehnte sich in seinen Stuhl zurück. »Was ich noch sagen wollte, Scheuermann – die Stelle, die du mir in Frankfurt verschaffen wolltest, ist die noch zu haben?«

Scheuermann sah überrascht hoch. »Jederzeit«, sagte er. »Aber du brauchst nichts zu überstürzen. Überlege dir das in aller Ruhe.«

Wieder schrillte das Telefon. Scheuermann hob unwillig den Hörer ab. Er horchte hinein und sagte dann: »Gut. Sofort.« Er strahlte über das ganze Gesicht und warf den Hörer in die Gabel. Dann sagte er: »Der Wasserrohrbruch bei Herrn Oberst. Konkurrenz Miegalke ist auswärts. Da Notstand vorliegt, muß die Firma Scheuermann den Auftrag annehmen. Chef Scheuermann hat schwer zu tun. Infolgedessen wird sich Fachkraft Nr. 1, ein gewisser Mutsch, auf den Weg zu Herrn Oberst machen. Verstanden?«

Mutsch erhob sich freudig. »Mensch!« sagte er. »Das lasse ich mir natürlich nicht entgehen. Der wird Augen machen!«

»Herr Kamerad«, sagte Scheuermann im Kasinoton, »erbitte eingehenden Bericht nach vollbrachtem Manöver.«

»Werde mir erlauben«, sagte Mutsch in gleichem Tonfall, »laufend Gefechtsmeldungen durchzugeben.« Dann schulterte er in Eile sein Handwerkszeug und trabte los.

Frau Oberst erwartete ihn aufgeregt am Hauseingang. Sie war eine Frau, die aussah wie ein aufgescheuchtes Huhn, das aber fest davon überzeugt war, ungewöhnlich wertvolle Eier zu legen. »Kommen Sie bitte schnell, guter Mann!« rief sie ihm entgegen. »Der Herr Oberst hält den Daumen drauf.«

»Wo hält er den Daumen drauf?« fragte Mutsch.

»Auf das Loch im Wasserrohr.« Und sie huschte eilig die Treppen hoch.

Mutsch folgte ihr unternehmungslustig. Die Flurtür stand weit offen. Es roch nach Leder und alten Kleidern. Ein paar Geweihe hingen im Flur, ferner ein Bild, auf dem die Reichskriegsflagge und ein untergehender Kreuzer zu sehen waren. Mit breiten gotischen Buchstaben stand darauf: »Es sinkt das Schiff, die Ehre nie!«

In der Küche wurde die mächtige, ausgezeichnet trainierte Stimme des Obersten hörbar. »Ist der Klempner da?« brüllte Gümpel. »Er soll reinkommen!«

Mutsch näherte sich der Küchentür und weidete sich an dem Bild, das sich ihm bot: eine ausgedehnte Wasserlache bedeckte den Fußboden. Am Rohr stand Oberst a.D. Gümpel in Filzpantoffeln und preßte den Ballen seiner rechten Hand fest gegen einen Riß, der sich langsam zu vergrößern schien.

»Melde mich zur Stelle«, sagte Mutsch in ausgesuchtestem Zivilistenton.

Der Oberst fuhr, wie in den Hintern getreten, herum, vergaß den Riß im Wasserrohr abzudecken, und rief: »Was erlauben Sie sich! Wie können Sie die Frechheit besitzen, mir unter die Augen zu treten! Mein Haus ist keine Wirtsstube! Entfernen Sie sich augenblicklich, oder ich schmeiße Sie eigenhändig hinaus.«

»Wie Sie wollen«, sagte Mutsch gemütlich und machte Anstalten, sich zu entfernen.

»Franz-Theodor, ich bitte dich«, rief die Frau Oberst, die an der Küchentür stand, beschwörend aus, »es ist doch der Klempner. Der einzige Klempner, der erreichbar war!«

Gümpel kämpfte einen heroischen Kampf. Das Wasser, in dem er stand, durchnäßte ihm Filzpantoffeln und Socken. Diplomatie tat not. »Er kann kommen«, sagte er dumpf.

»Ich lasse mich nicht so behandeln«, sagte Mutsch feixend und schulterte sein Werkzeug.

»Du hast ihn verärgert«, rief die Frau klagend.

Der Oberst in den nassen Filzpantoffeln bebte vor Wut. Dabei glaubte er zu fühlen, wie das Wasser langsam an ihm hochstieg. Schließlich würgte er hervor: »Ich – bitte Sie, Mann, machen Sie doch keine Schwierigkeiten. Es ist ein Notstand. Bedenken Sie . . .«

Mutsch kam näher. »Höre ich recht? Sie bitten mich?«

»Jawohl!« rief der Oberst und bebte vor unterdrücktem Zorn.

»Es ist gut«, sagte Mutsch. Er setzte seinen Werkzeugkasten ab, präparierte eilig eine Portion Klebewerg, drückte sie in die zerborstene Stelle des Wasserrohrs und machte eine Notbandage. Dann sperrte er den Hauptschieber zu und entleerte die Rohre. Der Oberst wich nicht von seiner Seite und betrachtete ihn wie einen Rekruten, der Gewehrübungen strafweise nachzuexerzieren hat. Brennendes Verlangen überfiel ihn, diesen Kerl zu schleifen.

»So«, sagte Mutsch nach getaner Arbeit gemütlich. »Was noch zu machen ist, das soll Ihr Parteifreund erledigen.«

»Frage diesen Mann«, sagte der Oberst zu seiner Frau, »was wir ihm schuldig sind.«

»Meister Scheuermann«, sagte Mutsch, »wird Ihnen eine Rechnung über Arbeitslohn und Material zuschicken. Was Sie sonst noch schuldig sind, ist anständiges Benehmen. Ich bin nicht Ihr Putzer.«

»Was erlauben Sie sich eigentlich! Sie wissen wohl nicht, wen Sie vor sich haben.« Der Oberst glühte, stampfte mit den quatschnassen Pantoffeln auf.

»Ich weiß ganz genau, wen ich vor mir habe!«

Mutsch wendete sich ab und verließ, nicht ohne Heiterkeit, das Haus. Er mußte Scheuermann ausführlich davon erzählen. Der lachte zuerst schallend darüber, dann wurde er ernst. »Sei vorsichtig, Mutsch, sei vorsichtig!« sagte er warnend. »Der Mann ist jetzt endgültig dein Todfeind.«

»Auf einen mehr oder weniger kommt es doch nicht mehr an!«

»Der Mann hat heute noch mindestens ein Regiment hinter sich; und morgen werden es zwei sein. Du kennst diese alten Paradegäule nicht, Mutsch. Sie sind im Grunde ganz fidele Knaben; rede sie in der dritten Person an, stehe andeutungsweise stramm vor ihnen, und sie werden für dich Schlachten schlagen. Sie können aus ihrer Haut nicht heraus; nimm darauf ein wenig Rücksicht und sie fressen dir aus der Hand.«

»Mensch! Ich denke, du bist Sozialist?«

»Ich bin Politiker, Mutsch. Ich muß mit der Tagesmeinung rechnen.«

»Du bist ein Armleuchter!« rief Mutsch. »Diese Paradegäule traben durch die Gegend, weil ihnen niemand rechtzeitig beigebracht hat, daß sie allenfalls als Arbeitspferde gebraucht werden. Eigentlich schade, daß ich nicht in Wahlheim bleiben kann. Du brauchst jemand, der dich in Versuchung führt, auf die Tagesmeinung zu pfeifen.«

»Wo willst du hin?«

»Ich kenne einen, dem ich noch meine Meinung sagen muß.«

Mutsch würdigte Scheuermann keines Blickes mehr. In diesem Augenblick hatte er das Gefühl, nirgends hineinzupassen, und dabei das Verlangen, sich überall einzumengen. Er entfernte sich pfeifend aus der Werkstatt, überquerte den Jahnplatz, ging auf den Bahndamm zu und ließ sich von einem Kind das Haus Semper zeigen.

Dort klopfte er, wartete aber nicht ab, bis man ihn hereinrief; er stieß die Tür auf und betrat sofort die Küche. Er fand einen

Mann vor, der auf eine Zeitung sah, und eine Frau, die am Herd hantierte.

»Wohnt hier Sebastian Semper?« fragte Mutsch.

»Was wollen Sie von ihm?« sagte der Mann.

»Ist er da?«

»Er ist nie da«, sagte der Mann. »Er treibt sich irgendwo herum.«

Mutsch stand breit da. »Und wann eigentlich gedenkt der Herumtreiber eine vernünftige Arbeit anzufassen?«

Der Mann warf die Zeitung weg und sprang auf. »Wie sprechen Sie von meinem Sohn!«

»Kann der eine Familie ernähren, oder nicht?« Mutsch, der doch nur mittelgroß war, überragte die Insassen der Küche fast um Haupteslänge. Er sah bedrohlich aus.

»Was soll das heißen?« fragte die Frau angstvoll. »Was wollen Sie damit sagen?«

»Fragen Sie Ihren Herumtreiber danach!« sagte Mutsch roh. Die Luft in der Küche war zum Ersticken. In den Gesichtern dieser Menschen stand mürrische Hilflosigkeit. Sie vegetierten durch die Tage und ihre große Furcht hieß: Veränderung. Nur keine Veränderung.

Sie betrachteten diesen Mann, der bei ihnen eingedrungen war, mit hilflosem Haß. Mutsch drehte sich um. Es war zwecklos. Er zuckte die Schultern.

Aber dann schlug er die Tür hinter sich zu, daß das Haus in allen Fugen erzitterte.

Hochwürden Marcus sah ergeben Konstanze Kuhn entgegen, die der Herr offenbar nur in die Welt gesetzt hatte, um ihn heimzusuchen. Konstanze zerschmolz fast, als sie dem Gemeindehirten gegenüberstand, und berichtete mit eingeengtem Atem: »Wenn das so weitergeht, Hochwürden, dann prügeln sich diese Gottlosen noch in der Kirche!«

Marcus wandte sich von Konstanze ab. Er trat an das Fenster, lehnte sich gegen den Rahmen und machte den Eindruck, als denke er angestrengt nach. Konstanze versuchte, sich ihm dienstbereit zu nähern, doch eine abwehrende Handbewegung des Pfarrers hielt sie zurück. Sie gehorchte ergeben und seufzte tief.

Hochwürden Marcus grübelte, was zu geschehen habe. Er kannte seine Gemeinde. Böcke und Schafe. Sie waren friedlich, solange man sie grasen ließ, bei ihrem Bier, ihren patriotischen Gedanken und ihren kleinen Lüsten. Sie hörten ihm wohlwollend zu und nickten manchmal, sie ließen ihn leben, wenn er sie leben ließ. Sobald er aber versuchte, die Forderungen des Himmels ernstlich auf Wahlheim auszudehnen, überkam Unruhe wichtige Teile seiner Gemeinde. Und als er es einmal wagte, die Anschaffung einer würdigen Leichenhalle als vordringlich zu bezeichnen, vordringlicher als etwa ein Ehrenmal auf dem Marktplatz, griff er in ein Wespennest.

Der Oberst a. D. Gümpel hatte sich persönlich beim Bischof über ihn beschwert und ihm unterschoben, er versuche die nationale Ehre zu untergraben und vergälle so den aufrechtesten Männern von Wahlheim den Kirchgang. Und Marcus wußte, daß er bei vielen seiner Oberen nicht sonderlich beliebt war, denn seine einst überaus streitbaren Kanzelreden hatten der Kirche viel Unannehmlichkeiten verschafft. Marcus war grundsätzlich immer auf der Seite der Schwachen: während der Weimarer Republik wetterte er gegen die Gottlosigkeit der Zeit; unter der Diktatur attackierte er die angebliche Gottähnlichkeit der sogenannten Staatsmänner; später tadelte er die Besatzungsmächte und haderte mit Bonn.

Aber in den zermürbenden Jahren versiegte seine Streitlust. Sie wurde aufgerieben durch Tadel von oben und Gleichgültigkeit von unten. Er begann sich von den Menschen abzusondern; er hielt die Mitglieder seiner Gemeinde zusammen, indem er ihnen nachgab. Seine Predigten waren fortan milder und flossen schließlich dahin wie Öl. Er ereiferte sich nur noch selten und seine Temperamentsausbrüche, der heilige Zorn, wurden zur Legende. Nur ältere Kirchengänger erinnerten sich noch daran. Wehmut packte, wenn er daran dachte, den ergrauten Priester.

»Der Oberst«, sagte Konstanze Kuhn, »hat seinen Eichenstock mitgebracht. Und der andere ist als Schläger bekannt. Sie wollen ihn nicht in die Kirche lassen.«

»Übertreiben Sie auch nicht?« fragte Hochwürden milde zurück. Er hatte wenig Lust, sich einzumischen; seit vielen Monaten fühlte er sich nur noch wohl, wenn die zäh erworbene Ruhe seiner Gemeinde nicht in Gefahr geriet. »Es wird halb so schlimm sein!«

Konstanze trat vor. Seine weit ausgestreckte Hand sorgte für Abstand. Und sie sagte erglühend: »Sie wissen, wie ich Ihnen ergeben bin! Nie würde ich Sie belügen. Sie können fragen, was Sie wollen. Fragen Sie mich, was Sie wollen!«

Hochwürden Marcus zog sich in eine Ecke seines Arbeitszimmers zurück, in der ein Kruzifix hing. Diese Konstanze war ein Werkzeug des Teufels. Sie kuppelte ihre Aufdringlichkeit mit Hingabebereitschaft für die Kirche; genauer: für den Vertreter der Kirche. Sie war noch jung und recht hübsch; doch sie war überspannt und verwirrt und überschwengliche Gefühle rauschten in ihr wie ein Wasserfall.

Marcus wollte der überhitzten Atmosphäre, die sie immer um sich verbreitete, entfliehen. Selbst der handfesteste Männerstreit, der den sorgfältig gehegten Kirchenfrieden gefährden konnte, war ihm weniger unangenehm als dieses hysterische Weibsbild. Aber da es ein Gebot seiner Religion war, verirrte Seelen nicht zu verstoßen, sondern um sie zu kämpfen und sie mit Nachsicht zu läutern zu versuchen, sagte er nur: »Ich danke Ihnen!«

Konstanze errötete. »Aber für Sie tue ich doch alles, Herr Pfarrer!«

Marcus eilte hinaus und begab sich auf den Platz vor der Kirche. Hier pflegten sich vor jedem Hauptgottesdienst am Sonntag, sofern das Wetter es zuließ, die Bürger Wahlheims zu versammeln. Sie standen in Gruppen und plauderten. Erst wenn die Glocke sie rief, gingen sie familienweise in die Kirche, um sich am Klang ihrer Stimmen zu erfreuen, um Einzelheiten über die allgemeine Sittenverderbnis von der Kanzel herab zu erfahren und um Gott zu danken für Einkommen und Wohlbefinden.

Die sonst so wohltuende Atmosphäre gedämpfter, gelassenfreudiger Erwartung war einer nervösen Unruhe gewichen, die geeignet erschien, dem kommenden Gottesdienst die friedfertige Beschaulichkeit zu nehmen. Und als sich gar das verprügelte Söhnchen des Dentisten Feuersänger, den Kopf umwunden mit einem neuen, schneeweißen Verband, mit leidender Haltung zwischen den Eltern vor der Kirche einfand, gingen Wellen des Unwillens durch die versammelte Menge. Der Dentist sagte laut: »Er leidet immer noch unter starken Kopfschmerzen.«

Der Bürgermeister Reißer trat vor und reichte dem kleinen Dulder die Hand. Er enthielt sich jeder weiteren Bemerkung. Er trat wieder zurück und stellte sich an die Seite seiner Frau, die auch, wie die Tochter des Schmiedes Loos, Ulrike mit Vornamen hieß. Sie sah ihren Gatten ergeben an und glich dabei einer lebensmüden Taube. Reißer konzentrierte sich auf die Rolle, die er zu spielen beschlossen hatte. Er verstand es prächtig, besorgt auszusehen.

Er war ausgezeichneter Laune, hatte gut gefrühstückt und sah dem, was kommen mußte, mit Erwartungsfreude entgegen. Er war ein Förderer der Kirche und wußte sogar den Eindruck zu erwecken, ihr überzeugter Anhänger zu sein. Denn die Kirche hatte bisher noch jede Weltanschauung überlebt, woraus ein kluger Mann seine Schlüsse ziehen konnte. Und Pfarrer Marcus hatte sich in den letzten Jahren erfreulich gedämpft; es war nicht anzunehmen, daß er einer einzigen verirrten Seele wegen einige hundert andere verlieren wollte.

Im übrigen hatte der Bürgermeister getan, was er immer tat, wenn heikle, ein wenig fragwürdige Dinge zu erledigen waren: er setzte als Prellbock das ein, was er heimlich als »zweite Garnitur« bezeichnete. So wie es die Prokuristen sind, die unangenehme Briefe für den Chef unterschreiben müssen, die Dienstmädchen, die den Kaufleuten die Empörung oder die Zahlungsunwilligkeit der gnädigen Frau übermitteln, die kleinen Beamten, die ablehnen müssen, was ein Vorgesetzter nicht bewilligen kann oder will, genauso hatte der Oberst a. D. Gümpel die feierliche Mission übernommen, eine Gefährdung der kirchlichen Feier durch einen gewissen Mutsch zu unterbinden. Sobald Gümpel den Namen Mutsch hörte, reagierte er, als sei zum Angriff geblasen worden.

»Sie haben das nötige Taktgefühl«, versicherte Reißer, »und, wenn es sein muß, die eiserne Entschlossenheit.«

»Verlassen Sie sich auf mich! Ich werde den rechten Ton zu treffen wissen.« Und alter Gewohnheit folgend, beschloß Oberst a. D. Gümpel, nicht direkt vorzugehen, den plumpen Frontalangriff zu vermeiden, sondern indirekt eine Entscheidung zu erzwingen. Der Bürgermeister hatte ihn, den Verläßlichen, mit der Erledigung dieser Angelegenheit betraut; er seinerseits würde sie dem rechten Mann mit unmißverständlichem Operationsbefehl in die Hände legen: dem Pfarrer Marcus.

»Grüß Gott, Herr Oberst«, sagte Hochwürden friedfertig und näherte sich ihm.

»Guten Morgen, Herr Pfarrer«, dröhnte der. Er hielt den Eichenstock wie ein Schwert und sah drohend auf Mutsch, der mit dem Journalisten Flammer wortlos gegen den Kirchenzaun lehnte.

Marcus übersah die Situation sofort und er spürte, wie gefährlich sie war. Daß es immer wieder dieser Mutsch war, den er noch gar nicht richtig kannte und der es darauf angelegt zu haben schien, gefährliche Unruhe um sich zu verbreiten, erleichterte die Orientierung, machte aber auch klar, mit welcher Verbissenheit er rechnen mußte.

»Ich begrüße Ihre Anwesenheit«, sagte der Oberst a. D. Gümpel mit der fordernden Herzlichkeit der Vorgesetzten. »Wir erwarten Ihre Entscheidung.«

Der Pfarrer senkte den Kopf. Früher einmal hätte er die führenden Männer der beiden Gruppen vielleicht am Genick gepackt und ihre Köpfe zusammengestoßen, daß es krachte. Heute verspürte er keinen Zorn mehr in sich; er duldete stumm und fühlte sich unbehaglich.

Der Oberst a. D. Gümpel, im graubraunen, uniformmäßig geschneiderten Anzug, nahm Marcus zur Seite. »Herr Pfarrer«, sagte er eindringlich, »Sie wissen vermutlich ganz genau, wer hier in Wahlheim die Kirche unterstützt, und wer nicht. Ich persönlich habe mich schon immer für Feldgottesdienste eingesetzt; und als wir noch unseren Kriegerverein hatten, waren wir an jedem Heldengedenktag vollzählig bei Ihnen versammelt. Das alles wird wiederkommen. Und wenn wir ein Ehrenmal errichten – und das wollen wir eines nicht mehr allzufernen Tages! –, werde ich Sie bitten, es einzuweihen.«

»Die Kirche«, sagte der Pfarrer zurückhaltend, »freut sich über jeden Eifer, sofern er das Gute will und aus gläubigem Herzen kommt.«

»Staat und Kirche sind untrennbar«, erklärte Gümpel. »Wir allein aber sind diejenigen, die für einen Staat eintreten, der sich von der Kirche nicht trennen will. Füglich können wir auch erwarten, daß die Kirche für uns eintritt. Um konkret zu werden: es ist unsere Kirche und wir wollen nicht, daß Menschen sie aufsuchen, die unserer Wesensart zutiefst zuwider sind.«

»Was soll das heißen?« Hochwürden Marcus, um Friedfertigkeit bemüht, glaubte seinen Ohren nicht zu trauen. Er sagte fest, wenn auch sanft: »Die Kirche ist für jeden offen!«

»Mag sein!« sagte Oberst a. D. Gümpel. »Aber nicht zur gleichen Zeit für alle! Lassen Sie mich noch konkreter werden: Wir betreten die Kirche gottesfürchtig und vollzählig wie immer, das versteht sich; aber wenn diese unsere Kirche zugleich mit uns oder nach uns ein Subjekt wie dieser Mutsch betritt, dann verlassen wir sie wieder. Mein Wort darauf, Herr Pfarrer. Ich nehme an, Sie wissen, was mein Wort bedeutet? Entscheiden Sie sich also.«

Marcus war erschüttert. »Aber . . .«, sagte er nur noch und sah fassungslos auf Oberst a. D. Gümpel, der dreinblickte wie ein Feldherr während der Schlacht, wie ihn die Bilderbücher zeigen. Das war weit schlimmer, als er befürchtet hatte. Wenn wirklich geschah, was angedroht wurde, war ein Skandal unvermeidlich und das Eingreifen der ihm nicht sonderlich gewogenen Oberen gewiß.

»Wir sind für Klarheit«, sagte Gümpel entschieden.

Die Glocke begann ihr friedliches Läuten. Der Oberst a. D. setzte sich feierlich in Bewegung und an die Spitze seiner Gesinnungsfreunde und Kampfgefährten. Sie schritten auf das Kirchenportal zu. Die Orgel setzte ein. Immer mehr Menschen strömten in die Kirche, an Hochwürden Marcus vorbei.

Auch Bürgermeister Reißer schritt an Marcus vorbei, sah ihn voll Mitgefühl an und sagte: »Ich bedauere Sie, Hochwürden. Sie haben es wahrlich nicht leicht. Aber Sie sollten es sich auch nicht unnötig schwer machen.«

Marcus wischte sich den Schweiß von der Stirn. Er blickte gen Himmel, grübelte um Erkenntnis und fragte sich, was hier zu tun sei. Durfte er es darauf ankommen lassen, daß der so mühsam errungene, beharrlich bewahrte Kirchenfrieden gestört wurde? Der Gottesstreiter in ihm sagte schlicht und unbedenklich: ja! Aber dann erinnerte er sich an seine Oberen und an seine Herde und meinte zögernd und bedenklich: nein! Was sollte er nur tun!

Mutsch stand vor ihm und betrachtete ihn ernsthaft. »Nun, Hochwürden«, fragte er, »soll ich dort hineingehen – oder nicht?«

Marcus sagte: »Sie haben das Bedürfnis, dem Gottesdienst beizuwohnen? Kann ich Sie daran hindern? Darf ich das überhaupt?«

»Ich will Ihnen keine Schwierigkeiten machen.«

»Ich muß meine Pflicht tun«, sagte der Pfarrer; und er sah aus, als stünde er vor den Trümmern seines Hauses, das soeben niedergebrannt war.

Mutsch, hinter dem sich der Journalist Flammer erwartungsvoll aufgebaut hatte, versuchte zu lächeln. »Ich will Ihre Pflichten nicht unnötig komplizieren.«

»Nein!« rief der Pfarrer, als er sah, daß Mutsch sich entfernen wollte. »Nicht so! So dürfen Sie mich nicht verlassen.«

»Herr Pfarrer«, sagte Mutsch, »wir beide, Sie und ich, sollten herausgefordert werden. Es wurde mit Ihrer Sanftmut gerechnet und mit meiner Dummheit. Ersparen wir uns jede Aufregung. Das beste ist, wir halten uns zurück; so enttäuschen wir die anderen und bewahren uns unseren Gleichmut.«

»Was soll das!« Flammer gab sich empört. »Jeder hat ein Recht auf Gott! Wenn selbst die Kirche vor diesen Scharlatanen kapituliert, dann ist das das Ende!«

»Sie sind noch sehr jung«, sagte Marcus.

Und Sie sind schon sehr alt, dachte Flammer und hätte es beinahe auch gesagt.

Mutsch lächelte bitter. »Leben Sie wohl, Herr Pfarrer«, sagte er resigniert.

Damit ging Mutsch und Flammer schloß sich ihm an.

Hochwürden Marcus sah ihnen nach, wie sie über den leeren Platz schritten. In der Kirche erklang ein Choral. Sie sangen kräftig in Wahlheim, wenn auch nicht sehr harmonisch. Der Pfarrer sagte sich: ich muß sie zurückholen, ich muß sie – komme, was wolle! – ich muß sie in die Kirche geleiten und ihnen einen Platz in den vorderen Bänken anweisen. Wie wahr das doch ist, was der junge Mensch sagte: Jeder hat ein Recht auf Gott! Wer anklopfte, mußte eingelassen werden. Wer das nicht dulden wollte, stellte sich Gott in den Weg.

Und er sagte laut: »O Herr, wie habe ich nur zögern können!«

Doch ehe er den beiden nachstürzte, überfiel ihn der Gedanke: Und was dann, wenn er gar nicht gekommen ist, um Gott aufzusuchen, sondern nur, um sich an der Gemeinde zu reiben? Was dann?

Doch diesen Gedankengang verwarf er. Nein, er durfte nicht den Eintritt in das Gotteshaus denen streitig machen, die Zuspruch nötig hatten und nach Hilfe dursteten, wenn sie auch vielleicht nichts davon wußten.

So war er denn entschlossen, Mutsch nachzueilen. Doch der war mit Flammer bereits seinen Blicken entschwunden und hatte sich in den Gasthof begeben, der so überaus günstig in unmittelbarer Nähe der Kirche lag. Ehe der Pfarrer noch überlegen konnte, ob es recht getan und mit der Würde seines Gewandes vereinbar wäre, sich in vollem Ornat in den »Schwarz-weißen Ochsen« zu begeben, sah er die Jungfrau Konstanze Kuhn ergeben und mit feuchten Kuhaugen auf sich zukommen.

Da flüchtete er in die Kirche und in seine Predigt. Und seine Worte klangen bitter.

Sie betraten das Gasthaus zum »Schwarz-weißen Ochsen«. Mutsch schwieg erschöpft, Flammer lärmte verärgert.

Der Kellner, der mit zwei Serviermädchen das Lokal für den Ansturm nach dem Gottesdienst vorzubereiten hatte, weigerte sich, sie zu bedienen. »Um diese Zeit ist bei uns Betriebsruhe«, sagte er.

»Wo wir eintreffen«, erklärte Flammer, »hört die Ruhe auf!« Und dann brüllte er wie ein Großlautsprecher: »Frau Krampus!« Mutsch versuchte inzwischen, ob der Bierhahn funktionierte, was der Fall war.

Der Kellner rang verzweifelt seine Hände, hielt sich aber im Hintergrund.

»Tut mir leid«, sagte Flammer zu Mutsch. »Das mit der Kirche tut mir ehrlich leid. Ich hätte Sie nicht auf diesen Gedanken bringen sollen. Aber ich habe nicht mit der Schwäche dieses Pfarrers gerechnet. Es ist ja trostlos, wie milde der geworden ist. Wenn der früher vom Teufel sprach, zeigte er immer in die Richtung, wo der Ortsgruppenleiter saß. Vorbei das alles. Ein müdes altes Schlachtroß Gottes. Ich habe das nicht wissen können.«

»Macht nichts«, sagte Mutsch. »Jetzt wissen wir es. Und jede Erfahrung kostet einiges.«

Und erneut brüllte Flammer wie ein Großlautsprecher: »Frau Krampus! Kundschaft!«

Irene Krampus erschien oben an der Treppe. Sie hatte sich in einen blauen Morgenrock gehüllt; ihr Anblick erregte Flammers Entzücken. Und betrübt dachte er an die Tochter des Papierwarenhändlers, die steif war wie ein Stück Holz, und an Margarete von Habern, die Sekretärin des Bürgermeisters, die spröde war wie Glas.

»Was ist los?« fragte Irene. »Warum schreien Sie so fürchterlich? Sind Sie befördert worden?«

»Hinausbefördert! Und deshalb wollen wir jetzt saufen. Die Kerle haben meinen Freund Mutsch nicht in die Kirche hineingelassen.«

Der Kellner schob sich vor. »Ich habe den Herren bereits gesagt, daß um diese Zeit nichts ausgeschenkt wird.«

»Durchaus richtig«, sagte Irene. »Im Prinzip ist das so. Aber hier handelt es sich um eine Ausnahme. Geben Sie den Herren das kleine Nebenzimmer und servieren Sie ihnen, was sie wollen. Ich komme gleich.«

Flammer bewunderte ihre Rückenpartie, bis zu den strumpflosen Beinen hinunter, die in roten Morgenschuhen steckten. »Das ist eine Frau!« sagte er und ging mit Mutsch auf das kleine Nebenzimmer zu. »Dieses Wahlheim! Zuerst war ich immer nur allein und habe gedacht: ist ja alles scheißegal! Dann kamen Sie, Mutsch, und ich sage Ihnen ehrlich, daß ich mir einige Hoffnungen gemacht habe. Ich habe gedacht: vielleicht kommt jetzt ein frischer Wind! Aber kein Lüftchen regt sich. Man erstickt hier.«

»Kognak, Herr Ober«, sagte Mutsch.

»Aber bringen Sie gleich die ganze Flasche!«

Sie setzten sich gegenüber, sahen sich an, nickten sich zu und grinsten verlegen. Dann tranken sie.

»Die ganze Welt«, erklärte Flammer überzeugt, »ist ein Misthaufen. Aber ich habe immer gedacht, Sie, Mutsch, Sie wären ein Lichtblick.«

»Ich verlasse Wahlheim«, sagte Mutsch.

»Ich verstehe das«, sagte Flammer feierlich, nach dem dritten Kognak, »und ich bedauere das. Wir hätten sicherlich manchen Spaß zusammen gehabt.«

»Schon möglich«, sagte Mutsch.

Flammer trank mit Hingabe Kognak. »Ich bin jetzt in einer Pechsträhne«, verriet er. »Mein Chef verlangt von mir, daß ich wie eine gesengte Sau schreibe. Gut, ich schreibe also wie eine gesengte Sau. Das ist das eine. Kommt hinzu, daß ich die eine Braut nicht loswerden und die andere nicht kriegen kann. Darunter leidet mein seelisches Gleichgewicht. Weiter wird von mir verlangt, daß ich diversen Honoratioren literarisch in den Hintern krauche, aus Anlaß des kommenden Wahlkampfes.«

»Und Sie krauchen?«

»Ich sträube mich«, sagte Flammer und trank einen weiteren Kognak. »Aber ich werde es wohl müssen. Sehen Sie – und da fehlt mir ein Ventil. Deshalb haben Sie mich enttäuscht. Sie hätten darauf bestehen müssen, in die Kirche eingelassen zu werden. Als Mensch und Christ. Der Pfarrer hätte nicht nein sagen dürfen, ich kenne mich da aus. Und ein Heidenkrach wäre fällig gewesen.«

»Auf meine Kosten«, sagte Mutsch freundlich. »Und auf Kosten des Pfarrers. Möglicherweise hätte sogar Scheuermann einen stattlichen Teil davon bezahlen müssen, denn ihn allein wollen sie abschießen. Nein, es ist gut so, wie es ist!«

Flammer roch an seinem Kognak. »Haben Sie eine Ahnung, was alles hätte passieren können! Nehmen wir an, Sie wären hineingegangen. Was dann? Gümpel hätte mit seinen Mannen die Kirche verlassen und der Skandal wäre fertig gewesen. Der Pfarrer wäre zum Bischof gegangen, und der hätte sich vor seinen Geistlichen gestellt; er kann doch gar nicht anders. Jetzt die Presse! Ich hier: erste Seite, vierspaltig. Sie müssen wissen, Mutsch, Kirche ist tabu. Über die Kirche nur Lobeshymnen! Jetzt aber die Zeitungen in der Landeshauptstadt: Rebellion in Wahlheim! Das Kirchenblatt! Der Rundfunk! Illustrierte veröffentlichen mehrseitige Berichte! Bild des Pfarrers vor dem Kirchenchor: ein Gottesstreiter! Der Oberst a. D. mit Trabanten: die Kirchenfeinde! Der gottlose Gümpel! Der Wahlheimer Sumpf! Der Bürgermeister am Schreibtisch: Er wäscht seine Hände in Unschuld. Ein Firmling; süß und unschuldig: Werde ich ein Kind des Herrn oder ein Opfer der Auseinandersetzungen? Dann Ihr Bild, Mutsch, ganz groß, aufgenommen an der Werkbank . . .«

»Genau das will ich vermeiden.«

»Sie sind keine Kampfnatur.«

»Ich bin kein Idiot, Flammer. Und außerdem habe ich die Lust verloren. Es lohnt sich nicht.«

Die Tür öffnete sich und Scheuermann betrat den Raum. Er ging auf Mutsch zu. »Stimmt das«, fragte er besorgt, »daß sie sich geweigert haben, dich in die Kirche hineinzulassen?«

»Woher weißt du das?«

»Es hat sich herumgesprochen.«

Flammer füllte sein Glas bis zum Rand. »Seltsame Stadt«, sagte er mit schwerer Zunge. »Alle, die dabei waren, gingen in die Kirche und sind jetzt noch dort. Nur wir zwei nicht. Und nun sagen Sie einmal, Herr Abgeordneter, woher wissen Sie, was los ist? Sie müssen einen tollen Nachrichtendienst besitzen!«

Dieses Thema behagte Scheuermann nicht. Und er schien erfreut darüber zu sein, daß jetzt Irene Krampus den Raum betrat. Sie hatte ein schwarzseidenes, tiefausgeschnittenes Kleid an. Flammer dachte wieder an die Tochter des Papierwarenhändlers und an Margarete von Habern. Und er vergaß ganz, sich weitere Gedanken darüber zu machen, wer wohl Scheuermann über die Ereignisse vor der Kirche informiert haben könnte, über die doch nur sie beide Bescheid wußten und Irene Krampus.

»Du bist heute die ganze Nacht nicht zu Hause gewesen«, sagte Mutsch zu Scheuermann.

»Ich hatte auswärts zu tun«, erklärte der eilig.

Flammer versuchte erneut, seinen Wahlheimekel zu vergessen und widmete sich mit getrübten Augen dem Anblick von Irene Krampus. »Sie werden immer schöner«, sagte er. »Heut' sind Sie besonders schön. Woher kommt das?«

»Das macht der Kognak«, sagte Irene lächelnd. »Soll ich eine neue Flasche für Sie kommen lassen?«

Mutsch wandte sich an Scheuermann. »Ich habe dich gestern abend nicht mehr sprechen können. Ich wollte dir sagen, daß ich meine Koffer packe.«

»Sie geben auf!« rief Irene erstaunt. »Ausgerechnet Sie!«

Scheuermann sah seinen Freund sehr ernst an. »Ich verstehe dich«, sagte er. »Es ist zuviel für dich geworden. Sie lassen dir keine Ruhe, und du hast nicht Geduld genug, diese Krise zu überwinden. Deine Nerven sind nicht besser geworden. Du fürchtest, du könntest wieder zuschlagen, wie damals.«

Irene stand neben dem Stuhl, auf dem Scheuermann saß. »Oder er nimmt Rücksicht auf dich.«

Scheuermann sah zu ihr hoch. »Sie irren sich – ich hoffe es sehr. Mutsch wird wissen, daß er keine Rücksicht auf mich zu nehmen braucht. Ich habe aber nicht erwartet, daß er mich im Stich lassen würde.«

Mutsch sah Scheuermann prüfend an. »Was willst du? Ich bin eine Belastung für dich – und für andere. Und daher fühle ich mich hier nicht wohl. Ich sehe hier keine Aufgabe für mich. Wenn ich nicht mehr da bin, wirst du es leichter haben.«

Flammer, nach dem achten Kognak, meldete sich zu Wort. »Mein Freund Mutsch hat recht«, sagte er mühsam. »Man widerspreche ihm nicht. Ich habe hinter die Kulissen gesehen und dort stinkt es. Das Kesseltreiben gegen ihn will zwar im jetzigen Stadium noch nichts besagen, denn die Gewehre sind wohl im Anschlag, aber doch nicht geladen. Aber einmal werden sie auf ihn schießen – und Sie werden getroffen werden, Herr Scheuermann. In diesem Drecknest wimmelt es von Kampfgefährten, die nur existieren können, wenn sie einen Gegner haben. Dann halten sie zusammen. Und erst wenn sie das geschafft haben, reiben sie sich gegenseitig auf. Ich kenne meine Nibelungen!«

»Sie haben sehr viel getrunken, Herr Flammer«, sagte Scheuermann.

»Ich habe gesoffen!« sagte der. »Und heute will ich mich besaufen und dann randalieren. Ich werfe dem Bürgermeister die Fensterscheiben ein. Oder ich schließe den Chef im Keller ein, wo er gelegentlich mit kleinen Mädchen Papier zählt, und drucke im ›Boten‹ auf der ersten Seite: Leckt mich alle am Arsch!«

»Sie sind ein Prachtexemplar!« sagte Scheuermann, der ihn aufmerksam betrachtete.

Flammer trank jetzt gleich aus der Flasche. »Ich bin ein Armleuchter!« erklärte er überzeugt. »Vor zwei Jahren war ich noch ein Idealist. Mich hat der Krieg nicht auf die Knie gezwungen, aber Wahlheim hat mich im Handumdrehen kleingekriegt. Ich wollte die Welt verbessern und sogar den Stil des ›Boten‹! Ein Dreck! Ich bin ein literarischer Zuhälter! Ich werde dafür bezahlt, lokalpatriotische Hochgefühle zu erzeugen. Kurz: nennt mich Schwein! Es ist mir eben alles zu leichtgefallen, die Welt hat mich immer noch zu wenig in den Hintern getreten – das ist es! Packen Sie Ihre Koffer, Mutsch, ehe es zu spät ist. Tauchen Sie irgendwo unter – leben Sie dort schlecht, aber zufrieden! Lassen Sie uns hier im Dreck sitzen!«

»Wollen Sie mir Mut machen, Flammer?« fragte Mutsch nachdenklich. »Sie kriegen das fertig. Fast bekomme ich wieder Lust, zu bleiben.«

»Dann bleib hier«, sagte Scheuermann einfach. »Wir brauchen dich.«

Irene lächelte ihm zu. »Sie sollten zusammenhalten. Das wäre großartig.«

Flammer hielt die Kognakflasche liebevoll im Arm. »Alleine«, sagte er schwer, »ist man hier wie ein Stück Holz, das verheizt wird; zusammen aber sind wir ein Baum. Eine Eiche. Eine Eiche, der es nichts ausmacht, wenn sich an ihr die Wildsäue schaben.«

Mutsch breitete die Hände aus und ließ sie dann wieder kraftlos fallen. »Es geht nicht«, sagte er. »Und ich will ganz ehrlich sein. Ich bin nicht nach Wahlheim zurückgekommen, um eine alte Rechnung zu begleichen. Auf diese Idee bin ich erst hier gebracht worden. Ich wollte einen Menschen wiedersehen. Aber dieser Mensch braucht mich nicht mehr. Wenn ich bleibe, störe ich ihn.«

»Auch ich leide unter den Weibern!« sagte Flammer und bemühte sich, die nächste Kognakflasche zu öffnen.

Es ist selbst für einen, der nichts mehr besitzt, nicht leicht, Abschied zu nehmen; Abschied von seinen Hoffnungen und Wünschen, von seinen Enttäuschungen und den Seifenblasen seiner Pläne, von Straßen und Mädchen, von Häusern, in denen Wein auf dem Tisch stand und ein Freund dir zulächelte. Für Mutsch war der schwerste Abschied der von den Kindern.

Mutsch wußte nie so recht, wie er Uschi Scheuermann beibringen sollte, daß er Wahlheim zu verlassen trachtete. Denn sie war ihm in fürchterlicher Weise zugetan: Scheuermann war ihr Vater, sie respektierte ihn nicht nur, sie liebte ihn auch; aber Mutsch, der sie mit Aufmerksamkeit umgab wie nie ein Mensch vorher, war für sie fast wie eine Mutter. Sie war immer schon voller Sehnsucht nach einem Menschen gewesen, für den sie sich, wenn es sein müßte, opfern könnte. Sie hatte ihn tief in ihr Herz geschlossen, und abends betete sie für ihn.

»Sieh zu, wie du mit ihr fertig wirst«, hatte Scheuermann gesagt und sich abgewendet. »Es wird nicht leicht für dich sein. Und, bei Gott, für sie erst recht nicht.«

Mutsch ging mit Uschi – zum letztenmal, wie er dachte – die Panse entlang. Die Zwölfjährige hielt seine Hand und sah ihn von Zeit zu Zeit zärtlich an. Sie setzten sich an das Ufer. Mutsch warf ein paar Steine in den trägen Fluß und Uschi betrachtete ihn dabei.

»Es ist schön«, sagte sie, »daß du dabist.«

»Ich lebe auch nicht ewig«, sagte Mutsch, sich vorsichtig an den Abschied herantastend. »Einmal werde ich nicht mehr dasein.«

Uschi nickte. »Du hast aber viel Zeit bis dahin. Ich bin dann deine Witwe.«

»Pah!« sagte Mutsch. »So etwas wie dich heirate ich nie! Du hast dich gestern geweigert, deine Füße zu waschen.«

»Weil du nicht da warst!« sagte Uschi überzeugt. »Du kümmerst dich viel zu wenig um mich.« Sie sah ihn sehr ernst an. »Und wegen der Hochzeit mache ich mir keine Sorgen. Du brauchst mich gar nicht zu heiraten. Ich heirate dich!«

Mutsch sah trübsinnig in das träge dahinfließende Gewässer der Panse. Der kleine Fluß spiegelte verzerrt sein Gesicht. Das Wasser war grün; weiter hinten trieb ein schwerer, noch unkenntlicher Gegenstand die Panse hinunter.

Er versuchte einen erneuten Umweg. »Jeder Mann, der heiraten will«, sagte er, »muß in die Welt hinaus, um dort Ruhm und Reichtümer zu sammeln. Das kannst du überall nachlesen.«

»Nicht nötig«, erklärte Uschi und spielte mit ihren Zehen. »Du bist schon weit genug herumgekommen. Außerdem bist du berühmt, denn du sollst in der Zeitung gestanden haben. Und Reichtum brauchen wir keinen. Geld macht nicht glücklich. Das habe ich im Radio gehört. Die reden immer so klug.«

Mutsch spürte, daß er deutlich werden mußte. Er hatte Angst davor. Sie würde weinen. Und vor diesen Tränen fürchtete er sich. Es wäre das erstemal in seinem einsamen Leben gewesen, daß ein Mensch in seiner Gegenwart um ihn weinte. Er blickte auf die Panse. Wie Wasser war die Zeit.

Der große Gegenstand, der in der Panse trieb, kam näher. Mutsch versuchte, zu erkennen, ob das ein Balken war oder ein Faß oder eine Kiste. Und da sah er, daß es ein Mensch war, der auf ihn zutrieb.

Er hatte viele Tote in seinem Leben sehen müssen; er wußte sofort, daß dieses dahintreibende Wesen nicht mehr lebte.

Mutsch erhob sich. Er war entschlossen, Uschi den Anblick der Wasserleiche zu ersparen; sie würde im Kino noch früh genug Mengen davon sehen. Auch sagte er sich, daß es klug sei, zu vermeiden, für die Polizei Zeuge spielen zu müssen; denn das würde womöglich seinen Aufenthalt verlängern und ihn aufs neue in die Hände von Pulver treiben.

»Komm«, sagte er. »Wir gehen weiter! Wir gehen weit weg.«

»O ja«, sagte Uschi bereitwillig. »Wir beide.«

Sie ergriff seine Hand und sie liefen durch den Stadtpark, stießen wieder auf die Panse, entfernten sich erneut und landeten schließlich auf einer Wiese. Mutsch legte sich ins Gras. Uschi pflückte Blumen und bestreute ihn damit, sobald sie einen kleinen Strauß zusammengesammelt hatte. Dann setzte sie sich neben ihn und kitzelte ihn mit einem Grashalm. Schließlich mußte sie ganz kurz verschwinden.

Mutsch sah himmelwärts. Er roch das Gras und legte die flachen Hände auf die kühle Erde. Er fühlte sich seltsam entspannt, als sei jetzt alles gut geworden, als gäbe es kein Wahlheim mehr, keine Vergangenheit, kein Mädchen, das er verloren hatte. Die Welt stand still und kannte keine Qualen.

Er hörte, daß Uschi auf ihn zulief. Sie atmete schnell. Er schlug die Augen auf und sah sie an.

»Onkel Mutsch«, rief sie. »Komm schnell. In der Panse liegt einer. Er rührt sich nicht.«

Mutsch erhob sich hastig. In einer Entfernung von etwa dreißig Metern floß die Panse träge durch die Wiesen; auf ihren Wassern trieb der Leichnam, dem er ausgewichen war. Jetzt hatte ihn Uschi gesehen; es war also unmöglich, den Toten noch länger zu verleugnen.

Er drehte Uschi von der Panse weg und sagte: »Du mußt sofort in die Stadt zum Polizeirevier. Und dort sagst du: in der Panse liegt einer. Dann wird dich ein Polizist begleiten und du bringst ihn hierher.«

Uschi hatte große Augen. »Ist er tot?«

»Beeile dich«, sagte Mutsch. »Ich warte hier auf dich.«

Uschi lief gehorsam los und ihre Haare flatterten.

Mutsch ging auf die Panse zu. Der Leichnam bewegte sich kaum. Mutsch setzte sich an den Rand des Flusses und sah dem Toten, dem er nicht ausweichen konnte, entgegen.

Mutsch zog sich Schuhe und Strümpfe aus, krempelte die Hosen hoch und stieg in das seichte Wasser. Er beugte sich weit vor und angelte nach der Leiche. Dann zog er den Toten an Land.

Es war ein Mann von etwa dreißig Jahren. Er war blond und hatte ein sympathisches, blasses Gesicht. Das Kinn war kraftlos, die Stirn hoch und schön. Die blauen Augen waren weit geöffnet. Mutsch versuchte sie zuzudrücken, aber sie blieben offen und es war, als sehe ihn der Tote an.

Mutsch setzte sich in einiger Entfernung auf den Rasen und wartete. Er dachte: wer wird um diesen Menschen weinen? Und weiter: wer würde um mich weinen, wenn ich hier läge? Er kam zu dem sonderbaren Ergebnis, daß es Menschen geben könnte, die seinetwegen Tränen vergießen würden. Und eine leise, angstvolle Freude überkam ihn.

Dann, nach einer halben Stunde etwa, tauchte Polizeihauptwachtmeister Pulver höchstpersönlich auf. Er benutzt das Dienstfahrrad und Uschi saß vor ihm auf dem Rahmen, genoß das verhältnismäßig hohe Tempo und gab bereitwillig Auskünfte.

Sechzig Meter vor der Stelle, wo Mutsch neben dem Toten saß, stieg Pulver vom Rad. »Du bleibst hier«, sagte er zu Uschi, »und paßt auf, daß niemand mein Dienstfahrrad klaut.«

»Außer mir ist keiner da!« sagte Uschi. »Ich will mitkommen!«

»Du bleibst hier«, entschied Pulver.

Dann rückte er sein Koppel zurecht, wölbte den Brustkasten und schritt zum Ort der Tat. Er war voller Unternehmungsgeist. Leichen, die nicht im Bett lagen, waren eine Seltenheit in Wahlheim.

Pulver wußte, was die Vorschriften von ihm verlangten: er war jetzt Ordnungsdienst und Mordkommission in einer Person. Er blieb breitbeinig stehen und musterte schweigend die örtlichen Verhältnisse. Er zog ein Notizbuch aus der Tasche und öffnete es.

Lange fixierte er Mutsch und sagte dann: »Sie müssen natürlich dabeisein!«

Mutsch zog es vor, hierauf nichts zu antworten. Er stand auf und trat zur Seite. »Vermutlich Selbstmord«, sagte er.

Pulver blickte ihn forschend, so wie er es in einschlägigen Romanen gelesen hatte, an. »Wollen Sie mir das suggerieren?« fragte er streng.

Mutsch zuckte mit den Schultern. »Ich darf doch wohl meine Meinung äußern!«

»Ich führe hier eine Untersuchung«, sagte Pulver und glaubte, damit alles erklärt zu haben.

Er besichtigte den Toten und untersuchte ihn flüchtig. Er fand Ausweispapiere und ein Bündel engbeschriebener Blätter in einer Wachstuchhülle. »Beweismaterial«, murmelte er.

Dann stellte er an Mutsch einige Fragen: Wann den Toten entdeckt? Wann, genau? Auf die Minute, möglichst! Was unternommen? Ihn an Land gezogen? Und dann?

Mutsch antwortete, so gut er es vermochte. Pulver machte sich eifrig Notizen. Dann betrachtete er sein Werk und schien zu finden, daß es gut war; ließ aber erkennen, daß er es noch nicht als vollständig ansah.

Hierauf wurde Pulver weitschweifig. »Wann haben Sie die Innenstadt verlassen? Wo waren Sie dort zuletzt? Wer war der letzte Zeuge, der Sie gesehen hat?«

»Wozu wollen Sie das wissen?« fragte Mutsch unwillig. »Das gehört doch nicht zur Sache.«

»Überlassen Sie das gefälligst mir! Ich weiß genau, was ich will.«

»Sie wollen mich schikanieren.«

Pulver klappte sein Notizbuch energisch zu. »Ich stelle fest«, sagte er, »daß Sie die Aussage verweigern. Auch das ist eine Antwort auf meine Frage.«

»Nun gut«, sagte Mutsch. »Ich verließ um ein Uhr dreißig, kurz nach dem Mittagessen, das Haus Scheuermann. Ich begab mich mit Uschi Scheuermann über den Marktplatz in den Stadtpark. Hier gingen wir spazieren, bis wir an diese Wiese kamen. Ich legte mich hin und das Kind pflückte Blumen. Dann kam Uschi zu mir, es war fast genau drei Uhr, und sagte: da liegt einer in der Panse und rührt sich nicht. Ich schickte sie zur Polizei. Dann holte ich die Leiche an Land und wartete auf Sie. Sie kamen etwa um drei Uhr vierzig.«

»Und das Kind war immer dabei?« fragte Pulver und sah enttäuscht aus.

»Immer!«

»Haben Sie Wiederbelebungsversuche unternommen?«

»Nein.«

»Warum nicht? Wissen Sie nicht, wie man das macht?«

»Der Mann war schon mehrere Stunden tot«, erklärte Mutsch.

»Sind Sie Spezialist für Leichen?«

»Wie man es nimmt«, sagte Mutsch gleichmütig und überhörte Pulvers Anzüglichkeit. »Ich war im Krieg bei den Pionieren. Als wir eine Brücke über den Dnjepr gebaut hatten, trieben dort an einem Tag zweihundert Leichen an.«

»Sie übertreiben.«

»Zweihundertundsieben. Und nicht ein einziger Polizist war dabei.«

Pulver steckte sein Notizbuch ein. Er sah mißmutig zu Mutsch hinüber, dann nachdenklich auf den Toten. »Kennen Sie ihn?« fragte er.

»Nein.«

»Haben Sie ihn nie gesehen?«

»Nein. Nie gesehen.«

»Nach seinen Papieren«, sagte Pulver und beugte sich über den Leichnam, »ist es ein gewisser Semper. Sebastian Semper.«

Da wurde Mutsch bleich und mußte sich setzen.

Mutsch betrachtete den toten Sebastian Semper mit wachsender Unruhe. Er sah nicht nur den Mann, der sein Leben weggeworfen hatte. Er sah eine junge Mutter mit einem unehelichen Kind. Und hinter beiden stand er.

Er wagte es nicht, dem Polizeiwachtmeister in die Augen zu sehen. Für diesen Pulver war Sebastian Semper ein Fall; für Mutsch war er ein Abgrund. Pulver sollte wissen, was vorher gewesen war; Mutsch dachte nur an das, was nachher kommen würde.

»Sie kennen also diesen Sebastian Semper nicht?« fragte Pulver erneut. Und es war, als klammere er sich, unbewußt, an diesem Gedanken hartnäckig fest.

»Nein«, sagte Mutsch; und er versuchte, das überzeugt zu sagen. »Ich habe diesen Menschen nie vorher gesehen.« Und insgeheim befürchtete er eine weitere Frage, diese nämlich: Haben Sie jemals von ihm gehört, und wenn ja, in welchem Zusammenhang?

Doch diese Frage wurde vorerst nicht gestellt. Polizeihauptwachtmeister Pulver hatte sich auf die Erde gesetzt und studierte die Personalpapiere des Toten, die völlig unversehrt waren, da durch die festgeschlossene Wachstuchhülle kein Wasser eingedrungen war. Nach den Personalpapieren begann er das Bündel engbeschriebener Blätter durchzusehen. Und seine Augen weiteten sich.

Mutsch überkam bei der Betrachtung des betriebsamen Polizisten das beklemmende Gefühl, er müsse alles tun, was in seinen Kräften stand, damit dieser offensichtliche Selbstmord nicht als mögliches Verbrechen erschien. Denn dann, so fürchtete er, könnte passieren, daß er selber – und ein anderer Mensch, den er davon bewahren mußte! – in gefährliche Strudel geriet.

Er entfernte sich langsam, ohne Pulver bei seiner offenbar fesselnden Lektüre zu stören, und ging zu Uschi, die mit großen

Augen neben dem Dienstfahrrad des Polizeihauptwachtmeisters Pulver saß.

»Tolle Geschichte, nicht?« rief Uschi aufgeregt.

Mutsch nickte. »Willst du mir noch einen Gefallen tun, Uschi?«

»Jeden!«

»Versuche, Flammer zu finden. Erzähle ihm, was hier los ist. Er soll sofort kommen. Sage ihm: ich bitte ihn darum! Es ist sehr wichtig. Willst du das für mich tun?«

»Natürlich!« sagte Uschi und erhob sich sofort. Sie nahm das Dienstfahrrad des Polizisten und schob es auf den Feldweg zu.

»Du«, sagte Mutsch zweifelnd, »das geht aber nicht.«

»Das geht sehr gut«, sagte Uschi verschmitzt. »Der Polizist hat doch befohlen, ich soll das Rad nicht aus den Augen lassen.«

Mutsch zog es vor, Uschi nicht zu widersprechen. Eile tat not; und das Dienstfahrrad war in diesem Augenblick ein Geschenk des Himmels. Uschi zwängte ihr zierliches Körperchen in den Rahmen hinein und fuhr davon.

Mutsch ging wieder zu Pulver zurück. Der hatte weder die vorübergehende Abwesenheit seines Opfers bemerkt noch die widerrechtliche Benutzung seines Dienstfahrrades zur Kenntnis genommen. Er las in dem Bündel engbeschriebener Blätter, wunderte sich weidlich und schüttelte von Zeit zu Zeit seinen dicken Kopf.

»Das ist ja nicht zu fassen!« sagte er schließlich.

»Was denn?« fragte Mutsch vorsichtig.

»Gedichte«, sagte der Polizist widerwillig, »lauter Gedichte. Und fast alle über die Liebe.«

Mutsch lächelte mühsam. »Dichter sind so«, sagte er.

Pulver hatte nicht das geringste Verständnis dafür. »So was schreibt man doch nicht«, sagte er tadelnd. Der »Fall« hatte für ihn an Interesse verloren. Sogenannte Dichter waren für ihn keine normalen Menschen. In der Schule schon hatte er gelernt, daß sie zum Selbstmord neigen – Kleist hieß der Mann! – oder im Irrenhaus enden – Hölderlin hieß der. Allgemeinbildung: gut!

Er zog seine Tabakspfeife hervor, stopfte sie umständlich, setzte sie in Brand. Er qualmte, betrachtete die Panse und sah keine Veranlassung mehr, messerscharf nachzudenken. Der »Fall« war für ihn so gut wie erledigt. Dichter enden eben so. »Warten wir noch auf den Doktor«, sagte er.

Doktor Schneider erschien wenige Minuten später. Er parkte seinen strapazierten Opel auf dem Feldweg und näherte sich mit der Instrumententasche. Er machte keine Umstände, begrüßte Pulver und Mutsch kurz, beugte sich über den Toten und begann mit der Untersuchung.

Sein Befund war klar. »Tod durch Ertrinken«, sagte er. »Der Tod muß vor etwa vier Stunden eingetreten sein, also vermutlich zwischen elf und dreizehn Uhr. Eine Wunde am Hinterkopf kann von einem Aufprall herrühren oder von einem Zusammenstoß.«

»Meine Theorie bestätigt sich«, sagte Pulver.

Doktor Schneider hatte diese Bemerkung kommen sehen. »Sie hätten Arzt werden sollen«, sagte er.

»Ein guter Kriminalist muß vielseitig sein«, sagte Pulver schlicht.

Doktor Schneider blinzelte zu Mutsch hinüber, aber der schien den ganzen Vorgang durchaus nicht unterhaltsam zu finden. »Also«, sagte der Arzt, »bitte die Leiche wie üblich ins Kreiskrankenhaus. Ich seziere morgen früh und gebe dann einen genauen schriftlichen Befund.«

»Ist gemacht, Doktor«, sagte Pulver.

Der Arzt klappte seine Instrumententasche zu. »Kommen Sie mit, Pulver? In meinem Wagen ist noch ein Platz frei.«

»Danke«, sagte der. »Ich habe mein Dienstfahrrad hier. Außerdem muß ich noch den Abtransport überwachen.«

Der Arzt ging und Pulver stopfte sich eine neue Pfeife. Er vertrieb sich die Zeit mit Mutsch durch ein kleines Frage-und-Antwort-Spiel, dem er einen amtlichen Charakter gab.

»Gehen Sie öfters mit kleinen Kindern spazieren?«

»Ich gehe sehr oft mit Uschi Scheuermann spazieren. Mit ausdrücklicher Genehmigung des Vaters, wenn Sie das interessiert.«

»Das interessiert mich durchaus«, sagte Pulver. »Also, mit Genehmigung des Vaters. Sie scheinen ein sehr vorsichtiger Mann geworden zu sein. Früher waren Sie impulsiver. Da schlugen Sie gleich zu.«

»Ich kann auch jetzt noch zuschlagen«, sagte Mutsch bedrohlich. »Menschen mit dreckigen Gedanken reizen mich immer noch!«

»Machen Sie keine Witze«, sagte Pulver unruhig.

»Was kann mir schon passieren? Weit und breit werden Sie keinen Zeugen auftreiben können.«

Der Polizeihauptwachtmeister sah sich hastig um. »Wo ist das Kind mit dem Fahrrad!« rief er.

»Nicht hier«, sagte Mutsch und lächelte. Er fühlte sich von einer großen Sorge befreit: es war ein Selbstmord. Er – und ein anderer Mensch! – würde also kaum noch in diese Angelegenheit hineingezogen werden können.

Der Polizeihauptwachtmeister legte keinen Wert auf weitere Unterhaltung. Er zog sein Notizbuch hervor und fertigte eine Skizze an. Notwendig war das nicht, aber es lenkte ab.

Kurze Zeit darauf traf Flammer auf dem Redaktionsfahrrad ein. Er hatte sich seine Retina umgehängt. Er sprang ab und rief: »Was ist los?«

»Wo ist mein Dienstfahrrad?« rief ihm Pulver entgegen.

»Das steht vor der Zeitung und hat zwei Plattfüße. Uschi steht daneben und paßt auf. Sie hat gesagt, sie darf das Fahrrad nicht aus den Augen lassen.«

»Verflucht!« sagte Pulver und ärgerte sich, denn er war kein Freund von Fußmärschen. Dann hatte er einen Einfall. »Sie werden mir Ihr Fahrrad leihen«, sagte er.

»Bedauere«, sagte Flammer. »Das ist Eigentum der Redaktion. Nur mit Genehmigung des Chefs zu benutzen. Aber wenn Sie seine Genehmigung einholen, und er gibt sie Ihnen bestimmt, überlasse ich es Ihnen gerne.«

Pulver wandte sich empört ab. Er würde also seinen Fußmarsch antreten müssen. Eine winzige Hoffnung blieb ihm noch: der Krankenwagen mußte jeden Augenblick eintreffen, um die Leiche abzutransportieren.

Mutsch hatte indessen Flammer kurz informiert. »Einwandfreier Selbstmord. Tun Sie Ihr Möglichstes, um keine Mißverständnisse aufkommen zu lassen.«

Flammers Augen wurden bei dieser Erklärung klein. Sein Reporterinstinkt sagte ihm, daß hier irgend etwas – aber was? – nicht so ganz in Ordnung war, wie es schien. Er spürte im Unterbewußtsein, daß dieser als klar bezeichnete Selbstmord einen undurchsichtigen Hintergrund besaß. Er witterte ein Ereignis, das viel Staub aufwirbeln würde.

Er tat, was alle guten Reporter in solchen Situationen tun: Sie vermeiden vorerst die Sensation, aber sie geben von Anfang an dem Fall Gewicht. Hinzu kam: hier lag Material genug, um seine sonst nur mühsam zusammengetragenen Lokalseiten mit beliebtem Lesestoff aufzufüllen.

Er ging vorsichtig ans Werk. Seine Notizen speisten sich aus den sprudelnden Quellen Pulver und Mutsch; und diese beiden – Flammer merkte das sofort – legten Wert auf eine gute Presse. Zu erkennen war, daß Mutsch seinen Anteil zu verkleinern strebte, Pulver aber nach Vergrößerung trachtete; Mutsch bedauerte den Selbstmord, Pulver bedauerte die mangelnde Komplikation, die ihm erst ermöglicht haben würde, sein reichhaltiges kriminalistisches Wissen auszuspielen.

Das Bündel engbeschriebener Blätter – die Gedichte des Verblichenen – erregte sofort Flammers Interesse. Er blätterte darin und las Teile davon. Er strahlte über das ganze Gesicht. »Kennt einer von Ihnen diese Gedichte?« fragte er.

Beide verneinten, ohne zu überlegen.

Flammer hatte keine andere Antwort erwartet. Ein Mann wie Mutsch hat nichts mit Gedichten zu tun; und Polizisten interessieren sich selten für Lyrik. Ihm jedoch kamen vereinzelte dieser Reime bekannt vor. Woher er sie möglicherweise kannte, wußte er nicht; aber gelesen, so schien es ihm, hatte er sie schon. Doch derartige Spekulationen waren zweitrangig, die Hauptsache war: die Gedichte allein machten – vorerst wenigstens! – diesen Selbstmord interessant.

Und er erklärte: »Das ist sehr bemerkenswert! Stellen Sie sich vor, da lebt mitten unter uns in Wahlheim ein Dichter, ein richtiger Dichter. Unbekannt und ohne Anerkennung. Und er hätte Anerkennung verdient, denn seine Werke, soweit ich es bis jetzt überblicken kann, sind bedeutend?«

»Meinen Sie?« fragte Pulver zweifelnd.

»Ich bin davon überzeugt«, sagte Flammer.

Mutsch spann das Garn weiter. »Und der Dichter fühlte sich von der Welt verkannt und ging ins Wasser.«

Flammer musterte Mutsch kurz; er fand die soeben gemachte künstlich-spontane Bemerkung zum mindesten interessant. Und er hatte sich zu fragen, was eigentlich hinter einer derartigen Reaktion verborgen war. Die nächsten, sich hieraus nahezu zwangsläufig ergebenden Fragen, durch Mißtrauen und Erfahrung diktiert, mußten lauten: Was will dieser Mutsch eigentlich verschleiern? Steht er in irgendeiner Beziehung zu dem Toten?

»Das ist diesen Typen durchaus zuzutrauen«, sagte Pulver nachdenklich.

»Überlassen Sie mir diese Gedichte«, forderte Flammer, »ich bringe sie groß heraus. Für Wahlheim ist das ein Ereignis.«

»Verkannter Dichter in unseren Mauern«, kommentierte Mutsch; ihm schien diese Entwicklung zu gefallen.

Der Polizeihauptwachtmeister zögerte: »Ich weiß nicht«, sagte er, »ob ich das darf. Immerhin könnte es sich hier um Beweismaterial handeln.«

Flammer war nicht nur beharrlich, er war auch berechnend. »Zunächst machen wir ein Photo«, sagte er. »Das bringen wir zweispaltig. Es muß darstellen, wie Sie, Herr Pulver, in Ihrer Eigenschaft als Kriminalist, den bedeutsamen literarischen Fund machen.«

»Meinen Sie?« fragte Pulver; er war nicht abgeneigt, der Öffentlichkeit Einblick in seine Arbeitsmethoden zu gewähren. Er fühlte sich im Mittelpunkt des Interesses. Und das respektvolle Benehmen dieses Flammer, der sich sonst wie eine Wildsau aufführte, tat ihm wohl.

»Das wird unsere Leser begeistern«, versicherte Flammer. Sein Arrangement verriet Geschicklichkeit und Erfahrung. Er überprüfte kurz den Stand der Sonne. Er legte den Toten in günstiges Licht und entfernte Gras, um ein freies Schußfeld für seine Kamera zu bekommen. Er achtete darauf, daß im Hintergrund die Panse – »stummer Zeuge einer dunklen Tat« – deutlich zu sehen war. Dann mußte sich Pulver hinter dem Leichnam niederknien, das Bündel engbeschriebener Blätter in die Hand nehmen und bedeutsam darauf hinunterschauen.

»Kopf etwas höher«, ordnete Flammer an.

»Aber dann kann ich nicht lesen«, widersprach Pulver höflich.

»Darauf kommt es nicht an. Ihr Gesicht muß deutlich zu erkennen sein. So ist es gut.« Er machte eine Aufnahme. Und zur Sicherheit noch zwei weitere.

»Sie sind ein Leichenfledderer«, sagte Mutsch.

»Wieso?« sagte Flammer. »Ich bin ein Reporter. Das habe ich von den Kriegsberichterstattern gelernt.«

Pulver erhob sich und säuberte seine Knie. »Die Gedichte«, sagte er großzügig zu Flammer, »können Sie haben. Ich muß sie nur erst registrieren. Dann stehen sie Ihnen auf dem Polizeirevier zur Verfügung.«

»So muß es sein«, sagte Flammer zufrieden. »Polizei und Presse – Hand in Hand! Wahlheim wird Augen machen.«

Wenn im Krieg Tausende sterben, reicht das keineswegs immer aus, sie im Heeresbericht auch nur zu erwähnen. Wenn aber einer im Frieden unter ungewöhnlichen Umständen stirbt, dann kann es passieren, daß ein stillstehendes Herz Tausende von Zungen in Bewegung setzt.

Die Kunde von Tod und Auffindung des Sebastian Semper eilte wie ein Lauffeuer durch die Innenstadt; als Ausgangspunkt konnte die Polizeiwache betrachtet werden. Viele in Wahlheim wollten ihn gekannt haben und alle wollten wissen, wie er war. Der Friseur hüllte ihn, während er seine Kunden einseifte, in dichte Schleier des Geheimnisvollen; als er einst Semper die Haare schnitt, soll dieser, mitten in der Korrektur der Nackenlinie, einen Zettel aus der Tasche gezogen und sich dort unenträtselbare Notizen gemacht haben. Der Papierwarenhändler behauptete, er sei ein verhältnismäßig guter Kunde gewesen und habe über einen vergleichsweise guten Geschmack verfügt.

Eine knappe Stunde danach spielten die ersten Kindergruppen »Auffindung und Abtransport der Leiche«. Uschi Scheuermann, von Altersgenossen umringt, gab gönnerhaft Interviews und hatte das sichere Gefühl, noch mehr an Respekt gewonnen zu haben.

Nur am Rande der Stadt, im Norden, wo das Haus Semper lag, und im Süden, wo Ulrike Loos mit ihrem Baby lebte, war die aufregende Nachricht noch nicht bekannt. Während Sebastian Semper starb, dösten die Sempers in der stickigen Küche; Ulrike stopfte Strümpfe und achtete auf das Kind, das schlafend im Garten lag.

Der Polizeihauptwachtmeister Pulver begab sich in das Haus des Bürgermeisters und traf dort Herrn und Frau Reißer beim Kaffee. Pulver bemühte sich, wenn auch vergeblich, die Frau seines Vorgesetzten zu übersehen, und erstattete Bericht.

Reißer, der den Kaffee liebte, den seine Frau vorbildlich zuzubereiten verstand, sah keinen Grund für diese Störung. »Sie haben die Leiche registriert, Pulver, Sie benachrichtigen auch die Angehörigen, das gehört zu ihren Aufgaben.«

»Wäre es nicht besser, wenn Herr Bürgermeister persönlich . . .«

»Keine Ausreden, Pulver, Sie wollen sich nur drücken. Wie heißt doch gleich der Mann? Semper, Sebastian Semper? Nie gehört. Kenne ich nicht. Ist somit keine bedeutende Persönlichkeit. Ich habe also damit nichts zu tun. Bitte, noch etwas Kaffee, Ulrike. Eine volle Tasse. Aber, bitte, gieß doch nicht vorbei! Die ganze Untertasse . . .«

»Solltest du nicht doch lieber selbst gehen, Ottokar?«

»Wo denkst du hin! Bitte, eine neue Untertasse. Wieso interessiert dich das überhaupt? Also, Pulver: wenn es ein Mitglied der Kirchengemeinde ist, erledigt das der Pfarrer. Ist es einer von Gümpels ewigen Soldaten, dann wird der den Trauermarsch antreten. Trifft nichts von beiden zu, dann traben Sie los. Ich trete erst in Aktion, wenn es sich um prominente Mitbürger handelt.«

»Der Mann war so was wie ein Dichter«, glaubte Pulver bemerken zu müssen.

»Ein – was?«

»Eine Art Dichter.«

»Da siehst du es, Ottokar! Das kannst du nicht so einfach abschieben. Es ist doch ein sehr tragisches Ereignis.«

Reißer sah seine Frau erstaunt an; er war es nicht gewohnt, Belehrungen oder Ermunterungen entgegenzunehmen, am wenigsten von seiner Frau, noch dazu in Gegenwart eines Untergebenen. Ulrike Reißer spürte deutlich den Vorwurf, der in seinem prüfenden Blick lag, und senkte die Augen. Pulver war die Situation ausgesprochen peinlich.

»War es Selbstmord oder Unfall?« wollte der Bürgermeister schließlich wissen.

»Das ist noch nicht einwandfrei geklärt. Die Untersuchung wird nähere Einzelheiten zutage fördern.«

»Na schön«, sagte Reißer und trank genußvoll seinen Kaffee. »Was mir dabei auffällt, ist eins: nämlich, daß es ausgerechnet wieder dieser Mutsch war, der seine Nase in die Sache hineinstecken mußte.«

»Das fiel mir auch auf«, sagte Pulver mit bedeutsamem Unterton.

»Aber ich bitte dich, Ottokar«, fiel Ulrike Reißer ein, »einer muß es doch schließlich gewesen sein.«

Hierauf antwortete der Bürgermeister nichts. Er genoß seinen

Kaffee und dachte nach. Dann sagte er: »Berichten Sie Oberst Gümpel über diesen Fall. Vielleicht nimmt er sich der Sache an. Er ist ein Mann mit Taktgefühl.«

Pulver salutierte und trat ab. Er war ungehalten, verstand das aber, wie immer, ausgezeichnet zu verbergen. Ihn ärgerte, daß diese delikate Mission auf ihm sitzenblieb.

Und er beschloß, unter Hinweis des Bürgermeisters –»vielleicht nimmt er sich der Sache an« – nicht den Fall Mutsch zu verstehen, der doch bei ihm in allerbesten Händen war, sondern die Benachrichtigung der Hinterbliebenen, die der Oberst mit dem vom Bürgermeister gerühmten Taktgefühl vorbildlich und mit selbstverständlicher Einsatzfreudigkeit erledigen würde.

Je länger Mutsch über das, was geschehen war, nachzudenken begann, um so unruhiger wurde er. Immer deutlicher wurde ihm, daß er viel tiefer in das Geschehen verstrickt, daß seine Situation weit gefährlicher war, als bisher angenommen werden konnte.

Und immer wieder verfolgte ihn ein einziger Gedankengang hartnäckig: dieser Sebastian Semper war der Vater des Kindes von Ulrike Loos; und er, Mutsch, war der einzige, der darum wußte. Ulrike mußte erfahren, was sich ereignet hatte. Und sie durfte es nicht, da er dabeigewesen war, durch einen Zufall, eine an sie ahnungslos herangetragene Nachricht erfahren, sondern durch ihn. Allein durch ihn. Er, Mutsch, mußte ihr gegenübertreten und es ihr sagen.

Nachdem er entschlossen war, zu tun, was sich nicht vermeiden ließ, holte er tief Atem und ging dann auf das Haus Loos zu. Doch als er es vor sich liegen sah, begann er zu zögern. Es war schwierig, Ulrike in Gegenwart ihres Vaters, der sie wie ein Schloßhund bewachte, zu sprechen; und völlig unmöglich war, ihr dann das zu sagen, was er ihr sagen mußte. Er blieb stehen und überlegte. Er wartete lange. Er konnte den Schmied emsig in der Werkstatt arbeiten hören. Es war nicht damit zu rechnen, daß er sein Gehöft verließ.

Mutsch drehte sich um und ging mit erhöhtem Tempo in die Stadt zurück, näherte sich Scheuermann in Eile und sagte: »Hör zu, du mußt mir einen Gefallen tun. Sage Uschi, sie soll sofort zum Schmied Loos gehen und ihm ausrichten, daß du ihn dringend sprechen willst.«

»Wozu soll das gut sein?«

»Frag jetzt nicht, Scheuermann, tu, um was ich dich bitte. Es ist sehr wichtig.«

»Na schön«, sagte Scheuermann.

Gottlieb Bremer, Chefredakteur, Herausgeber und Verleger des »Wahlheimer Boten«, rieb sich zuerst die Augen und dann die Hände. Er war mit Flammer, seiner rechten Hand und ersten Kraft, außerordentlich zufrieden. Natürlich zeigte er das nicht. Und wenn er dennoch davon sprach, rühmte er seine vorzügliche Schule und die geistige Höhe der von ihm geleiteten Tageszeitung, die angeblich ständig zunahm an Ansehen, Inseraten und Abonnenten.

Gewiß, er hatte hier und dort einen kühnen Bericht Flammers ein wenig dämpfen müssen, hatte dafür gesorgt, daß die Überschriften blumiger und die Unterschriften feuriger klangen, daß sie zu Fanfarenstößen wurden und dennoch nicht jenen lyrischen Charakter, den er so sehr schätzte, verloren. Flammer war ihm zu realistisch und nicht anregend genug.

Die aufgefundenen Gedichte aber waren eine literarische Sensation. Und einige Minuten lang verweilte er bei jenen traurigen, aber wahren Ereignissen der Literaturgeschichte, die leider bewiesen, daß oft das Werk seinem Schöpfer erst durch dessen Tod oder nach dessen Tod Unsterblichkeit bescherte. Daß Ähnliches sich einmal in Wahlheim ereignen würde, war nicht vorauszusehen gewesen. Es war ein Glücksfall sondergleichen.

»Wir werden«, entschied er mit einer Geste, wie sie große Unternehmer in nicht sehr guten Filmen gebrauchen, »die Sache groß aufziehen. Ich bewillige eine Sonderseite und werde die Auflage erhöhen. Ans Werk, mein junger Freund, bis die Maschinen rauchen!«

Der Tag ging zur Neige; lange Schatten lagen über dem Land.

Mutsch hatte den Schmied Loos mit Uschi weggehen sehen. Er verließ seinen Horchposten am Stadtpark und ging die Straße hinunter, auf die Schmiede zu.

Ulrike sah ihn kommen. Sie wartete, bis er sich ihr genähert hatte, legte die Hände auf den Zaun, der zwischen ihnen stand, und sagte: »Warum kommst du hierher? Du weißt, daß ich das nicht will. Vater würde es niemals dulden. Aber du hast Glück; er mußte dringend in die Stadt.«

»Ich weiß das«, sagte Mutsch, »ich habe veranlaßt, daß er geholt wurde. Ich muß dich allein sprechen.«

Er sah, wie sie ein wenig zurückwich. Ihre Hände blieben auf dem Zaun liegen, aber ihre Arme streckten sich; ihr Körper entfernte sich von ihm. Ihre großen Augen sahen ihn fest an.

»Was mußt du mir sagen?« fragte sie mit leiser Stimme. »Willst du Wahlheim endgültig verlassen?«

»Nein«, sagte er tonlos.

»Ich will dich nicht halten«, sagte sie. »Ich kann das nicht.« Und mit Bestürzung erkannte sie, daß er nicht gekommen war, um mit ihr hierüber zu sprechen. Sie glaubte, Härte in seinen Augen zu lesen, dann Mitleid, dann Hilflosigkeit. »Was ist geschehen?« fragte sie.

»Ein Unglück«, sagte er. Und er sah sie nicht an. Er sah auf ihre Hände, die auf den Zaunlatten lagen; und er sah jetzt, wie diese Hände sich bewegten, wie die Muskeln hervortraten, wie die Finger um das Holz griffen.

»Sebastian«, sagte sie.

»Ja«, sagte Mutsch. Und er sah, wie die Hände, auf die er starrte, sich lösten, wie sie abwärtsglitten und herabfielen.

»Ja«, sagte Mutsch. »Er ist tot. Ertrunken. Ich habe ihn aus der Panse gezogen.«

Langsam sah er hoch, aber er konnte nicht in ihr Gesicht sehen. Sie hielt den Kopf gesenkt und die Haare fielen wie Schleier seitwärts herab. Sie wandte sich von ihm ab und verließ ihn. Ulrike schritt über den Hof auf das Haus zu, in dem ein Kind schrie.

»Kann ich irgendwas für dich tun?« fragte Mutsch; aber er war sicher, daß sie nicht auf ihn hörte. Eine Tür fiel zu. Das Weinen des Kindes verstummte. Mutsch entfernte sich.

»Ihre Haltung war ganz ausgezeichnet«, berichtete Gümpel seinen Freunden mit Genugtuung. »Wirklich vorbildlich. Tadellos. Nur noch im Krieg habe ich ähnliches erlebt. Diesen Eltern Semper, meine Herren, kann ich meine Anerkennung nicht versagen. Muß ein hochbegabter Junge gewesen sein, dieser Sebastian Semper. Seine Eltern haben große Stücke auf ihn gehalten.«

»Und wenn es ein Selbstmord war?« Reißer versuchte vorsichtig, die Begeisterung des Obersten zu dämpfen.

»Ich habe natürlich gesagt, daß es sich um einen Unfall handelt. Das ist pietätvoller. Das haben wir früher auch immer gesagt, wenn sich im Regiment einer das Leben nahm. Der Junge war Soldat, Unteroffizier, ausgezeichnet. Hat den Krieg mitgemacht, dann Gefangenschaft. Ist erst vor zwei Jahren heimgekehrt in dieses lächerliche Staatsgebilde, wo sich niemand um die alten Soldaten kümmert.«

Reißer nickte. »Ein Opfer der Zeit also!«

»Genau das! Ein Opfer der Verhältnisse, die wir verbessern wollen und werden. Das ist geradezu ein politischer Fall, über den man nicht schweigen sollte.«

»Ich rate zur Vorsicht«, sagte Reißer.

»Immer nur Vorsicht! Das ist Zivilistenweisheit.« Der Oberst grollte; ihn ärgerte nicht wenig, daß man die Wichtigkeit seiner Mission, die er vorbildlich erfüllt hatte, zu bagatellisieren versuchte. »Ich sage Ihnen: ich war ergriffen! Es ist doch eine Schweinerei, wie mit der deutschen Jugend umgegangen wird. Meine Herren – ich bin für Ehrenabordnung und einen repräsentativen Kranz. Das ist das wenigste, was wir für unseren Kameraden tun können.«

»Es war also ein Unfall«, sagte Hochwürden Marcus. »Gott sei seiner Seele gnädig.«

Frau Semper erklärte mit gedämpftem Stolz: »Der Herr Oberst persönlich hat uns die Nachricht überbracht. Er hat viel Verständnis gezeigt. Er hat gesagt, er sei sehr ergriffen und wünsche ein würdiges Begräbnis.«

»Er wird begraben werden, wie es in meiner Gemeinde üblich ist«, sagte der Pfarrer. Er vermied es, nach weiteren Einzelheiten zu forschen; wohl hatte er gehört, daß hier ein Selbstmord vorliegen könnte, was zur Folge gehabt haben würde, daß er ein kirchliches Begräbnis verweigern mußte. Aber da es sich nur um Spekulationen, doch um keine amtliche Feststellung handelte, war es ratsam, Komplikationen zu vermeiden.

»Es war also ein Unfall«, sagte er. Und er ertappte sich dabei, daß er sich versucht fühlte, hinzuzufügen: wie schön.

»Ich bin nicht unzufrieden«, sagte Gottlieb Bremer, der Chefredakteur, nachdem die ersten Nummern des neuesten »Wahlheimer Boten« die Rotationsmaschinen verlassen hatten.

Auf der ersten Seite stand in dicken Buchstaben und fett eingerahmt: »Tragischer Selbstmord in Wahlheim!« Darunter kleiner, aber immer noch fett gedruckt: »Hochbegabter Dichter stürzt sich in die Panse. Anklage wider die Zeit, die das Talent nicht fördert.« Hierunter, ganz klein: »Lesen Sie unseren Bericht auf Seite 3.«

Flammer las mit gefurchter Stirn diese schreienden Schlagzeilen, die nur dem Gehirn seines Chefs entsprungen sein konnten. Er sagte maulend: »Wenn es nach mir ginge . . .«

»Es geht aber nicht nach Ihnen!« Gottlieb Bremer glaubte alle Argumente seines Mitarbeiters zu kennen; sie gefielen ihm nicht und er lehnte es ab, sie sich mehrmals anzuhören. Er faltete einige druckfrische Zeitungen, klemmte sie sich unter den Arm und sagte: »Ich gehe jetzt in den ›Ochsen‹.«

Kaum war er dort angekommen, mußte er sich die Bemerkung gefallen lassen: »Das mit dem Selbstmord, lieber Bremer, das gefällt mir nicht.« Gümpel schüttelte einmal den Kopf. »Warum schreiben Sie nicht Unfall?«

»Aber es war doch ein Selbstmord!«

»Es kann«, sagte Pulver bedeutsam, »sogar noch etwas anderes gewesen sein.«

»Wir wollen«, sagte Reißer, »doch nicht immer von diesem Mutsch reden. Gibt es denn kein besseres Thema?«

»Natürlich«, sagte der Oberst. »Reden wir vom wiederaufzurichtenden Ehrenmal.«

Auch Flammer steckte sich einige Zeitungen in die Tasche, verließ die Redaktion und begab sich zu Scheuermann. Der montierte gemeinsam mit Mutsch einen elektrischen Motor in einen Eisschrank.

Flammer blieb in der Tür der Werkstatt stehen. »Nanu!« sagte er verwundert. »Ich glaubte immer, Sie wollten hier Schluß machen, Herr Mutsch? Hatten Sie nicht schon Ihre Koffer gepackt? Ich dachte, Sie sind längst über alle Berge.«

Scheuermann sah von seiner Arbeit hoch und blinzelte Flammer zu. »Das dachte ich auch.«

»Ich bleibe vorläufig noch«, erklärte Mutsch und zog dabei ein Kabel ein.

»Und der Grund?«

Mutsch sah nicht hoch. »Den werde ich doch nicht ausgerechnet Ihnen auf die Nase binden!«

»Vielleicht doch!« sagte Flammer mit Überzeugung. »Vielleicht werden Sie ganz schnell einsehen, daß Sie gar nicht anders können. Schätze, Sie werden alles auspacken, was ich gerne hören will. Wenn nicht, kann ich für die Folgen kaum garantieren.«

»Drohen Sie hier nicht«, sagte Scheuermann. »Als Sie am letzten Sonntag total besoffen waren, gefielen Sie mir besser.«

»Ich war sinnlos betrunken«, erklärte Flammer. »Ich wußte nicht mehr, was ich sprach.«

»Aber wir wissen das.«

»Wir wollen uns nicht streiten«, sagte Flammer. »Ich habe Ihnen den neuesten ›Boten‹ mitgebracht. Er wird Sie interessieren; besonders aber Sie, Herr Mutsch.«

Scheuermann und Mutsch erhielten je ein Exemplar der Zeitung. Sie wischten sich die Hände am Arbeitsanzug ab, zogen Sitzflächen herbei, wiesen ihrem Besucher eine Kiste an und begannen die Ankündigung auf der ersten Seite zu lesen.

»Man merkt«, sagte Scheuermann, »daß Ihr an Stoffmangel leidet.«

»Auch der Stoffwechsel läßt zu wünschen übrig«, sagte Mutsch.

Flammer grinste freundlich. »Das wird gleich bei Ihnen nicht anders sein. Lesen Sie, was auf Seite 3 steht.«

Mutsch und Scheuermann blätterten um. Mutsch erschrak fast, denn sein eigenes Bild sah ihm groß entgegen.

»Das ist noch von damals«, erklärte Flammer, »aus jenen schönen Tagen, als Sie noch Mut hatten. Wir haben einfach das alte Klischee noch einmal verwendet. Wir sind eine sparsame Firma.«

Die ganze dritte Seite des »Wahlheimer Boten« verkündete Einzelheiten über den »Selbstmord aus Mangel an Verständnis«. Zuerst wurde eingehend beschrieben, wer die Leiche entdeckt hatte, in welchem Zustand sie war und wie sie geborgen wurde. Zwischen diesen Zeilen schaute Mutsch – reichlich blöde, wie er nicht ganz zu Unrecht fand – den Lesern der Zeitung in die Augen. Die Unterschrift zu diesem Bild lautete: »Er wollte Blumen pflücken und fand eine Leiche.«

»Mensch!« sagte Scheuermann nur und las weiter.

Der ganze nächste Absatz war der Tätigkeit des Polizeihauptwachtmeisters Pulver gewidmet. An einer Stelle hatte Flammer geschrieben: »Die Sicherheit seiner Schlußfolgerungen ist erstaunlich, und besonders sein Spürsinn kann sich mit dem eines Jagdhundes messen.« Das Foto war ausgezeichnet und zeigte deutlich, wie sehr Pulver nachdachte; man spürte förmlich seine rastlose Energie. Die Unterschrift lautete: »Er fand die Dichtungen und war der erste, der sie genoß!«

Mutsch widmete sich mit Eifer jenem Kapitel, das Flammer aus internen Nachforschungen bei den Angehörigen des Toten zusammengestellt hatte. Sah man von den Ausschmückungen ab, ergab sich ungefähr folgendes: Sebastian Semper war, als der Krieg begann, neunzehn Jahre alt; es dauerte elf Jahre, ehe er wieder heimkehren durfte. Er war ein stilles und sensibles Kind gewesen – »in ihm webte der geheimnisvolle Drang zur dichterischen Offenbarung bereits von Kindesbeinen an«, stand im »Boten«.

Und dann las Mutsch, worauf es ihm ankam: er kannte niemanden und lebte bei seinen – »gramgebeugten«, stand im »Boten« – Eltern. Mutsch atmete auf.

»Er hat also nicht mal ein Mädchen gehabt?« fragte Mutsch vorsichtig.

Flammer verneinte.

»Haben Sie sich nicht geschämt«, fragte Scheuermann, »die Eltern des Toten derartig auszufragen?«

»Ich kann mir keine Pietät leisten«, sagte Flammer; aber es war ihm anzumerken, daß er sich nicht sonderlich wohl bei dieser Erklärung fühlte. »Wozu auch! Die guten Alten waren alles andere als abgeneigt, sich gedruckt zu sehen. Mit denen mache ich noch eine ganze Artikelserie, wie die Illustrierten mit der Mutter von der Frau Goebbels. Meine Tochter Magda! Bei mir heißt das: Unser Sohn Sebastian!«

»Er ist ein hoffnungsloser Fall«, sagte Scheuermann zu Mutsch.

Der schüttelte zweifelnd seinen Kopf. »Ich weiß nicht recht«, sagte er. »Mir scheint, er hat Angst vor seinen guten Gedanken und er beschimpft sie schon, ehe sie noch reifen können. Ich war genauso.«

Flammer winkte ab. »Versuchen Sie nur nicht, mich zu erklären! Zunächst einmal sind Sie mir eine Erklärung schuldig, glaube ich. Und um die, Herr Mutsch, werden Sie nicht herumkommen. Aber lesen Sie ruhig erst zu Ende.«

Mutsch sah in die Zeitung, aber er las zunächst nicht darin. Er konnte sich denken, welche Erklärung Flammer von ihm erwartete. Und er sah ein, daß es nicht gut wäre, diese Erklärung, so peinlich sie auch sein mochte, zu verweigern. Dann erst las er weiter.

Der nächste Abschnitt behandelte die Dichtkunst des Verblichenen. Das Wort »genial« kam fünfmal darin vor, und es war die Rede von »nahezu klassischer Schönheit und urdeutscher Gefühlswelt«. Eine Kostprobe lautete:

»Und wenn bei stillem Dämmerlicht
ein allerliebstes Treugesicht
auf holder Schwelle dir begegnet,
weißt du, ob's heitert? Ob es regnet?«

Mutsch faltete seine Stirn. »Ich kann mit Gedichten nichts anfangen«, sagte er.

Flammer verlas mit tönender Stimme das nächste Zitat:

»Du gingst vorüber? Wie! Ich sah dich nicht;
du kommst zurück, dich hab' ich nicht gesehen –
verlorner, unglückselger Augenblick!
Bin ich denn blind? Wie soll mir das geschehen?«

»Genügt«, sagte Scheuermann.

»Frauen gefällt das«, sagte Flammer. »Und, ganz im Ernst: so übel ist das gar nicht! Zugegeben, diesen Gedichten fehlen alle modernen Züge, sie wirken leicht antiquiert; aber vielleicht ist gerade das die große Chance für den Dichter Semper.«

»Sind diese Gedichte«, fragte Mutsch vorsichtig, »irgend jemand gewidmet?«

»Erraten!« sagte Flammer leicht verblüfft. »Wie kommen Sie, ausgerechnet Sie, eigentlich auf diese Idee? Die Widmung vieler Gedichte lautet: ›An Ulrike.‹ Nichts weiter.«

Mutsch senkte den Kopf. Er hob die Zeitung wie einen Schild. Er glaubte, daß er einen roten Kopf hatte.

Scheuermann wurde lebhaft. »Das ist ja prachtvoll!« rief er begeistert aus. »Ulrike ist ein seltener Name.«

»Es wird ein Dutzend davon in Wahlheim geben«, sagte Flammer bedächtig.

Scheuermann strahlte. »Ulrike«, sagte er grinsend, »heißt die Frau des Bürgermeisters!«

»Mann!« sagte Flammer. »Das kann nicht die geringste Bedeutung haben, aber es ist durchaus möglich, daß das einiges Aufsehen erregen wird, wenn ich das veröffentliche.«

»Haben Sie nicht schon genug Unheil angerichtet?« fragte Mutsch verärgert. »Sie haben doch schon den Toten ausgeschlachtet, dazu Pulver und mich, außerdem die Literatur – lassen Sie wenigstens fremde Menschen in Ruhe.«

»Wie komme ich dazu?« In Flammer brodelten neue Ideen. »Ich hatte sowieso die Absicht, von unserem Dichter so leicht nicht mehr zu lassen. Mit seinen Werken komme ich bequem durch die laue Sommerzeit. Ich habe schon beim Hauptlehrer Kuhn eine Art Gutachten bestellt, eine ausgedehnte literarische Würdigung sozusagen, mit zahlreichen Zitaten. Der freut sich und ist jetzt schon mächtig stolz und brennt darauf, der modernen Literatur kräftig eins auszuwischen. Einen dritten umfangreichen Artikel werde ich dann persönlich verfassen oder den Chef dazu inspirieren. Und der wird zum Mittelpunkt haben: Ulrike aus Wahlheim – die Sehnsucht eines Dichters!«

»Blödsinn!« rief Mutsch empört.

»Das finde ich gar nicht mal«, sagte Scheuermann nachdenklich. »Das könnte sehr pikant sein.«

Flammer: »Meine Rede!«

Mutsch erhob sich unruhig und ging an die Montagebank. Dort ergriff er ein Werkzeug und warf es in eine Ecke.

Scheuermann und Flammer sahen ihn lange an. Dann sahen sie sich an.

»Das kotzt mich an!« sagte Mutsch. »Hier wird ein Selbstmord verherrlicht. In völlig sinnloser Weise. Aus schäbigen Motiven. Zum Kotzen.«

»Das ist doch nichts Besonderes«, sagte Scheuermann. »Wir haben bei uns vor ein paar Jährchen – ich rede jetzt im zuständigen Jargon – den gigantischsten Selbstmordversuch aller Zeiten unternommen. Und was ist der Erfolg? Nicht wenige sind kräftig dabei, ihn zu verherrlichen.«

Flammer nickte eifrig. »Das ist das Grundprinzip«, sagte er.

»Und warum sollen wir denn nicht versuchen«, gab Scheuermann zu bedenken, »diese Verherrlichung eines Selbstmordes durch sich selbst ad absurdum zu führen?«

»Nein!« rief Mutsch. »Nein. Das geht nicht.«

»Und ob das geht!« sagte Flammer. »Sie werden noch staunen, wie gut sich das macht. Während wir hier sprechen, ist gerade der Chef bei seinen Gesinnungsfreunden. Für die ist das Öl auf die Lampe.«

»Das glaube ich auch.« Scheuermann ließ kein Auge von Mutsch; er sah dessen Erregung und er wollte wissen, was sie zu bedeuten hatte. »Und ich weiß sogar, wie die vereinigten alten Kameraden darauf reagieren werden. Für sie ist der arme Sebastian Semper, der sich nicht mehr wehren kann, das unschuldige Opfer einer Zeit, die nicht Kraft genug hatte, wertvolle Menschen zu erhalten. Und Oberst a. D. Gümpel wird das Stichwort aufnehmen und prompt von den herrlichen Zeiten schwätzen, in denen derartiges nicht möglich war.«

»Genauso!« assistierte Flammer eifrig. »Sie haben sogar schon einen Kranz bestellt. Menschenskinder! Das Ganze ist doch ein prachtvoller Köder. Wenn die zuschnappen, werden sie daran ersticken.«

Mutsch setzte sich. Er ließ die Arme hängen und sein Rücken war gebeugt. »Hört zu«, sagte er. »Ich muß euch jetzt etwas erzählen, das nicht sehr erfreulich ist; und mir wäre wohler, ich hätte das schon früher getan. Es ist Ihnen, Herr Flammer, nicht entgangen, daß ich besonderen Wert darauf gelegt hatte, daß diese Angelegenheit ganz eindeutig als Selbstmord ausgelegt würde.«

»Stimmt«, sagte Flammer. »Das fiel mir auf. Und ich habe mich auch, wie Sie hier sehen, ganz eindeutig danach gerichtet. Es ist gut, daß Sie auf dieses Thema kommen. Denn genau danach wollte ich Sie nämlich fragen.«

»Ich habe es mir denken können«, sagte Mutsch. »Daß Sie meiner Bitte entsprochen haben, beweist nur, daß auch Sie an keinen Unglücksfall oder gar Mord denken.«

Scheuermann war ehrlich entsetzt. »Wovon sprecht ihr?«

»Wir sprechen von meinen Gründen«, sagte Mutsch, »von den Gründen, die mich bewogen haben, die Tatsache eines eindeutigen Selbstmordes eventuellen peinlichen und gefährlichen Verwicklungen vorzuziehen. Um ganz deutlich zu werden: Ich bin nach Wahlheim gekommen eines Mädchens wegen.«

»Dachte ich mir«, sagte Scheuermann.

Flammer ging ein Licht auf. »Und dieses Mädchen heißt Ulrike.«

»Und zwar Ulrike Loos!« sagte Scheuermann, dem plötzlich vieles klar wurde.

»Stimmt«, sagte Mutsch. »Ich habe sie damals verlassen und jetzt wollte ich sie wiedersehen. Ich habe sie auch getroffen. Sie hat aber inzwischen einen anderen gefunden und ist Mutter eines Kindes geworden. Deshalb wollte ich wieder gehen. Aber jetzt braucht sie mich vielleicht. Und deshalb bleibe ich hier.«

Sie schwiegen.

»So ist das also«, sagte Scheuermann nach langer Pause. »Sebastian Semper ist der Vater eines Kindes, dessen Mutter Ulrike heißt, die angedichtet wurde und früher einmal mit dir . . . So ist das also.«

Mutsch sah hoch. »Und jetzt schlachten Sie das aus, Flammer. Je schneller ich das hinter mir habe, um so lieber ist es mir.«

»Sehe ich so aus?« Flammer begann heftig zu fluchen. »Verdammt«, rief er, »das hätten Sie auch schon früher sagen können! – Da habe ich nun den besten Köder, der mir jemals in die Finger geriet! Und was geschieht? Alles zerplatzt – wie Luftballons, die angestochen werden. Der Teufel hole meine Anwandlungen von Freundschaft. Ich habe Sie gern, Mutsch; aber daß Sie mir das antun, vergesse ich Ihnen nie.«

»Ich habe Sie auch gern«, sagte Mutsch befreit.

»Auch mich könnt ihr gern haben«, warf Scheuermann ein. »Aber werfen wir doch nicht gleich die Flinte ins Korn! Ich gebe zu bedenken: Was ist dann, wenn es uns gelingt, Mutsch aus der Sache herauszuhalten?«

»Und Ulrike?« sagte Mutsch. »Die muß auch herausgehalten werden, unter allen Umständen.«

Flammer verstand sofort, worauf Scheuermann hinauswollte. »Dann bleibt allein der Komplex Semper übrig. Dann haben die Bürger ihren gefühlvollen Heimatdichter und die Patrioten ihren tragischen Helden.«

»Wenn alles gutgeht«, sagte Scheuermann, »sind die Folgen nicht auszudenken.«

»Und wenn es nicht gutgeht?«

»Dann sind die Folgen erst recht nicht auszudenken.«

Auf dem Friedhof von Wahlheim herrschte wohltuendes Schweigen. Nur die Vögel machten Musik. Dann knirschte unter den kleinen Schuhen von Ulrike Loos der Kies. Sie sah sich suchend um, fand ein frisches Grab und ging zögernd darauf zu. Es trug weder Tafel noch Stein; drei Kränze lagen darauf – die Eltern, der »Bote«, die Kameraden – und begannen schon zu verwelken, denn die Tage waren heiß.

Ulrike legte einen Strauß Feldblumen nieder. Dann entfernte sie sich etwa zehn bis zwölf Meter und setzte sich auf eine Bank, die am Weg stand. Nachdenklich saß sie da.

Sie hatte das, was geschehen war, in ihren geheimsten Gedanken schon immer für möglich gehalten. Der Brief, der sie einen Tag nach seinem Tod erreichte, der voller Klagen und voll Hoffnungslosigkeit war, dieser Brief, in dem er Abschied von ihr und vom Leben nahm – er hätte gar nicht erst geschrieben zu werden brauchen; sie kannte seinen Inhalt, ehe sie ihn las. Die tiefe Trauer, die sie erfaßte, war Trauer darüber, daß es ihr nicht gegeben war, ihn zu halten. Gegen das Unabänderliche lehnte sie sich nicht auf. Ein Kind wurde geboren, der Vater war gestorben; er hatte nicht mehr leben wollen. Sie mußte damit fertig werden.

Sie schrak auf, denn sie hörte Schritte. Es war Mutsch, der sich ihr näherte. Das beruhigte sie. Aber sie sah ihn nicht an.

Mutsch setzte sich neben sie auf die Bank. Sie schwiegen und hörten sich atmen.

»Was wirst du jetzt anfangen?« fragte Mutsch zögernd.

Ulrike antwortete nicht.

»Hast du schon deine Ansprüche angemeldet? Schließlich braucht dein Kind einen Namen; es wird einmal wissen wollen, wer sein Vater war.«

»Das Kind hat seine Mutter«, sagte Ulrike.

»Entschuldige«, sagte Mutsch, »wenn ich mich einmische.«

»Ich kann das nicht entschuldigen«, sagte Ulrike fest. »Ich muß damit ganz alleine fertig werden. Und ich glaube, ich kenne meinen Weg.«

»Und wie wird der aussehen?«

Ulrike richtete sich langsam hoch. »Es ist alles ganz einfach. Niemand weiß, wer der Vater meines Kindes ist. Es weiß sogar niemand, daß ich den armen Sebastian Semper gekannt habe. Und es soll alles so bleiben.«

»Und ich?« fragte Mutsch. »Was ist mit mir? Ich bin also der einzige, dem du jemals etwas über Sebastian Semper und dich erzählt hast?«

Ulrike sah ihn prüfend an. »Du bist der einzige. Denn zu dir hatte ich Vertrauen. Und da du Wahlheim verlassen willst, bleibe ich alleine mit meinem Geheimnis zurück.«

»Ich verlasse Wahlheim vorläufig nicht«, sagte Mutsch.

Ulrike schloß kurz die großen, kindlichen Augen. »Ich weiß aber«, sagte sie zuversichtlich, »daß du schweigen wirst.«

Die Hände von Mutsch bewegten sich unruhig. Beklommen dachte er: aber ich habe doch schon gesprochen! Ich habe Scheuermann und Flammer alles erzählt, was ich wußte, und damit alles, was sie mir anvertraut hat. Sie vertraut mir, aber ich verdiene dieses Vertrauen gar nicht.

Und eilig sagte er: »Stelle dir das, bitte, nicht so einfach vor. Es werden sich Zeugen einfinden, die euch miteinander gesehen haben.«

Ulrike lehnte sich zurück. »Wir trafen uns heimlich«, sagte sie.

»Es werden Briefe existieren.«

»Keine Zeile«, sagte sie. »Wir brauchten uns nicht zu schreiben. Wir waren uns immer nah. Und wir wußten, wie wir uns finden konnten.«

Mutsch wandte sich ab. Ihr seltsam leuchtendes Gesicht verwirrte ihn. Er wollte nicht mitansehen, wie sie erfüllt war von einer Vergangenheit, die sie nicht ausgelöscht hatte.

»Nur ein Brief existiert«, sagte sie verhalten. »Es ist sein Abschiedsbrief an mich. Ich trage ihn immer bei mir.«

Mutsch horchte instinktiv auf. »Kann ich ihn sehen?« fragte er.

»Nein«, sagte sie.

Mutsch bemühte sich ehrlich, seine wachsende Verlegenheit zu dämpfen.

»Weißt du«, fragte er, »daß einige seiner Gedichte eine Widmung haben? Eine Widmung an Ulrike?«

»Ich weiß das«, sagte sie überlegt, »denn er hat mir immer seine Gedichte vorgelesen. Es waren schöne Gedichte dabei. Mir jedenfalls gefielen sie. Ich kenne auch die Widmung: sie kommt drei- oder viermal vor. Sie lautet aber immer nur: An Ulrike! Niemals: An Ulrike Loos. Ich habe viel darüber nachgedacht, Mutsch. Es wird allein in Wahlheim mehr als ein Dutzend Ulriken geben. Schon in meiner Klasse gab es zwei. Die Tochter des Kohlenhändlers heißt so und ich glaube, die Frau des Bürgermeisters auch. Da aber niemand hier in Wahlheim – außer dir – weiß, daß ich Sebastian Semper kannte, wird auch keiner vermuten, daß ich mit dieser Ulrike gemeint sein könnte.«

Die Unruhe in Mutsch nahm zu. Es gab keine Entschuldigung für seinen Vertrauensbruch! »Du meinst also, es ist das beste, wenn du schweigst? Du könntest eine Unterstützung verlangen. Du und das Kind, ihr könntet seinen Namen tragen. Überlege dir das alles gut. Sein Name hat keinen schlechten Klang in Wahlheim. Denk an seine Gedichte und die Zeitungsartikel, die Anteilnahme der Bevölkerung bei seiner Beerdigung.«

»Ich denke an das, was mir niemand nehmen kann. Ich bereue auch nichts, was ich getan habe. Vieles war traurig und schön. Es war ein Glück in Tränen.«

Mutsch vermochte nicht mehr, sich zu beherrschen. »Ach was!« rief er aus. »Er hat dir ein Kind gezeugt und dann hat er dich sitzenlassen. Er entzog sich der Verantwortung. Er versuchte, die Zeche zu prellen, die er gemacht hatte.«

»Du hast kein Recht, so zu reden! Und du hast vergessen, wo du dich befindest.«

»Du bist eine Närrin«, sagte Mutsch. »Du schwimmst in Sentimentalität. Mach doch deine Augen auf! Auch ein Friedhof gehört zum realen Leben. Möglich, daß die Menschen, die tot sind, im Himmel Engel werden, aber auf Erden sind sie es nicht gewesen. Wisch dir deine Tränen ab, Ulrike, damit du ungetrübt sehen kannst. Du hast ihn geliebt, er hat dir ein Kind gemacht, du hast dich dem Gerede der Menschen ausgesetzt, du hast gehungert und geweint und, wie ich deinen Vater kenne, du bist geschlagen worden; unter Schmerzen hast du geboren. Und er? Er hat Gedichte geschrieben und ist abgereist.«

Ulrike drehte sich um und ging davon. Ihr Gesicht war naß von Tränen.

Mutsch fühlte sich matt. Aber in ihm würgte der Ärger. Warum hatte er das gesagt? Was zwang ihn dazu, das zu sagen? Und in diesem Augenblick wußte er: zum zweitenmal in seinem Leben war seine Leidenschaft hervorgebrochen und hatte ihn überrannt. Er hatte zugeschlagen! Aber damals traf er Menschen, die ihn anwiderten; heute traf er eine Frau, die er liebte. Und er schämte sich.

Er sah Ulrike nach und verspürte den Wunsch, ihr nachzueilen. Aber er vermochte sich nicht zu rühren.

Und er sah, wie sie stehenblieb, mit zuckenden Schultern. Dann drehte sie sich hastig um und kam wieder auf ihn zu.

»Ulrike«, sagte Mutsch kaum vernehmbar.

»Was du gesagt hast, das vergesse ich dir nie!« Sie versuchte, sich mit hastigen Bewegungen die Tränen aus den Augen zu wischen. Jetzt sah sie sogar wütend aus, und das erleichterte Mutsch.

»Du mußt wissen, Ulrike«, begann er zögernd, »daß ich dich sehr . . .«

»Du hast mich verletzt«, sagte sie, ihn unterbrechend. »Von dir habe ich das nicht erwartet; von allen anderen, aber nicht von dir. Ich bitte dich jetzt nur noch um eins: laß mich und mein Baby in Frieden leben! Erzähle niemand, was zwischen Sebastian Semper und mir gewesen ist. Wir brauchen diese Ruhe, Mutsch; und ich weiß, du wirst sie nicht gefährden wollen. Das ist alles, worum ich dich bitte. Und nun leb wohl!«

Dann ging sie.

»Ach«, sagte Mutsch, »warum mußte ich denn wieder hierher zurückkommen!«

Dann ging auch er. Und am Ausgang traf er den Friedhofswärter Krause, der ihn tadelnd musterte und dann fragte: »Haben Sie Angehörige hier liegen?«

»Wie man es nimmt«, sagte Mutsch.

»Also haben Sie keine direkten Angehörigen hier liegen«, stellte Friedhofswärter Krause fest. Und dann sagte er: »Das hier ist aber nicht der richtige Ort für Liebespaare. Ich warne Sie. Das kann strafbar sein.«

Mutsch sah ihn erstaunt an. »Sie schmeicheln mir«, sagte er.

Der Friedhofswärter Krause sagte: »Ich kenne Sie. Sie heißen Mutsch. Ich werde Sie mir merken. So was kommt mir nicht noch einmal vor.«

»Das hoffe ich auch!« sagte Mutsch.

Der Bürgermeister betrachtete Oberst a. D. Gümpel, der ihn in seinem Dienstzimmer aufsuchte, mit Mißtrauen.

Der Oberst a. D. Gümpel war gekommen, um Einzelheiten für die Gemeindewahl durchzusprechen. »Sie können mir glauben,

Herr Bürgermeister, ein intensiv und auf lange Sicht vorbereiteter Feldzugsplan ist schlachtentscheidend.«

Margarete von Habern, die Sekretärin, zog sich zurück. Sie kannte diese Besprechungen, sie dauerten mindestens eine Stunde und ließen ihr genügend Zeit, in Ruhe Kaffee zu trinken, sich die Fingernägel zu pflegen und den »Boten« mit Widerwillen durchzulesen.

Gümpels Vorarbeit war mustergültig. Die ausführlichen Pläne verrieten Arbeitseifer und enorme Freizeit. Der Bürgermeister Reißer kannte alle Einzelheiten fast auswendig, denn das vorgelegte Material entsprach, mit geringfügigen Änderungen, genau dem des vorigen Wahlkampfes. Er sah Spendenlisten und Plakatentwürfe, interne Anweisungen für den Hilfsdienst der Kameraden und eine Auswahl von Parolen.

»Sehr interessant«, sagte Bürgermeister Reißer. »Aber leider nichts Besonderes. Wir werden uns auf die Wahlversammlungen konzentrieren müssen. Bedauerlicherweise ist aus unseren Reihen kein einziger diesem Scheuermann rednerisch gewachsen!«

»Glauben Sie denn, dessen jüdisches Geschwafel nimmt noch jemand ernst? Mit einem Zwischenruf abzutun!«

Reißer bremste sanft. »Seien Sie vorsichtig«, warnte er. »Kein Antisemitismus, bitte. Dazu ist die Zeit nicht reif. Außerdem ist Scheuermann kein Jude. Fast möchte ich sagen: leider. Aber es gibt selbstverständlich auch anständige Juden.«

»Selbstverständlich.«

»Trotzdem bleibt Scheuermann der einzig wirklich ernst zu nehmende Gegner.« Reißer tat, als denke er angestrengt nach. »Schade, daß die Geschichte mit diesem Mutsch nicht so geklappt hat, wie wir uns das dachten. Das ist ein verdammt gerissener Bursche, Herr Oberst. Ausgekocht! Er hat keine Ehre, also können wir ihn auch dort nicht packen. In den Gefängnissen werden diese Kerle zäh und hinterhältig.«

»Beim Militär hätten wir ihn kleingekriegt.«

»Sicher, Herr Oberst. Aber hier haben wir ihn nicht getroffen, sondern dafür den Pfarrer verletzt. Die Kirche ist uns böse. Gewiß, Pfarrer Marcus wird loyal bleiben, doch unterstützen wird er uns nicht.«

Der Oberst a. D. Gümpel tat das mit einer schroffen Handbewegung ab. »Früher«, sagte er, »kann in jeder Ortschaft immer erst der Kommandant und dann die Kirche. Die Geistlichen grüßten zuerst.«

»Es waren sicherlich schöne Zeiten«, sagte der Bürgermeister.

»Unvergessen«, erklärte der Oberst a. D. Gümpel mit Haltung. »Das ist es doch, was uns fehlt: die Symbolik! Das Feierliche! Dieser scheußliche Hang nach Diskussionen stört jede Ordnung, die besten Ideen werden einfach zerredet. Man kann zwei Stunden ernsthaft reden und wird dann in fünf Minuten von respektlosen Kerls lächerlich gemacht. Wir müssen die Politik wieder aus der Gasthausatmosphäre herauslösen und zur Weltanschauung machen. Wir müssen Gelegenheiten schaffen, die den Widerspruch ausschließen.«

»Gewiß, Herr Oberst, gewiß.«

Der war nicht mehr zu halten. »Das ist nämlich der springende Punkt: wenn ich vor meinem Regiment stand und es anfeuerte, lauschten die Kerls ergriffen. Oder nehmen Sie die Kirche! Was ist ihre große Stärke? Daß niemand zu widersprechen wagt! Das ist dann nämlich gleich Kirchenschändung. Oder das: Wir weihen ein Denkmal ein, wir legen einen Kranz nieder, wir halten eine Gedenkstunde ab – da schlagen die Herzen höher und die Schnauzen bleiben zu, es sei denn, es wird ein Lied gesungen oder hurra gerufen. Und genau das ist es, Herr Bürgermeister, was uns fehlt. Wir sind Männer der Tat, wir werden uns nicht in Diskussionen einlassen.«

»Sie mögen recht haben«, versicherte der Bürgermeister. »Aber dazu ist die Zeit noch nicht reif. Wenn wir hier unser Kriegerdenkmal wieder errichten, marschiert die französische Armee an der Grenze auf.«

Der Oberst a. D. Gümpel lachte militärisch, um zu zeigen, daß er den Witz verstanden hatte.

»Herein«, rief der Bürgermeister, denn es hatte geklopft.

Margarete von Habern, die Sekretärin, betrat das Zimmer. »Herr Bürgermeister«, sagte sie, »der Abgeordnete Scheuermann wünscht Sie zu sprechen.«

Bürgermeister und Oberst a. D. wechselten einen Blick und nickten sich kaum merklich zu. »Ich lasse bitten«, sagte Reißer. Und als die Habern das Zimmer verlassen hatte: »Was sagen Sie nun, Herr Oberst? Ich wette, der will wieder Schwierigkeiten machen.«

Oberst a. D. Gümpel begrüßte Scheuermann förmlich, lediglich durch Nicken des Kopfes. Der Bürgermeister gab sich jovial. Sie nahmen Platz und bemühten sich erfolgreich, Würde zu wahren.

»Ich freue mich«, sagte Scheuermann, »daß ich gleich beide maßgeblichen Herren des National-Liberalen Blocks antreffe.«

Der Bürgermeister wehrte diplomatisch ab. »Herr Oberst Gümpel führt den Vorsitz. Ich bin lediglich Kandidat.«

»Ich kenne die Verhältnisse«, sagte Scheuermann freundlich, »und ich bin gekommen, um mit Ihnen einige Einzelheiten des kommenden Wahlkampfes zu besprechen.«

»Erlauben Sie mal!« Der Oberst a. D. versteifte sich sichtlich. »Schließlich führen wir den Wahlkampf gegeneinander und nicht miteinander. Oder erstreben Sie eine Koalition?«

Scheuermann lächelte in die erwartungsvollen Gesichter hinein. »Wie käme ich wohl dazu?«

»Wir würden es ablehnen«, sagte der Oberst a. D. Gümpel.

»Das freut mich«, sagte Scheuermann. »Was mich aber zu Ihnen führt, ist meine Besorgnis über die Methoden, mit denen ein Wahlkampf geführt werden könnte.«

Oberst a. D. Gümpel sah, was ihm nicht schwerfiel, Scheuermann verständnislos an. »Was wollen Sie damit sagen? Sie sollten diese Ermahnungen lieber an die Adresse Ihrer Genossen von der Sozialen Partei richten. Deren Methoden sind bedenklich, denn sie haben keine Disziplin.«

»Lieber Herr Scheuermann«, sagte der Bürgermeister. »Ihre Argumente werden gewiß zutreffend sein. Lassen Sie sie hören.«

»Ich habe einige Vorschläge«, sagte Scheuermann, »die dazu angetan wären, uns vor unliebsamen Zwischenfällen zu schützen. Ich strebe eine Art Gentleman-Agreement an.«

Reißer witterte Unrat. Er kannte Scheuermann zu gut, um nicht zu wissen, daß er ein unversöhnlicher Gegner war. »Ich bin sehr gespannt«, sagte er.

Scheuermann spürte die Aufmerksamkeit deutlich, die ihm entgegengebracht wurde. »Der erste Punkt: keine persönlichen Angriffe, die in private Gebiete hineingehen.«

Der Oberst lachte trocken. »Haben Sie ein schlechtes Gewissen?«

»Haben Sie ein reines Gewissen?« fragte Scheuermann zurück. »Vielleicht für die letzten Jahre. Vielleicht. Aber was war früher? Keine Details, deren Ausbreitung vor der Öffentlichkeit Ihnen unangenehm sein könnte? Sie waren doch Ortskommandant in Frankreich? Und was war noch früher?«

»Was soll das!« Der Oberst a. D. sah Scheuermann durchbohrend an. »Das sind ja Gangstermethoden!«

Der Bürgermeister glättete die Wogen. Er wollte es erst gar nicht darauf ankommen lassen, daß sich Scheuermann auch mit seinem Privatleben beschäftigte. »Ich verstehe Sie«, versicherte er. »Ich weiß genau, was Sie damit sagen wollen. Wir stimmen in diesem Punkt voll mit Ihnen überein. Selbstverständlich wird auch durch uns das Privatleben nicht in die politische Auseinandersetzung gezerrt werden.«

»Einverstanden«, sagte der Oberst a. D. Gümpel. »Aber die Grenzen werden nicht immer leicht zu ziehen sein. Es ist letzten Endes eine Taktfrage und damit für uns kein Problem.«

»Das freut mich für Sie«, versicherte Scheuermann.

»Und weiter, Herr Abgeordneter, der nächste Punkt.«

Scheuermann holte tief Atem und bemühte sich, gleichmütig auszusehen. »Ich hoffe«, sagte er, »daß die demokratischen Spielregeln gewahrt bleiben.«

»Was verstehen Sie darunter?«

»Das übliche«, sagte Scheuermann und sah auf seine Fußspitzen. »Versammlungsfreiheit, Redefreiheit, keine einseitige Bevorzugung in der Presse, hervorgerufen durch direkten oder indirekten Druck, die Benutzung der städtischen Litfaßsäulen und Plakattafeln.«

»Aber das ist doch selbstverständlich«, versicherte der Bürgermeister und dachte das Gegenteil.

Oberst a. D. Gümpel grinste ungeniert.

»Schön«, sagte Scheuermann. »Und jetzt versichern Sie mir noch, daß Sie undemokratische Methoden vermeiden werden. Methoden, die den Wahlkampf auf eine Ebene verlagern würden, bei der unsere Toleranz aufhören müßte.«

Der Oberst a. D. Gümpel horchte auf. »Werden Sie konkret.«

Auch der Bürgermeister beugte sich vor.

»Uns hat befremdet«, sagte Scheuermann vorsichtig, »daß Sie sich offiziell an der Beerdigung des Herrn Sebastian Semper beteiligten.«

»Es war ein Sohn unserer Stadt«, erklärte der Oberst a. D. würdig.

»Ein nicht unbedeutender Sohn«, versicherte der Bürgermeister.

»Aber er gehört doch nicht einer Partei allein! Sie hätten uns zumindest auffordern müssen, an der Beisetzung teilzunehmen. Wir bedauern, daß das nicht geschehen ist. Sehen Sie, meine Herren, das nenne ich einseitig. Und wenn meine Informationen, wie ich nicht hoffen will, stimmen sollten, dann sehe ich erhebliche Komplikationen voraus.«

»Werden Sie, bitte, konkreter. Welche Informationen?«

»Informationen, die besagen, daß Sie die Absicht haben, sich noch intensiver als bisher für Herrn Sebastian Semper einzusetzen, um ihn für parteipolitische Zwecke zu mißbrauchen. Wir alle wissen, daß Sie die Errichtung des alten Kriegerdenkmals erstreben, was aber – vorläufig noch – auf erhebliche Schwierigkeiten stoßen würde. Ich hoffe, es ist nicht wahr, was mir anvertraut wurde, nämlich, daß Sie beabsichtigen, ganz einfach das alte Denkmal unter einer neuen Firma – etwa: den großen Söhnen unserer Stadt – laufenzulassen. Und das ist es, wogegen ich ganz energisch im Namen meiner Gesinnungsfreunde protestiere.«

Scheuermann lehnte sich zurück und hatte das Bedürfnis, kurz die Augen zu schließen, um sich zu entspannen. Der Oberst a. D. war hellwach. Und der Bürgermeister betrachtete intensiv seine Fingernägel.

»Lieber Herr Scheuermann«, sagte Reißer tastend, »das kann doch nicht Ihr Ernst sein.«

Der Oberst a. D. jedoch ritt Attacke. »Das ist allein unsere Angelegenheit«, erklärte er. »Sie hätten genauso gut wie wir die Initiative ergreifen können. Aber Sie taten es nicht! Warum nicht? Weil es nicht in Ihrer Art liegt, weil Sie nicht das rechte Gefühl dafür haben, weil Sie nicht sofort spürten, welche Bedeutung eine Ehrung verdienstvoller Menschen für unsere Stadt hat. Aber darauf können wir keine Rücksicht nehmen.«

Der Bürgermeister begriff noch nicht ganz, was sich hier anbahnte. Er spürte, daß der Oberst Bedeutsames witterte und daß Scheuermann aufgeregt war, wobei unklar blieb, weshalb.

Scheuermann erhob sich förmlich. Er zog es vor, genau in diesem Augenblick abzutreten. Und er sagte ernst: »Jedenfalls habe ich unseren Standpunkt unmißverständlich zum Ausdruck gebracht. Ich habe Sie gewarnt.«

Direktor Seebaum betrachtete Oberst a. D. Gümpel wie einen Kontoauszug, der einen erfreulichen Vermögenszuwachs verkündet. Er nippte an einem Glas, das mit Mineralwasser gefüllt war, und sagte dann: »Reden Sie offen. Sie wissen, daß ich für Ihre Pläne Verständnis habe.«

»Verbindlichen Dank, Herr Direktor. Es soll, was schon lange geplant war, nunmehr Wirklichkeit werden. Wir beabsichtigen, ein Ehrenmal zu errichten. In diesem Zusammenhang erlauben wir uns zunächst, Sie, Herr Direktor, zu bitten, die hierdurch gegebene Situation bei den Besatzungsmächten zu ventilieren.«

Seebaum schloß seine Augen ein wenig und vermied es, zu lächeln. »Auch Major Dobson, der mir verpflichtet ist, muß sich an seine Vorschriften halten. Ich habe vorfühlende Gespräche geführt. Die Errichtung eines Kriegerehrenmals, eines Heldengedenksteines, oder wie immer Sie das nennen wollen, ist – vorläufig noch – nicht akut, wenn auch das Verständnis für unser Traditionsgefühl in letzter Zeit erheblich zugenommen hat.«

»Wir errichten einfach eine Art Säule, befestigen daran eine Tafel mit der Aufschrift: den großen Söhnen unserer Vaterstadt. Oder so was ähnliches. Von Schlachtfeld oder Heldentod wird offiziell kein Wort fallen.«

»Das ist nicht unklug«, sagte Seebaum.

»Und doch wird jeder in Wahlheim wissen, was das zu bedeuten hat. Seit 70/71 hat dieser Flecken Erde auf dem Marktplatz seine ganz bestimmte Bedeutung. Da sind keine großen Erklärungen mehr nötig.«

»Ich bin versucht«, sagte Seebaum fast feierlich, »diese Lösung als genial zu bezeichnen.«

»Es ist meine Idee«, sagte Gümpel bescheiden.

»Sie werden einen aktuellen Anlaß brauchen, eine Art Vorwand.«

»Auch daran ist gedacht. Ich erlaube mir, an den Fall Sebastian Semper zu erinnern. Hier treffen mehrere günstige Umstände zusammen: Anklage, Würdigung, Wohltätigkeit und Förderung des Geistes, quasi der Kunst. Auch war der Mann Kriegsteilnehmer. Die einzige Schwierigkeit liegt auf finanziellem Gebiet.«

»Ah!« sagte Seebaum erfreut. »Sie wissen, daß ich immer gerne helfe.« Und nunmehr gab er sich betrübt. »Leider vermisse ich oft die rechte Dankbarkeit dafür.«

Der Oberst a. D. Gümpel brauchte gar nicht erst seinen Scharfsinn zu bemühen, um zu wissen, was Seebaum mit dieser Bemerkung bezwecken wollte. »An diesem Mutsch«, verkündete er vertraulich, »soll unser Plan nicht scheitern. Verlassen Sie sich ganz auf mich. Ich betrachte das als eine Ehrensache.«

Mutsch hantierte ein wenig nervös mit seinen Werkzeugen. Scheuermann sah von seiner Arbeit hoch und betrachtete ihn erstaunt.

»Fehlt dir irgend etwas, Mutsch?«

»Merkt man mir das an? Du kannst mir einen Gefallen tun.«

»Soll ich etwa wieder diesen Loos zu mir bestellen, damit du freies Jagdfeld hast?«

»Genau das, Scheuermann.«

»Kommt nicht in Frage, mein Lieber! Mit diesem Loos will ich nichts zu tun haben. Sei vorsichtig, Mutsch.«

»Der Mann ist mir völlig gleichgültig. Ich will seine Tochter.«

Scheuermann schüttelte den Kopf. »Ich bedauere dich aufrichtig, Mutsch. Ich kenne seine Tochter zwar nicht . . .«

»Dann rede nicht über sie!«

»Ich kenne ihren Vater, und das genügt mir. Ich will nicht, daß du in seine Klauen gerätst. Ich rühre keinen Finger mehr in dieser Sache.«

Mutsch trat auf ihn zu. »Scheuermann, und wenn ich dich bitte, mir zu helfen? Ich habe genug mit dem Mädchen zu tun. Ich fürchte, beiden bin ich nicht gewachsen.«

»Armer Freund«, sagte Scheuermann.

»Ich werde auch heute nicht zum Abendessen kommen«, sagte der Bürgermeister zu seiner Frau. Er faltete seine Serviette zusammen und legte sie auf den Tisch.

»Es ist gut«, sagte sie.

»Ich bedauere das sehr, Ulrike. Aber es gibt in diesen Tagen besonders viel Arbeit. Die Wahlen, neue Projekte, interne Auseinandersetzungen.«

»Aber natürlich, Ottokar«, sagte sie.

Er wußte nicht recht, ob er ihre ständige Bereitschaft, seine Anordnungen bedingungslos gutzuheißen, als angenehm empfinden sollte, oder ob es angebracht wäre, darin Gleichgültigkeit zu sehen. Er verfolgte aber diesen Gedankengang nicht weiter.

Er tätschelte ein wenig achtlos ihre Wange und nickte ihr wohlwollend zu. »Neue große Projekte, neue große Projekte.«

»Wie schön«, sagte sie mechanisch. »Ich habe Bier kalt gestellt, willst du es trinken?«

»Selbstverständlich«, sagte er und begann ein wenig zu plaudern. »Unserer Stadt fehlt ein Denkmal. Sie ist so gut wie nackt ohne das Monument auf dem Marktplatz. Findest du nicht auch?«

»Gewiß, Ottokar«, antwortete sie pflichtgemäß.

»Wir werden es mit einem Ausspruch, mit einem Dichterwort von diesem Semper schmücken und es den bedeutenden Söhnen unserer Stadt widmen. Was meinst du dazu?«

Sie wurde lebhaft. »Ich finde das ausgezeichnet.«

Er sah überrascht hoch. »Das interessiert dich?« fragte er.

»Aber ja! Der arme Junge. Man muß Anteil an seinem Schicksal nehmen.«

»Das interessiert dich also«, sagte der Bürgermeister und sah sie nachdenklich an. Ihr Gesicht war leicht gerötet.

Mutsch setzte sich mit Uschi auf die Bank im Hof. Er war überaus freundlich zu ihr, was sie sehr neugierig machte. Er rutschte ein wenig herum und sah sie gewinnend an.

»Kann ich was für dich tun, Uschi?«

»Du kannst meine Rechenaufgaben lösen.«

»Das nicht, Uschi. Das ist gegen unsere Verabredung. Aber ich will dir gerne dabei helfen.«

Uschi schüttelte heftig den Kopf. »Nur helfen? Das ist doch nichts Besonderes, das machst du sowieso immer.« Uschi zeigte ihr Mißtrauen deutlich.

»Höre mal, Uschi – wir sind doch gute Freunde.«

»Aha!« sagte Uschi sachverständig. »Du willst etwas von mir! Also los.«

Mutsch angelte ein wenig umständlich aus seiner Rocktasche einen Brief, legte ihn auf sein Knie und tat, als sei es nötig, ihn zu glätten. »Das ist ein Brief«, sagte er dann.

»Das sehe ich.«

»Willst du ihn für mich besorgen?«

Uschi schaute fragend zu ihm hoch. »Wer soll ihn denn kriegen?«

Mutsch sah betrübt aus und zögerte. Er suchte nach Worten

und fand sie nicht gleich. Er wog den Brief in seiner Hand und hatte das Gefühl, er sei schwer wie Blei. Dann sagte er entschlossen: »Du kennst doch die Ulrike Loos, die das kleine Kind hat?«

»Und ob ich die kenne«, sagte Uschi. »Wir sind befreundet.«

»Was seid ihr?«

»Befreundet. Sie gefällt mir. Damals habe ich sie zu dir in den Stadtpark gebracht und nachher habe ich mich ein wenig um sie gekümmert. Wir verstehen uns nicht schlecht.«

»Aber das ist ja ausgezeichnet!« rief Mutsch freudig bewegt.

»Nichts ist ausgezeichnet«, sagte Uschi streng. »Es hat gar keinen Zweck, daß ich ihr einen Brief von dir bringe. Sie hat irgend etwas gegen dich; ich weiß noch nicht genau, was das ist, aber es scheint sehr schwerwiegend zu sein. Also zerreiß deinen Brief.«

»Willst du es nicht wenigstens versuchen, Uschi. Mir zuliebe! Vielleicht nimmt sie doch den Brief. Du mußt ja nicht gleich sagen, wer ihn dir gegeben hat.«

»Ich weiß nicht, ob es ihr recht ist«, sagte Uschi entschieden. »Ich habe sie nämlich gern.«

»Aber mich hast du doch auch gern?«

Uschi erhob sich und sah ihn mit großen Kinderaugen an. »Das ist es doch gerade!« sagte sie. »Verstehst du das nicht? Das ist ja das Unglück!«

Der Polizist Pulver klappte seinen Kriminalroman zu, nickte befriedigt vor sich hin und schob das rote Buch mit liebevoller Geste über die Tischplatte. Die Lektüre hatte ihm wohlgetan und seine Kombinationsgabe hatte ihn nicht im Stich gelassen: er hatte den Täter frühzeitig, kurz vor dem dritten Drittel, erkannt und genoß so die Überraschung mit, die der Kriminalist des Buches den Überlebenden bereitet hatte. Er schnaufte genußvoll.

Kurz darauf beschlich ihn der Wahlheimer Pessimismus. Seit Jahren schon wünschte er sich ein Kapitalverbrechen, irgendeine wüste, mit Blut geschriebene Geschichte, dank derer er dann seine Fähigkeiten und verborgenen Talente beweisen konnte. Überall in der Welt lieferten grauenhafte Verbrechen dicke Schlagzeilen, Photoberichte und Stoff für Bücher und Filme. Überall in der Welt – nur in Wahlheim nicht.

Er schob die verwaschene Gardine zur Seite, zog seinen Schreibtischstuhl zum Fensterbrett und lehnte sich vor. Mißmutig starrte er den Kanonenweg entlang und grübelte. Er rekapitulierte, daß viel Abschaum der Menschheit existiere, oft, fast immer, unter der Maske des Unscheinbaren, aber irgendwann einmal sich verfangend in den Netzen, die polizeiliche Wachsamkeit und kriminalistischer Spürsinn gewoben haben. Und seine Phantasie begann aufzublühen.

Er sah eine alte Frau, die einen prallgefüllten Sack auf einem Handwagen durch den Kanonenweg zog; und er erinnerte sich eines Falles, in welchem, genau auf diese Weise, eine Leiche transportiert worden war. Der Mann, der dort ein wenig schwankend über den Bürgersteig ging, könnte unter den Folgen einer schleichenden Vergiftung leiden; seine Frau, um ihn zu beerben, nachdem sie ihn betrogen hatte, könnte ihn mit regelmäßig zugeführten, vorsichtig dosierten gifthaltigen Medikamenten soweit gebracht haben. Er sah ein Schulkind, das mit einem älteren Herrn plauderte, und dachte sofort an die immer zahlreicher werdenden Fälle von Verführung Minderjähriger.

Und dann sah er Mutsch.

Gestärkt durch »Wahlheimer Eichenbräu«, einem heimatlichen Bier mit starkem Alkoholgehalt, hatten sich die Getreuen um Oberst a. D. Gümpel versammelt. Sie füllten das Nebenzimmer des Gasthofes zum »Schwarz-weißen Ochsen« mit Tabaksschwaden und Brandreden.

»Verehrte Anwesende«, sagte der Oberst a. D., »meine lieben Kameraden! Ich bitte ums Wort.«

Das Wort wurde ihm erteilt, was lediglich eine Formsache war, denn er führte das große Wort von Anbeginn der Zusammenkunft. Das konnte fast schon als Tradition bezeichnet werden.

»Wir haben gemeinsam«, sagte er, »so manche Schlacht geschlagen und sie fast immer siegreich beendet. Aber wir ruhen auf unseren Lorbeeren nicht aus und damit entsprechen wir der besten deutschen soldatischen Tradition.«

Er blickte mit Stolz und Zuversicht um sich. Er glaubte an das, was er sagte.

Er schaute auf die, die er seine Gefolgschaft nannte: Bürgermeister Reißer, der, listig wie ein Fuchs, lauernd im Hintergrund saß; der allzeit dienstbereite Polizeihauptwachtmeister Pulver, der nur existierte, um den jeweils gültigen Gesetzen zu gehorchen, und denen, die den meisten Einfluß auf sie hatten; Gottlieb Bremer, Chefredakteur des »Boten«, ein Mann, der die Freiheit liebte und die schönen Künste, sofern sie dem, was er Vaterland nannte, selbstlos zu dienen bereit waren.

Dann musterte er die, die er heimlich mit »Etappe« bezeichnete: den Kolonialwarenhändler Scheuwitz, der immer auf Seite der Stärkeren war; Miegalke, Klempnermeister, und allein schon deshalb Scheuermanns schärfster Konkurrent in Wahlheim; den Inhaber der Papierwarenhandlung, Hohlhänder, dessen Haupteinnahmequelle die Belieferung der städtischen Behörden war.

»Lassen Sie mich also konkret werden«, sagte der Oberst a. D. Gümpel. »Es ist der Versuch gemacht worden, auf unsere Überzeugung Einfluß zu nehmen und unsere idealistischen Bestrebungen zu dämpfen.«

Die Empörung war allgemein. Zwar wußte noch niemand genau, worum es sich eigentlich handelte, aber es wurde laut und entschieden ausgesprochen, daß derartiges nicht geduldet werden dürfe.

»Immer dieser Scheuermann!« rief Klempnermeister Miegalke ahnungsvoll.

»Meine Herren!« sagte der Oberst a. D. Gümpel. »Wir haben den National-Liberalen Bürgerblock gegründet und uns durchgesetzt. Wir werden auch weiterhin unsere Interessen zu wahren wissen.«

»Gegen Scheuermann – immer!« rief Miegalke.

»Erlauben Sie, daß ich mich einmische«, sagte der Bürgermeister mit Takt. »Wir wollen hier eine Aktion starten, die sich nicht gegen etwas richtet, sondern sich für etwas einsetzt. Das Parteigezänk überlassen wir anderen.«

»Schon Schiller hat abfällig darüber gesprochen!« Chefredakteur Bremer warf mit großer Geste seine Weisheiten unter die Anwesenden.

»Damit kommen wir zum Thema«, sagte der Oberst a. D. »Schiller ist so etwas wie ein Stichwort, denn Schiller war ein deutscher Dichter. Nunmehr hat sich herausgestellt, daß auch Wahlheim einen großen Sohn besitzt; und zwar einen großen Sohn unter vielen anderen, die nicht in Vergessenheit geraten dürfen.«

»Die Herren erlauben wohl«, warf Bürgermeister Reißer ein, »daß ich eine Lage spendiere?«

Die Herren erlaubten es ihm und Reißer gab Pulver die Anweisung, den Klingelknopf zu drücken, der sich in der Nähe der Tür befand.

Kurz darauf betrat der Kellner das Nebenzimmer und trug vor sich her auf einem Tablett sieben Schnapsgläser und eine Flasche fünfzigprozentigen Himbeergeist. »Frau Krampus erlaubt sich«, sagte er und stellte seine Last ab.

Dieser Erklärung folgte ein allgemeines Gemurmel der Zustimmung.

»Eine prächtige Frau«, sagte der Oberst a. D. Gümpel.

Reißer bestätigte das.

»Ihre Sympathien scheinen also doch auf unserer Seite zu sein«, bemerkte Pulver. »Obwohl sie andauernd mit diesem Scheuermann zusammensitzt.«

»Das ist bedeutungslos«, erklärte Reißer überzeugt. »Ich muß mich auch manchmal mit Scheuermann zusammensetzen. Von Amts wegen. Bei Frau Krampus geschieht das aus geschäftlichen Gründen. Also Prost, meine Herren. Auf ein gutes Gelingen.«

Nachdem sie getrunken hatten, ergriff wieder Oberst a. D. Gümpel das Wort, doch diesmal nur, um es programmgemäß an Reißer weiterzugeben. »Ich bitte Sie also, Herr Bürgermeister, uns Bericht zu erstatten.«

Reißer räusperte sich. »Es handelt sich«, begann er, »um den tragischen Tod unseres Mitbürgers Sebastian Semper.«

»Er erinnert an Kleist«, warf Gottlieb Bremer ein.

Der Bürgermeister nahm diese Unterbrechung wie etwas Unabänderliches hin und fuhr mit seinem Bericht fort. »Wir haben unseren Mitbürger Sebastian Semper schon einmal geehrt, als wir einen offiziellen Kranz auf seinem Grab niederlegten. Wir beklagten damals in ihm ein Opfer der Zeit. Inzwischen hat es sich jedoch herausgestellt, daß mehr zu beklagen war, als nur die unmittelbaren Folgen einer unfähigen Regierung, nämlich: der Verlust eines großen Sohnes unserer Stadt.«

»Meinen Sie seine Schreiberei?« fragte Kolonialwarenhändler Scheuwitz verständnislos.

»Sehr richtig. Ich denke auch an seine hohe dichterische Begabung. Unsere Stadt ist mit berühmten Söhnen nicht gerade gesegnet. Wir sollten uns ihrer annehmen.«

»Rentiert sich das?« fragte der Kolonialwarenhändler.

»Warum nicht!« sagte der Inhaber der Papierwarenhandlung. »Man könnte seine gesammelten Gedichte herausgeben. Ich wäre nicht abgeneigt, sie zu verlegen. Vorausgesetzt natürlich, daß mir ein gewisser Absatz garantiert werden könnte. Ich denke an eine Schulausgabe und an eine Luxusausgabe, deren Exemplare bei Eheschließungen und sonstigen Feierlichkeiten übergeben werden könnten.«

»Aber meine Herren!« Gümpel schaltete sich ein. »Hier handelt es sich nicht um Geschäftsvorteile, sondern ausschließlich um idealistische Bestrebungen.«

Der Chefredakteur erhob die Hand. »Wir müssen zeigen, daß wir uneigennützige Förderer der Künste sind!«

»Irgendwie bezahlt macht sich das immer«, sagte der Bürgermeister zur allgemeinen Ermunterung.

Gottlieb Bremer verfolgte hartnäckig sein Thema. »Neulich war ich in einem Dorf«, berichtete er. »Dort soll einmal Goethe durchgefahren sein. Jedenfalls wurde das behauptet. Und an der Stelle, wo er verweilte, ist eine Gedenktafel angebracht worden.«

»Bemerkenswert!« rief der Oberst a. D. Gümpel anfeuernd.

»Und fortan«, berichtete Bremer weiter, »nahm der Fremdenverkehr erheblich zu, denn für ihn wurde geworben mit dem Kernspruch: ›Weile auch du, wo schon Goethe weilte!‹«

»Sehr bemerkenswert!« rief Oberst a. D. Gümpel nochmals.

»Sollen wir auch eine Tafel anbringen?« fragte der Kolonialwarenhändler.

»Zuwenig!« entschied der Oberst a. D. »Das ist viel zuwenig. Dort ist nur ein Dichter durchgefahren, bei uns aber hat einer gelebt.« Und jetzt holte er tief Atem. »Meine Herren, was sagen Sie dazu: Wir errichten für unsere großen Söhne und damit auch für Sebastian Semper ein Denkmal. Es soll an der Stelle errichtet werden, wo einst das Kriegerehrenmal stand. Ich hoffe, Sie verstehen mich. Semper ist nur eine Voraussetzung, so etwas wie ein glücklicher Zufall, der das große Ereignis auslöst. Eine Art Bannerträger, hinter dem eine Armee marschiert. Ist das klar, oder muß ich noch deutlicher werden?«

Gottlieb Bremer, der »Bote«, erhob sich spontan. »So zeigen wir, daß wir eine kulturliebende Stadt sind. Und nicht nur das. Auch eine kulturzeugende Stadt!«

»Ich«, sagte Gümpel, »schließe mich den Erklärungen unseres lieben Kameraden Bremer an. Er hat das große Wort gelassen ausgesprochen. Um konkret zu werden: früher hatten wir eine Fahne, oder andere Symbole. Wir hatten Vereinigungen, die wir pflegten. Ich erinnere an manche schlichte und erhebende Feier vor dem Heldenmal. Heute aber haben wir nichts. Das einzig Feierliche findet in der Kirche statt, was nicht alle erbaut. Aber hier, meine lieben Freunde, meine Kameraden, bietet sich für uns die einmalige Möglichkeit, große Gedanken in die Tat umzusetzen, der Bevölkerung ein Schauspiel zu bieten, das sie anziehen und mitreißen wird. Und zwar: in unserem Sinne, für unsere Sache! Ich kann mir einfach nicht vorstellen, daß ein aufrechter Mann dagegen ist.«

Dagegen war keiner; und wenn er es war, dann zeigte er es nicht. Sie alle hatten ihre Erfahrungen gemacht. Sie erinnerten sich noch genau, wie Fahnen gegrüßt wurden und wie sich beim Erklingen der Hymnen die Köpfe entblößten. Wenn da einer nicht mitmachte, fanden sich prompt neun andere, die bereit waren, ihm den »nötigen Anstand« beizubringen. Nein, nein, gegen das Denkmal hatten sie nichts. Nur einiges gegen den, der hier vorgeschoben werden sollte, damit die Planung aus der Tradition heraus einen aktuellen Antrieb erhielt.

Der Klempnermeister sprach das aus. »Verdient dieser Semper das auch? Ich meine: kann man mit ihm Staat machen? Ist es ratsam, die Denkmalsaktion mit seinem Namen zu verbinden?«

Gümpel lächelte überlegen. Er hatte diese Frage kommen sehen und sie, gemeinsam mit Reißer, bereits ventiliert. »Ihr Einwurf«, sagte er, »ist durchaus berechtigt. Aber Sie dürfen mir zutrauen, daß ich stets mit Vorsicht manipuliere. Ich weiß, daß ein Fehler im Aufmarschplan die gesamte Schlacht gefährdet. Ich habe daher unseren Herrn Pulver gebeten, Nachforschungen anzustellen. Bitte, mein Lieber, Ihren Bericht.«

Pulver hatte diesem Augenblick mit Haltung und keineswegs unvorbereitet entgegengesehen. Er klappte sein Notizbuch auf, das schon lange griffbereit neben ihm lag. Er berichtete mit der ihm eigenen Sachlichkeit: »Über Sebastian Semper ist nichts Nachteiliges bekannt. Er ist polizeilich gemeldet; es existiert keine Strafakte. Er wurde in Wahlheim als Sohn armer, aber ehrbarer Eltern geboren, diente dem Vaterland mit der Waffe in der Hand und wurde zum Unteroffizier befördert.«

»Sehen Sie!« sagte Gümpel.

»Er ist Inhaber des Eisernen Kreuzes II. Klasse, eines Kampfabzeichens und der Ost-Medaille. Er geriet in russische Gefangenschaft« – hier starke Bewegung, die Anteilnahme ausdrükken sollte, unter den Zuhörern – »und wurde erst vor zwei Jahren in seine Heimat Wahlheim entlassen. Seitdem lebte er hier.«

»Und schrieb an seinen Werken!« ergänzte Bremer feierlich.

Der Klempnermeister Miegalke gab sich noch nicht ganz zufrieden. Er kannte seinen Konkurrenten Scheuermann! Der war nicht so leicht zu überzeugen, der war gründlich und hartnäckig. »Und wie ist das – taugen seine Schreibereien was?«

»Natürlich!« versicherte Bremer. »Ich habe sie ja abgedruckt.«

Gümpel merkte sofort, was Miegalke dachte, nämlich: daß du die Schreibereien abgedruckt hast, will noch nichts besagen; im Gegenteil, das ist verdächtig! Um diesen und ähnlichen Gedanken allen Wind aus den Segeln zu nehmen, führte jetzt der Oberst a. D. Gümpel weitere, gutvorbereitete Argumente ins Treffen. »Ich habe Herrn Hauptlehrer Kuhn ersucht, sich auf dieses Thema vorzubereiten, falls jemand auf die Idee käme, Herrn Bremer Parteilichkeit vorzuwerfen. Natürlich kommt keiner auf diese Idee, aber sicher ist sicher. Hauptlehrer Kuhn hat sich, wie Sie wissen, ausführlich mit den in Frage kommenden Dichtungen beschäftigt. Seine Artikel waren zwar nicht sonderlich verständlich, machten aber einen guten Eindruck. Ich halte ihn für eine Art Sachverständigen. Er wartet im großen Gastzimmer. Holen Sie ihn herein, Pulver. Bitte.«

Pulver erhob sich. Er dachte: Dieser Armleuchter kommandiert mich hier herum! Aber es war ihm nicht anzumerken, was er dachte.

Die Herren stärkten sich inzwischen mit Bier und Himbeergeist. Gümpel und Reißer warfen sich zufriedene Blicke zu. Die anderen fühlten sich angeregt. Jedermann war davon überzeugt, daß hier Bedeutendes vor sich ging.

Hauptlehrer Kuhn, der poetische Pädagoge, der geplagte Vater seiner hysterischen Tochter Konstanze, näherte sich. Er stand in Türnähe wie vor einem Tribunal. Und zwischen ihm und Oberst a. D. Gümpel lief ein gutgeplantes und sorgfältig vorbereitetes Gespräch ab.

»Sie haben sich, Herr Hauptlehrer, wie ich höre, mit den Werken Sebastian Sempers beschäftigt?«

»Sehr eingehend, Herr Oberst. Jawohl.«

»Und welchen Eindruck haben Sie empfangen?«

»Den allerbesten.«

»Ich darf Sie bitten, konkreter zu werden.«

»Die Dichtungen des Sebastian Semper bestehen zumeist aus vierzeiligen Strophen und bevorzugen den gebundenen Reim. Ihr Inhalt preist die Heimat und die Liebe. Alle diese Dichtungen meiden das Moderne und damit die heutige Verwilderung der Sprache. Sie sind klar, übersichtlich und für jedermann verständlich, sofern er die Volksschule mit dem üblichen Erfolg absolviert hat. Die Lyrik des Sebastian Semper darf ohne Zweifel als wertvoll gelten, zumal in ihr jene Form gepflegt wird, die als klassisch zu bezeichnen sich eingebürgert hat. In einem kommenden Artikel im ›Boten‹ werde ich Liebeslyrik von Sebastian Semper zitieren und kommentieren. Heute will ich nur so viel verraten, daß dort absolute Sauberkeit herrscht und eine Gemütstiefe obendrein, die an große Vorbilder erinnert.«

»Ist in diesen Dichtungen jemals etwas Abfälliges oder auch nur Zweideutiges über Vaterland, Heimat oder Wahlheim gesagt worden?«

»Nein. Niemals.«

»Verbindlichsten Dank, Herr Hauptlehrer. Ich würde mich freuen, Sie nachher bei einem Glas Bier begrüßen zu dürfen.«

Hauptlehrer Kuhn entfernte sich und war überzeugt, seiner Heimatstadt einen großen Dienst geleistet zu haben. Es war für ihn ein erhabenes Gefühl, als Sachverständiger anerkannt und gehört worden zu sein. Im Lokal schmeichelte ihm aufs neue das starke Interesse, das Scheuermann im Beisein von Irene Krampus seinen Forschungsarbeiten entgegenbrachte.

Inzwischen begehrte Gümpel zu wissen, ob etwa selbst jetzt noch jemand existiere, dem irgend etwas unklar sei. Es war alles klar. »Dann sind wir uns alle einig, meine Herren.« Und er hatte das feste Gefühl: man war sich einig.

Der Bürgermeister hob, wie geplant, die Hand. »Ich gebe zu bedenken«, sagte er, »daß es nicht gut wäre, diese ganze Angelegenheit als eine Sache des National-Liberalen Bürgerblocks aufzuziehen. Wir müssen den Anschein vermeiden, daß es sich hier um politische Dinge handelt. Es muß so aussehen, als sei das ein Anliegen aller gutgesinnten Bürger Wahlheims.«

»Bravo!«

»Aber ohne Scheuermann!« rief Klempnermeister Miegalke.

»Wir sprachen von gutgesinnten Bürgern. Was darunter zu verstehen ist, bestimmen wir.«

Oberst a. D. Gümpel kam nunmehr zum Schlußmanöver. »Meine lieben Kameraden! Ich schlage vor, wir gründen zunächst eine Bürgervereinigung. Wir nennen sie ›Sebastian-Semper-Denkmalsverein e. V.‹. Ich wäre nicht abgeneigt, den Vorsitz zu übernehmen, aber ich bitte zu bedenken, daß ich bereits der erste Vorsitzende der National-Liberalen bin und wir jeden Anschein einer Parteipolitik vermeiden wollen. In Anbetracht dessen schlage ich also vor: Präsident: Herr Bürgermeister Reißer; Vizepräsident: meine Wenigkeit; Ehrenkurator: Herr Chefredakteur Bremer vom ›Wahlheimer Boten‹, zugleich verantwortlich für ideelle Werbung und allgemeine Propaganda; geschäftlicher Werbeleiter und kaufmännischer Berater: Herr Klempnermeister Miegalke; Kassierer: Herr Kurz- und Kolonialwarenhändler Scheuwitz; Schriftführer: Herr Papierwarengroßhändler Hohlhänder; und Vorstandsmitglied z.b.V.: Herr Polizeihauptwachtmeister Pulver. Nehmen die Mitglieder ihre Wahl an?«

Die Herren nahmen ihre Wahl an.

»Dann erkläre ich hiermit feierlich den Sebastian-Semper-Denkmalsverein e.V. für gegründet! Ein edler Spender, der nicht genannt sein will, hat bereits einen namhaften Betrag zur Verfügung gestellt, der einen erheblichen Teil der Unkosten decken wird. Im übrigen werden wir an die Gebefreudigkeit unserer Mitbürger appellieren. Herr Pulver, bestellen Sie Bier!«

»Nimm an«, sagte Mutsch zu Scheuermann, mit dem er in der Werkstatt arbeitete, »unser Schweißapparat setzt aus. Was machst du dann?«

»Ich repariere ihn«, sagte Scheuermann.

»Und wenn es nicht möglich ist, ihn zu reparieren?«

»Dann bestelle ich mir Ersatzteile«, sagte Scheuermann.

»Und inzwischen?«

Scheuermann sah hoch. »Was ist mit dir los, Mutsch? Warum stellst du derart dumme Fragen?«

Der blinzelte seinem Freund zu. »Nehmen wir an«, sagte er, »du willst zwei Eisenstangen miteinander verbinden. Das ist wichtig und eilt. Aber dein Schweißapparat funktioniert nicht.

Klug, wie du bist, weißt du, daß man die Stangen auch zur Not zusammenschmieden kann. Was wirst du also tun? Du wirst mich, deinen Gehilfen, mit den Eisenstangen in eine Schmiede schicken. In die Schmiede des alten Loos natürlich.«

Scheuermann schüttelte mißbilligend den Kopf. »Kannst du denn nicht abwarten? Zwei, drei Wochen nur. Du kannst es dir einfach nicht leisten, immer wieder Gesprächsstoff für Wahlheim anzuliefern! Sei vorsichtig, Mutsch! Also schön. Nimm diese Eisenstange und die dort. Gruß an Loos: er soll sie für mich zusammenschweißen.«

»Jawohl, Meister!« sagte Mutsch. Und mit Schwung schulterte er die beiden angegebenen Eisenstangen.

»Eine halbe Stunde Weg, eine halbe Stunde Arbeit. Ich werde auf die Uhr sehen.« Scheuermann grinste.

»Wird prompt erledigt«, versicherte Mutsch. »In spätestens zwei Stunden bin ich wieder zurück.«

Wenige Minuten später schon, er überquerte den Marktplatz, wurde ihm klar, warum Scheuermann derartig gegrinst hatte: die mit großer Sachkenntnis ausgesuchten Eisenstangen waren höllisch schwer und es schien, als würden sie mit jedem Schritt schwerer. Am Sportplatz, offiziell »Stadion« genannt, warf er seine Last nieder und ruhte sich aus. Er verfluchte Scheuermann; aber der Anblick der Schmiede Loos gab ihm neue Stärke.

Als er die Panse auf der polternden Brücke überquerte, bemerkte ihn Ulrike Loos. Sie arbeitete im Garten, schrak auf und ergriff das Kind, das neben ihr im Gras lag. Sie starrte dem unter der Last der Eisenstangen keuchenden Mutsch entgegen wie einer Erscheinung. Dann floh sie mit dem Kind.

Mutsch tat, als sehe er das nicht. Er betrat die Schmiede und warf die Eisenstangen ab. Er sah sich um und bemerkte den großen, hageren, sehnigen Schmied Loos am Schraubstock. Er sah tief betrübt und abwesend aus.

»Wer sind Sie?« fragte der Schmied Loos.

»Ich heiße Mutsch. Ich komme von Scheuermann. Er läßt Sie grüßen.«

»Was will er?«

»Diese beiden Stangen sollen miteinander verbunden werden. Nahtlos.«

»Nahtlos?« Der Schmied musterte Mutsch. »Versteht sich doch von selbst! Dachten Sie, ich bringe dort Scharniere an?«

Mutsch schwieg respektvoll. Es war das erstemal, daß er dem Schmied Loos so dicht gegenüberstand. Daß es sich bei dem um keinen schwungvollen Dauerredner handelte, war sofort zu wittern gewesen. Daß er aber nicht nur wortkarg war, sondern darüber hinaus noch äußerst unfreundlich, konnte man in diesem Ausmaß nicht erwarten. Mutsch betrachtete ihn mit Verwunderung und Neugier.

»Wie lang?« fragte der Schmied und überprüfte die Eisenstangen.

Mutsch, deutlich spürend, daß sich hier vor ihm ein nicht unerheblich unterschätztes Hindernis auftürmte, fand nicht gleich die richtige Antwort und das verwirrte ihn. Es vergingen lange Sekunden, ehe er klar überlegen konnte, und während dieser Zeit betrachtete ihn der Schmied Loos wie einen Kranken. Mutsch dachte: er will die Gesamtlänge wissen, und zwar die *nach* dem Zusammenschmieden; aber darauf habe ich mich nicht vorbereitet, ich weiß nicht einmal die Einzellänge der Stücke. Ich bin also ein Idiot, und dieser Loos merkt das sofort.

Dann sagte er: »Das weiß ich nicht. Scheuermann weiß das; er kommt nach. Ich soll hier auf ihn warten.«

Die spürbare Abneigung gegen Mutsch, die den Schmied Loos befallen hatte, nahm zu. »Was stellen Sie eigentlich dar?« fragte er.

»Ich bin Elektriker. Außerdem bin ich mit Scheuermann befreundet.«

Der Schmied Loos nickte schwer; und das hieß offensichtlich: das habe ich dem Scheuermann schon immer zugetraut; wer sich intensiv mit Politik beschäftigt, muß zwangsläufig seinen Charakter vernachlässigen. Dann ließ der Schmied Mutsch stehen und begab sich wieder an seinen Schraubstock. Dort schnitt er an Eggenzinken Gewinde für die Gegenmutter ein.

Mutsch näherte sich ihm. Gewindeschneiden war eine seiner Spezialitäten. Er schaute kurze Zeit zu und dann sagte er: »Lassen Sie mich das machen.«

Loos erlaubte es ihm zögernd. Mutsch griff zu. Er handhabte den Gewindeschneider sicher; selbst der stets schwierige Ansatz gelang mühelos. Er benutzte kaum die Schieblehre; er arbeitete nach Augenmaß und dennoch, wie Loos feststellte, fast auf den Millimeter genau.

»Wenn Sie die Länge wüßten«, sagte der Schmied Loos, um

Grade freundlicher, »könnte ich inzwischen Ihre Eisenstangen zusammenschweißen.«

»Sonst haben Sie nichts zu tun?«

Loos sah Mutsch verwundert an, aber es lag aufdämmernder Respekt in seinem Blick. Dann stieß er so etwas wie ein Lachen aus sich heraus; es war kurz und klang trocken. Hierauf warf er ein Eisenstück ins Feuer und setzte den Blasebalg in Bewegung.

Sie arbeiteten schweigend, fast zwei Stunden lang, zäh und verbissen. Sie sahen sich nicht an. Aber sie horchten auf die rhythmischen Arbeitsgeräusche des anderen. Nach fast drei Stunden waren sie sich nahegekommen, ohne ein Wort miteinander gewechselt zu haben. Nach vier Stunden sagte der Schmied Loos: »Feierabend.«

»Dieser Scheuermann«, sagte Mutsch, »ist immer noch nicht gekommen.«

Der Schmied band seine Werkschürze ab. »Die Politik ruiniert ihm das Geschäft.«

»Es ist aber anständige Politik, die er macht«, verteidigte Mutsch seinen Freund.

»Vielleicht deshalb«, sagte Loos. Er überprüfte die Werkstükke, die Mutsch fabriziert hatte, und sie gefielen ihm. Er beschloß, ein hohes, wohlverdientes Lob zu spenden. »Ganz brauchbar«, sagte er.

»Es geht«, sagte Mutsch. »Ungewohnte Arbeit.«

Loos, der Schmied, kämpfte mit sich. Er atmete tief. Dann fragte er: »Essen Sie mit uns? Ein bescheidenes Abendbrot.«

»Warum nicht«, sagte Mutsch; und er hatte große Mühe, das gleichgültig zu sagen.

Loos schloß seine Schmiede ab und begab sich dann mit seinem Gast auf den Hof. An einem Wassertrog lagen Seife und Handtuch bereit. Sie wuschen sich gründlich und redeten dabei kein Wort miteinander. Der saubergefegte Hof war leer. Ein Wachhund blinzelte in die Abendsonne.

Dann betraten sie das Haus. Es roch nach Sauberkeit. In der Küche stand ein weißgescheuerter Tisch; er war für vier Personen gedeckt.

»Das ist Mutsch«, erklärte Loos karg. »Gehört zu Scheuermann. Guter Arbeiter. Das ist meine Frau. Das die Tochter.«

Eine kleine Frau mit scheuen Augen kam auf Mutsch zu, reichte ihm die Hand und versuchte zu lächeln. Dann sah

Mutsch Ulrike; sie stand neben dem Herd und rührte sich nicht. Mutsch streckte ihr die geöffnete Hand entgegen. Sie legte ihre kleine Hand hinein; zaghaft, so, als sei zu befürchten, daß sie beschädigt werde. Diese Hand zitterte ein wenig. Aber Mutsch drückte sie herzhaft.

»Ich freue mich sehr!« sagte Mutsch.

»Gar kein Grund dazu«, sagte Loos, der von vornherein keine Mißverständnisse aufkommen lassen wollte. »Die Tochter hat ein Kind. Das ist unehelich. Und sie sagt nicht einmal, wer der Vater ist.«

»Besser keinen Vater«, sagte Mutsch, »als einen, der nichts taugt.«

Sie begaben sich an den Tisch. Loos sprach ein kurzes Gebet. Dann setzten sie sich. Es gab eine dicke Haferflockensuppe. Loos schnitt dazu zollstarke Scheiben Brot ab.

Sie aßen schweigend. Mutsch verspeiste zwei volle Teller im Handumdrehen. »Schmeckt gut«, sagte er.

»Freut mich«, sagte Loos.

»Ich habe gekocht«, sagte Ulrike impulsiv. Und kaum hatte sie es gesagt, überflutete sie das Gefühl, sich schämen zu müssen.

Mutsch strahlte sie an, was sie noch verlegener machte. Frau Loos befingerte nervös den Rand ihrer Schürze. Der Schmied aber betrachtete die Tochter mit vernichtender Traurigkeit, so daß sie sich erhob und davonlief.

»Kein Mädchen für einen anständigen Mann«, sagte Schmied Loos bitter.

»Ich war im Gefängnis«, sagte Mutsch. »Drei Jahre lang; wegen schwerer Körperverletzung.«

»Prahlen Sie nicht damit«, sagte Loos streng. »Das ist mir bekannt; ich lese leider Zeitungen. Sie haben den Richtigen verprügelt. Aber das war keine Heldentat; das war Dummheit.«

Mutsch atmete auf. »Ihre Tochter«, sagte er, »ist ein wirklich nettes Mädchen.«

»Können Sie nicht beurteilen.« Loos kratzte sorgfältig seinen Teller leer. Dann, mitten in einer Bewegung, erstarrte er. Er fragte streng: »Woher wollen Sie das wissen?«

Doch ehe Mutsch noch eine befriedigende Antwort vorbringen konnte, wurde heftig an die Tür geklopft.

Scheuermann betrat die Küche. Er war offenbar in Eile, denn er atmete heftig. Als er Mutsch erblickte, der neugierig am Küchentisch saß, sagte er: »Was, zum Teufel, fällt dir ein, dich vier volle Stunden lang herumzutreiben.«

»Fünf volle Stunden, Chef«, korrigierte Mutsch friedfertig. »Es ist höchste Zeit, daß du kommst. Wir haben auf dich gewartet.«

»Grüß Gott, Scheuermann«, sagte Loos würdig. Er erhob sich und drückte seinem Besucher kräftig die Hand. »Wir bringen das gleich in Ordnung.« Er band den Arbeitsschurz um. »Welche Länge?«

Scheuermann begriff nicht, was vorging. Daß sein Mutsch ausgerechnet bei dem Menschenfeind Loos mitten im trauten Familienkreis saß, brachte sein Weltbild ins Wanken. Und was wollte dieser Loos von ihm? Länge? Welche Länge?

Mutsch half freundlich aus. »Du wolltest die Maße für die Eisenstangen mitbringen. Du hast doch gesagt, ich solle auf dich warten.«

»So!« sagte Scheuermann. »Habe ich das?«

»Wie lang?« fragte Loos beharrlich.

Scheuermann hatte Mühe, seine Gedanken zu bändigen; er wollte vermeiden, sich vor Loos zu blamieren. Natürlich kannte auch er nicht die Länge der Eisenstangen. Aber ihm fiel wenigstens ein Ausweg ein. »Die gleiche Länge«, sagte er. »Du mußt die Stangen so zusammenschmieden, daß sie die gleiche Länge behalten. Also weder kupieren noch strecken.«

»Verstanden«, sagte Loos. »Warum nicht gleich!«

Dann begab er sich mit Scheuermann in die Schmiede. Er fachte das Feuer an und erhitzte je ein Ende bis zur Weißglut. Dann arbeitete er mit Stützgabeln und ließ sich von Scheuermann assistieren. Die Funken sprühten und das Eisen sang. Sicher schmiedete Loos die Enden aneinander.

»So!« sagte er dann. »Fertig. Kostet nichts. Sag deinem Mutsch – guter Arbeiter übrigens! –, er kann wiederkommen. Wann er will!«

Und Scheuermann, der den plötzlich verschwundenen Mutsch vergeblich gesucht hatte, mußte sich notgedrungen mit der schweren Eisenstange belasten. Fluchend trabte er heimwärts. Ehe er noch, nach einigen Pausen, sein Haus erreichte, stieß er auf Mutsch, der mit Uschi spazierenging.

»Sieh mal, dein lieber Vater!« sagte Mutsch, sichtlich gerührt. »Ein tüchtiger Mann!«

»Heimtückischer Kerl!« rief Scheuermann wütend.

»Na, na!« tadelte Uschi. »Was soll ich erst sagen. Bei meinen Schularbeiten!«

»Laß dir von deinem lieben Onkel Mutsch helfen«, riet Scheuermann verärgert.

»Schon geschehen«, sagte Uschi zufrieden. »Ein Aufsatz wie noch nie!«

Mutsch lächelte Scheuermann zu. »Und wie wird sich dein lieber Vater erst freuen, wenn er das Thema weiß.«

Uschi sagte: » Das Thema lautet: ›Wie kann unser Dichter am würdigsten geehrt werden?‹«

Und da ließ Scheuermann vor Freude seine schwere Eisenstange fallen.

Die Frau des Bürgermeisters Reißer, Ulrike mit Vornamen, eine geborene Plohmann, gehörte zu jenen scheinbar bedingungslos verheirateten weiblichen Wesen, die glühenden Anteil zu nehmen pflegen an den geschäftlichen oder politischen Erfolgen ihrer Männer.

An der Größe der Portionen, die sich ihr Mann beim Abendessen auf den Teller legte, ermaß sie die Zuversicht, die ihn erfüllte. Nachdem er gegessen hatte, äußerte er Verlangen nach einer Flasche Rotwein und einer halben Flasche Sekt. Er war ungewöhnlich guter Stimmung.

»Bring dir auch ein Glas mit, Ulrike«, rief er aufgeräumt. Und Ulrike enteilte.

»Die Bevölkerung verehrt dich immer mehr«, sagte sie, als sie zurückkam. »Neulich sprach sogar der Briefträger mit Anerkennung von dir.«

»So? Tat er das?« Reißer machte es sich bequem und zog sich die Hausschuhe an, die sie ihm hingestellt hatte. »Ja, die Situation festigt sich«, sagte er. »Gieß bitte ein.«

Sie hatte bereits eingegossen. Sie kannte seine Eigenarten.

Er blätterte im »Wahlheimer Boten« und las mit Befriedigung jene beherrschende Meldung auf der dritten Seite, die die Gründung des Sebastian-Semper-Denkmalsverein e.V. verkündete. Er hatte sie schon oft gelesen, aber sie befriedigte ihn immer wieder aufs neue.

»Das wird dir sehr viel Arbeit bereiten«, sagte Ulrike Reißer, »aber einen besseren konnten sie bestimmt nicht finden.«

»Ich bin Arbeit gewöhnt«, sagte er. »Außerdem habe ich schon dafür gesorgt, daß sie gleichmäßig verteilt wird. Ich schwebe mehr über dem Ganzen, weißt du.«

»Ich weiß«, sagte sie; und sie sagte es so, daß der Stolz auf ihn herauszuhören war, den sie zu haben vorgab.

Er streckte die Beine weit von sich. »Die Sache läuft ganz gut an«, sagte er. »Die beiden großen Zeitungen in der Landeshauptstadt werden diese Meldung übernehmen. Eine will sogar einen Reporter schicken und hat mich um ein Interview gebeten.«

»Du wirst es ihnen natürlich geben, Ottokar.«

»Was bleibt mir anderes übrig? Ich dränge mich gewiß nicht gerne in den Vordergrund, aber schließlich muß sich einer finden, der Wahlheim repräsentiert. Und das ist eine große Sache für Wahlheim.«

»Sicherlich«, sagte sie.

»Das Komitee«, sagte er, »wird einen Wettbewerb ausschreiben. Der beste Entwurf wird mit tausend Mark preisgekrönt.«

Sie verstand es vorzüglich, zugleich Ergebenheit und Bewunderung auszustrahlen. »Tausend Mark! Das ist aber großzügig.«

»Wir ziehen dem preisgekrönten Bildhauer die tausend Mark nachher von seiner Rechnung ab. Das ist die einfachste Sache von der Welt. Schließlich denken wir gar nicht daran, irgendeinen Mann für einen behauenen Stein mit Reichtümern zu überhäufen.«

»Die Hauptsache ist doch das Symbol!«

Reißer lachte zufrieden vor sich hin. »Das sagt der Gümpel auch immer.«

»Und deiner Tüchtigkeit traue ich es zu, tausend Mark zusammenzubekommen. Das ist für Wahlheim eine große Summe, aber du schaffst es schon.«

»Ich habe es schon geschafft!« sagte Reißer und sonnte sich in ihrer schrankenlosen Bewunderung. Er dachte: sie ist ein gutes Mädchen! Und es ist ganz erstaunlich, wieviel Anteil sie an diesem Projekt nimmt.

»Nein! Tausend Mark! In den paar Tagen?«

Er begann zu berichten: »Es ist mir gelungen, das Interesse der Bevölkerung zu wecken. Zunächst haben die Herren des Komitees siebzig Mark aufgebracht. Frau Irene Krampus stiftete zweihundert Mark. Und ich hatte schon gedacht, sie würde sich von Scheuermann beschwatzen lassen und den Daumen auf den Geldbeutel halten! Weit gefehlt. Einer der besten Werber – du wirst das nicht für möglich halten, Ulrike! – war der Journalist Flammer. Der hat allein fast dreihundert Mark gesammelt, in Freundeskreisen; alles ungenannte Spender. Daß Seebaum den Löwenanteil übernahm, ist ja selbstverständlich. Wir sind ihm sehr verpflichtet, aber wir werden vermutlich nicht lange in seiner Schuld bleiben. Wir wissen schon, was wir wollen.«

»Ach ja«, sagte sie. »Was so ein Dichter nicht alles veranlassen kann.«

»Morgen«, sagte er, »oder übermorgen wird noch ein großer Artikel erscheinen. Speziell für die Frauen. Liebesgedichte.«

»Wie schön«, sagte sie, »daß es so etwas noch gibt.«

Er erhob sich gähnend, tätschelte ihr flüchtig den Rücken und ging ins Badezimmer.

»Verehrter Herr Pfarrer«, sagte der Abgeordnete Scheuermann zu Hochwürden Marcus, der ihm im Studierzimmer gegenübersaß, »ich ehre Ihre Bemühungen, aber ich verstehe sie nicht. Was habe ich damit zu tun!«

Marcus lächelte sanft. »Ich appelliere an Wahlheims klügsten Kopf und damit zugleich an einen Mann, der Herrn Mutsch nahesteht und sein Vertrauen genießt. Ich befürchte Komplikationen, Herr Scheuermann. Ich entnehme das aus Gesprächen, Bemerkungen, Mitteilungen. Dabei wäre doch alles leicht zu lösen! Eine Geste! Sagen wir: Herr Mutsch entschuldigt sich.«

»Wofür, Herr Pfarrer? Soll er sich entschuldigen, weil ihn andere beleidigt haben?«

»Ich appelliere doch nicht an das Ehrgefühl, Herr Scheuermann! Ich appelliere an die Klugheit. Eine Geste nur, zu günstiger Zeit, am wirksamen Ort – und alles wird sich in eitel Freude auflösen.«

Scheuermann schüttelte langsam den Kopf. »Wissen Sie eigentlich, Herr Pfarrer, was damals wirklich passiert ist?«

»Er hat den Direktor mißhandelt – jeder weiß das. Nun gut, er hat seine Strafe erhalten und abgebüßt. Die Sache ist amtlich erledigt, aber sie ist in Wahlheim nicht vergessen worden. Wie gesagt: eine Geste – und alles ist ausgelöscht.«

»Sie irren, Hochwürden«, sagte Scheuermann. »Dieser Mutsch hat Seebaum verprügelt, weil der eines schäbigen Profits wegen die Hinterbliebenen eines Toten verhungern lassen wollte. Damals hatte sich, bei der nächtlichen Reparatur eines noch unter Strom stehenden Hauptkabels, ein tödlicher Unfall ereignet. Seebaum und Mutsch waren die einzigen Zeugen; das Opfer war ein armer Teufel, der eine Familie hinterließ. Was wirklich passiert ist, weiß heute noch niemand genau. Ich vermute, der Verunglückte hatte nicht alle gesetzlich vorgeschriebenen Sicherheitsmaßnahmen beachtet. Aber es ging dann nur noch allein darum, ob für die Hinterbliebenen, eine Frau und drei Kinder, die Versicherung zahlen sollte oder nicht. Seebaum wollte keine Mark für einen Prozeß mit der Versicherung riskieren – seine Aussage deckte sich nicht mit der von Mutsch. Mutsch versuchte, Seebaum, allein der Hinterbliebenen wegen, umzustimmen, er bat, er wurde abgewiesen, er flehte ihn an, er wurde hinausgeworfen, schließlich prügelte er auf ihn ein. Deshalb wurde Mutsch eingesperrt.«

»Ich wußte das nicht«, sagte Hochwürden Marcus beeindruckt. »Das alles wußte ich nicht. Ich bin – trotz seiner barbarischen Methoden! – von seinen Motiven beeindruckt.«

»Er hat das hohe Strafmaß nicht verdient. Und noch weniger verdient hat er das Mißtrauen, die Ablehnung, die Herausforderung und die Beleidigungen, die er jetzt erdulden muß. Sie alle müßten sich bei ihm entschuldigen: der Direktor Seebaum und der Oberst Gümpel und das ganze kleinbürgerliche Getier, das sich an Skandalgeschichten mästet. Was wollen Sie von mir und Mutsch! Wenden Sie sich an die anderen!«

»Sie sind sehr hart, Herr Scheuermann.«

Pfarrer Marcus fühlte sich gekränkt. Seine ausgestreckte Hand war zurückgestoßen worden. Seine Sympathie gehörte Mutsch, aber für Scheuermanns Härte fand er kein Verständnis. Er sah auf seine Hände hinab, die er fest zusammengepreßt hatte. »Sie sind im Recht, gewiß – aber warum versteifen Sie sich? Ich verstehe jetzt, glaube ich, diesen Menschen Mutsch – doch warum tun Sie nicht alles, damit ihn ganz Wahlheim versteht?«

»Viele in Wahlheim wissen, was ich auch weiß. Aber sie weichen einem moralischen Druck oder ersaufen in Vorurteilen, oder sie wollen sich nicht erinnern, oder es bereitet ihnen Vergnügen, einen anderen zu quälen.«

»Und Sie, Herr Scheuermann? Sie kochen an diesem Feuer Ihr politisches Süppchen.«

»Und Sie, Herr Pfarrer? Stimmt es, daß Sie das geplante Ehrenmal einzuweihen gedenken? Ich hoffe, es ist ein Irrtum?«

»Es ist mein Amt, für alle dazusein, die mich brauchen. Wer Fragen an mich zu stellen hat, dem beantworte ich sie. Wer nach dem Segen der Kirche verlangt, dem wird er zuteil. Ich werde gebeten, ein Denkmal zu weihen, ich tue es.«

»Dieses Ehrenmal, das Sie einweihen wollen, wird für einen Sebastian Semper aufgestellt. Der war ein Selbstmörder. Gibt es nicht ein Gesetz Ihrer Kirche, wonach Sie einem Selbstmörder Ihren priesterlichen Segen zu verweigern haben?«

Der Pfarrer erhob sich. »Es war ein Unfall«, sagte er.

»Sie irren, Herr Pfarrer. Es hat sich eindeutig um einen Selbstmord gehandelt.«

Marcus begann erregt durch sein Studierzimmer zu wandern. Plötzlich blieb er stehen. »Warum sagen Sie mir das?«

»Um Sie vor einem Irrtum zu bewahren, der unangenehme Folgen haben könnte.«

Der Pfarrer nahm seinen Gang durch das Zimmer wieder auf. »Man hat mir nur etwas von einem Unfall gesagt.«

»Sie hätten die Zeitung lesen sollen.«

»Es ist nicht alles wahr, was im ›Boten‹ steht.«

»Verlangen Sie Einblick in den ärztlichen Bericht.«

Scheuermann betrachtete gespannt und mit innerer Anteilnahme den unruhigen Hirten. Noch war nicht klar, ob der wütend war oder nur verlegen. Und Scheuermann dachte: ach, wenn ihn doch der heilige Zorn packen würde, ein gewaltiger Zorn, so daß ganz Wahlheim bebt! Was wohl müßte geschehen, um ihn soweit zu bringen?

»Wenn das stimmt«, sagte der Pfarrer schließlich, »dann werde ich das geplante Denkmal natürlich nicht einweihen.«

»Und weiter?« fragte Scheuermann beharrlich. Ihm war heiß geworden und er fühlte sich nicht wohl; es bereitete ihm keine Freude, diesen Mann zu beunruhigen. »Werden Sie gegen die Errichtung des Denkmals im Namen eines Selbstmörders protestieren?«

Hochwürden Marcus angelte ein großes Taschentuch, das einmal weiß gewesen war, aus seinem Rock und betupfte sich damit die Stirn. Er fühlte sich wieder sehr einsam. Er erkannte auch sofort die Gefahr, die hier ihn und sein Amt bedrohte. Er war zu duldsam und zu gleichgültig gewesen; jetzt mußte er danach trachten, so schnell wie möglich aus dieser Sache herauszukommen. Es mußte vermieden werden, daß auch fürderhin sein Name und der Ruf der Kirche mit diesem doch wohl fragwürdigen Projekt gekoppelt wurden.

Er wollte sich jetzt keine Rechenschaft geben, sich nicht fragen, warum er das Wort »Unfall« so ohne weiteres hingenommen hatte, obwohl er von dem Selbstmord gehört hatte. Er wollte sich keine lahmen Erklärungen mehr leisten. Er wollte heraus aus der Sache.

Hochwürden Marcus eilte zu Bürgermeister Reißer und deutete die neugeschaffene Situation an. Reißer war zunächst nur erstaunt. Dann wurde ihm langsam klar, wie kompliziert die Sache geworden war. Und mit der ihm eigenen Klugheit beschloß er, sich zunächst nicht festzulegen. Er ließ, durch Eilboten, Oberst a. D. Gümpel zu sich bitten.

Der Oberst a. D. Gümpel hatte zur Zeit weiter nichts im Kopf als das Denkmal. Daß es errichtet werden würde, betrachtete er als glorreichen Sieg der Tradition über die Bindungslosigkeit der Hemdsärmeldemokraten.

Er hörte sich mit Haltung die Erklärung des Geistlichen an. Und dann sagte er: »Ich höre immer Selbstmord! Wer hat Ihnen denn diesen Floh ins Ohr gesetzt? Es war natürlich ein Unfall. Beruhigt Sie das?«

Diese saloppe Erklärung beruhigte Hochwürden Marcus durchaus nicht. »Ich würde Sie dann sehr bitten«, sagte er, »mir ein amtliches Dokument zukommen zu lassen, aus dem unmißverständlich hervorgeht, daß es sich hier um keinen Selbstmord handelt. Nur unter diesen Umständen kann ich Ihnen zur Verfügung stehen!«

»Was wollen Sie denn!« rief der Oberst a. D. Gümpel jovial. »Sie kriegen den Wisch. Das ist doch ganz selbstverständlich. Sie hätten das auch gleich sagen können.«

Hochwürden Marcus atmete auf und verabschiedete sich dann, sichtlich erleichtert.

Der Bürgermeister Reißer war blaß geworden. Es fiel ihm nicht leicht, sich zu beherrschen. »Das hat uns gerade noch gefehlt«, sagte er; und das klang recht hilflos.

Gümpel trommelte auf seiner Stuhllehne herum. »Selbstmord! Was ist denn dabei? Auch ich habe einmal einem Kameraden den Revolver hingelegt. War ein prächtiger Kerl, hatte eben

Pech gehabt mit den Weibern und mit dem Bankkonto seines Alten, denn das war kleiner, als er geahnt hatte. Peinlich, so was.«

»Wir hätten Pfarrer Marcus aus dem Spiel lassen sollen. Der kann doch gar nicht anders. Warum kam eigentlich niemand von uns auf die Idee, daß hier ein Selbstmord vorliegt und die Kirche dazu ihren Segen nicht geben kann?«

Der Oberst a.D. Gümpel fühlte sich nicht nur in seiner Eigenschaft als Initiator angegriffen, sondern auch als aufgeklärter Mensch. Solange er eine Truppe führte, existierte das Wort »Rückzug« nicht. »Ach was!« rief er. »Warum soll das denn ein Selbstmord gewesen sein? Hat jemand zugesehen? Hat er einen Brief hinterlassen? Wo sind die Motive?«

Bürgermeister Reißer vermochte seine Unruhe nicht zu bannen. »Wir hätten Marcus aus der Sache herauslassen sollen. Wenn er nicht einweihen will, dann soll er es bleibenlassen.«

»Wir können das nicht machen«, sagte Gümpel, »die Öffentlichkeit ist davon unterrichtet. Dabei muß es bleiben. Ihn jetzt auszubooten, ist grundfalsch. Diese Sorte bekommt es fertig und schießt von der Kanzel aus quer. Der marschiert jetzt mit.«

»Wenn ich das richtig überlege«, sagte Reißer, »so ist der Gedanke daran, daß das Objekt unserer Ehrungen möglicherweise stark umstritten sein kann, sehr beunruhigend. Vielleicht sollten wir überhaupt nicht . . .«

Da konnte der Oberst nur noch lachen; kurz, kräftig und nicht sonderlich freundlich. »Mein lieber Herr Präsident«, sagte er. »Die Sache rollt. Beträchtliche Spenden sind eingegangen. Die Gegner ziehen den Kopf ein und die Gesinnungsfreunde atmen auf. Und wer wird dort stänkern wollen, wo die Kirche weiht?«

»Wenn ich nur wüßte«, sagte Reißer, »wer dem Pfarrer das eingeblasen hat? Der hat in den ganzen letzten Jahren nicht mehr versucht, Schwierigkeiten zu machen.«

»Er wird auch weiterhin keine machen!« sagte Gümpel. »Das einzige, was ich gerne wissen möchte, ist das: wie bringen wir ihm bei, daß kein Selbstmord vorgelegen hat? Das fällt doch mehr in Ihr Ressort, Verehrtester.«

»Ich werde sehen, was sich in dieser Angelegenheit tun läßt«, sagte der Bürgermeister. Langsam kehrte sein Unternehmungsgeist wieder; im Grunde war er recht froh, daß er Präsident bleiben konnte und gerade jetzt, kurz vor den Wahlen, keinen Rückzieher zu machen brauchte.

»Ich erwarte Ihre Vorschläge, Herr Präsident!«

»Daß ein Selbstmord vorliegt, wird doch lediglich angenommen, kann aber nicht hundertprozentig bewiesen werden. Es könnte also auch ein Unfall gewesen sein.«

»Oder ein Mord! Denken Sie an die Wunde am Hinterkopf. Ein politischer Mord! Das wäre doch Wasser auf unsere Mühlen!«

»Ich werde mich mit Pulver darüber unterhalten«, versprach der Bürgermeister. »Er ist ein sehr verläßlicher Beamter. Und manchmal hat er recht brauchbare Ideen. Sein Ehrgeiz wächst täglich.«

»Na also! Und außerdem ist er auch Vorstandsmitglied. Zur besonderen Verwendung. Das allein schon verpflichtet. Und vergessen Sie nicht, ihn wegen diesem Mutsch in den Hintern zu treten. Direktor Seebaum wird langsam ungeduldig.«

Der letzte große Artikel im »Wahlheimer Boten« über »Werden, Werk und Würdigung des Heimatdichters Semper – Teil 4: Ein liebendes Herz schlug zart in Wahlheims Straßen« triefte vor Pathos. Hauptlehrer Leopold Kuhn hatte sich selbst übertroffen, und Flammer hatte kräftig nachgeholfen. Scheuermann hielt das Blatt weit von sich, knapp mit den Fingerspitzen.

»Und Sie glauben, Flammer, Ihre Leser nehmen das einfach hin?«

»Hinnehmen? Vergehen werden sie! Selbst der Alte vergoß eine Träne der Rührung. Und der ist ein sicheres Barometer für die Reaktionen jener Weiber, die ein einsamer Hund an der Ecke zum Schluchzen bringt, die aber nicht mit der Wimper zucken, wenn auf der anderen Seite der Erde ein paar Tausend ins Gras beißen. Lehren Sie mich unsere gemütstiefen Hyänen kennen!«

»Sie werden noch Ehrenmitglied im Frauenverein.«

Flammer lachte unbekümmert. »Eine Leserzuschrift habe ich auch schon verfaßt. Wollen Sie sich erbauen?« Er griff in seine Brusttasche, angelte ein Stück Papier hervor, entfaltete es und begann zu lesen: »Ihr letzter Aufsatz über unseren Dichter hat mich direkt tief ergriffen. In jeder Zeile spiegelt sich die deutsche Seele wieder und das deutsche Gemüt jubiliert in jedem Reim. Und fragt man sich unwillkürlich, wie es auch jetzt noch möglich ist, daß ein Volk minderer Kultur es wagen darf, verdienstvolle Soldaten in den Gefängnissen, als Kriegsverbrecher bezeichnet, schmachten zu lassen. Ich habe natürlich nichts gegen die Amerikaner, eine Nichte von mir ist sogar mit einem Offizier verlobt, aber angesichts unserer überragenden kulturellen Leistungen muß ich schon sagen . . .«

»Sie spinnen, Flammer! Das kann nicht Ihr Ernst sein!«

»Es gibt gar nicht wenige, die so denken und sogar einige, die so was schreiben und an die Redaktion schicken. Der Brief könnte ebensogut echt sein. Also kann ich ihn auch selber schreiben.«

»Na schön!« sagte Scheuermann. Er faltete die Zeitung zusammen und steckte sie ein. »Ich habe große Lust, mit gewissen Leuten über Lyrik zu plaudern.«

»Verstehe!« Flammer grinste. »Der Bürgermeister ist im ›Schwarz-weißen Ochsen‹ anzutreffen. Er speist bei und mit der Spenderin Irene Krampus. Eigentlich gedachte ich ihm, genau wie unserem Ortshelden, dem Herrn Oberst, die neueste Ausgaben des ›Boten‹ mit dem ergreifenden Artikel über die Gedichte an Ulrike persönlich zu überreichen. Aber ich wollte nicht stören.«

»Nicht stören?«

»So drückte ich mich aus. Ich hielt das für deutlich.«

Scheuermann entschwand mit beschleunigtem Tempo. Er begab sich ohne Umwege in das Hotel zum »Schwarz-weißen Ochsen«. Dort saß Reißer an dem kleinen Tisch für zwei Personen, den gewöhnlich Irene Krampus für sich allein reserviert hatte.

»Sie müssen mir viel erzählen«, sagte Irene Krampus. »Ihr Projekt interessiert mich ungemein.«

»Ja«, sagte er, »das kommt von der Kunst, zu der sich die Frauen hingezogen fühlen. Das machen die Künstler. Schon immer haben sich die schönen Frauen zu den großen Künstlern hingezogen gefühlt.«

Dann aßen sie, und Herr Reißer, diesmal in seiner Eigenschaft als Präsident, mußte berichten: Höhe der eingegangenen Spenden; Art des Denkmals; Namen der Förderer, a) ideelle, b) materielle; Tag der Einweihung; Planung des Festprogramms. Noch während der Nachspeise – es gab irgend etwas Köstliches aus Schokoladenpudding, Schlagsahne, Mandeln und Bananen – war immer noch das Sebastian-Semper-Denkmal Gesprächsthema Nummer eins.

Unternehmungslustig rückte Reißer näher. Er sah ihr in die

Augen, die grünlich schimmerten. Er ergriff ihre feste, gepflegte Hand, deren Fingernägel spitz waren wie Katzenkrallen: Sporen der Liebe! Zärtlich sagte er: »Wie wäre es mit einem echten französischen Kognak?« Er hob ihre Hand und drückte seine feuchten Lippen darauf.

Sie lachte, und das klang ein wenig nervös. Sie entzog ihm ihre Hand. »Vergessen Sie nicht«, sagte sie, »daß Sie verheiratet sind.«

»Sie lassen es mich vergessen!«

»Ich werde also einen Kognak bestellen«, sagte Irene.

»Für mich auch einen«, rief eine starke Stimme über ihnen.

Sie sahen hoch und erblickten Scheuermann, der seine Zeitung hielt, als sei sie ein Knüppel.

»Oh«, sagte Irene und ihre Augen waren jetzt dunkelblau; sie funkelten nicht mehr, sie leuchteten.

»Erlauben Sie?« Scheuermann ergriff einen Stuhl und stellte ihn an den kleinen Tisch. Er setzte sich breit hin und legte sich die Zeitung quer über die Knie. »Ich störe doch hoffentlich nicht?«

»Sie stören«, sagte Reißer fest. »Die gnädige Frau und ich, wir wollten interne Dinge besprechen.«

»Über das Denkmal«, sagte Irene.

»Jawohl, über den Dichter. Und ich nehme an, daß Sie das Thema wenig interessieren wird, denn bisher haben Sie bedauerlicherweise keinen Versuch gemacht, sich unseren Bestrebungen anzuschließen.«

»Mein Verständnis für Lyrik ist beschränkt.«

»Nicht nur für Lyrik«, sagte Reißer grob.

Irene Krampus lehnte sich zurück. Sie schien zu genießen, was sich um sie abspielte. Sie fand Auseinandersetzungen wie diese ungemein amüsant. Es machte ihr Freude, sich als Streitobjekt zu fühlen; zumal sie wußte, daß es sinnlos war, sich um sie zu streiten: sie wußte genau, was sie wollte und wen sie wollte.

Scheuermann steckte die Beleidigung gelassen ein. Wenn es galt, ein ganz bestimmtes, ihm genehmes Gespräch zu führen, konnte ihn so leicht nichts daran hindern, auf sein Thema zu kommen. »Manchmal scheint mir«, sagte er betont liebenswürdig und so, als leiste er sich einen vertraulichen Scherz, »das Denkmal ist Ihnen nicht nur eine Herzensangelegenheit, sondern mehr schon ein privates, fast möchte ich sagen: familiäres Anliegen.«

Reißer schnappte sofort nach dem Köder. »Wie soll ich das verstehen?«

Scheuermann entfaltete genußvoll den »Boten«. »Haben Sie schon den neuesten Artikel über die Liebeslyrik des Sebastian Semper gelesen?«

»Noch nicht. Ich werde ihn lesen, wenn ich Zeit dafür habe. Jetzt aber habe ich keine Zeit dafür.«

Scheuermann überhörte das. Er begann zu zitieren:

»Tadelt man, daß wir uns lieben,
dürfen wir uns nicht betrüben.
Tadel ist von keiner Kraft.
Andern Dingen mag das gelten;
kein Mißbilligen, kein Schelten
macht die Liebe tadelhaft.«

»Na und?« fragte Reißer. »Stört Sie was daran? Das reimt sich doch alles ganz ordentlich.«

»Ich finde das Gedicht ein wenig – wie soll ich sagen? – morsch!« Eine tiefe Längsfalte bildete sich über Irenes süßer, kleiner Nase. »Sehr hübsch. Aber wie ein altes Gewand aus einem Museum.«

Scheuermann war nahe an seinem Ziel. »Die anderen fünf veröffentlichten Gedichte sind ähnlich«, sagte er freundlich. »Schweifen – streifen; grauer – Schauer; neigt – steigt; Schmerzen – Herzen! Aber jetzt kommt das Interessante, Herr Bürgermeister! Alle diese Gedichte, die Liebesgedichte, haben eine Widmung. Und diese Widmung lautet: ›An Ulrike‹!«

Reißer begriff nicht sofort, was das bedeuten könnte. Er lachte schallend. »Daß die Widmung nicht ›An Scheuermann‹ lauten würde, hätte ich mir denken können.«

Scheuermann lächelte freundlich. »Oder ›An Reißer‹. Übrigens, heißt nicht Ihre Frau Ulrike?«

Jetzt zündete es bei Reißer. »Was erlauben Sie sich? Wie können Sie es wagen, eine derart infame Verdächtigung auszusprechen, noch dazu in Gegenwart einer Dame?«

Scheuermann genoß die Erregung seines Gegners mit stillem Entzücken. Dann sagte er: »Aber lieber, verehrter Herr Bürgermeister und Präsident! Warum die Aufregung? Nicht mit einem Wort habe ich gesagt, daß die angedichtete Ulrike mit Ihrer verehrungswürdigen Frau Gemahlin identisch sei. Das ist ausschließlich Ihre Auslegung. Ich habe lediglich darauf aufmerksam gemacht, daß das vom Dichter, von Ihrem Dichter, bereimte Wesen den Vornamen Ihrer Gattin trägt. Das allein habe ich gesagt. Und ich werde gewiß nicht der einzige sein, der das sagt.«

Reißer starrte Scheuermann an wie ein gefährliches Reptil. »Das ist eine Infamie«, sagte er mit leiser Stimme.

»Aber, aber!« Scheuermann fühlte sich behaglich. »Und selbst wenn es so wäre – bitte, ich sage nicht, daß es so ist! –, selbst wenn es so wäre, was wäre denn schon dabei. Das Genie – sagten Sie nicht selbst, daß es sich um ein solches handelt? – erfreute sich schon immer der Gunst der Frauen.«

»Hören Sie auf!«

»Ich theoretisiere lediglich. Ähnlich wie Sie theoretisiert hatten, als es sich um meinen Freund und Mitarbeiter Mutsch handelte. Das nur zur Erläuterung. Doch kommen wir zu den Dingen, die zu einer Widmung geführt haben könnten. Da ist die Einsamkeit und da ist Sehnsucht. Da ist unser rauhes, reales Leben und da ist – jetzt zitiere ich den ›Boten‹ – ›die edle Beschwingtheit des über dem profanen Alltag stehenden Suchers nach Vergessen und Schönheit, gepaart mit durchgeistigter Sinnenfreude und mit urwüchsiger Sinnenlust!‹. Soweit jenes Blatt . . .«

Bürgermeister Reißer hatte sich erhoben. Er sagte starr: »Ich ersuche Sie, derartige Reden zu unterlassen.«

»Ich sage nur, was andere sagen werden.«

»Das gibt dann einen Beleidigungsprozeß.«

»Vorher einen Skandal.«

»Herr Abgeordneter Scheuermann!« Reißer zwang sich jetzt zu großer Sachlichkeit. »Ich ersuche Sie, genau zu überlegen, ob Sie das, was Sie da sagen, verantworten können!«

»Was habe ich denn gesagt?« Scheuermann amüsierte sich großartig. »Kein Wort habe ich davon gesagt, daß Ihre Frau und Herr Semper . . .«

»Sie werden noch von mir hören!« rief der Bürgermeister. Dann ging er. Reißer begab sich zu Pulver. Er war entschlossen, zu erfüllen, was die Stunde von ihm verlangte. Hier war versucht worden, sein männliches Ansehen in Frage zu stellen, noch dazu in Gegenwart von einer Dame, die ihm durchaus nicht gleichgültig war! Jetzt war die Stunde gekommen, zu zeigen, daß es gefährlich sei, den Leu in ihm zu wecken. Scheuermann wollte ihn treffen, aber er würde damit nur Mutsch vernichten . . .

»Wie wäre es jetzt mit dem geplanten Kognak?« fragte Scheuermann augenzwinkernd.

Irene sah ihn lächelnd an. Und in diesem Lächeln lag Verwunderung und Besorgnis. »Worauf willst du trinken? Auf deinen Sieg? Ich kenne dich, Karl; aber leider immer noch nicht gut genug. Reißer kenne ich zwar weniger, aber ich weiß von ihm mehr. Er ist nicht so kompliziert wie du; gerade das macht ihn gefährlich.«

»Ich wollte nicht kommen«, sagte Ulrike Loos zu Mutsch, der im Stadtpark auf einer Bank saß.

»Aber du bist hier!« Mutsch fand, daß sie sich verändert hatte. Warum das so war und was im einzelnen zu dieser Veränderung geführt hatte, vermochte er nicht zu sagen.

»Wenn ich hierhergekommen bin«, sagte Ulrike, »dann nur, um Uschi einen Wunsch zu erfüllen.«

»Ich habe ihr mächtig in den Ohren gelegen«, sagte Uschi, »nachdem Onkel Mutsch mächtig in meinen Ohren gelegen hat.« Sie betrachtete prüfend die beiden Erwachsenen, die sich gegenüberstanden. »Nun los – macht was. Haut euch oder unterhaltet euch, nur sorgt dafür, daß endlich alles klar zwischen euch wird.«

»Es ist alles klar«, sagte Ulrike.

»Das finde ich gar nicht«, sagte Mutsch.

»Setzt euch doch wenigstens!« Uschi musterte sie angestrengt und hatte sich eine besonders finstere Miene zugelegt. »Los – setzt euch!«

Mutsch lächelte Ulrike an; die lächelte auch, aber als ihr klar war, was sie tat, lächelte sie Uschi zu. Die beiden Erwachsenen nahmen auf der Bank Platz und das Kind setzte sich zwischen sie. Sie schwiegen.

Ein Specht trieb Löcher in einen Baum, mit der Präzision einer Stanzmaschine. Tauben suchten Futter und schüttelten ihr Gefieder in der prallen Sonne. Uschi seufzte unwillig.

»Langweilst du dich bei uns, Uschi?« fragte Mutsch.

»Ah! Du willst damit sagen, woanders langweile ich mich nicht. Ich soll euch wohl alleine lassen?«

»Das wollte ich damit sagen.«

Uschi schüttelte heftig den Kopf. »Ich gehe aber nicht!«

»Aber ich muß gehen«, sagte Ulrike, ohne sich zu erheben. »Ich kann mein Kind nicht allein lassen. Es liegt im Garten unter der Kastanie und schläft; noch liegt es im Schatten, aber in einer halben Stunde etwa wird es in der Sonne liegen.«

»Das ist aber nicht schön von dir!« sagte Uschi vorwurfsvoll und hörte auf, mit den Beinen zu pendeln. »Ich muß wirklich sagen, Ulrike, das hätte ich dir nicht zugetraut.«

»Ich weiß genau, wie der Schatten wandert, Uschi. Dem Baby kann gar nichts passieren, wenn sein Korb in einer Viertelstunde einen Meter näher zum Baumstamm hingestellt wird. Du kannst beruhigt sein.«

»Ich bin empört!« sagte Uschi und ihre graublauen Augen blitzten unwillig. »Da gebe ich mir Mühe und Mühe und überrede dich, hierherzukommen, kriege dich auch endlich soweit – und was machst du? Du stellst dein Kind in die Sonne. Nur damit du einen albernen Grund findest, mich wegzuschicken.«

»Aber Uschi!«

Mutsch schaltete sich ein. »So ist das bestimmt nicht gemeint gewesen.«

»Du sei ganz still!« sagte Uschi. Sie hüpfte von der Bank und stellte sich vor den Erwachsenen auf. »Gut – ich transportiere das Kind.«

»Aber sei vorsichtig, Uschi!«

»Ich werde es behandeln wie ein Paket auf der Post. Und in fünfzehn Minuten bin ich wieder zurück. Bis dahin müßt ihr fertig sein. So!« Uschi drehte sich um und lief davon.

»Sie ist ein gutes Kind«, sagte Mutsch.

»Du verdirbst sie«, sagte Ulrike. »Sie hat mir alles von dir erzählt, und ich habe mich sehr gewundert. Du scheinst sie zu behandeln wie einen Skatbruder.«

»Ich bin ihr Freund«, sagte Mutsch.

»Das arme Kind – es weiß noch nicht, wie schlecht die Welt sein kann.«

Mutsch richtete sich ein wenig auf. »Bring ihr das nicht bei«, sagte er. »Sie hat noch ein paar Jahre Zeit, bis sie es erfährt.«

»Sie kann es nicht früh genug wissen.«

»Unsinn! Sie kann nicht spät genug damit bekanntgemacht werden. Nicht alle Mädchen sitzen mit einem unehelichen Kind in der Gegend herum.«

Ulrike sah ihn voll an, aber sie übersah, mit wieviel Zärtlichkeit er in den Glanz ihrer Augen blickte. »Wie redest du eigentlich mit mir, Mutsch?« sagte sie; und sie war ehrlich bemüht, empört zu sein.

Mutsch horchte ihrer Stimme nach, hörte aber nicht darauf, was sie sagte. Er fragte sich immer wieder, was es wohl sein könnte, das sie so verändert erscheinen ließ.

»Hörst du nicht, was ich sage, Mutsch?«

»Nein.«

»Was denkst du dir eigentlich? Vor vier Jahren kommst du hierher und sagst, ich sei der einzige Mensch, der dir etwas bedeute. Vor drei Jahren, als du in das Gefängnis wandertest, teiltest du mir mit, daß du dich geirrt habest, daß es sehr schön war, aber nicht von Dauer sein könne. Vor einigen Wochen tauchst du hier wieder auf, erkundigst dich, wie es mir geht, und verabschiedest dich dann wieder – für immer. Aber schon ein paar Tage darauf läßt du dich erneut bei mir sehen und tust, als sei überhaupt nichts passiert. Was willst du von mir? Du willst doch nicht etwa wieder dort anfangen, wo du vor einigen Jahren aufgehört hast?«

»Ja.«

Sie versuchte, von ihm abzurücken und fiel dabei fast von der Bank. »Ich habe nicht vergessen«, sagte sie streng, »daß du mich damals einfach hast sitzenlassen.«

Mutsch griff über sich und riß einen Birkenzweig ab, der dort hing. Er entblätterte ihn sorgfältig und schlug sich dann mit der dünnen, kurzen Gerte auf die Fläche seiner linken Hand.

»Ich habe das nicht vergessen«, sagte sie erneut, »und ich werde das auch nicht vergessen.«

Mutsch lächelte behutsam und sagte mit ruhiger, freundlicher Stimme: »Du nennst es vermutlich Lebenserfahrung, was ich gerne als Irrtum bezeichnen möchte.«

»Ich will nicht immer enttäuscht werden«, sagte sie bitter. »Ich bin verlassen worden. Nun gut, ich habe mich damit abgefunden, denn jetzt ist mein Kind da, das mich nicht verlassen wird.«

»Es wird wachsen, erwachsen sein und dich auch verlassen.«

»Das ist meine Sache!«

»Aber ich will nicht«, sagte er, »daß das allein deine Sache ist. Schön, du bist verlassen worden. Einmal von mir, dann von diesem Sebastian Semper. Und du glaubst, das geht jetzt immer so weiter? Du meinst, das ist schon das ganze Leben?«

Sie erhob sich. »Worte«, sagte sie. »Nichts als Worte.«

»Ich brauche dich, Ulrike.«

»Nein!« rief sie abwehrend. Und flüsternd setzte sie hinzu: »Die Enttäuschung danach wäre zu groß.«

Sie lief davon und ihre Haare flatterten. Mutsch sah ihr nach; die Kraft, sich zu erheben und nachzulaufen, hatte er nicht. Die flatternden Haare hoben sich grell vom blauen Himmel ab. Und plötzlich wußte er, warum sie ihm verändert erschienen war: sie trug wieder dieselbe Frisur wie damals.

»Natürlich«, sagte Bürgermeister Reißer vertraulich, »halte ich, mein lieber Pulver, die Ergebnisse der Untersuchung für absolut einwandfrei. Aber ich kann es einfach nicht glauben, daß ausgerechnet . . .«

»Es ist nicht der erste Dichter, der ins Wasser ging«, entgegnete Pulver. Er war mit Respekt glücklich, sein erlesenes Wissen anbringen zu können.

»Was mich bewegt, ist dieses: als Bürgermeister und Präsident des Denkmalskomitees, zu dem Sie ja auch in führender Position gehören, sehe ich der Einweihung nicht ohne Stolz entgegen, aber in meiner Eigenschaft als christlicher Mensch bin ich nicht frei von Bedenken, denn meine religiöse Überzeugung macht es mir schwer, einen Selbstmörder zu ehren.«

»Aha«, sagte Pulver.

»Warum muß es denn ausgerechnet ein Selbstmord gewesen sein? Liegen einwandfreie Beweise dafür vor? Mein Gefühl, lieber Herr Pulver, sagt mir, daß das nicht sein darf. Und daher frage ich: ist nicht ein Unfall möglich? Oder gar noch Schlimmeres? Herr Pulver! Bedenken Sie, worum es geht.«

Pulver horchte auf und lächelte dann listig; ihn befriedigte, wie es schien, das Gehörte außerordentlich. Er rieb sich geschäftig die Hände und sagte: »Wenn Sie, Herr Bürgermeister, genau meinen Rapport durchlesen, wird Ihnen auffallen, daß ich geschrieben habe: vermutlicher Selbstmord. Vermutlich! Mein Instinkt sagte mir von vornherein, daß der Fall gar nicht so einfach lag, wie er aussah.«

»Na großartig! Und das sagen Sie mir erst jetzt?«

Pulver wehrte bescheiden ab. »Wir arbeiten in der Stille«, sagte er. »Wir hegen und pflegen unsere Vermutungen und sammeln Beweise. Dann erst greifen wir zu.« Und er dachte: ich bin doch kein Idiot, ich werde doch keinen Lärm machen, wenn ich nicht mit einiger Sicherheit weiß, ob sich das lohnt. Und weiß man denn genau, welcher Unterstützung man sicher ist und mit wessen Gegnerschaft gerechnet werden muß? Habe ich aber nicht nur die Rückendeckung des Bürgermeisters, sondern darüber hinaus sogar seine Hilfestellung, dann kann ich mir weite Sprünge und kühne Kombinationen leisten. Und das wäre mir geradezu ein Herzensbedürfnis.

»Darf man fragen, in welcher Richtung sich Ihre Nachforschungen bewegen?« erkundigte sich Reißer interessiert.

Polizeihauptwachtmeister Pulver nickte. »Zwei Umstände machten mich stutzig. Erstens: es liegen keine äußeren Anzeichen vor, weder mündlich abgegebene noch schriftlich hinterlassene Hinweise auf Selbstmordabsichten; letzteres in Besonderheit gibt zum Nachdenken Anlaß, da es sich ja hier um einen von diesen Dichtern handelt, deren Mitteilungsbedürfnis allgemein bekannt ist.«

»Und zweitens, Herr Pulver?«

»Der Mann hatte eine starke Wunde am Hinterkopf.«

»Ausgezeichnet beobachtet«, sagte der Bürgermeister. »Auch mir fiel das auf. Und dann fiel mir noch etwas auf: daß ausgerechnet ein gewisser Mutsch den Toten fand.«

»Herr Bürgermeister«, sagte Pulver, und das klang nahezu feierlich, »das ist, weiß Gott, der springende Punkt. Ich erlaube mir, Sie zu Ihrem Scharfsinn zu beglückwünschen. Auch mein Verdacht kreiste von vornherein um diesen merkwürdigen Zufall. Es ist eine bewährte Gepflogenheit aller Kriminalisten, sich zunächst auf das Motiv zu konzentrieren und dann erst, wenn das nicht einwandfrei entdeckt werden kann, auf verdächtige Personen. Und nun bedenken Sie bitte meine langjährigen Erfahrungen und speziell meine internen Kenntnisse von Wahlheim. Ich kenne einige hier in der Stadt, die für Lebensmittelfälschungen oder Unterschlagungen, oder sogar Verführung Minderjähriger in Frage kommen könnten, ich kenne aber nur einen einzigen, dem ich – von Mord wollen wir vorerst gar nicht reden – einen Totschlag zutrauen würde.«

»Derselbe, der vor einer schweren Körperverletzung nicht zurückschreckte.«

»Der im Verdacht steht, Akten entwendet zu haben.«

»Der ehrenrührige Beleidigungen derartig hinterhältig ausspricht, daß es schwer sein wird, ihn dafür einer gerichtlichen Strafe zuzuführen.«

»Der Kinder verhetzt und Erwachsene zu Taten verleitet, die sehr leicht mit dem Strafgesetzbuch in Konflikt kommen könnten. Der nicht den geringsten Respekt vor der Obrigkeit besitzt und die Stirn hat, das auch noch deutlich zu zeigen.«

»Ich sehe schon, daß Sie auf dem richtigen Wege sind.«

»Es wird nicht einfach sein.«

»Aber Sie werden es schaffen.«

Pulver versank in dumpfes Brüten. Er war sich völlig klar darüber, daß ihm kein Kinderspiel bevorstand. Aber das Verlangen war groß in ihm, diesen renitentesten aller Burschen, diesen Mutsch, der Gerechtigkeit zu überantworten. Und ihn reizte die Möglichkeit, seine sorgfältig gehegten kriminalistischen Kenntnisse einmal, einmal nur, zum Triumph führen zu können.

Er schlug sein Notizbuch auf und rekonstruierte anhand seiner Aufzeichnungen alle jene Fragen, die er damals auf der Wiese an Mutsch gerichtet hatte. Und er machte die ihn seltsam bewegende Entdeckung, daß er damals schon, wenn auch nur im Unterbewußtsein, einen gewissen, sich nur undeutlich abzeichnenden Verdacht gehabt haben müsse. Dann übertrug er, mit Anstrengung und Hingabe, seine grobe Handskizze der Fundstelle fein säuberlich auf den Maßstab 1:100. Er bewunderte seine Arbeit mit anerkennendem Lächeln, faltete sie sodann und ließ sie in seine Brusttasche gleiten.

Dann brach er auf und wanderte auf das Haus des Scheuermann zu, desselben Scheuermann, der, je nach den Ergebnissen der Nachforschungen, einer eventuellen direkten Beihilfe, einer indirekten Förderung oder einer ihm unbewußten Unterstützung zu überführen war.

Hier traf er zunächst auf Uschi Scheuermann, die unternehmungslustig vor dem Eingang hockte. Diese Begegnung war ihm sehr recht, handelte es sich doch bei diesem nicht sonderlich gepflegten Mädchen sozusagen um einen Kronzeugen. Er gab sich onkelhaft. »Na, mein liebes Kind«, sagte er freundlich und faßte Uschi unter das Kinn.

Die wich zurück. »Na!« rief sie empört. »Was soll das?«

»Aber, aber«, sagte Pulver begütigend.

Mit Erwachsenen wurde er viel bequemer fertig, die verfügten bereits über die nötige Erfahrung. Aber Kinder! Sie waren leicht zu verscheuchen und mühelos zu verprügeln, aber wenn er sie aushorchen wollte, mußte er oft haarsträubende Demütigungen hinnehmen, denn sie respektierten ihn nicht sofort.

Einige Erfahrungen hatten Pulver gelehrt, daß Kinder am erfolgreichsten ähnlich zu behandeln seien wie hochgestellte Betrunkene, denen gegenüber, aus wer weiß was für Gründen auch immer, forschende Vorsicht am Platze war. So beschloß er denn, nicht zu zeigen, wie stark ihn diese kleine, giftspuckende Kröte – ganz der Vater! – geärgert hatte, sondern sich zu geben wie ein guter Onkel.

»Wo ist denn der Herr Mutsch?« fragte Pulver freundlich.

»Nicht hier«, sagte Uschi mißtrauisch. Und im Grunde ihres Herzens war sie ein wenig traurig darüber, daß sie nicht bei ihm und Ulrike Loos im Stadtpark sein konnte. Sie hatte das Kind in den Schatten gestellt und war dann schweren Herzens nach Hause gegangen. Sie spürte, daß Mutsch und Ulrike alleine sein wollten; sie respektierte das, aber es tat ihr weh.

»Na – und wo ist er?«

»Weg.«

Es fiel Pulver gar nicht leicht, seine Freundlichkeit aufrechtzuerhalten. »Das ist aber schade«, sagte er mühsam. »Ich möchte mich gerne mit ihm unterhalten.«

»Und will er sich auch mit Ihnen unterhalten?«

»Bestimmt«, versicherte Pulver. »Er wird sich freuen, wenn er mich sieht.«

»Na gut«, sagte Uschi. »Dann kommen Sie mit.«

Als Pulver erfuhr, daß sich Mutsch im Stadtpark aufhielt, war er sich nicht ganz klar darüber, ob er zeigen sollte, wie sehr ihn der bevorstehende Drei-Kilometer-Marsch, einschließlich des Rückwegs, verbitterte. Und kurze Zeit war er nahe daran, einfach Befehl zu geben: Mutsch meldet sich auf der Polizeiwache zu der und der Zeit! Aber dann beruhigte ihn die Aussicht nicht wenig, den kleinen Kronzeugen Uschi längere Zeit alleine neben sich zu haben. Er schätzte, daß es ihm gelingen müßte, ein dem Infantilen angenähertes Gespräch zu führen und dabei von dem hoffentlich ahnungslosen Kind einiges Interessante zu erfahren.

Er bemerkte sehr bald, daß das Kind gar nicht so ahnungslos war, wie er gehofft hatte. Und je mehr Fragen er stellte, desto mißtrauischer wurde dieses heimtückische Mädchen, mit dem er, zum Erstaunen der Einwohner, scheinbar einträchtig durch Wahlheim wanderte.

»Du bist ein kluges Mädchen«, sagte er. »Du bist sofort zu mir gekommen, als Herr Mutsch den Mann im Wasser sah.«

»Ich habe ihn zuerst gesehen, nicht er.«

»Weißt du das genau? Bestimmt? Und dann erschrak er sehr, was? Und dann wollte er weg?«

»Quatsch«, sagte Uschi überzeugt. »Er war ganz ruhig.«

»Was du nicht sagst! Ja, er ist ein Mann, der genau überlegt. Er war gefaßt, nicht? Er war nicht ein bißchen verwundert! Es war ihm ganz selbstverständlich. Von Überraschung keine Spur.«

»Er ist einfach wundervoll!« sagte Uschi überzeugt.

»Du hast ihn sehr gerne?«

»Sehr! Aber Sie sind auch ganz passabel.«

Pulver zog es vor, die letzte Bemerkung zu überhören. »Du tust alles, was er sagt, nicht?«

»Meistens.«

»Und wenn er sagt, du sollst schweigen, dann schweigst du auch?«

»Wie ein Grab.«

»So muß das auch sein«, sagte Pulver zustimmend. »Das ist ein schöner Zug von dir. Seine Geheimnisse darf man nicht verraten. Aber mir kannst du sie sagen, denn ich weiß sie schon.«

Uschi sah ihn prüfend an. »Wenn Sie sie wissen, dann brauche ich sie Ihnen doch nicht erst zu sagen.«

»Brauchst du auch nicht«, sagte Pulver. »Du sollst sehen, wie gut ich Bescheid weiß. Paß einmal auf.« Und dann begann er. Er erzählte, wie er sich die Entdeckung der Leiche vorgestellt hatte. Es kam ihm dabei gar nicht darauf an, genau das zu treffen, was wirklich geschehen war. Er wollte einen Widerspruch herauslocken. Einen Widerspruch zwischen früheren und nachträglichen Angaben.

»Na«, fragte er am Schluß seiner Geschichte, »was sagst du dazu?«

Und Uschi sagte: »Sie haben sich aber allerhand aus den Fingern gesogen!« Und sie sagte das nicht ohne Bewunderung.

Pulver war über diese Reaktion alles andere als erbaut. Sie

verbitterte ihn sogar und verstärkte seine Ansicht, daß dieses kleine, durchtriebene Luder neben ihm es faustdick, mehr als faustdick, hinter den gewiß nicht sauberen Ohren haben müsse.

Den Rest des Weges würdigte er Uschi keines Wortes mehr. Daß sie das nicht betrübte, ärgerte ihn zusätzlich. Aber seine düstere Stimmung hellte sich beim Anblick von Mutsch auf, der mit einem Mädchen – mit einem Mädchen, hol's der Teufel! – auf einer Bank im Stadtpark saß. Und dieses Mädchen erhob sich sofort, offenbar weil es Pulver mit Uschi auf sich zukommen sah; es verabschiedete sich nicht einmal, sondern ging hastig davon. Soweit es Pulver möglich war, das auf eine Entfernung von etwa sechzig Metern beurteilen zu können, handelte es sich um ein recht gut gebautes Mädchen.

»Wer war denn das?« fragte Pulver, nachdem er die Bank erreicht hatte, auf der sein Opfer saß.

Mutsch gab hierauf keine Antwort. Er sah Uschi, die sich sofort neben ihn gesetzt hatte, sehr ernst an und fragte: »Wie konntest du das tun?«

Uschi tat, als sei sie sich keiner Schuld bewußt. »Er will dich dringend sprechen«, sagte sie und deutete mit dem Zeigefinger auf Pulver. »Er sagte, er sei ein Freund von dir.«

»Meine Freunde werden mich noch einmal frühzeitig ins Gab bringen.«

»Kann sein!« sagte Pulver und lachte rauh. »Immerhin bin ich in amtlicher Eigenschaft hier!«

Mutsch sah ihn kaum an. »Wir befinden uns hier im Stadtpark, nicht aber auf dem Polizeirevier.«

»Meine Tätigkeit«, sagte Pulver, »macht nirgends halt.«

»Das ist bekannt!«

»Ich habe einige Fragen an Sie zu richten.« Pulver setzte sich zu ihm auf die Bank.

»Geh nach Hause, Uschi«, empfahl Mutsch. »Jetzt wird es hier ungemütlich.«

»Ich will aber bei dir bleiben, gerade dann!« Uschis Augen funkelten den Polizeihauptwachtmeister böse an. »Der hat mich beschwindelt! Er hat gesagt, er ist dein Freund.«

»Laß nur«, sagte Mutsch sanft. »Geh ein wenig spazieren, aber bleib in der Nähe. Wir laufen nachher zusammen nach Hause. Nun geh schon, sei artig.«

»Bitte«, sagte Mutsch förmlich. »Ich stehe jetzt zu Ihrer Verfügung. Aber machen Sie es kurz. Und das eine sage ich Ihnen gleich: das Aktenstück, das angeblich bei Ihnen verschwunden sein soll, das habe ich nicht.«

»Wir legen eine neue Akte an«, sagte Pulver souverän. »Es scheint sich zu lohnen.«

»Wenn Sie nichts Besseres zu tun haben – bitte!«

Pulver blätterte in seinem Notizbuch. »Kommen wir also zur Sache. Sie haben damals mir gegenüber behauptet, Sie kennen Sebastian Semper nicht.«

»Wollen Sie die Toten nicht in Ruhe lassen?«

»Das könnte Ihnen so passen!«

»Werden Sie nicht unverschämt«, sagte Mutsch.

»Also: Sie kennen Sebastian Semper nicht?«

»Nein.«

»Nie persönlich gesehen?«

»Nein.»

»Von ihm gehört?«

»Ja.«

»Bei welcher Gelegenheit? Mit wem haben Sie über Sebastian Semper gesprochen? Wann genau? Und was?«

»Das ist doch meine Privatsache!«

»Das glauben Sie!«

»Und außerdem weiß ich das nicht mehr genau.«

»Dann strengen Sie gefälligst Ihr Gedächtnis an.«

Mutsch richtete sich auf. Er sah Pulver lange an. Dann sagte er: »Ich sehe nicht die geringste Veranlassung, mit Ihnen über Dinge zu sprechen, die ich für nebensächlich halte.«

»Sie verweigern die Aussage?«

»Sie haben mich das schon einmal gefragt; damals habe ich nein gesagt, aber heute sage ich ja.«

»Sie verweigern also die Aussage!«

»Das können Sie nennen, wie Sie wollen. Lassen Sie mich in Ruhe.«

Pulver erhob sich steif. »Dann ersuche ich Sie, in amtlicher Eigenschaft, sich morgen nachmittag zwischen vierzehn und sechzehn Uhr in meinem Büro zu einer offiziellen, schriftlich niederzulegenden Vernehmung einzufinden. Ein entsprechender Einschreibebrief wird Ihnen morgen vormittag zugestellt werden. Nichterscheinen ist strafbar, wird außerdem als Zeugnisverweigerung ausgelegt und kann möglicherweise erheblichen Einfluß auf die weitere Durchführung des Falles nehmen und eventuell die Voraussetzung für eine Verhaftung sein.«

»Von welchem Fall sprechen Sie eigentlich?«

»Ich spreche vom Fall, den wir, vorläufig wenigstens noch, den Fall Sebastian Semper nennen wollen. Es besteht der begründete Verdacht, daß es sich hierbei um einen Mord handelt.«

Die Stadt Wahlheim an der Panse sah den kommenden Ereignissen zwar ruhig, doch nicht etwa gleichgültig entgegen. Der Sommer versprach in diesem Jahr ungewöhnlich lebhaft zu werden. Der »Bote« gebrauchte sogar ein Wort, das im örtlichen Sprachgebrauch neu war und das da lautete: Sommersaison.

Nicht nur das traditionelle Feuerwehrfest würde also stattfinden, auch eine Einweihung; dazu kamen dann noch die Gemeindewahlen. Gutgemeinte Vorschläge von Nichtkaufleuten, alle drei Veranstaltungen gemeinsam auf ein Wochenende zu legen, fanden wenig Gegenliebe. Die Neigungen gingen vielmehr dahin, jedes dieser Ereignisse ausgedehnt und zugleich intensiv zu feiern; überdies wurde die Lesart verbreitet, die Beteiligung stattlicher Teile der Bevölkerung sei selbstverständlich und habe nichts mit Politik zu tun, höchstens mit Gesinnung.

Die nunmehr überall einsetzenden Vorbereitungen verrieten freudige Bereitschaft. Gelder wurden gespart und Anzüge aufgebügelt. Die beiden örtlichen Sportvereine, »Jahn 34« und »S.V. Eintracht«, bereiteten Freundschaftsspiele vor. Der Geschäftsführer des Lichtspieltheaters »Gloria« war bemüht, für diese Tage einen Film mit Zarah Leander, einen mit Otto Gebühr und einen Militärschwank zu bringen.

Die Straßen der Stadt waren mäßig bevölkert. Der allgemeine Appetit hielt sich in Grenzen und lediglich der allabendliche Durst hatte Format. Die Schulen hatten Ferien. Es war die Zeit, in der die Gärten gepflegt und die Häuser ausgebessert wurden. Eine paradiesische Zeit für Rentner und Kinder.

Akten setzten Staub an und auf Menschengesichtern glänzte der Schweiß. An den Feierabenden waren die Fenster offen und die Bänke besetzt. Der Zahnarzt behauptete, wie alljährlich um diese Zeit, eine Reise geplant zu haben; sie sei lediglich unterlassen worden, weil er sich nicht klarwerden konnte, ob das Gebirge oder die See vorzuziehen sei.

Es waren jene Monate, in denen die Hitze gähnen machte, die Zeit der großen Langeweile und des kleinen Geschwätzes.

Zu den wenigen, die stark beschäftigt waren, gehörte der Journalist Flammer. Zum erstenmal während seiner Tätigkeit am »Boten« floß ihm der Stoff für seine Zeitung aus hunderten Kanälen zu. Es war eine Lust, hier Redakteur zu sein. Er sortierte aus, strich zusammen und lehnte Beiträge in stattlichen Mengen ab. Seine Seiten füllten sich mit prachtvollstem Material.

Ein wenig betrübte ihn, daß er sich gezwungen sah, mehrere weibliche Wesen zu vernachlässigen. Die Tochter des Papierwarenhändlers Hohlhänder erkundigte sich mehrmals, warum er sowenig lese und wann er wieder bei ihr erscheinen werde, um sich Bücher auszuleihen. Er erklärte, im Augenblick gebildet genug zu sein.

»Du vernachlässigst mich!« sagte sie dann offen.

Und er erklärte: »Ich bin nun einmal ein nachlässiger Mensch. Ich bedauere dich, aber mehr kann ich für dich im Augenblick nicht tun.«

Er widmete sich wesentlich intensiver der Sekretärin des Bürgermeisters, nicht zuletzt, weil er wußte, daß Reißer das nicht gerne sah, und zuerst, weil Margarete von Habern eine gute und verläßliche Nachrichtenquelle war.

»Und wie soll das Denkmal aussehen?«

»Das weiß ich nicht, Herr Flammer. Ich entwerfe es nicht.«

»Sind bestimmte Richtlinien gegeben worden?«

Margarete von Habern, leicht verärgert, daß er lediglich dienstliche Fragen an sie stellte, erklärte anhand der vom Bürgermeister freigegebenen Sitzungsnotizen: »Bisher ist nur beschlossen worden, daß das Denkmal rein symbolischen Charakter tragen soll, etwa in Form einer schmucklosen Säule.«

»Eine Art himmelwärts gerichtetes Kanonenrohr, was?«

»Eine Säule; mit einer Gedenktafel.«

»Und der Text?«

»Ist noch nicht beschlossen. Haben Sie sonst noch Fragen?«

»Gehen Sie heute abend mit mir spazieren?«

»Ich bleibe heute abend zu Hause.«

»Na schön, dann komme ich zu Ihnen.«

Margarete von Habern zeigte sich empört. »Ich werde Sie hinauswerfen lassen. Ich bin doch nicht eins von Ihren Mädchen!«

»Leider«, sagte Flammer betrübt und betrachtete ihre nicht übermäßig kurvenreichen Formen mit Wohlgefallen. »Sie sind mir sehr sympathisch, Fräulein von Habern. Im übrigen können Sie sich freuen, daß Sie nicht Ulrike mit Vornamen heißen.«

»Verlassen Sie sofort diesen Raum, Sie . . . Sie machen ja vor nichts halt!«

»Vor Ihnen bestimmt nicht! Das freut Sie doch hoffentlich?«

Oberst a. D. Gümpel und Chefredakteur Bremer, um die Lösung entscheidender Probleme ringend, wandelten nebeneinander durch Wahlheims Straßen und bewegten sich auf das Bahngelände zu, wo das Haus der Eltern Semper lag. Sie rauchten dicke Zigarren und hatten ernste Mienen aufgesetzt.

»Ich schätze Ihren Rat sehr«, versicherte Gümpel, »ich weiß, daß Sie auf diesem Gebiet ein Experte sind. Die Lösung, die Sie vorschlugen, finde ich genial. Und Sie glauben, daß eine Zustimmung der Eltern Semper notwendig ist?«

»Unbedingt. Es geht hier um Fragen des Urheberrechts. Nach den gültigen Bestimmungen sind die Eltern Semper so etwas wie Sachverwalter des geistigen Erbes. Sie werden die Zustimmung geben müssen; und ich hoffe stark, sie werden sie uns nicht verweigern.«

»Sie werden sie nicht verweigern«, sagte Gümpel überzeugt.

Die beiden Semper fühlten sich hoch geehrt, zwei wichtige Persönlichkeiten der Stadt in ihrem Haus begrüßen zu dürfen. Sie waren ein wenig aufgeregt, verspürten einen Hauch von Glück und schleppten Stühle herbei. Seitdem Sebastian von ihnen gegangen war, fühlten sie sich im Mittelpunkt des Interesses; das befriedigte sie sehr. Der Mann blühte sichtlich auf, seine Stimme bekam einen schweren Klang, durch den väterlicher Stolz schimmerte; er hielt sich gerade und blickte feierlich umsich, wenn jemand zugegen war. Die Frau war um Würde bemüht und trug das Schwarz der Trauerkleidung wie eine königliche Robe.

»Ich bewundere Sie«, sagte Gümpel. »Ich finde Ihre Haltung vorbildlich.«

»Unser lieber Sohn hat das verdient.«

Auf einen Wink von Oberst a. D. Gümpel begann Bremer ein langes, wohlvorbereitetes Referat über die geplanten Ehrungen für Sebastian Semper, was sich die leidgeprüften Eltern mit zustimmendem Kopfnicken anhörten. Sie verstanden und billigten alles, was Bremer ausführte.

»Und deshalb muß die Tafel«, sagte Bremer, »jene Tafel, die das Ehrenmal schmücken soll und die ihm erst den eigentlichen Wert verleihen wird, folgende Aufschrift tragen:

Den großen Söhnen unserer Stadt
zu ehrendem Gedenken
die dankbaren Bürger.

Aber das allein genügt noch nicht. Zum Zeichen dafür, daß es der Sebastian-Semper-Denkmalsverein e. V. war, der dieses Monument errichtet hat, zur Ehre unseres Heimatdichters müssen wir jetzt noch einen besonders charakteristischen seiner Verse darauf anbringen, eine Art Kernspruch, Leitsatz, so etwas wie ein Glaubensbekenntnis.«

»Sie verstehen?« erkundigte sich Gümpel.

Die Eltern Semper gaben vor, zu verstehen.

Bremer berichtete weiter: »Wir haben lange gesucht, ehe wir das Richtige fanden. Ihr Herr Sohn war zwar vorwiegend eine lyrische Natur, und doch hat er es an Andeutungen nicht fehlen lassen, die eine gewichtige Interpretation herausfordern. Es kommt lediglich darauf an, die kühne Wendung deutlich sichtbar zu machen. Es handelt sich also um eine winzige Korrektur, die sicherlich Ihren Beifall und Ihre Zustimmung finden wird. So haben wir denn dazu aus dem Zyklus an Ulrike folgenden Vers ausgewählt:

»Tadelt man, daß wir uns lieben,
dürfen wir uns nicht betrüben:
Tadel ist von keiner Kraft.
Andern Dingen mag das gelten;
kein Mißbilligen, kein Schelten,
macht die Liebe tadelhaft.«

»Bravo«, sagte Gümpel und es war, als sei er ergriffen.

»Soweit also das Original«, nahm Bremer seine Erklärungen wieder auf. »Und jetzt die minimale Korrektur, der Sie beistimmen werden. In der ersten Zeile wird das Wort ›uns‹ ersetzt durch ›sie‹, sie heißt also:

Tadelt man, daß sie *sie* lieben.

In der letzten Zeile aber wird das Wort ›Liebe‹ ersetzt durch ›Freiheit‹; sie wird also nunmehr heißen:

Macht die Freiheit tadelhaft.«

»Das ist sehr eindrucksvoll«, sagte Herr Semper.

»Ganz im Sinne unseres lieben Sohnes«, sagte Frau Semper.

Bremer zog flugs einen Zettel aus seiner Brieftasche, auf dem die soeben besprochenen Änderungen aufgezeichnet waren. Er schob ihn den beiden Sempers hin und die unterschrieben. Der Oberst a. D. lächelte gütig.

Und bevor sie sich verabschiedeten, fragte Gümpel beiläufig: »Sagen Sie mal – wissen Sie eigentlich, wen Ihr Sohn mit Ulrike gemeint hat? Wissen Sie, um welche Ulrike es sich hier handelt?«

»Es wird eine Gestalt seiner Phantasie gewesen sein.«

»Wir wollen es hoffen.«

Hochwürden Marcus lag in seinem Garten auf den Knien und jätete Unkraut. Er hatte sich eine grüne Schürze vorgebunden. Die spärlichen Haare, die anfingen weiß zu werden, hingen abwärts. Er schnaufte, denn es war heiß.

Er dachte, während er das Unkraut mit fest zupackenden Händen ausriß, an seine Gemeinde. Und er fragte sich, ob er wohl den Garten, den Gott ihm auf Erden zugeteilt hatte, sorgsam genug betreute. Er war nicht mit sich zufrieden und vermochte nicht, sich vorzustellen, daß es der Herr im Himmel mit ihm sei.

Von Zeit zu Zeit, wenn ihn der Rücken schmerzte, richtete er sich auf und drückte sein Kreuz durch. Er hatte die Hand zur Faust geballt und stemmte sie sich in die Nierengegend. Und während er so dastand, blickten seine Augen über den niedrigen Zaun, den Engelsweg entlang, auf die Stadt Wahlheim, die schläfrig in der Sonne lag. Und seine Augen sahen Mutsch, der vorbeigehen wollte.

Pfarrer Marcus ließ die kurzstielige Hacke fallen und begab sich mit schnellen Schritten an den Gartenzaun. »Grüß Gott, Herr Mutsch«, sagte er.

»Guten Tag, Herr Pfarrer.«

»Ich wollte Sie schon immer einmal sprechen.«

Mutsch blieb stehen. »Sie haben schon einmal mit mir gesprochen, Herr Pfarrer; an jenem Sonntag vor Ihrer Kirche, nachdem das Tor für mich geschlossen worden war.«

Der Pfarrer versuchte zaghaft zu lächeln; und es sah aus, als habe er Schmerzen. »Es war keine gute Stunde«, sagte er dann. »Inzwischen habe ich viel über Sie gehört. Und mein Wunsch, mit Ihnen zu sprechen, ist immer größer geworden. Sie haben sich damals also für einen anderen geopfert.«

»Sie sehen das falsch«, sagte Mutsch bitter. »Ich bin weder ein Mörder noch ein Märtyrer. Mich überfiel lediglich der große Zorn; ich verlor jegliche Kontrolle über mich und schlug zu. Dafür saß ich im Gefängnis. Aber warum muß ich denn dafür jetzt noch am Pranger stehen?«

Hochwürden Marcus hob ein wenig die rechte Hand. »Wer, mein Freund, maßt sich an, die Vorsehung zu erforschen?«

»Aber ist nicht vieles auf Erden pures Menschenwerk? Es wird mutwillig in die Welt gesetzt, und es wäre nicht schwer, es wieder auszutilgen – ein wenig guter Wille, ein kleines Entgegenkommen . . .«

»Warum fangen *Sie* nicht damit an, Herr Mutsch?«

Mutsch legte die Hände auf seinen Rücken und preßte sie dort zusammen. »Herr Pfarrer«, sagte er, »ich gehöre wohl nicht zu den Menschen, die fähig sind, Gottes Werkzeug zu sein. Wer bin ich denn? Ich habe nicht viel Gefühl und vermutlich wenig Charakter, denn ich habe Kübel Dreck über mich ausschütten lassen, ohne mit der Wimper zu zucken. Man sagt mir nach, ich verbreite Unruhe und verhetze Kinder. Und wer weiß, was alles man mir noch nachsagen wird. Am Ende ist sogar das eine oder andere Richtige dabei. Ich bin kein Instrument des Guten.«

»Sie sind ein Mensch, der die Kraft hat, sich für andere zu opfern.«

»Nein«, sagte Mutsch. »Ich habe mich nicht geopfert und werde mich auch nicht opfern. Ich bin ein Egoist.«

Mutsch grüßte und ging. Er ging mit kraftvollen, immer länger werdenden Schritten davon.

Hochwürden Marcus kniete sich nieder, beugte seinen Rükken und griff mit beiden Händen in das Unkraut. Und ehe er es ausriß, lachte er auf und sagte: »Eine wunderliche Welt hast du geschaffen, o Herr.«

Alles, was in Wahlheim Ulrike hieß, wußte nicht recht, ob es pikiert erröten oder sich lebhaft geschmeichelt fühlen sollte. Denn die allgemeine Tendenz ging dahin, in der Nennung des Namens Ulrike – und zwar in Verbindung mit recht eindeutigen Liebesgedichten! – keine Indiskretion zu erblicken, sondern eine Würdigung. Handelte es sich doch um das Werk eines Dichters, den es zu ehren galt. Selbst die zweiundachtzigjährige Forstmeisterswitwe Ulrike von Lever lächelte vieldeutig vor sich hin.

Naturgemäß fragte sich ganz Wahlheim, wer wohl diese angedichtete Ulrike gewesen sei. Niemand verfiel dabei auf Ulrike Loos, und das war leicht zu erklären: diese Gedichte waren eine Auszeichnung; jedenfalls behaupteten das maßgebliche Institutionen der Stadt, unter ihnen der »Bote«, und gefallene Mädchen verdienten es nicht, ausgezeichnet zu werden.

Und langsam reiften, besonders an den Stammtischen im »Schwarz-weißen Ochsen«, immer wieder neue, recht pikante Theorien, die von der feinhörigen Irene Krampus mit lebhafter Anteilnahme registriert wurden. So hieß es denn unter anderem: die Gedichte seien an Ulrike Hohlhänder gerichtet, die Tochter des Papierwarenhändlers. Und der Verfasser sei – »man nennt das anonym, Herrschaften!« – der Journalist Flammer. Er habe den Nachruhm Sebastian Semper überlassen, um so eine Möglichkeit zu finden, seine Werke zu publizieren.

»Das ist zwar kaum wahrscheinlich», urteilte Hauptlehrer Kuhn, der als Experte galt und sich gerne in seinem jungen dreifachen Ruhm als Entdecker, Wissenschaftler und Philosoph sonnte. »Doch die Literaturgeschichte kennt dafür Parallelen. Ich sagte nur: Shakespeare!«

Irene Krampus spürte, daß es an der Zeit war, hier einzugreifen. Sie gab sich interessiert. Sie mischte sich unter die Gäste, behauptete, unwissend und unaufgeklärt zu sein und bat um Informationen. Sie erhielt sie. Dicht umdrängt von ihren Gästen las sie die Liebesgedichte. Dann richtete sie sich auf und rief: »Wie ich diese Frau Reißer beneide!« Das machte sie noch etwa vier- bis fünfmal; zu ganz verschiedenen Zeiten, ganz verschiedenen Gästen gegenüber.

So also kam es, daß es sich langsam herumsprach, daß die Frau des Bürgermeisters Ulrike hieß und durchaus jene Person sein könne, der die zärtlichen Gedichte des verehrten Toten gewidmet waren. Gleichlautende Gerüchte flossen aus anderen Quellen, aus der Redaktion, aus dem Lager der Sozialen, und langsam vervollständigte sich das Bild, vergrößerte sich die Wahrscheinlichkeit.

»Ich finde es durchaus logisch«, sagte der Hauptlehrer Kuhn. »Immer schon erhob sich die Phantasie des Dichters zu den Damen höchster Kreise. Bei den Minnesängern war das sogar Prinzip. Diese Huldigung an Eros muß aber nicht unbedingt eine Frucht der tatsächlichen Erfüllung sein.«

»Letzteres«, versicherte der Polizeihauptwachtmeister Pulver, »ist einfach unvorstellbar.«

»Und selbst wenn es so wäre!« Oberst a. D. Gümpel war nicht gewillt, irgendwelche Widerstände zu dulden, vorbeugend auch das nicht, was eventuell den Keim eines möglichen Widerstandes gegen seine Projekte in sich bergen könnte. »Von einem Genie geliebt zu werden, ist keine Schande!«

Der Bürgermeister gab sich aufrichtige Mühe, nichts davon zu hören. Doch auch er erlag dem Ansturm der Einflüsterungen. Sein Hirn begann sich mit den Verdächtigungen zu beschäftigen; Zweifel peinigten ihn. Er hatte eine schwere Stunde, in der er an Demission dachte: er war so gut wie entschlossen, sein Amt als Präsident des Denkmalskomitees zur Verfügung zu stellen. Eine längere, geheime Konferenz mit dem Vizepräsidenten Gümpel wurde einberufen, an der auch der Ehrenkurator, Chefredakteur Bremer, teilnahm.

»Das kommt nicht in Frage!« entschied Oberst a. D. Gümpel. »Seien Sie großzügig. Zeigen Sie Entschlossenheit!«

Gottlieb Bremer gab zu bedenken: »Ein Rücktritt könnte als Eingeständnis gewertet werden. Es würde Aufsehen, und zwar unangenehmes, erregen. Vergessen Sie nicht, daß selbst große Zeitungen Interesse bekundet und Ihren Namen veröffentlicht haben.«

»Es geht um meine Ehre!« gab der Bürgermeister zu bedenken. Und jäh fiel ihm ein, wie ungewohnt lebhaft immer die Anteilnahme seiner Frau gewesen war, wenn er von Sebastian Semper berichtet hatte.

»Herrgott!« rief Gümpel. »Seien Sie doch nicht so kleinlich. Denken Sie nicht an Ihr Schlafzimmer, denken Sie an das Denkmal. Hier geht es um gewaltige Symbole! Auf dem Fest der Freiwilligen Feuerwehr gedenke ich diese Probleme anzuschneiden und diverse Gegner aus dem Sattel zu heben! Wir müssen endlich klare Fronten schaffen: hier Freund – hier Feind! Nur keine Neutralen! Die sind die Schlimmsten!«

»Meine Herren«, sagte Bürgermeister Reißer einlenkend, »ich muß aber davon überzeugt sein dürfen, daß Sie meine Ehre zu wahren wissen.«

»Jawohl«, sagte der Oberst a.D. Gümpel. »Das ist Kavalierspflicht.«

»Natürlich«, versicherte auch Bremer und blinzelte zu Gümpel hinüber, dessen Pferdegesicht ein vorsichtiges und durchaus noch vornehm zu nennendes Grinsen überflog.

»Der Ruf meiner Frau ist untadelig.«

»Alles, was recht ist: Ihre verehrte Frau Gemahlin ist genau das, was ich mir immer unter edler Rasse vorgestellt habe! Eine Art Diana. Bisher ist mir das gar nicht so aufgefallen. Meine Empfehlung!«

Reißer begab sich nach dieser Unterredung, die er als schicksalsschwer bezeichnete, in seine Privatwohnung. Hier erschien er zu völlig ungewohnter Zeit, was allein schon seine Frau stark beunruhigte. Was sie aber noch stärker beunruhigte, war seine Schweigsamkeit und seine finster forschende Miene.

Sie beeilte sich, ihm den Kaffeetisch zu decken. Er saß in seinem Ohrensessel neben dem Fenster, von dem aus er den Marktplatz bequem überblicken konnte. Aber er sah nicht hinaus, er betrachtete nur seine Frau; und er fragte sich angestrengt, was wohl so besonders Reizvolles an ihr wäre, das Veranlassung gab, es schriftlich zu fixieren und sogar in Reime zu bringen.

Während er sie, deren Nervosität sich steigerte, sinnend betrachtete, durchzogen merkwürdige Begebnisse, die er heimlich gelesen hatte, seine aufgescheuchte Phantasie. Vor allen Dingen diese Geschichte ließ ihn nicht los: Da war eine Frau, die betätigte sich gelegentlich in einem vornehmen Bordell. Aber auch ihr Mann besuchte regelmäßig ein vornehmes Bordell. Und hier traf er auf seine Frau! Der Bürgermeister schüttelte sich.

»Fühlst du dich nicht wohl, Ottokar?« fragte sie besorgt.

Er antwortete nicht. Er starrte sie an. Sie stellte die Kaffeekanne so heftig auf den Untersatz, daß er zerbrach. Reißer nickte grimmig.

Sie wußte nicht, was sie tun sollte. Sie stand neben dem Tisch, verängstigt, und wagte nicht, ihn anzusehen. Was mag er nur haben, dachte sie. Ich habe ihn noch nie so böse gesehen; verärgert oft, mißmutig auch – aber so anhaltend böse, so verbissen und bedrohlich war er eigentlich nie.

Und sie überlegte hastig, was sie wohl getan haben könne, um eine derartige Reaktion hervorzurufen; denn das fatale Gefühl, daß seine bitterböse Stimmung mit ihr zusammenhing, hatte sie ergriffen und ließ sie nicht mehr los. Sie überflog ihr kleines, aber handfestes Sündenregister. Unbedachte Äußerung über eine dienstliche Angelegenheit? Kaum; sie hatte nur wenig Freundinnen und unter ihnen war keine, mit der sie interne Dinge besprach. Ungewöhnlich hohe Einkäufe? Nicht anzunehmen, daß er sich darum kümmerte, denn seine Zeit ließ das kaum zu. Unaufmerksamkeit ihm gegenüber? Ausgeschlossen.

Blieb nur eins – und sie konnte sich nicht vorstellen, daß er davon wußte! –, blieb die Angelegenheit mit Pulver. Aber keine Vorsichtsmaßregel war von ihnen versäumt worden. Sie hatte geschwiegen. Auch er hatte versprochen zu schweigen. Es konnte nicht sein, daß er dieses Versprechen gebrochen hatte; es durfte nicht sein!

»Wie konntest du das nur tun?« fragte Reißer dumpf.

Seine Frau zitterte; und er sah es. Entsetzen packte ihn über einen derartig schmählichen Verrat. »Ich hätte das niemals von dir zu denken gewagt. Niemals.«

»Bitte«, fragte Ulrike Reißer schwach, »wovon sprichst du?«

»Ist dir nicht die Schamröte ins Gesicht gestiegen, als du die Zeitung gelesen hast?«

»Mein Gott – was hat die Zeitung damit zu tun?«

Er sah sie tief betrübt an: »Du hättest dabei an mich denken sollen.«

»Wobei, Ottokar?«

»Nun gut«, sagte er fast feierlich, mit ehrlicher Trauer daran denkend, wie schandbar er betrogen worden war, und dennoch sich zu dem fürchterlichen Wissen durchringend, daß er verzeihen mußte, um nicht der allgemeinen Lächerlichkeit preisgegeben zu werden. »Es ist nun einmal geschehen, und ich werde das mit Fassung zu tragen wissen. Zumal ich die Genugtuung habe, daß sich das nicht mehr wiederholen wird, denn er ist ja tot.«

»Er ist tot!« Ihre Stimme klang brüchig und verzerrt; und es war kaum zu vernehmen, was sie sagte. Sie ließ sich in einen Sessel neben den Kaffeetisch fallen und sah ihn mit ausdruckslosen, wasserblauen Augen an.

Das beruhigte ihn. Er spürte, wie seine Überlegenheit sich durchzusetzen begann. Das bereitete ihm Befriedigung und förderte sogar seinen Appetit. Er roch den Durf des frischen Kaffees und das verlockte ihn, sich an den gedeckten Tisch zu setzen. Er wählte mit Bedacht ein Hörnchen, das besonders knusprig aussah. Mit trauriger Miene biß er hinein.

Seine Frau hatte kaum noch die Kraft, ihm den Kaffee einzuschenken. Er trank ihn schlürfend und nicht ohne Genuß. Dann tauchte er das Hörnchen hinein, öffnete seinen Mund und ließ die Hälfte darin verschwinden.

»Du wirst verstehen«, sagte er, »daß ich tief betrübt bin. Aber ich verzeihe dir, denn ich bin kein Unmensch. Außerdem war er ein Genie und das ändert einiges. Die Hörnchen sind übrigens ausgezeichnet. Und ein Genie hat seine eigenen Gesetze, da darf man nicht kleinlich sein.«

»Um Gottes Willen – ich bitte dich, Ottokar, sage mir, wovon du sprichst!«

»Von den Hörnchen; ich finde sie ausgezeichnet. Über alles andere wollen wir taktvoll schweigen. Wir wissen die Wahrheit, aber wir wollen sie doch niemand auf die Nase binden. Niemand! Noch etwas Kaffee, bitte. Genügt! Nur noch eine Auskunft mußt du mir geben, damit ich danach mein Verhalten einrichten kann. Existieren irgendwelche schriftlichen Beweise, einwandfreie Unterlagen oder eventuelle Zeugen?«

»Mein Gott, Ottokar, du verwirrst mich!«

»Es ist mir zumindest genauso peinlich wie dir, dieses Thema noch weiter zu berühren. Aber schließlich muß ich wissen, worauf ich gefaßt zu sein habe. Also: ist damit zu rechnen, daß sich im Nachlaß von Sebastian Semper irgendein Brief von dir befindet oder sonst irgend etwas, das als Beweismaterial herangezogen werden kann?«

Ihr Atem wurde regelmäßiger. »Was hat das mit Sebastian Semper zu tun?« fragte sie ehrlich erstaunt. »Ich kenne ihn doch gar nicht.«

Reißer vergaß, sein viertes, eingetunktes Hörnchen aus dem Kaffee zu ziehen. »Ich muß doch sehr bitten!« sagte er tadelnd. »Was soll dieser Unsinn? Es ist schon genug, daß du mich betrogen hast; daß du mich auch noch belügst, ist schmählich. Ganz Wahlheim vermutet doch, daß seine Gedichte dir gewidmet sind; und mir gegenüber hast du es sogar gestanden.«

In Ulrike Reißer strömte neues Leben. Sie kam sich wunderbar erlöst vor und hatte das Gefühl, einer großen Gefahr entronnen zu sein. Sie fühlte wieder festen Boden unter den Füßen. Und die lebhafte Röte, die jetzt ihr Gesicht überflutete, verschönte sie so, daß er erstaunt feststellte: ich habe sie in letzter Zeit nie mehr genau betrachtet, mich kaum um sie gekümmert, offenbar waren das schwere Fehler . . .

»Diese Gedichte«, sagte sie erleichtert, »sind einer Ulrike gewidmet, irgendeiner. Aber nicht mir! Ich kenne diesen Sebastian Semper gar nicht, habe ihn nie gesehen und noch niemals von ihm gehört, bevor die Artikel über ihn veröffentlicht wurden.«

Reißer lehnte sich erstaunt zurück. Wie echt das klang! Wie raffiniert sie doch war! Sie bekam es fertig, sie besaß die Stirn, plötzlich alles das zu leugnen, was sie kurz vorher nahezu schlotternd zugegeben hatte. Und sie verstand es sogar, Töne zu finden, die beinahe echt klangen; die jeder für echt gehalten hätte, der sie nicht ganz so gut kannte wie er. Ah – sie war durchtrieben, er hatte sie leichtfertig unterschätzt.

Er musterte sie. Er fand, daß ihr Gesicht nicht sonderlich interessant oder gar anziehend war; und doch schien es ihm jetzt, als niste in ihrer Lippenpartie ein aufreizend sinnlicher, ja geradezu perverser Zug. Ihre Brüste waren klein, zu klein eigentlich; aber er besann sich, gelesen zu haben, daß das ausgesprochen modern sei, französisch, im Gegensatz zum amerikanischen Schönheitsideal. Ihre Hüften waren füllig, aber fest; als Schüler hatte er für derartig kurvenreiche Formen geschwärmt, nachdem ihn sein Lehrer auf die Figur einer zerbrochenen Venus aufmerksam gemacht hatte, indem er »Pfui!« rief und das Buch konfiszierte.

Kurz: wenn er so seine Frau betrachtete, wurde ihm bewußt, daß sie durchaus ihre Reize hatte und daß ihr daher auch mancherlei zuzutrauen war. Als Mann schmeichelte ihm das fast; der Bürger aber war mehr besorgt und der Bürgermeister entsetzt.

»Ich bin, wie ich schon ankündigte, bereit, dir zu verzeihen«, sagte er mit Festigkeit. »Aber ich werde in Zukunft energisch dafür sorgen, daß keinelei Wiederholungen möglich sind. Auch bin ich bereit – im Interesse unseres häuslichen Friedens und in Wahrung meines Ansehens –, anzunehmen, daß es sich hierbei um keine tatsächliche, sondern lediglich um eine geistige Verirrung gehandelt hat. So werden wir allem, was kommt, getrost entgegensehen können.«

»Du mußt mir glauben, Ottokar . . .«

»Ich glaube dir! Nicht zuletzt, weil ich es mir kaum leisten kann, das Gegenteil anzunehmen. Das ändert aber nichts an meinem Mißtrauen und meiner Wachsamkeit.«

»Du tust mir Unrecht, Ottokar!«

»Ich bin hier Bürgermeister«, sagte er mit Überzeugung. »Ich bin der Öffentlichkeit gegenüber verpflichtet. Ob du nun glaubst, daß ich dir Unrecht antue, oder ob ich bemüht bin, mir mein Recht zu suchen – was auch immer geschieht: es geschieht der großen Sache wegen. Und da dürfen wir nicht zögern. Auf dem Sommerfest der Feuerwehr haben wir die Widersacher auf die Knie zu zwingen.«

Mutsch stieg in seinen besseren Anzug, versprühte vorsichtig drei Tropfen Eau de Cologne aus Scheuermanns Bestand und ließ sich von Uschi abbürsten. Dann trank er noch schnell einen doppelten Kognak und setzte sich in Bewegung. Er erreichte die Schmiede Loos ungefährdet.

Er versuchte, das Tor zu öffnen, und sofort begann der Hofhund heftig zu bellen. Loos streckte seinen Kopf aus der Tür der Schmiede, und als er Mutsch erkannte, verzog sich sein Gesicht ein wenig und es durfte gemutmaßt werden, daß er versuchte, zu lächeln.

»Ich habe Sie nicht gleich erkannt, Herr Mutsch. Sie haben ein Gewand angelegt, das nicht gut in den Alltag paßt.«

»Ich wollte Sie sprechen, Herr Loos. Und zwar privat.«

»Privat?« fragte der Schmied unwillig. »Wenn ich mit einem spreche, der nicht zu meiner Familie gehört, dann gibt es nur zwei Themen: die Schmiede und Gott.«

»Das war nicht immer so«, sagte Mutsch freundlich, »und das wird ja auch wohl nicht immer so bleiben.«

Loos griff sich gedankenvoll mit der Linken unter das Kinn und ballte die Rechte. Er fühlte sich versucht, Mutsch aus dem Tor zu weisen, wie weiland der Erzengel Adam und Eva aus dem Paradies. Doch er verspürte Wohlwollen für diesen Mann, dem es gegeben war, brauchbare Arbeit zu verrichten und dabei zu schweigen. Vielleicht brauchte der Mann einen Rat von ihm; nun gut, den sollte er haben.

»Kommen Sie«, sagte Loos. Er ging voran, über den Hof, auf die kleine Laube zu, die im Garten stand. Mutsch folgte bereitwillig; er versuchte, in die offenen Fenster des Hauses hineinzuspähen, aber er sah Ulrike nicht; doch ihm war, als hätten sich die Gardinen bewegt.

Der Schmied setzte sich und Mutsch durfte sich auch setzen. »Was trinken Sie – Milch oder Saftwasser?«

Mutsch verspürte weder nach dem einen noch nach dem anderen besonderes Verlangen. Doch dann fiel ihm ein, daß sich hier eine Möglichkeit anbahnte, Ulrike zu sehen. Und er sagte: »Bitte, ein Glas Saft.«

»Bring uns ein Glas Saft, Frau!« rief der Schmied mit starker Stimme. Und gleich darauf, als wären bereits alle Vorbereitungen getroffen worden, einen vorauszusehenden Befehl zu befolgen, watschelte Frau Loos durch den Garten und trug auf einem Tablett eine Karaffe mit Himbeersaft und zwei Gläser herbei.

»Guten Tag, Herr Mutsch«, sagte sie mutig, ohne einen Blick auf ihren Mann zu werfen. »Wir freuen uns, daß Sie gekommen sind.«

»Es ist gut«, sagte Loos. »Ich habe ihm das schon angedeutet. Laß uns allein.«

Die Frau ging. Loos füllte die Gläser, trank das seine leer und sagte dann: »Jetzt können Sie mich privat sprechen.«

Mutsch löste seinen Blick von dem offenen Fenster des Hauses, und er hatte das sichere Gefühl, Ulrike sehe und höre ihm von dort aus zu. Das gab ihm Mut und seine Stimme wurde lauter. »Wie Sie wohl wissen werden«, sagte er, »findet am kommenden Samstag das Fest der Freiwilligen Feuerwehr statt.«

»Ich weiß das«, sagte Loos, »aber es interessiert mich nicht.«

»Herr Scheuermann, der mit zum Vorstand gehört – Sie wissen doch, daß die Freiwillige Feuerwehr überparteilich ist?«

»Ich habe davon gehört, aber ich glaube nicht daran.«

»Herr Scheuermann jedenfalls hat mich aufgefordert, an dem Fest teilzunehmen, und zwar an der Ehrentafel, und zu diesem Zweck zwei Plätze für mich bereitgestellt.«

»Was habe ich damit zu tun?« fragte der alte Loos feindselig.

»Ja, sehen Sie, der zweite Platz, der mir zur Verfügung steht . . .«

»Interessiert mich nicht! Ich bin gern bereit, mit Ihnen zu reden, Herr Mutsch, jederzeit; aber ich besuche keine Feste mit Ihnen. Ich bin ein geschworener Feind von Tanzlustbarkeiten, Alkohol und fleischlichen Genüssen; es betrübt mich, daß Sie das noch nicht wissen.«

Mutsch trank hastig sein Glas Saft leer. »Herr Loos«, sagte er, »so war das auch gar nicht gemeint.«

»Wie denn?«

»Ich dachte«, sagte Mutsch tapfer, »an Ihr Fräulein Tochter. Ich wollte Sie bitten, die Erlaubnis zu erteilen, daß sie mich zu dieser Festlichkeit begleitet.«

Loos war zunächst nur fassungslos. »Meine Tochter? Sie soll mit Ihnen zu einer Tanzlustbarkeit gehen?«

»Ich wollte darum bitten.«

Loos fuhr sich mit der Linken zum Kinn. Seine Augenbrauen senkten sich. Der Mund war wie ein Strich. Dann öffnete sich dieser Strich und der Schmied sagte: »Soweit ist es also gekommen. Sie sehen in der Tochter einen jener Menschen, mit denen man sich amüsieren kann. Recht geschieht ihr! Wie eine Hure wird sie betrachtet. Das habe ich kommen sehen! Das ist der letzte Schritt auf dem Wege, der in die Gosse führt. Recht so! Das ist die Strafe für ihre Tat!«

»Sie verkennen mein Anliegen«, sagte Mutsch mit mühsam gewahrter Würde. »Ich bitte Sie hier in allen Ehren um die Erlaubnis . . .«

»Die Tochter wie eine Hure behandeln zu dürfen? Warum auch nicht? Nach allem, was geschehen ist? Sie wollen sich mit ihr amüsieren! Verständlich, verständlich.«

»Ich will«, sagte Mutsch stark, »das Gerede über sie beenden. Ich will sie in die Gesellschaft einführen.«

»Diese Gesellschaft!« Loos sprühte Zorn. »Ich kenne diese Gesellschaft mit ihren heidnischen Sommerfesten, wo sie sich geil aneinander drücken, was sie dann tanzen nennen, wo sie sich auf den Wiesen wälzen und auf Heuschobern herumliegen!«

»Mann«, sagte Mutsch, ehrlich empört, »sehen Sie denn in mir einen kompletten Schweinehund?«

»Alle Männer werden dazu«, sagte der alte Loos wild, »alle Männer werden dazu, wenn der Alkohol in ihnen rumort und die Nacht sie heiß macht! Alle Männer!«

Mutsch schob das Glas von sich und stand auf. Seine Beherrschung verließ ihn. Aber da hörte er Ulrikes Stimme. Ulrike Loos lehnte sich aus dem Fenster und sagte: »Ich gehe natürlich nicht mit, Vater. Schließlich kann ja nicht irgendeiner herkommen und mit mir Feste besuchen wollen.«

Mutsch setzte sich wieder. Er und Loos verschnauften. Mutsch schämte sich seiner Heftigkeit; und der Schmied war voller Verwunderung über die Wogen, die sein Zorn geschlagen hatte.

Ulrike schloß das Fenster.

»Meine Tochter!« sagte der Schmied Loos und versuchte zu lächeln.

Mutsch nickte: »Ein Prachtexemplar – zugegeben.«

Das alljährliche Sommerfest mit Tombola der Freiwilligen Feuerwehr, gegründet 1894, war ein unbestrittener gesellschaftlicher Höhepunkt für Wahlheim. Es wurde gefeiert im großen Saal der Gastwirtschaft zum »Schwarz-weißen Ochsen« und fand bei schönem Wetter im angrenzenden Garten statt.

Die Freiwillige Feuerwehr, gegründet 1894, war eine Vereinigung, die über den Parteien, Religionen und Gesellschaftsklassen stand. Ihr Motto lautete:

»Jedermann ran an den Schlauch!
Kann doch sein, bei dir brennt es auch.«

Da die zweite Zeile Mahnung und Drohung zugleich enthielt, wurde die erste, die Verpflichtung bedeutete, befolgt. Niemand schloß sich aus; keiner, der abseitsstehen wollte. Und in die Satzungen war klugerweise aufgenommen worden, daß »zum ersten Vorsitzenden nur eine Persönlichkeit gewählt werden darf, die sich in der Öffentlichkeit nicht politisch betätigt. Jede politische Parteinahme, gleich welcher Art, löscht automatisch die Vorstandschaft und macht eine sofortige Neuwahl notwendig.«

Diese kluge Klausel, die genau dreißig Jahre alt war, verschaffte dem Tischlermeister Neubrand aus der Schlachthofgasse, in der sich auch das Spritzenhaus nebst Übungsturm befand, gewaltiges Ansehen. Denn seit genau dreißig Jahren war der heute Vierundsechzigjährige erster Vorsitzender der Freiwilligen Feuerwehr.

Die Freiwillige Feuerwehr war für Neubrand, den Tischlermeister, die Erfüllung seines Daseins. Jeder Brand, den er bekämpft hatte, war ein Markstein seines Lebens und wurde auf einer langen Tafel, die er gestiftet hatte, neben dem Spritzenhaus verzeichnet. Niemals betätigte er sich politisch, nicht einmal in Gedanken, nur um sein großes Werk nicht zu gefährden; und es ging die Sage, er habe noch nie gewählt. Boshafte Mitmenschen pflegten sogar zu behaupten, er betrete die Kirche lediglich, um dort für einen Großbrand zu beten.

Er hatte das allgemeine Vertrauen der Bevölkerung, und er hatte es noch nie enttäuscht. Besonders bewundernswert wurde sein Einfallsreichtum, der allein schon bei der Wahl seiner engeren Mitarbeiter zutage trat. Ihm war sehr bald klargeworden, daß er so ziemlich der einzige in Wahlheim war, der sich nicht politisch betätigte; und er hatte überdies erkannt, daß es vorteilhaft war, die politisierenden Kräfte zu nutzen, indem vermieden wurde, daß sie sich gegenseitig in Sachen Feuerwehr aufrieben. So kam es, daß in seinem Verein Scheuermann, der Anführer der Sozialen, den Posten eines Ausbildungsleiters bekleidete, Gümpel aber, der Führer der National-Liberalen, zum Brandmeister ernannt worden war. Weitere wichtige Leute von Wahlheim hatten andere, als bedeutungsvoll hingestellte Funktionen.

Und so waren sie denn alle in der Freiwilligen Feuerwehr vereint, die noch Mächtigen und die möglicherweise Kommenden, die von gestern und die von übermorgen, die jungen Leute und die erfahrenen Veteranen, Kaufleute und Arbeiter, Handwerker und Intellektuelle. Er, Neubrand, vierundsechzig, vielerfahren und ungebeugt, begrüßte sie alle mit der ihm eigenen Herzlichkeit.

Das Wetter war schön und sie versammelten sich im Garten. Die Wahlheimer waren ganz unter sich; denn Fremde, das war ungeschriebenes Gesetz, galten hier als Eindringlinge. Außerdem gab es kaum Fremde in Wahlheim. Die Stadt lag abseits der großen Straßen, die Schlichtheit ihrer Umgebung schützte sie vor der Aufdringlichkeit der unruhigen Autobesitzer, und die Herbheit ihrer Bewohner bewahrte sie vor der Zuneigung Landfremder. Außerdem war das traditionelle Fest nicht besonders angekündigt worden. Ein Aushang im Schaukasten, eine Notiz in der Zeitung genügte: Mitglieder nebst Angehörigen treffen sich . . .

Oberst a. D. Gümpel, heute in seiner Eigenschaft als Brandmeister im Lodenanzug, ließ seine Frau am Ehrentisch sitzen und eilte dem Bürgermeister entgegen, der mit seiner Gattin den Garten betrat.

»Herzlich willkommen!« sagte Gümpel mit feierlich klingender Kommandostimme. »Meine Verehrung, gnädige Frau. Sie sehen bezaubernd aus. Erlauben Sie mir einen kleinen Scherz: das macht die Liebe!«

Der kleine Scherz des Oberst a. D. fand wenig Anklang. Frau Ulrike Reißer schüttelte unwillig den Kopf und der Bürgermeister ließ durchblicken, daß ihn so saudumme Bemerkungen nicht im geringsten erfreuten.

»Gnädige Frau«, sagte Gümpel, »es sind die Komplimente eines alten Reiters, unparfümiert, aber von Herzen. Ich versichere meine Anteilnahme, die zugleich höchste Bewunderung ist.«

»Ich weiß nicht, wovon Sie reden, Herr Oberst.«

»Gnädige Frau! Darf ich Sie an unseren Tisch bitten?«

Reißer nahm Gümpel zur Seite. »Hören Sie bitte jetzt mit Ihren kleinen Scherzen auf«, sagte er, »das macht mich nervös.«

»Es wird Sie sehr bald stolz machen«, versicherte Oberst a. D. Gümpel.

Die Blaskapelle der Freiwilligen Feuerwehr röhrte den »Donauwellenwalzer«. Jedermann freute sich auf den Tanz, der dem offiziellen Teil folgen würde.

Uschi betrat den Garten wie eine kleine Königin. Sie hatte ein blütenweißes Kleidchen an. Sie roch stark nach Eau de Cologne, das sie ihrem Vater entwendet hatte. Scheuermann und Mutsch begleiteten sie und wurden von ihr wie Pagen behandelt.

»Allerhand Auftrieb«, sagte Uschi sachverständig, nachdem sie das Festgewimmel gelassen betrachtet hatte.

Auch diese drei setzten sich, da ja Scheuermann zum Vorstand gehörte, an die langgestreckte Ehrentafel. So kam Mutsch neben Frau Ulrike Reißer zu sitzen. Der Bürgermeister bemerkte das erst, nachdem ihn Gümpel, sehr beunruhigt, darauf aufmerksam gemacht hatte; aber er hielt es für richtig, jedes Aufsehen zu vermeiden.

Hochwürden Marcus traf ein und wurde von Neubrand, dem Vorsitzenden, am Eingang zeremoniell begrüßt. Konstanze Kuhn stürzte sich sofort auf ihn. Ihre Augen waren groß und feucht wie immer, wenn sie den Geistlichen erblickte.

»Ach, Hochwürden! Ich bin ja so glücklich, daß Sie auch dasind.«

»Ich konnte mich diesem Ruf nicht entziehen«, sagte Hochwürden schwach.

»Kommen Sie doch an unseren Tisch, Hochwürden, bitte!«

»Für den Herrn Pfarrer«, sagte der Journalist Flammer, der auf Marcus gewartet zu haben schien, »ist bereits ein Platz reserviert. Am Ehrentisch. Darf ich Sie führen?«

Hochwürden Marcus entschloß sich nach kurzem Zögern, das relativ kleinere Übel von beiden zu wählen. So folgte er Flammer, der ihn zwischen sich und Scheuermann placierte.

Die Blaskapelle der Freiwilligen Feuerwehr begann jetzt den Marsch »Alte Kameraden« zu schmettern, mit viel Trompeten, was alter Gewohnheit nach ankündigte, daß man sich nunmehr dem offiziellen Teil nähere. Und es war bekannt, daß dieser offizielle Teil aus einigen Ansprachen bestand, in denen festgestellt wurde, daß man stolz sein könne auf Geleistetes und hoffnungsvoll Kommendem gegenüber.

Die Tische waren voll besetzt. Gewohnheitsmäßig hatten sich Gruppen gebildet. In der Nähe der Ehrentafel saßen die größten Steuerzahler von Wahlheim. Sonstige Kaufleute, auch Eigenheimbesitzer und Autofahrer, hatten sich dicht dahinter placiert. In unmittelbarer Nähe der Musik konnten Beamte und höhere Angestellte gesichtet werden. Einige Handwerker und Arbeiter bevorzugten die Nähe der Theke. An den abseitigen Tischen, in der Nähe der Gartenhecke, kreischte die erwachsene Jugend weiblichen Geschlechts und fieberte dem Tanz entgegen.

Inzwischen plauderte Mutsch mit Frau Ulrike Reißer; beide schienen Gefallen aneinander zu finden. Ihre Umgebung registrierte das, je nach Veranlagung oder nach Standpunkt, mit Erstaunen, Verwunderung oder Empörung.

»Wir unterhalten uns jetzt schon zehn Minuten«, sagte Ulrike Reißer, »und Sie haben immer noch nicht gefragt, wie ich mir als Objekt eines Dichters vorkomme. Das bin ich nicht gewöhnt.«

Mutsch lächelte freundlich. »Und selbst wenn es Ihren Ehrgeiz verletzen sollte – ich glaube nicht daran.«

»Dann sind Sie der erste vernünftige Mensch, den ich hier treffe.«

»Sie überschätzen mich. Ich bin nicht besser als die anderen – ich weiß nur ein wenig mehr.«

»Ich glaube«, sagte Gümpel mit lauter Stimme, »wir beginnen jetzt mit dem offiziellen Teil!« Und er musterte Mutsch mißbilligend und Ulrike Reißer betrübt. Doch er hielt sich nicht lange dabei auf. Betont humorig sagte er: »Der Jugend juckt es in den

Beinen und den Alten in der Kehle; und einigen juckt das Fell. Es wird Zeit, daß wir was dagegen unternehmen.«

Der Vorsitzende der Freiwilligen Feuerwehr, gegründet 1894, der Tischlermeister Neubrand, ließ einen Tusch blasen, betrat die aus rohen Brettern zusammengefügte Bühne, auf der das Orchester saß, und hob die Hand. Erwartungsvolle Stille trat ein. Das befreite die gesetzteren Mitbürger für längere Zeit von der lästigen Verpflichtung zur Konversation. Nur einige Jugendliche im Hintergrund lärmten weiter, wurden aber bald zum Schweigen gebracht.

Neubrand hielt seine alljährliche Einheitsrede, die ältere Mitglieder, selbst wenn sie geistig nicht sonderlich rege waren, fast auswendig kannten. Sie enthielt kein Wort von Politik. Sie gliederte sich in drei Teile: 1. Freude über regen Besuch und das schöne Wetter. 2. Dank und Anerkennung für die Tätigkeit der aktiven, fördernden und sympathisierenden Mitglieder. 3. Hoffnung auf angenehmen Verlauf und weitere Feste in der geliebten Heimatstadt Wahlheim.

Hierauf befriedigte Neubrand, wie er meinte, den persönlichen Ehrgeiz der Parteipolitiker, die er vor seine Feuerspritze gespannt hatte. Er ließ sie reden. Doch nicht, ohne taktvoll vorher darauf aufmerksam gemacht zu haben, daß die Feuerwehr über den Weltanschauungen stehe und nicht einmal Rassenunterschiede kenne. »Und nunmehr bitte ich Herrn Scheuermann, in seiner Eigenschaft als Ausbildungsleiter, das Wort zu ergreifen.«

Unter Beifall bestieg Scheuermann das Podium. Er war nicht unbeliebt in Wahlheim; man schätzte seine Arbeitskraft und verzieh ihm gelegentlich sogar seine politische Gesinnung – und als Redner verehrte man ihn geradezu, denn er hatte Humor. Er begann mit Vorsicht, gab sich zunächst heiter, wurde dann ernster.

Die Stimmung im überfüllten Garten war ausgezeichnet. Die Bewohner von Wahlheim witterten ein Ereignis besonderer Art; sie wußten nicht genau, was sich ereignen würde, aber sie hatten flüstern gehört, daß mit »einigen Überraschungen« zu rechnen sei; und deshalb feuerten sie Scheuermann an.

Doch Scheuermann blieb kühl. Er wußte, daß nur Mäßigung ihm Gewinn einbringen könnte, kluge Zurückhaltung, vorsichtige Neutralität. Denn er war leider nicht der letzte Redner dieser Festivität; der letzte würde Gümpel sein. Er konnte nur zeigen, daß er ein Mann von einwandfreier Gesinnung war, nur der Sache ergeben, wenn es um das Gemeinwohl ging; mit Selbstverständlichkeit tolerant und wahrhaft großzügig. Und das tat er dann auch.

»Wenn des Nachbarn Haus brennt«, sagte er, »sind wir zur Stelle, und zwar alle. Und wir hoffen sehr, daß nicht auch der darunter ist, der es angezündet hat. Ein gewisser Nero hat Rom in Flammen aufgehen lassen, andere nach ihm ganze Landstriche und schließlich ganze Erdteile. Versuchen wir, wenigstens in Wahlheim keine Brandstifter zu dulden.« Und das sagte er in Richtung Gümpel, was Eingeweihte und Wissende mit fröhlichem Gelächter quittierten.

»Scharlatan«, rief der Oberst a. D. unterdrückt.

»Ein Sprichwort besagt, daß man mit dem Feuer nicht spielen soll. Es ist nicht genug, wenn wir nur Freiwillige Feuerwehr spielen. Noch wichtiger als die Bekämpfung eines Brandes ist seine Verhütung. Und darauf sollten wir uns in Zukunft konzentrieren. Jedes Feuer, das ausbricht, richtet Schaden an. Eine gute Feuerwehr kann eine Ausbreitung verhindern, doch ungeschehen machen kann sie nichts. Nicht nur viel Wasser und gute Schläuche sind nötig, sondern auch klare Köpfe und offene Augen. Leider gibt es gebrannte Kinder, die dennoch nicht das Feuer scheuen!«

Mäßiger Beifall kam auf, als er endete. »Ein hinterhältiger Bursche«, sagte der Bürgermeister zu Gümpel.

»Ein feiger Kerl«, sagte der verächtlich. »Passen Sie mal auf, wie ich den fertigmachen werde.«

»Werden Sie nicht unvorsichtig! Und vermeiden Sie die Politik!«

»Was kann mir schon passieren – ich habe doch das letzte Wort.«

Der mäßige Beifall verebbte. Scheuermann hatte die Erwartungsvollen enttäuscht. Die Gemäßigten nickten zwar und meinten, er halte sich an die Spielregeln; doch viele fanden, er habe keinen Unternehmungsgeist und das sei bedauerlich.

Um so größer war die Hoffnung auf Oberst a. D. Gümpel. Der redete zwar weniger gut als Scheuermann, wurde aber gerne deutlich, was Unbeteiligte stets erheiternd fanden. Und deshalb empfing ihn die Menge mit anhaltendem Applaus.

Als Gümpel das Podium betrat, hatten einige das Gefühl, in Reih und Glied angetreten zu sein. Er schwieg zunächst vielversprechend und musterte die unter ihm Stehenden. Straff stand er da, das Körpergewicht ruhte auf dem linken Bein, während er das rechte ein wenig vorgestellt hatte.

»Wie ein Hahn!« rief Uschi fröhlich. Und sie war ehrlich erstaunt, daß niemand sie rügte, weder Vater Scheuermann noch Onkel Mutsch. Die beiden sahen gespannt auf Gümpel.

»Kameraden!« rief der Oberst a. D. »Seit fast vier Jahren bin ich euer Brandmeister. Und ich habe mich in jeder Situation auf euch verlassen können. Wir haben zwar gemeinsam erst einen Brand gelöscht, aber ich muß schon sagen, daß wir ganze Arbeit geleistet haben. Es war auch nichts anderes zu erwarten gewesen.

Seite an Seite haben wir uns in die Flammen gestürzt, um unser Eigentum und das nackte Leben unserer Angehörigen zu verteidigen. Das haben wir gelernt und daher auch nie gezögert, wenn uns die Pflicht rief. Die Soldaten kämpfen selbstlos in den vordersten Schützengräben und die Feuerwehren an der Heimatfront wehrten heroisch die auf reiner Materialüberlegenheit basierenden Bombenangriffe ab.«

»Nanu«, sagte Flammer überrascht zu Hochwürden Marcus, der ergeben neben ihm saß. »Über Wahlheim ist doch nicht eine einzige Bombe gefallen.«

»Er meint das wohl symbolisch«, sagte Marcus schwach.

Die Bevölkerung von Wahlheim hatte ihre Freude an Gümpel. Manche amüsierten sich großartig. Es gab auch nicht wenige, die ehrlich ergriffen waren. Andere wieder sagten sich, daß die Sprache, die der Oberst a. D. Gümpel führte, vielleicht übersteigert, aber doch auch notwendig sei in einer leichtfertig gewordenen Welt, inmitten der allgemeinen Bindungs- und Haltlosigkeit.

»Immer, wenn wir dieses schöne Fest feiern«, sagte Gümpel, und er schien ergriffen von seinen eigenen Gedanken zu sein, »freue ich mich aufrichtig über die nie erlahmende Energie der Veteranen sowie über die vielversprechende Elastizität der jungen Mannschaft. Und ich bedauere es, daß heute einer nicht in unseren Reihen weilen kann, der es verdient hätte. Ich spreche von unserem Kameraden Sebastian Semper!«

Er leistete sich eine Kunstpause; und eine Sekunde lang sah er mit verhaltener Traurigkeit auf sein halbvolles Bierglas, das verlassen auf dem Ehrentisch stand. Doch dann gab ihm der Anblick von Scheuermann und Mutsch, die ihn anstarrten, neue Kraft.

»Kamerad Sebastian Semper«, sagte er, »in dessen Namen wir das Denkmal in Kürze wieder gemeinsam neu errichten werden – gemeinsam, ohne Unterschied von Parteien und Konfessionen! –, wäre glücklich gewesen, heute unter uns zu weilen. Und es ist nicht ausgeschlossen, daß er, ähnlich wie Schiller, das Feuer besungen hätte und vor allen Dingen jene Kräfte, die es bannen. Ich erinnere nur an das Lied von der Glocke!«

»Bravo!« rief der Hauptlehrer Kuhn impulsiv.

»Er kann es nicht lassen«, sagte Scheuermann leise und meinte damit Gümpel.

»Sebastian Semper war Frontsoldat wie jeder gute Deutsche. Er errang seine Auszeichnungen durch Tapferkeit und trug sie mit Stolz. Nach langer Gefangenschaft kehrte er in die Heimat zurück. Geistig gereift, aber körperlich stark beschädigt; ein Verwundeter des großen Krieges! Und wie Tausende und Hunderttausende seinesgleichen fand auch er ein Land vor, das sich um seine großen Söhne nicht kümmerte und wohl auch nicht kümmern konnte, weil die kleinen Schmarotzer alle Hände voll zu tun hatten, sich die Taschen zu füllen.«

»Bitte, keine Politik!« rief der erste Vorsitzende gedämpft zu Gümpel hinauf.

»Doch das alles«, rief Gümpel trompetend, »ist vergleichsweise harmlos gewesen demgegenüber, was ihn noch erwartete. Man muß schon in die antike Sagenwelt zurückgreifen, um auch nur Annäherndes zu finden. Ich nenne den Namen Agamemnon!«

»Hört! Hört!« rief Hauptlehrer Kuhn entzückt; er durfte sehr stolz auf sich sein, denn er war der heimliche Lieferant dieser literarischen Delikatesse.

»Was soll denn nun das?« fragte Flammer, »Agamemnon? Jetzt schnappt er gleich über.«

»Nun ja«, sagte der Pfarrer friedfertig, »sein Vergleich ist etwas kühn.«

»Agamemnon«, sagte der Oberst a. D. Gümpel, ehrlich von sich begeistert, »kehrte aus dem Kriege heim, friedfertig und ahnungslos, ein braver Soldat. Und was geschah? Er wurde in der Heimat heimtückisch ermordet! Wie Sebastian Semper auch! Und wenn behauptet wird, er habe Selbstmord begangen, so nenne ich das einen Dolchstoß in den Rücken des deutschen Soldaten! Es war auch kein Unfall! Es war Mord! Und der Mörder, meine Kameraden, sitzt unter uns!«

Ein allgemeines, verblüfftes Schweigen folgte. Die Anwesenden wußten nicht recht, was sie davon halten sollten; sie fanden auch, daß es gar nicht lustig war und etwas ganz anderes, als sie erwartet hatten. Gümpel legte das als fassungsloses Staunen aus; und er fixierte Mutsch.

Abermals sagte er schneidend: »Der Mörder sitzt unter uns!« Er war überzeugt, Mutsch zerschmettert zu haben. Es irritierte ihn allerdings, daß dieser Mutsch gar nicht zerschmettert aussah. Und da sagte dieser Mutsch, deutlich und sehr laut: »Namen nennen!«

Der Oberst a. D. Gümpel war entschlossen, diese unerhörte Frechheit mit unüberhörbarer Deutlichkeit zu parieren. Er wollte den Namen Mutsch in die Menge schmettern. Aber er sah auf den Bürgermeister, der ihm lebhafte Zeichen machte, mit dem Kopf schüttelte und den Zeigefinger der rechten Hand über die Lippen legte. Und dem Oberst a. D. Gümpel im Lodenanzug wurde klar, daß er den Namen nicht nennen durfte, wenn er nicht ernste Schwierigkeiten heraufbeschwören wollte. Bisher war alles glänzende Rhetorik gewesen; eine Namensnennung aber könnte eine schwere Beleidigung sein und ein Eingriff in ein schwebendes Verfahren. Seine Ausführungen waren immerhin stark und zutreffend; sie mußten und würden genügen.

In diesem Augenblick war auch Scheuermann die gefährliche Position von Gümpel klargeworden. Der hatte sich in Hitze geredet, wenn er jetzt noch den Namen nannte, würde er zerplatzen; er fühlte sich zu wohl und hatte sich zu weit gewagt, einen Schritt noch und er würde stolpern. Und Scheuermann übersah den bittenden Blick – »Bitte, keine Politik!« – des ersten Vorsitzenden der Feuerwehr. Laut rief er: »Namen nennen!«

»Namen nennen!« riefen viele.

Unruhe breitete sich aus. Die Anwesenden rumorten. Der Kapellmeister machte Anstalten, einen Marsch blasen zu lassen. Nur am Ehrentisch herrschte teils gedrücktes, teils lauerndes Schweigen.

»Namen nennen!«

Gümpel hatte sich wieder in der Gewalt. »Der Name, meine Kameraden, wird genannt werden! Nicht hier und nicht heute, doch in allerkürzester Zeit! Denn heute und hier haben wir uns zusammengefunden, um das traditionelle Sommerfest unserer Freiwilligen Feuerwehr zu feiern, deren Brandmeister zu sein ich die Ehre habe. Wir haben manches Feuer zusammen gelöscht, jetzt wollen wir gemeinsam unseren Durst löschen!«

Auf diesen bewährten Scherz gab es indessen nur vereinzeltes Gelächter, das reichlich respektlos klang. So rief er rasch und abschließend: »Wir werden immer unseren Mann stehen, komme, was da wolle! Das sind wir unserer lieben Heimatstadt Wahlheim schuldig – und unserem geliebten deutschen Vaterland!«

Die Blaskapelle dröhnte auf und übertönte den nicht übermäßig kräftigen Beifall. Das Podium erzitterte. Erst nach geraumer Zeit stellte es sich heraus, daß es schon wieder der Marsch »Alte Kameraden« war.

Die wahre Attraktion dieses hochsommerlichen Festes war Ulrike Reißer, die Frau des Bürgermeisters. Sie war, gleich nach dem Wetter, das beliebteste Gesprächsthema auf dem Tanzparkett; an fast allen Tischen plauderte man nur noch von ihr und über sie; an der Theke wurde ihrer bei jeder zweiten Lage gedacht, und zwar in reichlich rauher, aber doch auch herzlicher Form. Jüngere Jahrgänge starrten sie an und zeigten sogar mit dem Finger auf sie, jedoch geschah das nicht ohne Respekt und gelegentlich wurde purer Neid spürbar.

Ulrike Reißer hatte zunächst die Zähne zusammengebissen, sah blaß und hochmütig aus. Das war ihrem Aussehen nicht förderlich, denn ihr stilles, ovales Gesicht vertrug keinen Aufwand an Energie oder Temperament. Ihre Stärke war ihre zur Schau gestellte Sanftmut; sie war sich auch darüber vollkommen klar, hatte es aber, der schier unerträglichen Demütigungen wegen, denen sie sich hilflos und unschuldig ausgesetzt fühlte, völlig vergessen. Sie litt.

Erst dieser unscheinbare, mittelgroße Mann mit den klugen, freundlichen Augen, der am Ehrentisch neben ihr saß, gab ihr neuen Mut. Der Mann hieß Mutsch, und sie erfuhr das erst, nachdem sie Gefallen an ihm gefunden hatte; es war also derselbe Mutsch, von dem sie so überaus unangenehme Dinge gehört hatte, fürchterliche Dinge darunter; es hieß doch, er sei ein Totschläger, oder doch einer mit allen Anlagen dazu. Sie fand

Mutsch nett und bescheiden. Seine Worte verrieten Witz und Güte.

Nun, es war immerhin noch möglich, daß sie sich täuschte. Doch was sie weiterhin mit diesem Mutsch verband, war die Tatsache, daß sie beide im Mittelpunkt des Interesses standen.

Die unmittelbaren Auswirkungen jedoch waren grundverschieden. Mutsch, der mit Uschi am Tisch saß und lebhaft plauderte, ohne von seiner Umgebung Notiz zu nehmen, wurde offensichtlich gemieden; nur einige Mädchen starrten ihn mit brennenden Augen an. Ulrike Reißer jedoch, die schleppend mit Frau Gümpel eine Unterhaltung in Gang zu bringen versuchte, war offenbar bevorzugt und hatte das zweifelhafte Vergnügen, die Neugier vieler Damen und fast aller Herren zu reizen. Sie behandelten sie wie eine Art Pompadour von Wahlheim.

»Wünsche auch weiterhin viel Vergnügen – aber das zu wünschen ist ja wohl kaum noch nötig.«

»Bedauere aufrichtig, daß ich kein Dichter bin.«

»Ich nehme an, daß Sie persönlich das Denkmal einweihen; es kommt doch niemand anderes dafür in Frage.«

»Ein großer Verlust, für unsere Stadt, für uns alle, aber besonders natürlich für Sie.«

»Sicherlich werden Sie sich einsam fühlen! Wie kann man Sie trösten?«

Ulrike Reißer tat, als habe sie nichts verstanden. Sie nickte gleichmütig, lächelte gläsern und beglückwünschte sich heimlich dazu, daß sie nicht mehr in der Lage war, zu erröten.

Mutsch lächelte ihr in einer Konversationspause aufmunternd zu. »Tragen Sie das mit Fassung«, sagte er. »Ein schlechter Ruf verpflichtet nicht nur, er kann auch, wenn man sich daran gewöhnt hat, seinem Träger viel Vergnügen bereiten.«

»Das ist nicht einfach, Herr Mutsch.«

»Man gewöhnt sich daran. Ich habe fast drei Jahre dazu gebraucht. Eine kluge Frau müßte das in drei Stunden schaffen. Ich traue es Ihnen zu.« Und dann widmete er sich wieder Uschi, die ernsthaft behauptete, eifersüchtig zu sein.

Bürgermeister Reißer war Oberst a. D. Gümpel, der nach einer alkoholischen Stärkung lechzte, an die Theke gefolgt. Gümpel vermied es, ganz gegen seine sonstige Gewohnheit, für die soeben vollbrachte rhetorische Leistung Lorbeeren einheimsen zu wollen. Zwar war er nicht unzufrieden mit Argumenten und

Formulierung, doch sonderlich beglückt von Aufnahme und Wirkung war er nicht. Er schob die Schuld auf mangelnde Schulung der Zuhörer, auf ihre Entwöhnung; die einstige beglückend klare Bejahung seiner Prinzipien war eben in den letzten trostlosen Jahren durch pazifistische, sozialistische, superchristliche und sonstige vaterlandslose Wühlarbeit geschwächt worden. Das aber wissen, hieß: es bekämpfen.

»Ihre verehrungswürdige Gattin«, sagte Gümpel ablenkend, nach dem zweiten Schnaps, »macht heute große Figur. Der Erfolg ist ihr von Herzen zu gönnen; sie hat es sicher nicht leicht gehabt und ihn daher auch ehrlich verdient.«

»Ich würde doch sehr bitten«, sagte Reißer nicht sonderlich freundlich, »diese ständigen, peinlichen Anspielungen zu unterlassen. Schließlich ist meiner Frau nicht das Geringste nachzuweisen.«

»Aber Verehrtester!« Der Oberst a. D. tat verwundert. »Warum haben Sie denn Bedenken, ein großes Erlebnis zuzugeben? Der Triumph Ihrer Gattin ist doch auch für Sie ein Gewinn. Um ein Beispiel zu geben: das Ansehen meiner Frau basiert hauptsächlich auf der Tatsache, daß ich ein Regiment geführt habe; selbstverständlich erfolgreich.«

»Schließlich bin ich hier Bürgermeister und habe meine bescheidenen Verdienste. Ich habe es nicht nötig, aus einer eventuellen Vergangenheit meiner Frau Nutzen zu ziehen!«

Pulver, der Polizeihauptwachtmeister, der sich unaufdringlich neben sie postiert hatte, erlaubte sich eine Bemerkung: »Ich muß ehrlich gestehen, daß auch nicht der geringste Anhaltspunkt für derartige Vermutungen vorliegt. Ganz im Gegenteil bin ich der festen Überzeugung, daß es einfach undenkbar ist, daß ausgerechnet Frau Ulrike Reißer mit einem . . . mit diesem . . .« Er hatte sich festgefahren, machte nur noch eine wegwerfende, schroffe Handbewegung, die eindeutig Empörung bedeutete, und schwieg dann.

»Ich habe Sie selten derartig impulsiv gesehen«, sagte der Bürgermeister verwundert. Der Oberst a. D. Gümpel wußte auch hierauf, wie immer, eine Antwort. »Das ist echtes Kavalierstum. Aber wir haben keine Zeit, uns dabei aufzuhalten. Wir müssen noch den Pfaffen zurechtbügeln.«

Sie durchquerten das Gewühl der Tanzenden. Die Sommernacht war prächtig, die Blasmusik laut, die Stimmung schien ausgezeichnet. Die ersten Pärchen verschwanden in den Hekken; an der Theke wurde das achte Faß angezapft. Klempnermeister Miegalke hatte bereits, wie zu erwarten gewesen war, bei der Kapelle gegen eine Lage Bier den Badenweiler Marsch bestellt, nur um seinen Konkurrenten Scheuermann zu ärgern. Doch der hatte sich raffinierterweise dummgestellt und ausgerechnet bei diesem »Lieblingsmarsch des Führers« Frau Irene Krampus zu einem Tänzchen aufgefordert. Und es fand sich tatsächlich auch noch diverses junge Volk, das, entweder ahnungslos oder bar jeden Pietätgefühls, eifrig mittanzte.

Neubrand, der erste Vorsitzende, hielt das Fest für gelungen und betrank sich vor Stolz. Der Journalist Flammer befand sich in einer Ecke des Gartens, wo ein Mädchen zunächst aufkreischte und ihm dann eine saftige Ohrfeige gab; worauf er sich verwirrt von Margarete von Habern löste, die ihn hocherhobenen Hauptes verließ. Mutsch hatte Uschi an beiden Händen gefaßt und machte mit ihr, die vor Seligkeit zu bersten drohte, ein kleines, graziöses Tänzchen.

Scheuermann widmete sich Hochwürden Marcus, der von den brünstigen, aber – Gott sei Dank! – kurzen Ergebenheitserklärungen der Konstanze Kuhn bei einer Rotweinflasche Erholung suchte.

»Nennen Sie das christlich, Herr Pfarrer«, fragte Scheuermann beredt, »nennen Sie dieses Kesseltreiben gegen einen friedfertigen Menschen, der nur seine Ruhe sucht, christlich? Sehen Sie sich doch einmal meinen Freund Mutsch näher an. Gibt es ein rührenderes Bild, als ihn mit meinem Kind spielen zusehen?«

»Gewiß. Ja. Doch! Er scheint sehr kinderlieb zu sein. Ich habe nichts gegen ihn.«

»Aber Sie tun auch nichts für ihn, Herr Pfarrer!«

»In meiner Gemeinde gibt es viele Schafe«, wehrte der ab. »Ich muß sie alle hüten.«

»Herr Pfarrer«, sagte Scheuermann sanft, »können Sie mit ansehen, wie hier ein Mensch vorsätzlich gequält wird?«

»Er sieht nicht sehr gequält aus«, sagte Marcus dämpfend.

»Was erwarten Sie denn von ihm? Soll er heulen? Soll er Amok laufen? Er wollte nach Hause gehen. Ich aber sagte ihm: du bleibst, du darfst nicht kneifen; und wenn du auch den Mut verloren hast, dann denke wenigstens doch an das Kind und enttäusche es nicht. Uschi hat sich wochenlang auf dieses Fest gefreut und auf ihr neues Kleid; schon allein ihretwegen mußt du bleiben. Das habe ich ihm gesagt, und deshalb ist er hiergeblieben.«

»Das haben Sie gut gesagt«, sagte Hochwürden Marcus.

»Herr Pfarrer! Stellen auch Sie sich hinter Mutsch!«

Hochwürden Marcus trank bedächtig einen Schluck Rotwein. Versonnen betrachtete er das leere Glas. »Auch ich, das will ich gerne zugeben, habe diesen Mann in mein Herz geschlossen. Aber wenn ich mich hochoffiziell hinter Mutsch stelle, dann stelle ich mich ja auch hinter Sie und damit praktisch hinter eine Partei, die der Kirche nicht gerade ergeben ist.«

»Es geht hier nicht um mich und schon gar nicht um eine Partei. Es geht allein um einen Menschen, der Hilfe braucht – meine Hilfe und Ihre Hilfe. Können Sie verantworten, ihm Ihren Beistand zu verweigern? Nach allem, was heute behauptet wurde?«

Marcus entkorkte die noch halbvolle Rotweinflasche und füllte sein Glas bis zum Rand. »Die Kirche«, sagte er, »bemüht sich um die Seelen, nicht aber um die Strafakten der Polizei. Was wollen Sie? Noch ist nichts geschehen! Ein Verdacht ist ausgesprochen worden, aber kein Name wurde genannt. Es ist alles offen, es ist vieles möglich. Wir wollen hoffen, daß das Beste eintrifft.«

Scheuermann lehnte sich zurück. Er achtete nicht auf den brodelnden Lärm des Sommerfestes, sah nicht, daß ein Lampion brannte und Gümpel spontan in seiner Eigenschaft als Brandmeister eine Löschung improvisierte, indem er ein gefülltes Bierglas über den brennenden Lampion und in die daruntersitzende Tischgesellschaft leerte.

»Herr Pfarrer«, sagte Scheuermann, »mir ist nicht entgangen, wem Sie Ihre Sympathien entgegenzubringen scheinen. Sie sind um Ausgleich bemüht und scheuen die Entscheidung. Das verstehe ich. Aber nun werden Sie damit zum Werkzeug, ja zum Handlanger. Entscheiden Sie sich doch; entscheiden Sie sich meinetwegen gegen uns! Dann werden wir wenigstens sagen könne: er deckt einen Selbstmord, er unterstützt diesen Jahrmarkt der Eitelkeiten, er gibt einen Menschen auf, der seine Hilfe verdient und nötig hatte.«

Hochwürden Marcus erhob sich und ging. Er ließ die Rotweinflasche ungeleert stehen. Er hatte das Bedürfnis, allein zu sein.

In Frieden wollte er leben, aber sie ließen ihn nicht. Gott wollte er dienen, doch sie unterschoben ihm ihre schmutzigen Geschäfte. Er wollte nur noch beten und dann schlafen, um morgen vormittag beim Gottesdienst einen klaren Kopf zu haben.

Und da er sich entfernte, entging ihm die eigentliche Sensation dieses Sommerfestes; sie machte Scheuermann sprachlos und warf den Bürgermeister Reißer um, selbst Gümpel soll für mehrere Sekunden seine Haltung verloren haben. In Neubrand aber, dem ersten Vorsitzenden, bestärkte sich die Überzeugung, es sei doch ein ungemein harmonisches Fest gewesen.

Die Initiative zu dieser Sensation ging ausschließlich von Ulrike Reißer aus. Sie hatte, wie Mutsch ihr empfahl, allen Ärger überwunden und gelernt, über Demütigungen zu lächeln; sie hatte tatsächlich kaum mehr als nur drei Stunden dazu gebraucht. Das seltsam prickelnde Gefühl, plötzlich begehrter Mittelpunkt zu sein, berauschte sie sogar ein wenig; und eine Serie guter Liköre förderte diesen Zustand.

Zum erstenmal vermißte sie ihren Mann kaum, und sie bedauerte auch gar nicht, daß er politisierend an der Theke stand, dann verschiedene Tische besuchte, an denen seine Gesinnungsfreunde saßen, und keine Zeit fand, sich um sie zu kümmern. Sie tanzte, plauderte und lachte. Die Männer drängten sich um sie und umfaßten sie beim Tanz mit dreisten Händen. Sie ließ das geschehen, amüsierte sich dabei und blühte auf.

Und zwischendurch plauderte sie mit Mutsch. Je mehr sie getanzt hatte, je erhitzter sie wurde, um so offener und kühner wurden ihre Gespräche. Von Mutsch fühlte sie sich verstanden. Für sie war er wie ein Bruder, dem man vieles sagen kann und der sie beschützen würde.

»Aber jetzt wollen wir tanzen«, sagte sie.

Mutsch machte große Augen. »Sie wollen mit mir tanzen?«

»Warum denn nicht! Ich will das schon den ganzen Abend, aber Sie fordern mich ja nie auf. Deshalb muß ich das tun. Also los! Uschi erlaubt das, nicht?«

»Ausnahmsweise«, sagte Uschi.

»Uschi muß jetzt ins Bett«, sagte Mutsch ausweichend.

»Aber erst, nachdem wir getanzt haben.«

»Auf Ihre Verantwortung«, sagte Mutsch.

Und dann tanzten sie. Das fiel zunächst gar nicht auf. Aber dann geriet die Pauke schwer aus dem Takt und die Anwesenden machten große, neugierige Augen. Selbst der Lärm an der Theke verebbte langsam. Nur hinten, bei den Hecken, kreischten einige Mädchen vor wonniger Empörung.

»Verdammt!« rief Oberst a. D. Gümpel unbeherrscht. »Das ist denn doch wohl das Letzte!«

Bürgermeister Reißer, der neben ihm stand, schwieg betreten.

»Das können Sie nicht zulassen«, sagte Gümpel mit lodernder Empörung. »Das schlägt der guten Sache ins Gesicht!«

Aber Reißer stand stumm und erstarrt. Er betrachtete fasziniert seine Frau, und es war ihm, als habe er sie noch nie so gesehen. Sie glühte. Sie hatte Haltung und Grazie. Eine erstaunliche Frau, seine Frau.

»Sie hat Rasse, alles was recht ist«, sagte ein Mann, der in ihrer Nähe stand. Er sagte das laut und mit großer Überzeugung.

Reißer achtete nicht auf Gümpel. Er achtete nur noch auf seine Frau. Er wartete, bis der Tanz zu Ende war. Dann ging er auf den Tisch zu, an dem sie saß.

»Ich glaube«, sagte er, »wir gehen jetzt nach Hause.«

»Ja«, sagte sie bereitwillig, »gehen wir.«

Er bot ihr seinen Arm und führte sie hinaus. Und ihm entgingen nicht die bewundernden und neidischen Blicke, die ihnen folgten.

Das Fest versank in einer riesigen Welle aus Lärm und Lust. Die Nacht war heiß und nur die Erde war kühl.

Flammer trank mit Scheuermann. Flammer verdammte die Mädchen und Scheuermann beklagte die Kirche. Während sie tranken, dirigierte Gümpel einen zwar kleinen, aber lautstarken Männerchor an der Theke. Sie sangen »Drei Lilien, drei Lilien, die pflanzt ich auf ein Grab«. Und sie hinderten Hauptlehrer Kuhn daran, Gedichte von Sebastian Semper vorzutragen.

Kurz darauf hatte Scheuermann große Mühe, Flammer davon abzubringen, gegen den bereits errichteten Sockel des Denkmals zu pinkeln.

»Das macht man nicht«, sagte Scheuermann schlicht.

»Sie haben ja keine Ahnung, was den Wahlheimer Waschlappen guttut!«

Und er verließ Scheuermann, stillte sein Verlangen an einem Baum in der Nähe des Gasthauses, begab sich wieder an die Theke und widmete sich intensiv dem Malermeister Wiegand, der sich geehrt fühlte, auf einen Aufsatz im »Boten« – unter der Rubrik »Persönlichkeiten des Alltags« – spekulierte und gerne alles bezahlte, was Flammer mit ihm austrank.

Später wankten sie dann gemeinsam heimwärts, umschlungen wie alte Freunde, unter dem Absingen außerordentlich schmutziger Lieder.

Mutsch verließ das Fest und ging, nachdem er Uschi nach Hause gebracht hatte, in den Stadtpark. Dort stand er unter einer Linde und sah, über die Panse hinweg, auf das Haus, in dem Ulrike Loos schlief. Die Nacht war hell. Mutsch lächelte.

An Sonntagen pflegte sich Hochwürden Marcus besonders früh zu erheben. Das Licht der Morgensonne und das Gezwitscher der Vögel weckten ihn. Er rollte sich von seiner nicht sonderlich komfortablen Lagerstatt und sprach, noch im weiten, schmucklosen Nachthemd, ein morgendliches Dankgebet. Dann tauchte er seinen dicken Kopf in die bereitstehende Schüssel, umwand ihn mit einem Frottiertuch und schlüpfte in einen alten Bademantel, der in schlichten Grau- und Blaufarben gehalten war.

Dann setzte er sich in seinen großen Ohrensessel, der in seinem Arbeitszimmer am Fenster stand, schlug das Brevier auf und legte es sich auf die Knie. Aber er las nicht. Er sinnierte vor sich hin, mit innigem Lächeln; er ruhte sich von dem Schlaf der Nacht aus. Sein sorgsam gehütetes Geheimnis war, daß mit zunehmendem Alter auch seine Morgenmüdigkeit zunahm. Es dauerte etwas mehr als eine Stunde, bis sein Geist sich regte und der Appetit sich meldete.

In dieser stillen Stunde horchte er ein wenig auf das Ticken der Kirchturmuhr, auf die Geräusche, die aus der Küche kamen, und auf das Rauschen der Wasserleitung. Mehr aber noch horchte er in sein Inneres hinein, spürte das träge gewordene Blut, das sich mühsam durch den Körper pumpte, empfand Schmerz in seinen Gelenken und dachte an die vielen Morgenstunden seines langen Lebens; die engen Stuben seiner Jugend, wo sie zu viert in einem Bett lagen; die harten Roßhaarpolster im Seminar, das erste Bett seiner ruhelosen Nächte, das ihm alleine gehörte; die kalte Erde, auf der er im Krieg lag; die breiten Matratzen in seinem Pfarrhaus, die den schweren Körper in der Frühe nicht loslassen wollten.

Es hatte eine Zeit gegeben – nur fünfzehn Jahre sind seither vergangen –, da war er Kaplan; und er begann den Tag, nach dem Gebet, mit einem Waldlauf, dann duschte er sich viele Minuten lang mit eiskaltem Wasser, bis sich sein heißes Blut abgekühlt hatte. Wie fern das doch war! Jetzt saß er träge und gedankenarm in seinem Lehnstuhl, der Kopf war schwer und die Beine schmerzten. Die schlaffen Hände hielten das Brevier nur mühsam. Nur sein Lächeln verriet keine Anstrengung.

Es klopfte und er rief: »Herein!« Und murmelnd setzte er hinzu: »In Gottes Namen.«

Der Kirchendiener, der gleich ihm ein Frühaufsteher war, näherte sich und vermochte seine Aufgeregtheit nicht zu verbergen. »Herr Pfarrer«, sagte er, »kommen Sie schnell, sehen Sie sich an, was auf dem Marktplatz geschehen ist!«

Dann verschwand er eilig, ohne nähere Erklärungen abzugeben.

Hochwürden seufzte; mühsam erhob er sich und zog sich an. Er betrat seinen Garten, blinzelte in die Morgensonne und atmete tief. Dann eilte er die wenigen Schritte durch die Engelsgasse, an der Kirche vorbei, und blieb am Rande des Marktplatzes stehen.

Zunächst bemerkte er nichts, was als ungewöhnlich hätte bezeichnet werden können. Außer ihm stand nur noch der Kirchendiener auf dem weiten Platz, der müde in der frühen Sonne lag. Wahlheim schlief noch, das Feuerwehrfest in den Knochen; die wenigen, die bereits aufgestanden waren, werkten und gähnten in ihren Räumen.

»Ich wollte gerade zum Frühläuten gehen«, sagte der Kirchendiener. »Da sah ich es!« Und er hob wie ein Pferd den Kopf und stieß ihn in die Richtung des Sockels für das Denkmal.

Und jetzt erkannte auch Hochwürden, was dort passiert war. Ein umgekippter Eimer lag auf der Erde; ein großer brauner Farbfleck verzierte den Sockel. Einige Kilo Farbe schienen hier ausgegossen worden zu sein.

Hochwürden schüttelte den Kopf, ein wenig betrübt, ein wenig verwundert und recht verständnislos. »Gehen Sie zu Oberst Gümpel«, sagte er zum Kirchendiener, »und erzählen Sie ihm das. Den wird das interessieren.«

Der Kirchendiener vergaß völlig, daß er noch nicht den neuen Morgen eingeläutet hatte, setzte sich in Bewegung und trabte schräg über den Marktplatz, auf die Schillerstraße zu, die eine Parallelstraße vom Kanonenweg war.

Es war ihm peinlich, den Obersten a. D. wecken zu müssen; wenn es auch auf Anordnung des Pfarrers geschah, so würde doch er es sein, mit dem, je nach Laune des Geweckten, ein mehr oder minder ausgedehntes Frühexerzieren stattfinden würde. Aber als er das Haus, in dem Gümpel wohnte, sichtete, blieb er verblüfft stehen.

Denn auf den Treppenstufen war ebenfalls Farbe verschüttet worden, und zwar gleich aus drei Büchsen: blau, weiß und rot.

Der Kirchendiener drückte Alarm. Die Klingel schrillte durch das stille Haus. Nach einer kleinen Pause wurde oben, im ersten Stock, ein Fenster aufgestoßen. Dort erschien die Frau des Obersten. Ihr graues, faltenreiches Gesicht wurde von einem zusammengeflochtenen Zopf gekrönt.

»Ich muß dringend den Herrn Oberst sprechen«, rief der Kirchendiener. »Es ist wegen dem Denkmal.«

Die Nachteule verschwand, das Fenster blieb geöffnet, ein Fluch wurde vernehmbar, dann kreischten Matratzenfedern. Im weißen Nachthemd, mit jägergrünem Besatz, wurde der Oberst sichtbar.

»Zum Donnerwetter«, brüllte er, »was gibt es denn?«

»Ich soll melden, im Auftrag von Herrn Pfarrer . . .«

»Melden Sie schon, Mann!«

»Jemand hat Farbe über den Sockel des Denkmals gegossen; braune Farbe. Und auch auf Ihren Treppenstufen ist Farbe.«

Der Oberst beugte sich weit vor. »Verflucht!« schrie er. »Verdammte Schweinerei!« Dann war er viele Sekunden lang sprachlos, indessen sich in seinem Hirn eine Art Tagesbefehl formte.

Schließlich brüllte er in die leere, morgenmüde Straße: »Sofort den Polizisten Pulver wecken. Er soll sich bei mir melden. Sie beziehen Posten auf dem Marktplatz und haften mir dafür, daß am Ort der Tat alles unverändert bleibt. Während Sie auf dem Marktplatz postieren, wecken Sie noch den Bürgermeister. Alles klar? Schwirren Sie ab!«

Sie standen vor dem Sockel des Denkmals und starrten auf die zähe, dunkelbraune, noch nicht an allen Stellen eingetrocknete Ölfarbe.

»Das ist Denkmalsschändung«, sagte Gümpel dumpf.

»Ich möchte eher annehmen«, sagte Reißer, heimlich gähnend, »daß es grober Unfug war. Das ist doch noch kein Denkmal.«

»Und die Farbenkleckse vor meinem Haus? Was sagen Sie dazu, Pulver?«

»Ich habe da meine Theorien. Meine ersten Recherchen waren nur teilweise positiv. Ich habe den Malermeister Wiegand aus dem Bett geholt, da ja der Farbeimer zu seiner Firma gehört. Sehen Sie dort das ›W‹, meine Herren?«

Pulver zeigte es ihnen und die Herren sahen es.

»Dieser Wiegand war total besoffen; er konnte kaum sprechen. Ich möchte behaupten, daß allein schon sein Zustand jeden Verdacht ausschließt. Außerdem gehört ja auch Wiegand zu den überzeugten Anhängern der Denkmalsidee. Aber sein Werkschuppen stand weit offen.«

»Ein Einbruch also auch noch!« sagte Gümpel.

»Es ist der normale Schlüssel benutzt worden«, erklärte Pulver mit ehrlichem Bedauern. »Wiegand gibt die Möglichkeit zu, ihn auf dem Heimweg verloren zu haben.«

»Jetzt tun Sie aber was, Pulver! Im Grunde ist doch die Sache ganz einfach: Durch die Beschmutzung des Denkmals sollte ich beschmutzt werden; auch die Farben auf meiner Treppe lassen keinen anderen Schluß zu. Und wem wohl ist eine derartige Tat zuzutrauen? Na?«

»Herr Scheuermann«, sagte Pulver nachdenklich, »befindet sich zur Zeit im ›Schwarz-weißen Ochsen‹.«

»Worauf warten wir eigentlich noch?« fiel ihm Gümpel ins Wort. »Los, Pulver, marsch, marsch!«

Karl Scheuermann, der Abgeordnete der Sozialen, saß im »Schwarz-weißen Ochsen« und frühstückte Schinken mit Ei. Er tat das mit Hingabe. Neben ihm saß Irene Krampus.

Pulver betrat energisch den Raum. Gümpel baute sich unmittelbar hinter ihm auf. Reißer stand gähnend im Hintergrund.

Scheuermann sah kaum hoch. »Es fehlt Salz«, sagte er. Aber

Irene Krampus machte keinerlei Anstalten, das fehlende Salz herbeizuschaffen.

»Herr Scheuermann«, sagte Pulver energisch. »Können Sie für die vergangene Nacht ein lückenloses Alibi erbringen?«

Scheuermann tunkte ein Stück Weißbrot in Honig. »Ich frühstücke hier«, sagte er. »Wollen Sie mir den Appetit verderben?«

Pulver ließ nicht locker. »In der vergangenen Nacht«, sagte er, »ist das Denkmal mit Farbe beschmiert worden.«

»Welches Denkmal?« fragte Scheuermann gleichgültig.

»Der Sockel, auf dem das Denkmal errichtet werden soll.«

»Mit welcher Farbe?«

»Mit brauner.«

»Sehr sinnig«, sagte Scheuermann; er legte Messer und Gabel behutsam auf den Tisch.

»Außerdem«, sagte Pulver, »sind, vermutlich zur gleichen Zeit, vor dem Hause des Herrn Oberst drei Farbtöpfe ausgegossen worden: ein blauer, ein weißer, ein roter.«

»Der das getan hat«, sagte Scheuermann, »wird in der Dunkelheit eine Farbe verwechselt haben. Statt Blau wollte er bestimmt Schwarz nehmen.«

»Sie scheinen ja genau Bescheid zu wissen«, sagte Gümpel.

»Sie sehen also«, sagte Pulver, »es ist ernst. Eine nicht ungefährliche Situation für Sie, Herr Scheuermann. Entweder bekomme ich jetzt ein lückenloses Alibi oder ich sehe mich gezwungen, gegen Sie mit allen mir zur Verfügung stehenden Mitteln vorzugehen. Ist das klar?«

»Ich glaube schon«, sagte Scheuermann.

»Ist das wirklich so bedenklich?« fragte Irene Krampus.

»Scheint so«, sagte Scheuermann.

Pulver grinste überlegen. »Ich höre.«

»Herr Scheuermann«, sagte Irene Krampus laut und deutlich, und ohne zu zögern, »war die ganze Nacht in meinem Haus. Er war bei mir! Ich kann das beeiden. Und jetzt machen Sie, daß Sie hier rauskommen!«

»Allerhand!« Pulver war sehr enttäuscht und daher bitterböse. Er sah sich ein wenig hilflos nach seinen beiden Schrittmachern um, doch die schienen diese völlig neuartige Situation noch gar nicht begriffen zu haben.

»Was wollen Sie denn noch?« fauchte Irene Krampus. »Gehen Sie doch endlich! Ich will mit meinem Verlobten alleine sein.«

Scheuermann lief rot an; der »Verlobte« beunruhigte ihn. Heimlich hatte er Irene Krampus in Verdacht, diese äußerst heikle Situation wohlüberlegt herbeigeführt zu haben. Das hieß: sie wollte ihn einfangen! Und das bedeutete: sie zerstörte lächelnd seine politische Laufbahn, um sich einen Ehemann zu sichern. Daraus war zu folgern: weitere Konsequenzen, so oder so, waren unvermeidbar.

»Gut«, sagte Pulver. »Dann werde ich wohl gehen müssen. Ich nehme zur Kenntnis, daß Sie ein Alibi besitzen. Aber ich werde auf der Spur bleiben und mich an Ihren Vertrauten wenden, Herr Scheuermann. An einen gewissen Mutsch! Und Gnade dem Gott, wenn der kein Alibi hat!«

Pulver stampfte hinaus. Gümpel und Reißer folgten betreten.

Die interne Beratung, die im Dienstzimmer des Bürgermeisters stattfand, war kurz und bedeutsam. »Zunächst einmal schlage ich vor«, sagte Gümpel, »das Gasthaus dieser Person nicht mehr zu betreten. Ich plädiere für Boykott.«

Reißer hob abwehrend seine Hände. »Langsam, Herr Oberst, nur langsam. Wir müssen hier das Privatleben von der Politik fein säuberlich trennen. Ich gebe zu bedenken, daß der ›Schwarz-weiße Ochse‹ unzweifelhaft das beste und gepflegteste Gasthaus weit und breit ist.«

»Allein schon das Essen – ausgezeichnet!« pflichtete Pulver bei.

»Hinzu kommt außerdem noch«, sagte Reißer, »daß der ›Schwarz-weiße Ochse‹ den einzigen großen Saal des Ortes besitzt. Wir brauchen ihn lebensnotwendig für unsere Versammlungen. Vergessen wir auch nicht das Restaurant mit den Nebenräumen und die Diplome der Freiwilligen Feuerwehr, die dort an der Wand hängen. Ich fürchte, ein Boykott wäre hoffnungslos, vielleicht sogar schädlich. Mit der Kirche und dem Gasthaus muß man immer rechnen.«

»Ich kapituliere vor Ihren Argumenten«, sagte der Oberst würdig. »Aber daß diese Person ausgerechnet einen Scheuermann in ihr Bett ließ, das finde ich stark!«

»Das ist doch nur ein Vorteil«, sagte Reißer gutgelaunt. »Mit einem Gasthaus am Hals wird er sich nicht mehr leisten können, Politik zu treiben. Diese süße Person, meine Herren, räumt uns den einzigen ernst zu nehmenden Gegner aus dem Weg.«

»Fürwahr, das sind Perspektiven!« sagte der Oberst hoch befriedigt. »Wir müssen da kräftig nachhelfen. Was meinen Sie dazu, Pulver? Können Sie diesem Mutsch ein Bein stellen, oder nicht?«

»Ich bin bereits dabei«, sagte der Polizeihauptwachtmeister gewichtig.

Der »Wahlheimer Bote« berichtete ausführlich und mit erstaunlicher Sachkenntnis, ja mit geradezu verblüffenden Details, über alles, was geschehen war. Die dreispaltige Überschrift lautete: »Bubenhände am Werk.« In den Unterzeilen war zu lesen: »Beinahe Denkmalsschändung – Ein Malermeister wird unschuldiges Opfer – Eine Spur wird aufgenommen, doch niemand weiß, wohin sie führt – Der gereinigte Sockel erstrahlt im alten Glanz – Neue Spenden laufen ein.«

Mutsch schob die Zeitung beiseite und sagte gelassen: »Wie die Irren!«

Eine Skatrunde besprach das Ereignis eingehend und kam zu dem Schluß: »Es ist höchste Zeit, daß scharf geschossen wird.«

Die Frau, die unter der Haube des Friseurs saß, erklärte überzeugt: »Alle Männer sind unberechenbar.«

Der Friseur, der sie bediente, pflichtete ihr bei. »Das macht nur die Politik, gnä' Frau.«

Ulrike Reißer, durch ihren Gatten aufgeklärt, sagte lachend: »Herrn Mutsch jedenfalls traue ich das nicht zu. Er ist ein feinfühliger Mensch. Du kannst sagen, was du willst – mir gefällt er.«

Direktor Seebaum stand aufrecht in seinem Arbeitszimmer. Hinter ihm hing die Spezialkarte von seinem Fabrikgelände. Sein Kopf befand sich in gleicher Höhe mit den Lagerschuppen für Lumpen.

»Herr Gümpel«, sagte er ungeduldig, »ich habe meine finanziellen Zuwendungen für Ihre Partei und für das Denkmal nicht aus leichtfertigen Anwandlungen heraus getan. Ich glaube an Ihre gute Sache, aber ich vermisse lebhaft greifbare Beweise für die Wirksamkeit Ihrer Überzeugungen.«

»Ich habe vor aller Öffentlichkeit, Herr Direktor, wie Sie wissen, diesen Mutsch mit unzweideutigen Bemerkungen gebrandmarkt.«

»Ich besitze einen genauen Bericht über den Verlauf des Feuerwehrfestes. Aber Sie sehen doch, daß Ihre bisherigen Maßnahmen nicht ausreichen.«

»Wir bleiben am Feind«, versicherte der Oberst. »Ich lasse mir nicht mein Haus ungestraft beschmieren.«

»Ich will es hoffen, lieber Herr Oberst. Bitte, nehmen Sie doch Platz. Plaudern wir noch ein wenig. Klären Sie mich über die allgemeine Lage in Wahlheim auf. Mich beunruhigt ein wenig die offenbar nachlassende Energie des Bürgermeisters. Ich finde, er wird zu stark abgelenkt. Können Sie mir sagen, durch wen?«

Oberst a. D. Gümpel saß an seinem Schreibtisch. Hinter ihm hing ein Porträt in Öl, darstellend den Rittmeister Gümpel mit Hengst Herkules, mit dem er 1923 beinahe eine Springkonkurrenz gewonnen hätte, wenn nicht die Punktrichter schäbige Zivilisten gewesen wären. Vor ihm stand Pulver und deutete militärische Haltung an.

»Herr Pulver«, sagte er, »im Grunde sind wir uns doch einig. Es ist dringend notwendig, einige bestehende Unklarheiten zu beseitigen, wenn wir in Kürze unser Ehrenmal feierlich und ungefährdet einweihen wollen.«

»Ich richte mein ganzes Augenmerk darauf«, versicherte Pulver.

»Eins ergibt sich aus dem anderen«, sagte Oberst a.D. Gümpel. »Es handelt sich hier also um eine logische Kette. Zunächst einmal muß der Selbstmord aus der Welt geschafft werden.«

»Meine Beweise für einen möglichen Unglücksfall mehren sich. Der Doktor ist sogar bereit, unter Umständen zu bestätigen, daß es die Wunde am Hinterkopf gewesen sein kann, die zum Tod geführt hat.«

»Ich weiß das«, sagte Gümpel souverän. »Ich habe das dem Doktor klargemacht, als er mich um Unterstützung bei seiner Bewerbung für den neu ausgeschriebenen Posten des Chefarztes am hiesigen Krankenhaus bat. Ich werde das auch tun, denn das ist Kameradenpflicht. Aber denken Sie immer daran, mein lieber Pulver: ein Unglücksfall ist nur ein Ausweg; ein hinterhältiger Mord, noch dazu mit politischen Motiven, würde nicht nur mehr Eindruck machen, sondern auch eine viel größere Wirkung erzielen.«

»Gewiß«, sagte Pulver dienstbereit, »gewiß.«

»Sie haben mein volles Vertrauen«, sagte Gümpel. »Halten Sie sich getrost an Mutsch.«

Es war gar nicht so einfach, dieses Vertrauen zu rechtfertigen. Scheuermann schied also aus, einmal, weil Irene Krampus bereit war, für ihn zu schwören; dann aber auch, weil eine derartige Tat Scheuermann nicht zuzutrauen war. Er war hier Abgeordneter und ein seriöser Mann. Er würde nie seine Position durch nächtliche Akrobatik gefährden. Aber er war die Wand, hinter der das Individuum Mutsch Stellung bezogen hatte; wer an Mutsch heran wollte, mußte über Scheuermann gehen. Und jede Schwierigkeit, die der Abgeordnete dieses Mutsch' wegen auffangen mußte, würde seine Bereitwilligkeit erschüttern, sich auch weiterhin schützend vor diesen Banditen zu stellen.

Wesentlich anders lägen natürlich die Verhältnisse, sobald es gelingen würde, sich ausschließlich auf Mutsch zu konzentrieren. Dem war alles zuzutrauen; aber es war ihm nichts zu beweisen. Natürlich hatte er kein lückenloses Alibi für die fragliche Nacht. Er will gegen ein Uhr Uschi nach Haus gebracht haben und dann bis drei Uhr im Stadtpark spazierengegangen sein. Allein. Ohne Zeugen. Kein normaler Mensch würde sich in Wahlheim finden, der das glaubte; leider fand sich auch keiner, der das widerlegen konnte.

Es existierte also weder ein Zeuge für ihn noch einer gegen ihn. Für alles – Aktenstück, Leiche, Farbensudelei – waren ausreichende Verdachtsmomente und gutfundierte Motive vorhanden, aber nichts davon war durch Indizien oder Zeugenaussagen zu beweisen. Letzten Endes bezeugte das nur die Gemeingefährlichkeit dieses Vorbestraften.

»Ich muß irgend etwas finden«, sagte Pulver brütend vor sich hin, »was diesen Mutsch mit Sebastian Semper in Verbindung bringt. Gemeinsame Berührungspunkte! Irgendeine Begegnung! Habe ich derartiges gefunden, werde ich ihn an die Motivkette legen. Denn jeder Verbrecher, auch der geschickteste, macht einmal einen Fehler – das ist nachzulesen.«

Mutsch stand am Gartenzaun und betrachtete das Baby der Ulrike Loos. Es lag nackend auf einer Decke im Gras, streckte die Beinchen und die Ärmchen gen Himmel und stieß krächzende Laute aus.

»Es ist zu dick«, sagte Mutsch kritisch.

Ulrike Loos, die neben dem Baby auf der Erde saß und Strümpfe stopfte, drehte sich heftig um. Sie funkelte ihn an. »Es ist nicht zu dick!« rief sie entrüstet. »Alle gesunden Babys sind dick.«

»Es wird Herzverfettung bekommen. Ein Onkel von mir, der über zwei Zentner wog, hatte sehr unter asthmatischen Anfällen zu leiden.«

Ulrike deckte ihr Baby zu. Sie legte ein Frottiertuch um das strampelnde Kind, als wollte sie Mutsch den Anblick der rosigen Fleischpolster nicht gönnen.

»Jetzt wird es Baby zu heiß sein«, sagte er freundlich.

Ulrike stellte sich vor ihm auf; und damit stellte sie sich vor das Kind. »Mein Baby geht dich gar nichts an!« rief sie.

»Leider«, sagte Mutsch, lehnte sich weit über den Zaun und lächelte. »Leider sind meine Erfahrungen mit Kindern nicht sehr groß.«

»Bei meinem Baby wirst du keine Erfahrungen sammeln!«

»Wieviel wiegt der kleine Fettwanst?«

»Geh hier weg!« sagte Ulrike. »Das ist kein kleiner Fettwanst, sondern ein Kind mit ganz normalem Gewicht: ein sehr gesundes Kind.«

»Wirklich?« fragte Mutsch skeptisch.

Baby hatte das Frottiertuch abgestrampelt, wälzte sich auf den kugelrunden Bauch und streckte den Popo vergnügt in die Sonne.

»Das Kind hat Temperament«, sagte Mutsch. »Das muß es von seiner Mutter haben.«

Ulrike betrachtete den Zaungast mit Mißbilligung. »Mutsch«, sagte sie ganz ernst, »was willst du denn noch von mir? Ich habe dich gebeten, mich in Ruhe zu lassen. Ich habe dir immer wieder gesagt, daß ich nichts mehr mit dir zu tun haben will. Mein Vater hat dich hinausgeworfen. Was willst du also noch?«

»Die Abende«, sagte Mutsch, »sind jetzt sehr schön. Und am Ufer der Panse, dort, wo die Weiden stehen, quaken die Frösche. Sie quaken immer noch so melodisch wie damals.«

»Mutsch«, sagte sie, »ich bitte dich nochmals, mich in Ruhe zu lassen.«

»Die Bank, auf der wir immer saßen«, sagte Mutsch, »ist vorgestern neu gestrichen worden. Und zwar weiß. Gestern haben sie das Schild ›Frisch gestrichen‹ entfernt, denn die Farbe war trocken. Aber ich habe das Schild wieder angebracht, denn ich will nicht, daß andere auf unserer Bank sitzen.«

»Mutsch«, sagte sie, »wenn du nicht sofort gehst, dann gehe ich.«

Und dann wandte sie sich ab und begann, ihr Kind einzupakken.

»Ach du lieber Himmel«, sagte Mutsch verwundert. »Richtig wild bist du geworden. So kenne ich dich ja gar nicht.«

»Du kennst mich überhaupt nicht!« sagte Ulrike streitbar.

Da schob sich eine betrübt klingende Stimme zwischen sie. »Aber ich kenne euch!« sagte der alte Loos. Er kam näher. Seine lange, gebeugte Gestalt warf einen dünnen Schatten auf das Kind, denn er hatte die Sonne im Rücken. »Sind Sie schon wieder da!«

»Guten Tag, Meister Loos!« rief Mutsch freundlich.

»Guten Tag«, sagte der abweisend. Er blickte seine Tochter traurig an. »Du gehst sofort in das Haus und nimmst dein Kind mit. Die Hitze bekommt euch nicht.«

Ulrike gehorchte wortlos. Sie belud sich mit Baby, Decke, Frottiertüchern, dem Bündel zerrissener Socken und dem Stopfzeug. Sie vermied es, ihren Vater anzusehen, aber sie unterließ es nicht, Mutsch einen vorwurfsvollen Blick zuzuwerfen. Das hieß deutlich: bitte, das hast du davon!

Baby jauchzte unentwegt weiter, hüpfte munter in Ulrikes Armen herum und patschte der kindlichen Mutter mit den dikken Händchen in das hochrote Gesicht.

Mutsch wunderte sich darüber, wie stabil die zierliche Ulrike war. Sie hatte sich mit dem dicken Baby und einem Packen Dekken beladen, aber ihr Gang blieb graziös. Ihre einst gertenschlanke Figur war ein wenig voller geworden und das stand ihr gut. Es war ein Genuß, sie dahinschreiten zu sehen.

»Wollen Sie am Zaun stehen bleiben?« fragte der Schmied.

»Aber nein!« Mutsch setzte über den Zaun, mit einer nicht ganz gelungenen Flanke, die ihn beinahe zu Fall gebracht hätte. »Vielen Dank für die Einladung«, sagte er.

Der Schmied betrachtete ihn wie ein Stück Eisen, das kunstgerecht geformt werden soll. Dann winkte er ihn zu sich. »Mir fällt auf«, sagte er, »unangenehm fällt mir auf, daß Sie sich immer wieder meiner Tochter zu nähern versuchen.«

»Ihre Tochter gefällt mir«, sagte Mutsch freimütig.

»Sie hat ein Kind.«

»Das Kind gefällt mir auch.«

Der Schmied deutete auf eine aus rohen Brettern zusammengeschlagene Bank. Mutsch setzte sich erwartungsvoll neben ihn. Sie schauten in den blauen Himmel. Es war friedlich im Garten. Nur in der Ferne keuchten die Maschinen der Tuchfabrik.

»Sie hat Unglück gehabt«, sagte Loos. »Durch ihren Lebenswandel hat sie es verdient. Doch ich will nicht, daß noch mehr Unglück folgt.«

»Das will ich auch nicht.«

Loos ließ den langen Oberkörper nach vorne überhängen. Er knetete die knochigen Hände. Er stöhnte auf, als bedrücke ihn eine schwere Last. »Sie sind ein guter Arbeiter«, sagte er. »Gute Arbeiter sind meist auch gute Menschen – aber nicht immer.«

»Ich bin ein Zuchthäusler – vergessen Sie das nicht!«

»Zum Donnerwetter!« rief der alte Loos aufgebracht. »Protzen Sie doch nicht immer damit!« Aber dann sagte er beschwichtigend: »Das ist Ihre Sache. Das geht mich nichts an. Aber was mit der Tochter geschieht, hat auch mit mir zu tun.«

»Gewiß«, bestätigte Mutsch freundlich. »Das sehe ich ein.«

Loos legte die Hände flach auf seine Knie. »Unglück hat die Tochter gehabt«, sagte er, »aber Freiwild ist sie nicht! So ist das nicht, daß jetzt jeder kommen kann und seine Finger nach ihr ausstreckt. Nur zum Vergnügen!«

»Das Vergnügen«, sagte Mutsch treuherzig, »gehört schon dazu.«

»Wozu?«

»Zu einer Heirat.«

»Was!« sagte der Schmied Loos tief erstaunt. Er richtete sich auf, beugte seinen langen Oberkörper nach rückwärts und betrachtete Mutsch lange. Und es war, als rechne er intensiv. »Nein«, sagte er schließlich. »Sie können das nicht gewesen sein. Sie kommen dafür nicht in Frage.«

»Wofür komme ich nicht in Frage?«

»Das Kind«, sagte der alte Loos, »wurde geboren, als Sie im Gefängnis waren. Es ist nicht Ihr Kind.«

»Ich habe das auch nie behauptet. Aber das Kind braucht einen Vater. Und ich habe Kinder sehr gerne. Besonders solche dicken Kinder.«

Der Schmied Loos schüttelte langsam den Kopf mit den vielen Falten. »Überlegen Sie sich das genau. Und lassen Sie sich Zeit dazu. Wenn Sie nach einigen Monaten noch immer das große Kind, das ein kleines Kind hat, heiraten wollen, dann können wir wieder darüber sprechen.«

Mutsch wehrte ab. »Ich habe mir das genau überlegt. Ich will keine Zeit mehr verlieren.«

Der alte Loos dachte angestrengt nach und kratzte sich dabei den Kopf. »Aber das eine sage ich Ihnen: meine Schmiede bekommen Sie nicht!«

»Ich will nicht Ihre Schmiede heiraten, sondern Ihre Tochter.«

»Sie werden mich nicht beerben«, sagte der alte Loos mit ungewohntem Eifer. »Ich bin noch nicht ganz fünfzig. Fünfundzwanzig Jahre mindestens werde ich noch arbeiten.«

»Von mir aus auch noch hundert Jahre!«

Loos ließ nicht locker. Er hatte sich in seine Gedankenkette verbissen und das in langen Jahren gewachsene Mißtrauen würgte in ihm. »Die Tochter kriegt auch keine Abfindung, keine sogenannte Mitgift, keine Aussteuer; erbberechtigt ist sie auch nicht, auch wohnen kann sie dann nicht mehr bei mir.«

»Herrgott!« rief Mutsch unwillig. »Ich nehme sie auch, wenn sie kein Hemd auf dem Hintern hat. Ich liebe sie doch!«

»Nein, nein!« sagte der Schmied Loos tief beunruhigt. »Da stimmt doch etwas nicht. Das kann doch nicht sein, daß einer ankommt und dieses Mädchen heiraten will. Das geht nicht in meinen Kopf hinein! Ausgerechnet Sie!«

»Was heißt das?« fragte Mutsch ehrlich gekränkt. »Heißt das, daß Sie mir Ihre Tochter verweigern? Bin ich nicht gut genug für sie?«

Auch Loos erhob sich. Er legte seine Arme schwer auf die des kleineren Mutsch und drückte ihn auf die Bank nieder. Und da Mutsch dicht vor ihm war und in seine Augen sehen konnte, bemerkte er, daß sie feucht schimmerten. Das rührte ihn.

»So ist das nicht«, sagte Loos schwer. »Sie sind gewiß ein braver Mann und meine Tochter kann glücklich sein. Aber es wird mir nicht leichtfallen, mich von ihr zu trennen; und noch schwerer wird es mir fallen, das Baby aus dem Hause zu geben.«

Mutsch betrachtete ihn erstaunt. Er fand nicht die rechten Worte, seiner steigenden Verwunderung Ausdruck zu verleihen.

»Weiß meine Tochter«, fragte der Schmied Loos, »von Ihren Absichten?«

»Sie ahnt sie«, sagte Mutsch und streckte die Beine weit aus. Er war jetzt sehr zufrieden mit sich und überzeugt, gewonnen zu haben.

Aber die Rührung des Schmiedes Loos verflüchtigte sich schnell. »Es muß alles seine Ordnung haben«, sagte er. »Wer Eisen schmieden will, muß für Glut sorgen. Wer nicht sorgfältig arbeitet, verbrennt sich die Finger.«

»Ich bin kein Schmied«, sagte Mutsch, »ich bin Elektriker.«

»Aber es handelt sich um meine Tochter und ich bin ein Schmied!« Loos schien entschlossen, seine väterliche Autorität zu wahren. »Ihre Aufrichtigkeit wird anerkannt. Aber ein zweites Baby kommt nicht in Frage. Vor der Hochzeit nicht.«

»Ist auch nicht beabsichtigt!«

»Sie dürfen sie sehen«, sagte der Schmied mit Strenge. »Zweimal in der Woche. Sie essen dann bei uns Abendbrot. Jeden Sonntag dürfen Sie mit ihr drei Stunden lang spazierengehen. Am Nachmittag.«

»Und bis auf wieviel Zentimeter darf ich mich ihr nähern?« fragte Mutsch verärgert.

»Werden Sie nicht albern«, sagte Loos abweisend. »Ich habe Bitteres durchgemacht. Ich will das nicht noch einmal durchmachen. Ich bin ein schwergeprüfter Vater.«

»Sie sind ein Rabenvater!«

»Sie scheinen sie wirklich zu lieben«, sagte der alte Loos. Aber dann fügte er hinzu: »Wir werden sehen, wie lange das vorhält.«

Es betrübte Karl Scheuermann, daß die Freuden seiner Liebe zu Irene Krampus nun nicht mehr heimlich genossen werden konnten. Und es beunruhigte ihn, daß Irene dem Gerede der Öffentlichkeit nicht nur unbekümmert entgegensah, sondern es sogar herausforderte. Sie sonnte sich in geradezu aufreizender Weise in ihrer Liebe und versäumte keine Gelegenheit, das zu demonstrieren.

»Bitte, laß meine Hand los«, sagte Scheuermann gedämpft. »Strahle mich nicht so unverschämt glücklich an. Dein Verhalten ist beinahe schon anstößig.«

Irene lachte. Dann lud sie ihn ein, Platz zu nehmen. »Komm,

mein Kleiner«, sagte sie verspielt und versuchte, ihren Arm unter den seinen zu schieben.

»Es ist gar nicht nötig«, sagte Scheuermann gereizt, »daß du allen Menschen unser Verhältnis auf die Nase bindest.«

»Das ist kein Verhältnis, Karl. Das ist Liebe. Ich pfeife auf meinen Ruf. Ich will einen Mann haben.«

»Das war aber nicht abgemacht!« sagte Scheuermann bremsend. »Von einer Heirat haben wir niemals gesprochen. Und gerade jetzt ist auch nicht die richtige Zeit dazu. Ich habe zuviel zu tun. Wir reden nach der Gemeindewahl darüber, am besten Weihnachten.«

Irene blickte ihn unvermindert zärtlich an. »Jetzt, wo die ganze Stadt davon weiß, können wir nicht mehr warten. Es war nicht meine Schuld, daß ich sagen mußte, wo du die Nacht nach dem Feuerwehrfest verbracht hast.«

»Die ganze Stadt!« Scheuermann sträubte sich heftig. »Das ist doch unsere Privatangelegenheit. Und wenn irgendeiner seinen vorlauten Schnabel aufmacht, dann lasse ich ihm von Mutsch sämtliche Knochen zerbrechen. Kurz, meine Liebe: ich brauche jetzt freie Hand; ich kann mir kein Gerede leisten!«

»Ach, mein Kleiner«, sagte Irene und zeigte vergnügt die schönen Zähne. »Ganz erstaunlich, wie wenig du mich kennst.«

Scheuermann griff nach ihrer Hand, die auf seinem Knie lag, und schob sie weg. »Bitte«, sagte er. »Warum willst du das nicht verstehen? Ich kann jetzt, in meiner Situation, am allerwenigsten so etwas wie einen privaten Skandal brauchen.«

»Ich finde, es ist die natürlichste Sache von der Welt. Ich bin eine Witwe und auch du hast keine Frau. Und wir lieben uns.«

»Du vergißt immer wieder«, sagte Scheuermann abwehrend, »daß ich Politiker bin!«

»Ach!« sagte Irene Krampus. »Das ist es ja gerade, was mir auf die Nerven geht. Sei doch ein Mann! Hier ist ein großer, schöner Gasthof. Du kannst mit ihm machen, was du willst. Hier kannst du dir deine ganze Arbeitswut abreagieren. Wenn du willst, helfe ich dir dabei; wenn du das nicht willst, nicht. Was meinst du?«

»Nein«, sagte Scheuermann ehrlich. »Es liegt mir nicht, anderen Leuten den Magen zu füllen.«

»Ich weiß, ich weiß – du füllst ihnen lieber die Köpfe mit Politik.«

»Ein Gasthof mag eine gute Verdienstmöglichkeit sein; Politik aber ist eine Sache der Überzeugung.«

»Und meine Überzeugung ist, daß nirgends soviel Unfug gemacht wird wie in der Politik.«

»Irene«, sagte Scheuermann, »mag sein, daß hier vorläufig alles noch so aussieht wie ein Kasperletheater. Ich habe das schon einmal erlebt und ich gehöre zu den wenigen, die das nicht vergessen können. Damals sah auch alles so aus, wie wenn Halbirre einen Maskenzug veranstalteten, und alle intelligenten Leute glaubten Anlaß zu haben, sich halb krank zu lachen. Aber es wurde blutiger Ernst daraus. Und nicht nur für Deutschland.«

Irene machte ein nachdenkliches, unzufriedenes Gesicht. »Ich kann nicht so denken wie du, Karl. Ich gebe mir ehrlich Mühe, aber es geht wirklich nicht. Ich habe nie viel von Politik verstanden; von dem aber, was ihr hier Politik nennt, verstehe ich gar nichts.« Scheuermann seufzte.

»Aber eins glaube ich doch zu verstehen«, sagte Irene, »sie wollen den netten Mutsch erledigen – allein deinetwegen, denn er ist dein Mitarbeiter, dein Schützling, dein Gesinnungsgenosse, oder wie du das immer nennen willst.«

»Er ist mein Freund«, sagte Scheuermann.

»Und sieh mal, ich denke mir, wenn du mit der Politik aufhörst, dann ist doch auch er nicht mehr gefährdet. Er ist, glaube ich, wie ein Mensch nach langer Krankheit; man muß ihn gesunden lassen und darf ihn nicht gefährden. Man muß ihn behüten.«

Jetzt lächelte Scheuermann. »Hast du eine Ahnung von unserem lieben Mutsch! Der ist gesünder als wir beide zusammen. Und schlau wie ein Fuchs. Nur in der Liebe ist er, wie wir ja wohl alle, ein Trottel.«

»Wie kommst du darauf?«

Scheuermann lachte und schlug mit seiner flachen Hand kräftig auf ihren Oberschenkel. »Stelle dir vor«, sagte er erheitert, »der muß jetzt nachholen, was er damals versäumt hat. Die Hochzeit hat er vorweggenommen, ich wette, daß das so ist, aber jetzt zwingt ihn der alte Loos dazu, einen Bräutigam aus dem Mittelalter zu spielen. Früher haben sie zusammen im Gras gelegen und jetzt darf er nicht einmal mehr ihre Hand halten. Aber er bleibt eisern.«

»Und das amüsiert dich?«

»Sehr«, gestand Scheuermann. »Aber jetzt muß ich gehen. Ich habe noch einiges zu erledigen.«

»Du gibst diese blöde Politik nicht auf?«

»Ich denke gar nicht daran.«

»Adieu!«

»Sehen wir uns heute abend?«

»Nein«, sagte sie schroff. »Nie mehr. Ich will einen normalen Mann, nicht einen politischen.«

»Also schön. Bis heute abend. Wiedersehen.«

Gutgelaunt betrat Scheuermann den Marktplatz. Er verweilte kurz in der Betrachtung der beiden Maurer, die das Fundament für das neue Denkmal erweiterten. Er ging auf sie zu. »Macht euch dieser Auftrag Freude?« fragte er.

»Er bringt Geld.«

»Ihr mauert euch nächstens noch selber ein, wenn ihr dafür bezahlt werdet!«

»Wenn wir dadurch verhindern können, daß unsere Kinder verhungern . . .«

Die gute Laune von Scheuermann verflog. Er blieb noch eine kurze Zeit bei den Maurern stehen, ließ sich Auskunft geben über den Zementlieferanten und über die Höhe der Preise. Dann entfernte er sich nachdenklich.

Er schlenderte durch den Engelsweg und machte am Pfarrhaus halt. Er erspähte Hochwürden Marcus, der auf der Veranda stand und einen seiner Gipsheiligen anstrich. Scheuermann ging auf ihn zu und stellte sich neben ihn.

»Er ist beschädigt«, sagte Scheuermann. »Lassen Sie ihn in meine Werkstatt bringen, ich repariere ihn dort nach Feierabend. Kostenlos natürlich.«

»Sehr gern«, sagte Marcus mißtrauisch. »Geld wollen Sie dafür nicht? Was denn sonst?«

»Ich tue es aus reiner Gefälligkeit«, sagte Scheuermann. »Aus Sympathie.«

»Zwischen der Bibel und Karl Marx ist eine tiefe Kluft.«

»Aber doch nicht unbedingt zwischen den Menschen, die darin lesen! Herr Pfarrer – wir haben zwar verschiedene Anschauungen, aber gemeinsame Feinde. Bei uns kann jeder nach seiner Fasson selig werden, bei Ihnen nur nach den Grundsätzen der Kirche – bei jenen anderen aber wird die Religion nur geduldet, wenn sie dem Staat dient, seine Waffen segnet, für seine

Führer betet und seine zukünftigen Soldaten tauft. Eine Kirche für Denkmalseinweihungen! Ganz wie die Blaskapellen!«

»Ich weiß jetzt, was Sie wollen.« Hochwürden Marcus rieb sich die farbigen Hände an einem Tuchfetzen ab. »Wir müssen jedem Ruf, der uns erreicht, Folge leisten; vorausgesetzt natürlich, daß dieser Ruf einem echten Bedürfnis entspringt. Und wir sind verpflichtet, so lange an das echte Gefühl zu glauben, bis wir vom Gegenteil unwiderleglich überzeugt worden sind.«

Und er ließ Revue passieren, was in den letzten vierundzwanzig Stunden geschah.

Die Unterredung mit dem Bürgermeister: »Der Frieden dieser Stadt ruht in Ihrer Hand; Sie sind verpflichtet, ihn zu erhalten.«

Das Telefongespräch mit dem Dekan: »Die Öffentlichkeit sich dienstbar zu machen, lieber Bruder, ist oft gleichbedeutend damit, ihr nachzugeben.«

Die Heimsuchung durch die hysterische Konstanze Kuhn: »Ach, Sie sind herrlich, Hochwürden, so männlich und voll heiliger Kraft!«

Oberst a. D. Gümpel: »Herr Pfarrer! Nach altem Gesetz gehören Ihnen die Seelen. Lassen Sie uns die Körper. Pfuschen Sie uns nicht ins Handwerk. Wir sind gute Christen. Wir geben Gott, was Gottes ist; denken Sie an den Kaiser und an das, was Sie ihm zu geben haben. Wie Sie sehen, sind wir bibelfest!« –

»Am Sonntag noch«, sagte Scheuermann, »war Ihre Überzeugung erkennbar. Hat sie sich geändert?«

»Es hat sich einiges ereignet«, bekannte der Pfarrer, »das nicht unberücksichtig bleiben darf. Mir hat ein amtlicher Befund des Arztes vorgelegen, wonach ein Selbstmord kaum noch im Bereich der Möglichkeiten liegt. Es war ein Unfall, vermutlich. Die Wunde am Hinterkopf kann die Todesursache gewesen sein.«

Als er wieder auf dem Marktplatz war und zum Sockel des Denkmals hinübersah, bemerkte er dort Oberst a. D. Gümpel. Der stolzierte um die ausgesparte Fläche herum und es war, als halte er einen Appell mit Ausrüstungsgegenständen ab.

»Nun«, fragte Scheuermann, »sind Sie zufrieden?«

»Ich habe alle Ursache dazu. Sie werden das in Kürze erleben.«

Pulver huldigte der weitverbreiteten These, daß Glück auf die Dauer nur der Tüchtige habe. Er jedenfalls hatte Glück, weil er tüchtig war. Wesen und Wille bestimmten Wert und Weg. Das hatte er gelernt, und daran glaubte er. Und er nahm es mit Stolz hin, als es sich wieder einmal einstellte, das Glück der Tüchtigen.

Diese Tüchtigkeit bestand in dem Eifer, mit dem er seine Nachforschungen vorantrieb beziehungsweise andere dazu anhielt, sie durchzuführen. Die zwei ihm zugeteilten Polizisten niederen Dienstgrades verbrachten ihre Tage als Laufburschen, Boten, Eckensteher, Schatten und Zubringer. Sie streunten wie ruhelose Hunde durch Wahlheim, während Pulver vorwiegend auf dem Polizeirevier saß, tatendurstig planend und forschend. Gelegentlich war ihm, als sei sein Dienstzimmer eine Zentralstelle für Großfahndung und er der leitende Beamte, der alle Fäden vereinigte.

So war er denn mit Eifer tätig, aber wesentlichen Erfolg hatte er – vorerst wenigstens – nicht aufzuweisen. Die Wohnung der Sempers durchkämmte er mehrmals, insbesondere das enge Zimmer, das Sebastian Semper bewohnt hatte. Er fand einige Papiere, die selbst für die Polizei belanglos waren, weitere Mengen Poesie, die er achtlos zur Seite legte – und das war alles. Kein Hinweis auf eine bestimmte Person in Form von Briefen oder Notizen. Und Vernehmungen ergaben nichts weiter als das: ging viel aus, war immer allein, schlief stets lange, war ein guter Sohn und wurde von seinen Eltern heiß geliebt.

»Hielt er sich besonders gern im Mühlengrund auf?« fragte Pulver die Frau Semper, die er wieder einmal zu sich bestellt hatte.

»Kann sein«, sagte sie. »Er liebte die Natur.«

»Oder handelte es sich um eine Ausnahme, wenn er den Mühlengrund aufsuchte?«

»Das kann auch sein«, sagte sie. »Er war ein herzensguter Sohn.«

Diese dickliche, weinerliche Frau Semper ging Pulver langsam auf die Nerven. Es kostete ihn fast schon Überwindung, sie anzureden, denn er wußte im voraus, daß die Antwort, die er zu hören bekommen würde, gänzlich belanglos war und kriminalistisch nicht zu verwerten.

»Kennen Sie den Mühlengrund genau?«

»Ach, wissen Sie«, sagte Frau Semper, »mein Sohn war ein Genie.«

Pulver beugte sich über seine Akten. Das mit dem Mühlengrund war wichtig. Die Obduktion hatte nämlich ergeben, daß nicht etwa eine Lähmung des Gehirns infolge von Blutüberfüllung – erhitzter Körper im kalten Wasser! – stattgefunden hatte, sondern das Eindringen von Flüssigkeit in die Lungen. Und es war dem Arzt sogar möglich gewesen, die Stelle zu bestimmen, wo der Tod eingetreten war: der Mühlengrund, ein stark jodhaltiger kleiner Teich, etwa zwanzig Minuten von Wahlheim entfernt, Panse aufwärts. Diese Analyse, anhand der in den Lungen vorgefundenen Flüssigkeit, war aber nicht so sehr eine medizinische Großtat als eine Folge privater Liebhabereien: der Arzt hatte sehr oft im abgelegenen Mühlengrund mit seiner Sprechstundenhilfe gebadet und kannte daher die Beschaffenheit des Wassers genau.

»Es wird langsam Zeit«, sagte Pulver unwillig zu Frau Semper, »daß Sie sich einiger Einzelheiten entsinnen.«

»Mein armer Sohn«, sagte die Frau. »Er war ein guter Mensch.«

»Na – und? Eine gute Auskunft wäre mir jetzt wichtiger.«

Polizeihauptwachtmeister Pulver erhob sich seufzend und stellte sich ans Fenster. Er sah den Kanonenweg hinunter und grübelte. Nach kurzer Zeit schreckte ihn der Anblick von Mutsch aus seinen tiefen Gedanken.

Mutsch hielt mit einem Handwagen im Kanonenweg und machte Anstalten, eine Klosettschüssel, einen Wasserkasten und Wasserrohre, darunter eins mit Knie, abzuladen. Pulver hatte Zeit genug, sich dafür zu interessieren, an wen die Firma Scheuermann ein neues WC lieferte.

Dieser Mutsch, dachte Pulver verbissen, sieht aus wie einer, der nicht bis drei zählen kann. Das ist der raffinierteste Bursche weit und breit! Pulver straffte sich. Das war noch ein Gegner! Und in ihm lebten die Gedankengänge aller Leute, die heroische Biographien und Memoiren schreiben: behaupte, dein Gegner sei ein Fels von Tüchtigkeit gewesen, ein Montblanc der Tapferkeit, ein Himalaja an Verschlagenheit, so wird dir der Himmel des Ruhmes sicher sein, denn du warst deinem Gegner ja überlegen.

»Kommen Sie doch mal her!« forderte Pulver impulsiv Frau Semper auf, die hinter ihm stand. Er zeigte auf Mutsch, der gerade den Wasserkasten schulterte. »Kennen Sie diesen Mann?«

»Aber ja«, sagte Frau Semper, »das ist ein fürchterlicher Mensch.«

»Woher kennen Sie ihn?«

»Er war einmal bei uns.«

»Was wollte er dort?« Pulver witterte Unrat, und sein methodisches Frage-und-Antwort-Spiel bekam Tempo.

»Er wollte meinen Sohn sprechen.«

»Wann war das? Vor oder nach dem Tod?«

»Warum sollte er nach dem Tod noch meinen Sohn sprechen wollen?«

Pulver glaubte zu erröten, aber sein braunes Gesicht wechselte nicht im geringsten die Farbe. Er zog das Kinn eng an den Kragen, überwand mannhaft seine kleine Verlegenheit und sagte barsch: »Antworten Sie auf meine Frage! Sie haben es gar nicht nötig, nachzudenken. Überlassen Sie das gefälligst mir. Also – wann war das?«

»Ein oder zwei Tage, bevor es geschah und der liebe Sohn uns verließ.«

Pulver stockte der Atem. Er war sich sofort über die ungeheure Wichtigkeit dieser Aussage im klaren. »Er hat also Ihren Sohn gesprochen?«

»Nein«, sagte Frau Semper. »Er wollte ihn sprechen, aber mein Sohn war nicht da.«

»Er war spazierengegangen?«

»Ja.«

»Und dieser Mutsch fragte Sie, wohin ihr Sohn spazierengegangen sei, Sie erzählten es diesem Mutsch und der ging ihm nach?«

»Nein.«

Pulver wurde massiv. Er befragte die weinerliche Frau nach allen Regeln kriminalistischer Kunst. Und schließlich kam heraus, was geschehen war: Einen Tag vor Sebastian Sempers Tod erscheint Mutsch in der Wohnung der Familie Semper. Benimmt sich ungebildet: wie ein Flegel! Fragt, ob er Sebastian sprechen kann, nachdem er ihn beschimpft hat. Ihm wird die Tür gewiesen und er geht. Kein Zweifel, daß es Mutsch war; dieser Mann dort auf der Straße. Kein Zweifel. Sie hat ihn sofort wiedererkannt. Sie ist bereit, das zu beeiden.

Pulver schnaufte vor Wonne wie ein Walroß. Er nahm sofort ein Protokoll auf und ließ es unterschreiben. Er rieb sich die

Hände dabei. Das war ein Lichtblick! Endlich, endlich. Sein Instinkt hatte ihn nicht betrogen. Er würde die vielen Hoffnungen, die auf ihm ruhten, nicht zu enttäuschen brauchen.

Unmittelbar danach überfiel er Mutsch, der gerade dabei war, die Wasserspülung im Hause eines Kunden im Kanonenweg zu montieren. Pulver stand in der schmalen Tür der Toilette wie ein Rammbock. Mutsch sah kurz hoch, runzelte die Stirn, beugte sich dann wieder nieder und zog einen Klemmring an.

»Diese Toilette«, sagte Mutsch, »ist nicht vor einer Stunde betriebsfertig. Suchen Sie sich eine andere aus, wenn Sie es eilig haben.«

Pulver, streng: »Sie haben eine falsche Aussage gemacht.«

»Das werden Sie mir beweisen müssen.«

»Das werde ich Ihnen beweisen«, sagte Pulver sehr laut. »Eine falsche, schriftlich niedergelegte, an Eides Statt abgegebene Aussage.«

»Ich bitte um Einzelheiten«, sagte Mutsch, und er hob grüßend seinen Schraubenschlüssel wie einen Marschallstab.

Warte nur, dachte Pulver, deine Arroganz werde ich dir schon austreiben. Er begann: »Sie sind bei Familie Semper gewesen und haben sich dort nach deren Sohn Sebastian erkundigt. Und zwar einen Tag vor der Tat.«

Mutsch richtete sich überrascht auf. Dann setzte er sich langsam auf den Deckel des Wasserklosetts.

»Stimmt das?« fragte Pulver forschend.

»Das stimmt«, sagte Mutsch nach einer Pause.

Diese deutliche, klare Antwort überraschte den Polizeihauptwachtmeister. Aber er hatte sich, vorläufig noch, mühelos in der Gewalt und zeigte seine Verblüffung nicht. »Warum«, wollte er wissen, »haben Sie das nicht zu Protokoll gegeben?«

»Sie haben mich nicht danach gefragt.«

»Aber ich habe Sie gefragt, ob Sie irgendwelche Bindungen, Beziehungen, Verbindungen zu Sebastian Semper hatten. Ob Sie ihn persönlich kannten. Sie hatten glatt nein gesagt. Sie haben mich also belogen. Das ist Irreführung der Polizei. Daraus ziehe ich meine Konsequenzen.«

»Langsam, nur langsam.« Mutsch versuchte, die Situation zu beherrschen, aber er erkannte sofort, daß das nicht leicht war. »Ich gab zu Protokoll, daß ich Sebastian Semper gar nicht kenne und daß ich ihn nie gesehen habe.«

»Genau das!«

»Und genau das halte ich auch aufrecht!«

»Ach nein!« Pulver reckte sich siegesbewußt. »Und einen Mann, den Sie gar nicht kannten, den Sie nie gesehen hatten, den beschimpften Sie unflätig, den wollten Sie dringend sprechen, einen Tag vor seinem Tod! Wem wollen Sie das aufbinden?«

»Ihnen.«

»Und was«, erkundigte sich Pulver. »wollten Sie mit dem Ihnen völlig unbekannten Sebastian Semper besprechen? Na?«

»Das geht Sie gar nichts an«, sagte Mutsch grob. Er spürte deutlich: das ist der springende Punkt, die einzig wirklich gefährliche Stelle. Denn hier kreuzt sich alles, was bisher verborgen blieb. Wurde dieser Punkt geklärt, war mit einem Schlag auch seine Stellung klar und Ulrike Loos mit ihrem Kind wurde in einen Wirbel von Klatsch hineingezogen. Und das, gerade das wollte er nicht!

Mutsch blickte neugierig auf Pulver und sah, wie der grinste. Und Mutsch war sich sofort darüber klar, daß er soeben einen riesenhaften Fehler begangen hatte. Er hatte jede Frage gut pariert, aber die wichtigste Frage hatte er wie ein Idiot beantwortet. Auf »Was wollten Sie mit ihm besprechen?« hätte es hundert Antworten gegeben, und eine immer harmloser als die andere – nur eine Antwort war unsinnig, und genau die hatte er erteilt.

Mutsch griff sich an den Kopf. Er hätte sagen können: Im Krieg kannte ich einen Semper. Oder: Ich habe gehört, daß er in Gefangenschaft war; auch mein Vater, Bruder, Freund waren in Gefangenschaft. Aber nein, er mußte sagen: »Das geht Sie gar nichts an!«

Pulver grinste zufrieden; er glaubte auch allen Grund dazu zu haben. Er sagte, und unüberhörbarer Triumph schwang in seiner volltönenden Stimme: »So reimt sich alles zusammen, mein Lieber. Sie waren eifrig bemüht, mich von der Tatsache abzulenken, daß Sie Semper kannten und ihn beschimpften, also haßten. Sie leugneten auf direkte Fragen. Warum Sie das taten, ist jetzt klar. Sie können keinen Zeugen herbeibringen, der bestätigen kann, wo Sie sich in den fraglichen zwei Stunden aufgehalten haben. Das mit dem Stadtpark glaubt Ihnen kein Mensch. Und immer, wenn in Wahlheim irgend etwas passiert, sitzen Sie im Stadtpark, ob es sich um einen Mord handelt, um Aktendiebstahl oder um eine Denkmalsschändung. Und außerdem sind Sie vorbestraft. Also los, das beste ist, Sie legen ein klares Geständnis ab.«

»Das könnte Ihnen so passen«, sagte Mutsch. »Aber ich habe nichts zu gestehen.«

»Überlegen Sie sich das.«

»Da gibt es nichts zu überlegen.«

Pulver holte tief Atem. Dann verkündete er entschlossen: »Sie kommen mit!«

»Ich habe hier zu tun«, sagte Mutsch bedrohlich leise.

Pulver, mit Kraft: »Betrachten Sie sich als festgenommen.«

Mutsch starrte ihn an. »Sie verhaften mich?«

»Sie merken aber auch alles.«

»Und der Haftbefehl?«

Pulver machte eine ungeduldige Bewegung mit der rechten Hand, als verscheuche er Fliegen. »Unnötig«, sagte er scharf. »Die Dienstvorschrift kennt einige Ausnahmen, und um solche handelt es sich hier. Sagen wir: es besteht Fluchtverdacht. Das berechtigt mich, Sie zu verhaften.«

»Und die Begründung?«

»Mordverdacht.«

Mutsch erhob sich langsam. Und Pulver sah, mit wachsender Verwunderung zunächst, dann mit steigender Unruhe, daß dieser Mutsch lächelte. Er lächelte ihn an.

»Ich hoffe«, sagte Mutsch gedehnt, »das wird Ihnen teuer zu stehen kommen. Mir kann es nur recht sein.«

Es verging eine lange Nacht, ehe Scheuermann Freitag früh erfuhr, was eigentlich gespielt wurde. Er stürzte sich unter die Brause und rief seiner maulenden Schwester zu, sie möge ihm den grauen Straßenanzug herauslegen. »Ich arbeite heute vormittag nicht.«

»Bald wirst du überhaupt nie mehr arbeiten. Auf so einen Nichtstuer wie dich warten sie sicher schon im Landtag.«

»Komm schon! Ich muß Mutsch helfen.«

»Das ist auch so ein Schwerarbeiter wie du.«

Scheuermann stieg in fliegender Eile in seinen grauen Anzug. Er verfluchte dabei seinen liederlichen Lebenswandel heftig. Er war fest entschlossen, in Zukunft ein geregeltes Dasein zu führen.

Er hatte gestern nachmittag auswärts zu tun gehabt, während Mutsch einem Kunden im Kanonenweg das Wasserklosett einbauen sollte. Gegen Abend kam Scheuermann nach Wahlheim zurück und begab sich in den »Schwarz-weißen Ochsen«, um dort zu speisen. Erst am nächsten Morgen, nach dem Frühstück, ging er nach Hause, wollte sich umziehen und die tägliche Arbeit in Angriff nehmen.

Hier überfielen ihn die Hiobsbotschaften. Seine sonst so apathische Schwester triumphierte. Seine Tochter Uschi aber weinte bitterlich und war furchtbar böse. Und er erfuhr: Mutsch hatte für die Installation des Wasserklosetts zwei Arbeitsstunden gerechnet und wollte gegen fünf Uhr zurück sein, um dann mit Uschi Tee zu trinken.

»Und er hat gesagt«, erklärte Uschi schluchzend, »es würde besonders nett werden. Aber alles Scheiße!«

Scheuermann versäumte es, die überaus ordinäre Formulierung seiner Tochter Uschi zu rügen und erfuhr weitere Einzelheiten: Gegen sieben Uhr sei Mutsch immer noch nicht dagewesen, dafür wäre aber Pulver mit einem Polizisten erschienen. Er hätte erklärt, daß Mutsch kleines Gepäck brauche, etwas Wäsche und Waschzeug; und er persönlich sei bereit, die benötigten Gegenstände für seinen Häftling zusammenzusuchen. Bei der Gelegenheit hätte Pulver im Zimmer von Mutsch eine recht gründliche Durchsuchung vorgenommen.

»Aber ich habe den Pulver wenigstens noch mit Kreide beschmiert«, verkündete Uschi mit finsterer Genugtuung.

»Es war weiße Ölfarbe«, sagte Scheuermanns Schwester. »Sie hat ihn angepinselt, während er vor der Kommode kniete. Deine Tochter! Und dann noch der ständige Einfluß von diesem Mutsch! Seit der im Haus ist, benimmt sich deine Tochter wie ein wildes Pferd. Es war höchste Zeit, daß sie ihn einsperrten.«

Scheuermann hörte nicht mehr darauf. Er lief in die Stadt zurück. »Mutsch ist eingesperrt worden!« rief er hastig Irene Krampus zu.

»Dann beeil dich aber«, sagte sie. »Ohne Mutsch will ich dich nicht wiedersehen.«

Scheuermann eilte in das Polizeirevier.

Der Polizeihauptwachtmeister Pulver frühstückte gerade. Er war, nach einigen Stunden der Unruhe, brauchbarer Stimmung.

Seine Freunde hatten ihn beglückwünscht und eine Feier ihm zu Ehren angekündigt. Die Staatsanwaltschaft war nicht abgeneigt, ihren Segen in Form eines nachträglichen Haftbefehls zu erteilen. Und was ihn am meisten beruhigt hatte: Scheuermann war ausgeblieben.

Mit der ihm eigenen Kombinationsgabe gelangte er zu folgendem Schluß: Das nicht sofortige Erscheinen von Scheuermann konnte nur Unsicherheit bedeuten, vielleicht sogar Interesselosigkeit. Es war also fast ein indirektes Eingeständnis. Es bedeutete schlichtweg: Scheuermann läßt Mutsch fallen, weil er sich nicht an einem heißen Eisen die Finger verbrenne will!

Derartige Theorien taten Pulver wohl. Daß Scheuermann später dennoch auftauchen würde, war zu erwarten gewesen: er mußte sein Gesicht wahren! Daß er aber fast volle sechzehn Stunden verstreichen ließ, ehe er sich meldete, sprach Bände.

Pulver thronte wohlwollend auf seinem Schreibtischsessel hinter der Schranke. »Nun«, sagte er gönnerhaft, »was kann ich für Sie tun, Herr Abgeordneter?«

»Sie haben es tatsächlich gewagt, Mutsch zu verhaften!«

»Es freut mich, daß sich das herumgesprochen hat.« Pulver gab sich gönnerhaft. »Im übrigen tat ich nur meine Pflicht.«

»Kann ich ihn sprechen?«

»Bedauere.«

»Ich werde einen Rechtsanwalt mit der Wahrung seiner Interessen beauftragen.«

»Das steht Ihnen frei.«

»Herr Pulver«, sagte Scheuermann beschwörend, »ich bitte Sie aufrichtig: machen Sie diese Verhaftung rückgängig. Es ist nicht abzusehen, was sich alles daraus entwickeln könnte. Es wird Unannehmlichkeiten geben. Unerfreuliche Auseinandersetzungen. Vermeiden Sie das!«

»Herr Abgeordneter«, sagte Pulver unnachgiebig. »Sie wissen, daß ich gerne Ihrer Bitte entsprechen würde. Aber ich bin nur vollziehendes Organ.Ich habe den Fall meiner vorgesetzten Dienststelle übergeben. Dorthin müssen Sie sich wenden.«

Scheuermann stürmte los: durch den Kanonenweg, über den Marktplatz, am fertigen Sockel des Denkmals vorbei, in den »Schwarz-weißen Ochsen« hinein.

»Was willst du hier?« fragte Irene Krampus ungnädig. »Ich habe dir doch gesagt, daß du ohne Mutsch keinen Zutritt hast.«

»Ich muß telefonieren«, sagte er. »Ungestört. Kann ich das in deinem Büro tun?«

Scheuermann ließ sich mit Rechtsanwalt Wildermuth verbinden, der in der Landeshauptstadt saß, als juristisches Schwergewicht weit und breit bekannt war und in gewisser Weise das Vertrauen der Sozialen Partei genoß.

Scheuermann umriß den Fall Mutsch und fand einen aufmerksamen Zuhörer.

»Natürlich übernehme ich die Sache«, sagte Wildermuth. »Aber eins müssen Sie mir noch sagen, Herr Scheuermann: halten Sie ihn wirklich für völlig unschuldig?«

»Ich bin davon überzeugt.«

Rechtsanwalt Wildermuth brummte befriedigt. Dann, nach einer wohlausgewogenen Kunstpause, empfahl er: »Wir sollten in aller Ruhe arbeiten und nichts überstürzen.«

»Wie ist das zu verstehen? Jede Stunde ist kostbar. Mutsch muß so schnell wie möglich entlassen werden. Er saß doch schon einmal im Gefängnis.«

»Ich weiß. Ich kenne den Fall; er hat damals einiges Aufsehen erregt. Wenn ich ihn verteidigt hätte, wäre er mit einem Jahr davongekommen. Aber wer drei Jahre gesessen hat, verträgt auch noch einige Tage. Unter diesen Umständen . . .«

»Nein, Herr Rechtsanwalt!« Scheuermann hatte Mühe, seine Empörung zu dämpfen.

»Sie mißverstehen mich«, sagte Wildermuth sanft. »Ich gebe nur folgendes zu bedenken: Mißgriffe von seiten der Justiz kommen immer wieder vor. Das muß nicht gleich Schikane sein, das liegt in der Natur der Sache, Justizbeamte sind schließlich auch nur Menschen und können sich irren. Aber es liegt im Interesse unserer Partei, die zur Zeit die Regierungsgewalt nicht hat, der Justiz auf die Finger zu sehen.«

Scheuermann unterbrach ihn ungeduldig. »Es geht mir in erster Linie um einen nahestehenden Menschen, nicht um Politik.«

»Lassen Sie mich, bitte, ausreden. Ich verstehe Ihre Motive und würdige sie. Ich gebe dabei nur das eine zu bedenken: es könnte leichtfallen, einen Mißgriff der Justiz zu korrigieren; aber es würde schwerwiegen, einen Mißgriff in der Öffentlichkeit anzuprangern, um auf diesem Wege eine Korrektur zu erzwingen. Nicht nur ein sachlicher Sieg wäre uns sicher, sondern auch ein moralischer.«

»Ich lehne es ab«, sagte Scheuermann entschieden, »auf Kosten der Freiheit oder des Rufes eines einzigen Menschen für eine ganze Partei Politik zu machen. Kommen Sie also schnell. Und kommen Sie nur als Rechtsanwalt.«

Scheuermann legte den Hörer nieder und sah Irene Krampus, die ihm gegenübersaß, nachdenklich an.

»Willst du dich hier ausruhen?« fragte sie verwundert. »Los, los! Stell dich auf die Beine, tummle dich!«

»Nur langsam«, sagte Scheuermann unwillig. »Ich tue schon, was ich kann.«

»Und was ist mit dem Jüngling Flammer? Kann der nicht auch etwas für Mutsch tun?«

Scheuermann versuchte sofort, Flammer telefonisch zu erreichen. Aber der war nicht aufzutreiben. »Unterwegs«, lautete die Antwort.

»Er ist also nicht da«, sagte Scheuermann.

»Dann wirst du ihn eben suchen müssen«, sagte Irene Krampus. »Oder glaubst du, der kommt von alleine?«

Scheuermann setzte sich in Marsch.

In unmittelbarer Nähe des Gasthauses traf er auf Hochwürden Marcus. Er stellte ihn und fragte: »Haben Sie schon gehört, Herr Pfarrer, daß Mutsch verhaftet worden ist?«

»Ich werde für ihn beten«, erklärte der Geistliche schlicht.

Scheuermann bemerkte am fertigen Denkmalssockel, mitten auf dem Marktplatz, den Bürgermeister Reißer und Oberst a. D. Gümpel. Sie besichtigten das errichtete Fundament und verglichen es offenbar mit den Entwürfen. Sie hielten große Papierrollen in den Händen und vermittelten den Eindruck, mit wichtigen, ja erhabenen Dingen beschäftigt zu sein.

Scheuermann zögerte nicht, sie zu stören. Er schob sich zwischen sie. »Herr Bürgermeister«, sagte er.

»Ich weiß, ich weiß!« rief der, streckte seine Hände weit aus, um Scheuermann zu begrüßen. »Ich bin im Bilde und fühle mit Ihnen. Ich versichere: es tut mir leid. Es tut mir von Herzen leid. Und ich stehe ganz auf Ihrer Seite. Aber was soll ich tun?«

»Helfen!«

»Es drängt mich dazu, lieber Herr Kollege, aber ich kann es nicht. Ich bin hier nur Bürgermeister, also eine Amtsperson. Ich habe meinen festumrissenen Bereich. Die Polizei untersteht mir nicht, sie ist mir nicht zugeteilt, was Sie sicherlich wissen werden.

Ich kann nicht in die Befugnisse anderer eingreifen; ich als Bürgermeister kann das nicht. Aber machen Sie doch eine Eingabe. Sammeln Sie Unterschriften. Sie haben ja noch einen gewissen Teil der Bürger hinter sich. Ich will Ihre Eingabe dann herzlich gerne weiterreichen. Mehr kann ich nicht für Sie tun.«

»Und Sie, Herr Gümpel?«

Der zuckte mit den Schultern. »Verehrter Herr Scheuermann«, sagte er. »Ich bin ein Mann der Ordnung. Sie können nicht von mir verlangen, daß ich das Ansehen der Justiz dieses Landes untergrabe, indem ich in ein schwebendes Verfahren einzugreifen versuche.«

»Es wäre schön«, sagte Scheuermann leise, »wenn dieser rein menschliche Fall über die Parteien hinweg die Anteilnahme der Bevölkerung finden könnte. Es wäre eine Geste der Versöhnung.«

»Die allein Ihrer Partei zugute kommen würde!« Gümpel war steife Ablehnung. »Nein, nein, Verehrtester. Wir vergessen nicht, was geschehen ist; und wir denken an das, was kommen soll. Sie sprechen für einen, der möglicherweise der Mörder – bitte, ich sage möglicherweise, ich sage nicht, daß er es ist – eines großen Mannes sein könnte . . . Das sagt doch alles, Herr! Und jetzt entschuldigen Sie uns.«

»Es tut mir aufrichtig leid«, sagte der Bürgermeister Reißer und versuchte, ehe er sich mit Gümpel entfernte, Scheuermann die Hände zu drücken. Doch der war erstarrt; er sah aus wie sein eigenes Denkmal.

Scheuermann rührte sich auch dann noch nicht, als Klempnermeister Miegalke auf ihn zutrat.

»Lieber Herr Fachkollege«, sagte Miegalke, »ich bin immer schon für Aufrichtigkeit gewesen. Und Sauberkeit ist bei mir oberster Grundsatz.«

»Was wollen Sie?«

»Durch die Verhaftung Ihres Angestellten Mutsch konnte gestern die Installation eines Wasserklosetts im Kanonenweg 13 nicht erfolgen. Der Wohnungsinhaber hatte daher mir, da doch von Ihrer Firma niemand erreichbar war, den Auftrag übergeben, zumal eine gewisse Dringlichkeit vorlag.«

»Schon gut«, sagte Scheuermann.

»Ich habe natürlich das von Ihnen gelieferte Material nicht verwenden können, da unsere Arbeitsmethoden nicht übereinstimmen, wobei noch hinzukommt, daß ich andere Ansichten über die zweckmäßigste Form von Klosettschüsseln vertrete.«

»Scheren Sie sich zum Teufel!«

»Sie sind sehr unkollegial«, sagte Miegalke tadelnd, »sehr unkollegial.« Dann ging er.

Scheuermann starrte auf den Sockel des Denkmals für die großen und verdienstvollen Söhne der Stadt. Frau Ulrike Reißer näherte sich und sagte: »Ich habe vernommen, was mit dem netten Herrn Mutsch geschehen ist. Ich hoffe, Sie werden mehr als das tun, was man gewöhnlich als Pflicht bezeichnet. Sie können mit mir rechnen.«

»Ich höre diese Worte gerne«, sagte Scheuermann. »Aber ich fürchte fast, wir werden auf ein Wunder warten müssen. Mein Freund Mutsch scheint von Fallgruben umgeben zu sein, die maßgebliche Leute mit Energie für ihn gegraben haben. Es ist nicht leicht, Geröllberge von Vorurteilen abzuräumen.«

»Es wird unmöglich sein, wenn Sie hier weiter tatenlos herumstehen.«

Scheuermann betrachtete sie mit gedämpfter Begeisterung. »Sie sind eine wunderbare Frau«, sagte er ehrlich. »Wollen Sie nicht versuchen, derartige Ideen auch dem Bürgermeister näherzubringen?«

»Ich bin dabei«, sagte sie liebenswürdig.

Seine tägliche Arbeit erledigte Fritz Flammer mit der linken Hand. Die Nachrichtenquellen flossen munter und er hatte keine Mühe, seine Seiten zu füllen. Er kam mit Leichtigkeit über die Dürre des Sommers hinweg, er hatte es kaum noch nötig, Stoff zu sammeln. Sein Schreibtisch quoll über vor Material.

Allein die Sache mit der Denkmalsschändung hatte zwei prachtvolle, umfangreiche, erstaunlich informierte Artikel abgeworfen; er hatte sie direkt in die Maschine diktiert, ohne auch nur die geringste Vorarbeit geleistet zu haben. Auch die immer näher rückenden Gemeindewahlen fraßen ihm ganze Spalten weg; Miniaturpolitiker aller Richtungen schrieben sich für ihn mit Hingabe sämtliche Finger wund.

Zweifellos war der Höhepunkt dieses Sommers die geplante Einweihung des Denkmals. Und alles, was damit zusammenhing, wurde von ihm nutzbringend verwertet. Vor den Augen der Leser ließ er das Denkmal planen, entstehen, errichten; die

Überschriften glichen wehenden Fahnen: Das Komitee tagt! Im Blickpunkt der Öffentlichkeit – Pressestimmen aus fern und nah! Der Künstler plant Relieftafeln in antiker Manier! Das Komitee tagt abermals! 18. Spendenliste – Sportverein »Jahn 34« trägt sich geschlossen ein! Firmen unserer Stadt errichten den Sockel! Weitere Dichtungen von Sebastian Semper entdeckt – gesammelte Werke geplant! Das Komitee tagt wiederum! Eine Säule, wie ein hochgereckter Schwurfinger! Feierliche Einweihung schon am kommenden Sonntag!

Flammer, dem nichts heilig war und dem nichts billig genug sein konnte, für den Wahlheim und die Welt ein Narrenhaus geworden war, fand, daß er ganze Arbeit geleistet hatte. Der Chefredakteur fand das auch und er ließ sogar seine Bereitwilligkeit durchblicken, in Zukunft größere Spesenrechnungen zu dulden. Das erhöhte die Lebensgeister von Flammer erheblich.

Er hatte Margarete von Habern beharrlich umworben, ohne zunächst weiter auf nennenswerten Widerstand zu stoßen. Doch vor einigen Tagen war er ihr nachgegangen, als sie in der Panse baden wollte, und wie er dann den doch nur gutgemeinten Versuch gemacht hatte, ihr beim Umkleiden behilflich zu sein, war sie reichlich massiv geworden. Die Kraft, die in ihrer zierlichen Hand lag, blieb erstaunlich. Er nahm das als Zeichen ihrer Zuneigung.

Bedauerlicherweise vermied sie es in der folgenden Zeit, sich im Badeanzug in die Panse zu stürzen, wenn sie nicht sicher war, daß er nicht in ihrer Nähe weilte. Statt dessen bevorzugte sie es, sich während der Mittagspause auf dem flachen Dach des Rathauses in einem Liegestuhl zu sonnen. Daß diese Nachricht den Tatsachen entsprach, davon hatte er sich überzeugt. Er begab sich, mit einem Fernglas ausgerüstet, auf den Kirchturm, der als einziges Bauwerk in Wahlheim höher lag als die Bürgermeisterei. Er hatte dabei den Einfall, zu behaupten, Material für eine historische Studie über »Wahlheim und sein Gotteshaus« sammeln zu wollen. Dabei versäumte er nicht, den Turm einer eingehenden Besichtigung zu unterziehen. Er stieg durch die Schallfenster und blinzelte zum goldenen Hahn hoch, der von hier aus bequem zu erreichen war. Nach Überprüfung der Steigleiter, die ihn sehr zu interessieren schien, ging er wieder abwärts zu seinem Beobachtungsposten.

Was er dann von oben sah, erfreute ihn sehr und steigerte sein

Verlangen, dem Objekt seiner zarten Zuneigung möglichst nahe zu sein. Er stieg die Treppen des Kirchturms polternd hinunter und bestieg vorsichtig, auf Zehenspitzen, mit den Schuhen in der Hand, unhörbar wie ein Indianer bei Karl May, das Dach des Rathauses.

Sie hörte ihn nicht kommen, aber der Instinkt sagte ihr, daß sie nicht mehr allein sei. Sie richtete sich hastig auf, erblickte ihn und warf sich den Bademantel über. Glutrot wurde ihr Gesicht.

»Bin begeistert«, sagte Flammer.

»Sie sind ein Schwein!« rief Margarete von Habern wütend.

Flammer ließ sich zu ihren Füßen nieder. »So ist es richtig«, sagte er. »Das Schwein ist immer der, der zuschaut. Ihre Logik gefällt mir. Wären Sie nicht nackend, wäre ich kein Schwein.«

»Verlassen Sie sofort das Dach!«

»Verlassen *Sie* es doch!«

»Ich kann nicht; ich muß mich erst anziehen.«

»Ziehen Sie sich ruhig an. Mich stört das nicht.«

Sie zog den Bademantel eng um sich und legte ein Frottiertuch über ihre Beine. »Bitte«, sagte sie; und jetzt war sie verlegen.

Flammer schmolz dahin wie Wachs. Er mußte alle Kraft zusammennehmen, um diesem gehauchten »Bitte« zu widerstehen. Und er sagte:

»Ich liebe Sie.«

Ihre Augen strahlten. Aber ihre Stimme klang böse. »Ich kann mir denken, was Sie darunter verstehen.«

»Was denn?«

»Ach!« Margarete von Habern machte eine heftige, ungeduldige Bewegung und der Bademantel öffnete sich ein wenig.

»Sie sind ein Eisblock!« sagte er.

»Warum sind Sie so zu mir?« fragte sie vorwurfsvoll und hilflos.

»Weil ich Sie liebe, Margarete. Ich folge Ihnen wie ein Hund. Ich verbringe meine Zeit in der Bürgermeisterei, nur um Ihnen nahe zu sein. Des Nachts stehe ich auf der Straße vor Ihrem Fenster.«

»Von meinem Zimmer aus sehe ich in den Garten.«

»Ich weiß. Aber ich will nicht aufdringlich sein. Wenn Sie einkaufen gehen, möchte ich Ihre Tasche tragen. Wenn Sie schreiben, möchte ich Ihnen das Papier zureichen.«

»Und wenn ich baden gehe, wollen Sie mich ausziehen.«

»Ja. Das heißt: nein. Ich meine: nicht nur, wenn Sie baden gehen.«

Margarete sagte ernüchtert: »Kommen Sie mir nicht zu nahe.«

Fritz Flammer war also wieder einmal dort angelangt, wo er immer landete, wenn er sich mit Margarete von Habern in ein intimes Gespräch einließ. Aber er liebte sie nun einmal! »Na schön«, sagte Flammer ergeben. »Gehen wir abends spazieren?«

»Niemals«, sagte sie. »Nicht vor acht Uhr.«

Fritz Flammer trottete über den Marktplatz, schimpfte über die Weiber, war also in guter Stimmung. Und während er sich der Buch- und Papierwarenhandlung näherte, dachte er mit Entzücken an Margarete.

Er knallte heftig mit dem Kopf gegen einen Laternenpfahl. Zwei Kinder, die das hatten kommen sehen, quietschten vor Vergnügen. Eine Frau, die vorüberging, betrachtete ihn wie einen armen Kranken.

Flammer vergaß zu fluchen. Er befingerte seine Stirn und war darauf gefaßt, rinnendes Blut zu fühlen. Aber er spürte nichts davon; das enttäuschte ihn.

Sein Kopf dröhnte noch, als er den Papierwarenladen betrat. Die kleine, rundliche Hohlhänder, die auch Ulrike hieß, fragte unfreundlich, was er noch von ihr wolle.

»Ich dachte, du bist verreist«, sagte sie. »Du hast dich seit zwei Wochen nicht mehr sehen lassen.«

»Arbeit, Kind, viel Arbeit.«

»Du vernachlässigst mich.«

»Schon möglich«, sagte er. Auf seiner Stirn bildete sich jetzt eine Beule.

»Ich bin nicht auf dich angewiesen«, sagte sie.

»Das ist fein.«

»Der Sohn von Klempnermeister Miegalke fragt jeden Tag zweimal, ob ich mit ihm ausgehen will.«

»Tu das, mein liebes Kind. Tu das.« Flammer hatte im Regal eine Goethe-Ausgabe entdeckt und blätterte darin. Es war eine große, komplette, zwölfbändige Gesamtausgabe in Halbleder.

Der erste Band mit den Gedichten zog ihn besonders an.

Das Mädchen sagte: »Aber wenn du willst, dann laß ich ihn laufen.«

»Wen?« fragte er mechanisch. Und dann erinnerte er sich daran, daß sie vom Sohn des Klempnermeisters Miegalke gesprochen hatte. »Mach das nicht!« sagte er. »Der Junge ist eine gute Partie.«

Das Mädchen wich zurück. Aber er las weiter. Jetzt fielen ihm frappante Übereinstimmungen zwischen einzelnen Gedichten von Goethe und denen von Semper auf. Er hatte so etwas geahnt. Und er sagte sich jetzt: dieser Semper imitiert Goethe.

»Bist du verrückt?« rief das Mädchen empört.

»Aber nein«, sagte Flammer sehr beschäftigt.

»Willst du mich verkuppeln?«

»Sei hübsch ruhig«, sagte Flammer. »Störe mich jetzt nicht.«

Das Mädchen zitterte vor Wut. Sie ergriff das Buch, in dem Flammer las, riß es ihm aus der Hand und schlug es ihm auf den Kopf. »So!«

Das schwere Buch fiel auf den Fußboden. Flammer taumelte ein wenig. Sie verließ mit forschen Schritten den Laden und schlug die Wohnungstür hinter sich zu.

Flammer schüttelte seinen Kopf. Er griff mit den Händen nach seinem Schädel. Die Beule auf seiner Stirn war stark angeschwollen. Eine zweite Beule, vermutete er, würde sich an seinem Scheitel bilden.

»Macht nichts«, murmelte er. »Hauptsache, ich bin sie los!«

Mühsam kniete er nieder, um den schweren Band aufzuheben. Er sah, ganz mechanisch, in das aufgeschlagene Buch. Er wollte es zuschlagen und sich wieder erheben.

Doch da stutzte er. Eine Überschrift, die er soeben flüchtig gelesen hatte, drängte sich ihm erneut auf. Und immer noch kniend, auf dem Boden der Buch- und Papierwarenhandlung Hohlhänder in Wahlheim, las er abermals und diesmal mit wachen Sinnen die Überschrift: An Ulrike.

Er vermochte nicht sofort zu fassen, was sich hier seinen wahrlich erstaunten Augen anbot. Aber es war, nach wenigen Minuten merkte er das schon, nicht der geringste Zweifel mehr möglich. Es gab eine ganze Gruppe von Gedichten, keine sonderlich guten, keine überaus bekannten, die aber doch unzweifelhaft von Goethe waren und die Überschrift trugen:

An Ulrike von Levetzow.

Flammer suchte aufgeregt, immer noch kniend, nach weiteren Anhaltspunkten. Und er fand sie auch. Er fand genau jenen Vers, den er noch vor wenigen Wochen im »Boten« abgedruckt hatte und der da lautete:

Und wenn bei stillem Dämmerlicht
ein allerliebstes Treugesicht
auf holder Schwelle dir begegnet,
weißt du, ob's heitert, ob es regnet?

Das war also von Goethe . . . nicht von Sebastian Semper. Das war von Johann Wolfgang von Goethe!

»Ach du lieber Gott«, sagte Flammer. »Das ist ja herrlich! Die Augen werden ihnen übergehen.«

Ottokar Reißer, Bürgermeister von Wahlheim, begann seine Freunde zu enttäuschen. Er verkürzte seine Bürozeit erheblich und verlängerte nicht mehr sooft die Polizeistunde für den »Schwarz-weißen Ochsen« an Ort und Stelle. Ottokar Reißer war jetzt viel lieber zu Hause.

Die Wahrheit war, daß Reißer seine Frau neu entdeckt hatte. Ging er mit ihr nach Hause, wollte ihm scheinen, er schreite mit einer Geliebten in ein Abenteuer. Das machte den Bürgermeister sehr glücklich.

Er war auch gerne früh zu Hause. Und es berührte ihn seltsam, daß er das Bedürfnis empfand, mit ihr zu plaudern. Oft vergaß er vieles von dem, was seine letzten Jahre beherrscht hatte: seine Stellung und die Würde, die dazugehörte, sogar seine Bequemlichkeit. Er fühlte sich wieder jung.

»Wir wollen spielen«, sagte er.

»Fein«, sagte sie.

Sie hatten eine neue Art entdeckt, Mühle zu spielen. Das Spiel an sich, auf normale Art durchgeführt, ödete ihn an. In früheren Jahren hatten sie es oft gespielt und sich entsetzlich dabei gelangweilt; dieses blöde Spiel war sicherlich auch einer der Gründe gewesen, warum sie sich auseinandergelebt hatten.

Sie hatten jedoch vor wenigen Tagen entdeckt, daß der Teppich im Salon ein Schachbrettmuster besaß. Und sie kamen auf die Idee, den Tisch wegzurücken, die gebräuchliche Felderzahl abzuzählen und abzugrenzen, durch Zeitungen, Flugblätter, Akten oder was gerade erreichbar war. Dann spielten sie, liegend oder kniend, und es war ein kindliches Vergnügen.

Reißer legte den Rock ab, krempelte seine Ärmel hoch und zog bei der Auslosung die weiße Farbe. So belegte er denn die Ausgangsfelder mit Keks und bestand darauf, daß sie die ihren mit

Kognakbohnen füllte. Wer einen »Stein« gewann, durfte ihn aufessen; eine Dame bestand aus einem Glas Likör, und wer eine derartige Dame zur Strecke brachte, konnte das Glas leeren.

»Du bist am Zug«, sagte er.

Sie lag ihm gegenüber auf der anderen Teppichseite; sie lag auf dem Bauch und hatte die Beine hochgewinkelt.

Sie wechselten im Verlauf des Spiels ihre Plätze, um ihre »Steine« zu dirigieren. Sie sorgte dafür, daß er zunächst gewann; sie wußte, daß ihn das freute.

»Doppelsprung«, sagte er und zerkaute mit Genuß zwei Kognakbohnen.

»Dame«, sagte sie und goß ein Glas Benedictine ein.

»Laß mich kosten«, sagte er. Er trank das Glas aus.

»Das ist gemogelt!« sagte sie. Sie füllte das Glas abermals und stellte es in ein Spielfeld.

»Wie die Kinder«, sagte er. »Aber das tut gut. Das läßt vergessen.«

»Ärger im Dienst?« fragte sie vorsichtig.

»Mehr als genug.«

Noch vorsichtiger fragte sie: »Wegen Mutsch?«

»Hm.«

Sie schüttelte den Kopf. »Hör mal«, sagte sie. »Das mit Mutsch ist nicht gut.«

»Dieser Mutsch ist ein Exempel, das statuiert werden muß.«

»Er gefällt mir aber sehr«, sagte sie vorsichtig. »Er ist einer der wenigen Menschen, für die ich Sympathie habe.«

»Ich habe dir zu gefallen. Kein anderer.«

Sie rückte unwillig ein wenig von ihm ab. »Warum regst du dich so auf, Ottokar? Sieh mal, wir liegen hier herum und trinken Likör, aber er sitzt jetzt in seiner Zelle . . .«

Ihn ärgerte dieses Thema. Er hatte wegen dieses Mutsch' Scherereien genug. Er war nach Hause gekommen, um sich zu entspannen. »Hör damit auf«, sagte er. »Du vergißt, was dieser Kerl der Stadt angetan hat.«

»Der Stadt? Du meinst Seebaum, der Geld liefert, damit ihr seine Politik macht. Nun gut. Inzwischen sind vier Jahre vergangen. Mutsch hat sich geändert, er ist ruhiger geworden, besonnener, versöhnlicher.«

»Ausgekochter, hinterhältiger, durchtriebener!«

»Bitte, sprich nicht so von ihm. Er ist nicht so!«

Reißer richtete sich unwillig auf. »Was soll das alles!« sagte er verärgert. »Willst du mir und meiner Politik in den Rücken fallen? Soll ich der Justiz ins Handwerk pfuschen? Soll ich meine Wähler vor den Kopf stoßen? Soll ich ein Versprechen, das ich gegeben habe, nicht einhalten?«

»Du sollst einem Menschen helfen!« sagte sie heftig. »Er verdient das. Er ist zehnmal wertvoller als dieser Seebaum – und sein Verbrechen besteht hauptsächlich darin, daß er weniger Geld und Beziehungen hat als ein Direktor, dem halb Wahlheim gehört!«

Reißer erhob sich. »Du brüllst mich an!« sagte er. »Was fällt dir ein, mich anzubrüllen! Ich will zu Hause einen ruhigen Abend verleben, ich will mich entspannen. Und was tust du? Du brüllst mich an. Das lasse ich mir nicht gefallen!« Er krempelte seine Ärmel herunter und zog seinen Rock an. »Das kannst du mit mir nicht machen.«

Er ging und schlug die Tür hinter sich zu.

Sie setzte sich und starrte auf das Schachbrettmuster des Teppichs.

Reißer verließ sein Haus; er zündete sich eine Zigarre an, aber sie schmeckte ihm nicht. Er war maßlos wütend; wütend auf diesen Mutsch, der damals den ersten und wichtigsten Bürger der Stadt angefallen hatte, der jetzt wieder Unruhe über das friedfertige Wahlheim brachte, der ihm Schwierigkeiten im Amt bereitete und der nunmehr sogar die mühsam errungene Harmonie seiner Ehe gefährdete.

Er warf die Zigarre weg. Sie prallte auf den Bürgersteig, ein Funkenregen stob auf und verlosch. Er sah himmelwärts und suchte den Mond; aber der Mond war nicht da.

Es war die Zeit nach dem Abendessen. Bierflaschen leerten sich und der »Bote« wurde gelesen. Im Kino gab es Einheitsgesichter oder Standardleichen, je nachdem, und in vielen Fällen beides. Radioapparate protzten mit ihrer Lautstärke. Vereinzelte Liebespaare suchten die Dunkelheit.

Einsam stand Reißer vor seinem Haus und sah betrübt auf den leeren Marktplatz und unfreundlich auf den Sockel für das Denkmal. Sobald er diesen Sockel sah, stürzten von allen Seiten die Gedanken auf ihn ein: Semper, Heimatdichter, Opfer der Zeit – Ulrike, von ihm angedichtet – Mutsch, der ihn aufgefunden – Gümpel, will ihn als Flaggenersatz – Scheuermann, ist dagegen – Marcus, kann sich nicht entschließen – Pulver, will sein Opfer haben – Flammer, schleimt Artikel – Margarete . . .

Was ist mit Margarete von Habern? Er hat sie vernachlässigt, hat ganz vergessen, daß er sich um sie kümmern wollte. Jetzt hat er Zeit dazu. Schon um Ulrike zu ärgern! Geschieht ihr ganz recht!

Reißer setzte eine neue Zigarre in Brand; sie schmeckte ihm. Er ging am Kanonenweg vorbei, an der Papierhandlung, einem Kolonialwarenladen und einem Konfektionsgeschäft, bog dann, dicht neben dem Gebäude des »Boten«, in die Schillerstraße ein. Die Habern bewohnte ein möbliertes Zimmer in der Schillerstraße 20.

Reißer, die hellglühende Zigarre im linken Mundwinkel, klingelte.

Die Wirtin öffnete; sie lüftete die Tür mißtrauisch spaltbreit. »Oh, Herr Bürgermeister«, sagte sie. Und die Tür wurde weit aufgestoßen.

»Fräulein von Habern zu Hause? Ich brauche sie dringend. Dienstlich.«

»Natürlich«, sagte die Wirtin.

»Ist sie zu Hause?«

»Nein. Soll ich sie holen? Wenn es dringend ist, hole ich sie. Sie wird im Stadtpark sein.«

»Im Stadtpark?«

»Mein Gott, Herr Bürgermeister. Sie wissen ja, wie die jungen Leute sind . . .«

»Schon gut.« Anspielungen auf sein Alter konnte Reißer nicht leiden. Gewiß, er war nicht mehr der Jüngste, aber zum alten Eisen gehörte er noch lange nicht. »Tut sie das öfters?«

»In der letzten Zeit schon, Herr Bürgermeister. Aber da ist doch nichts dabei! Die Jugend, Herr Bürgermeister, die Jugend! Als wir in dem Alter waren . . .«

»Guten Abend«, sagte der Bürgermeister und ging. Er ging wieder zurück auf den Marktplatz. Dort sah er den Sockel des Denkmals und abermals fielen ihn die seltsamsten Gedanken an. Er versuchte, sich davon zu lösen. Dieser Stadtpark, dachte er, scheint ein nächtlicher Tummelplatz zu sein; sie liegen dort vermutlich herum und das ist Gefährdung der Sittlichkeit. Das zu vermeiden, wäre eine Aufgabe für Pulver, eine bessere Aufgabe als . . . Verdammt – er kam von Mutsch nicht los!

Er verspürte das Bedürfnis, ein Glas Bier zu trinken, vielleicht auch, sich von Irene Krampus besänftigen zu lassen.

Er stürzte in den »Schwarz-weißen Ochsen«, setzte sich zu Irene Krampus an den Tisch und ließ Bier kommen.

»Wie schön, daß Sie dasind, Herr Bürgermeister«, sagte Irene und strahlte ihn an.

Das tat ihm gut. Er tätschelte mit der flachen Hand behutsam ihren Arm.

»Sie sind eine prachtvolle Frau«, sagte er und griff ein wenig herzhafter zu.

»Aber!« sagte sie. »Sie tun mir weh!«

»Aber!« sagte er. »So empfindlich heute?«

Sie schob seine Hand weg. »Ich bin bedrückt heute«, sagte sie.

»Wie kann ich Sie aufheitern?«

»Mich bedrückt«, sagte sie, »das Schicksal von Mutsch. Er hat es nicht verdient. Ich bin überzeugt, daß er unschuldig ist. Sie müssen ihm helfen. Setzen Sie sich für ihn ein. Sie sind angesehen, Sie haben viele Möglichkeiten . . . Was haben Sie? Wohin gehen Sie?«

Reißer stürzte hinaus. Er lief über den Marktplatz und zwang sich dazu, nicht auf den Sockel des Denkmals zu sehen. Vor der Tür seines Hauses blieb er stehen. Er verschnaufte. Als er wieder ruhig atmete, betrat er sein Haus.

»Ulrike!« rief er.

Aber seine Frau meldete sich nicht. Das Schlafzimmer war abgeschlossen und Betteile lagen auf dem Teppich mit dem Schachmuster. Das ist wie in einem schlechten Film, dachte er wütend; ich werde sie nie mehr ins Kino gehen lassen.

Es kostete ihn große Mühe, den Anschein zu erwecken, er sei ruhig und gefaßt. Er tat, als habe er nichts von jenen Vorbereitungen einer Scheidung von Tisch und Bett gesehen. »Ich war spazieren«, sagte er laut und betont freundlich. »Es ist ein herrlicher Abend. Die Nachtluft hat mir gutgetan. Wir werden bald Vollmond haben. Wollen wir noch etwas spielen, oder gehen wir gleich schlafen, Liebling?«

»Was ist mit Mutsch?« fragte sie durch die verschlossene Tür.

Da drohte er zu bersten. »Mutsch!« schrie er unbeherrscht. »Mutsch! Immer nur Mutsch! Ich werde diesen Kerl ins Jenseits befördern müssen, um endlich meine Ruhe vor ihm zu haben!«

Scheuermann vernachlässigte sein Geschäft. Dringende Reparaturen schob er auf, eilige Kunden schickte er zu seinem Konkurrenten Miegalke. An seiner Tür hing ein Schild: »Vorübergehend wegen Renovierung geschlossen.«

Politik, Liebe und Freundschaft – das alles fraß an seiner Zeit und machte eine normale Geschäftsführung unmöglich. Er verfluchte alles, was an wertvollen Regungen in ihm war, verfluchte den nie erlahmenden Eifer für die gute Sache, verfluchte die aufregende Hinneigung zu Irene und die aufreibende Zuneigung zu einem Menschen, der aus Sprengstoff zu bestehen schien. Das alles verfluchte er, aber er ließ nicht davon.

»Ist mir neu«, sagte Uschi, die breitbeinig vor ihm stand, »daß du mit Puppen spielst.«

Scheuermann arbeitete an einem lebensgroßen Modell. Aus eckigen Holzklötzen hatte er ein menschenähnliches Gebilde zusammengezimmert. Jetzt zerrte er einen alten Monteuranzug über das Gestell.

Flammer sah neugierig in die Werkstatt, in der Scheuermann arbeitete.

»Da sind Sie ja endlich!« rief Scheuermann ihm erleichtert entgegen. »Ich habe Sie überall gesucht und nirgends gefunden. Wo haben Sie denn gesteckt?«

»Rumgetrieben wird er sich haben«, sagte Uschi sachverständig.

Flammer starrte verzückt auf das plumpe Gebilde aus Holz. »Was soll das werden? Planen Sie Ihr eigenes Denkmal?«

Scheuermann unterbrach seine Arbeit nicht. »Ich werde einen Versuch anstellen«, sagte er. »Nach den Ansichten des Rechtsanwalts müßte jeder normale Mensch beim Fall Semper für Selbstmord plädieren, wenn nicht die Kopfwunde wäre. Gelingt es aber, zu beweisen, daß die Kopfwunde nicht von einem möglichen Schlag, sondern von einem wahrscheinlichen Aufprall herrührt, nehmen wir der Anklage allen Wind aus den Segeln.«

»Sie wollen also«, sagte Flammer interessiert, »auf der Panse mit nachgebildeten Menschenkörpern herumsegeln?«

Scheuermann nickte. »So ungefähr. Das ist nicht so albern, wie es aussieht. Und außerdem kann ich nicht tatenlos herumsitzen. Sehen sie: im Mühlengrund ist er ertrunken; dann trieb er die Panse hinunter, unter der Eisenbahnbrücke hindurch, später unter der Steinbrücke neben der Schmiede Loos, dann durch den Stadtpark, zu den Wiesen hin, wo er aufgefunden wurde. Ein reißender Fluß ist die Panse nicht, aber eine Strömung hat sie schon; es ist doch denkbar, daß diese Strömung den toten Körper irgendwo mit einer gewissen Wucht gegentrieb!«

»Sie sind ein Genie!« sagte Flammer. »Lassen Sie mich wissen, wie Ihr Experiment ausgegangen ist.«

»Wo wollen Sie hin? Ich dachte, Sie wollen mir helfen.«

»Auch ich«, sagte Flammer unternehmungslustig, »habe meine Leiche im Wasser beziehungsweise: mein Eisen im Feuer. Und ich schätze, dagegen ist das, was Sie mühsam veranstalten, nur ein kleiner Fisch.«

»Was haben Sie vor?«

»Ich werde«, sagte Flammer genußvoll, »unserem lieben Volke zeigen, in welchem Ausmaß es aus Dichtern und Denkern besteht.«

Scheuermann sah Flammer kopfschüttelnd nach. Dann schritt er zu seinem Experiment.

Die Puppe hatte Gewicht und Größe von Sebastian Semper. Er warf sie beim Mühlengrund in die Panse. Die seichten Gewässer trieben sie fort. Kurz vor der Brücke geriet die Puppe in einen mäßigen Strudel und legte sich quer. Dann prallte sie an einen Eisenträger.

Scheuermann zog die Puppe an Land. Er schleppte sie hundert Meter zurück. Wieder, leicht keuchend und ein wenig aufgeregt, warf er sie ins Wasser. Sie glitt panseabwärts. Und abermals prallte sie an den Eisenträger.

Noch ein drittes Mal wiederholte Scheuermann das Experiment. Wieder glückte es. Er setzte sich, tief atmend, an das Ufer und dachte nach. Die Puppe, naß und stocksteif, lag neben ihm.

Er dachte nach, was weiter zu geschehen habe. Das gelungene Experiment war kaum mehr als ein Baustein. Es gab mehrere Wege, die zu einer Bereinigung führten; der sicherste wäre eine offene Stellungnahme von Mutsch gewesen. Ihm war aber klar, warum Mutsch schwieg, warum er sich schweigend einsperren ließ: er wollte nicht, daß das Mädchen Ulrike Loos, mit Kind, in diese Angelegenheit hineingezerrt wurde. Das ehrte ihn, erschwerte aber die Lösung. Mutsch vertraute offenbar seinem sauberen Gewissen und seinen Freunden.

Um dem zu steuern, gab es eigentlich nur eine Möglichkeit: Ulrike Loos mußte, so schwer ihr das auch fallen würde, von sich aus eingreifen. Dieses Eingreifen mußte freiwillig geschehen oder doch den Eindruck von Freiwilligkeit erwecken. Mutsch würde niemals auch nur den winzigsten Versuch verzeihen, der Ulrike zum Eingreifen veranlaßt haben könnte.

Mit in Rechnung zu setzen war aber die Möglichkeit, daß Ulrike Loos gar nicht eingreifen wollte. Er kannte sie nicht, konnte sich aber vorstellen, daß sie, die bisher geschwiegen hatte, entschlossen war, auch weiterhin zu schweigen. Für ihn war sie ein kleines, raffiniertes Luder, das zwar Pech gehabt hatte, aber eisern versuchte, sich zu sichern. Nur auf solche Frauen, so folgerte er kühn, fallen hochanständige Trottel, wie Freund Mutsch, herein.

Er war entschlossen, diese Ulrike Loos aufzusuchen; er wollte sich davon überzeugen, daß seine Theorien über sie stimmten. Stimmten sie, dann war es an der Zeit, dieses merkwürdige Mädchen, auf das die eigenartigsten Gestalten hereingefallen waren, aus der Reserve zu locken. Denn das gab ihm zu denken: ihretwegen stürzte einer ins Wasser und ein anderer wanderte ins Gefängnis, sie aber blieb kalt und hart wie Marmor.

Scheuermann setzte seine klobige Holzfigur vor sich auf das Fahrrad und segelte damit nach Hause. Seine seltsame Fuhre erregte allgemein Aufsehen und wurde zum Hauptgesprächsstoff Wahlheims. Die seltsamsten Vermutungen waren zu vernehmen; den Vogel schoß der Papierwarenhändler Hohlhänder mit dem Einfall ab: Scheuermann plane ein eindeutig bösartig gemeintes Konkurrenzdenkmal.

Scheuermann setzte seine Holzfigur im Hof ab. Uschi zerrte sie sofort in die Werkstatt und begann sie zu bemalen und auszustaffieren. Bald sah sie aus wie ein Indianer auf dem Kriegspfad, der sich totstellt.

Währenddessen näherte sich Scheuermann der Schmiede Loos. Je näher er seinem Ziel kam, um so unruhiger wurde er. Als er abstieg, war er fast entschlossen, doch lieber nicht mit Ulrike Loos zu sprechen.

Er suchte nach einer Ausrede. Schließlich verfiel er auf die Idee, den alten Loos zu fragen, warum er sich immer noch nicht einer Partei angeschlossen habe.

Doch das erste, was der Schmied Loos sagte, nachdem er Scheuermann gesichtet hatte, lautete: »Kein Wort über Mutsch! Ich will seinen Namen nicht mehr hören. Er hat mich enttäuscht.

Daß Sie mit ihm befreundet sind – kein gutes Zeichen für Sie!«

»Eigentlich wollte ich über Politik mit Ihnen sprechen.«

»Kein gutes Zeichen für Ihre Politik, dieser Mutsch!«

»Was haben Sie gegen ihn?« fragte Scheuermann streitbar. »Ich denke, Sie schätzen ihn.«

»Als Arbeiter! Als Mensch nicht.« Der Schmied Loos lehnte sich gegen das Tor seines Schuppens. »Gestern abend wollte er kommen. Er kam nicht.«

»Er konnte nicht kommen!«

»Ist er verunglückt? Ist er krank? Nur das würde ihn entschuldigen.«

»Er sitzt«, sagte Scheuermann grob. »Er ist eingesperrt worden.«

»Wieviel Jahre denn schon wieder?« fragte Loos konsterniert. »Wen hat er diesmal verprügelt? In diese Hand hat er mir versprochen, daß er jetzt ein anständiger Mensch bleiben will.«

»Er ist auch einer!«

»Aha. Und deshalb sitzt er.«

»Haben Sie denn nichts davon gehört?«

»Jetzt habe ich davon gehört. Vorher nicht! Was hat er verbrochen?«

»Nichts«, versicherte Scheuermann. »Es ist ein Irrtum. Er wird aufgeklärt werden.«

Loos zeigte keine Gemütserregung. Für ihn gab es keinen Schicksalsschlag mehr, der ihn hätte erschüttern können. Und seine Tochter Ulrike wurde in alttestamentarischem Ausmaß vom Schicksal verfolgt; es wäre geradezu ein Wunder gewesen, wenn sich alles glatt aufgelöst hätte. »Und Sie«, sagte er zu Scheuermann, »glauben also an seine Unschuld? Oder halten Sie es aus politischen Gründen für richtig, an seine Unschuld zu glauben?«

»Er ist sowenig schuldig wie Sie und ich.«

»Das macht mich mißtrauisch«, sagte der alte Loos. »Wie die leibhaftige Unschuld kommen Sie mir nicht vor. Aber es wird trotzdem das beste sein, wenn Sie mit meiner Tochter sprechen.«

»Eigentlich«, sagte Scheuermann, »kam ich her, um mit Ihnen über Politik zu sprechen.«

Der Schmied Loos sagte unbewegt: »Gehen Sie zu meiner Tochter. Sie ist wahlberechtigt.«

Loos schob den nur noch wenig widerstrebenden Scheuermann in das Haus. Der betrat die Küche. Ulrike schälte Kartoffeln und im Spielzwinger saß das Baby und sah ihn mit großen Augen an.

»Ich bin Scheuermann«, sagte er ein wenig verlegen. Das Mädchen Ulrike, das er bisher nur einige Male gesehen, nie gesprochen hatte, lächelte ihn fast vertrauensvoll an.

»Ich weiß«, sagte Ulrike. »Bitte, nehmen Sie doch Platz.«

Scheuermann setzte sich auf einen Küchenstuhl. Das Baby streckte die dicken Arme nach ihm aus, was ihn verwirrte. Dann kniete er nieder und streckte dem Kind seinen Zeigefinger entgegen. Baby griff danach und zerrte daran.

»Sie können mit Kindern umgehen«, sagte Ulrike.

»Ich habe eine Tochter.«

»O ja. Ich habe sie kennengelernt. Sie ist lebhaft und klug.«

»Sie ist frech und vorlaut. Als Kind soll ich ähnlich gewesen sein.« Scheuermann setzte sich auf die Erde neben Baby und sah nicht sonderlich glücklich aus. Er wußte nicht, wie er dieses Gespräch führen sollte. Er hatte sich das Mädchen anders vorgestellt, ganz anders. Er vermochte nicht mehr, sich daran zu erinnern, was er eigentlich erwartet hatte. Fest stand jetzt nur: sie war viel zu schade für diesen durchtriebenen Burschen, diesen Mutsch.

»Schickt er Sie?« fragte Ulrike vorsichtig.

»Nicht direkt«, sagte Scheuermann ausweichend und spielte mit Baby. »Ich wollte nur sehen, wie es Ihnen geht, um ihm davon zu berichten.«

»Kann er nicht selbst kommen?«

»Nein.« Scheuermann hob das Kind aus dem Spielzwinger und setzte es auf seinen Schoß.

»Warum nicht?«

Scheuermann war entschlossen, sich für sie einzusetzen und Mutsch nicht zu schonen. Er erzählte ihr, was er wußte. Sie hörte ihm wortlos zu.

»Er ist unschuldig«, sagte sie dann.

»In gewissem Sinne«, sagte Scheuermann voll Eifer und mit großem Ernst, »ist er schuldig. Und ich weiß das jetzt genau, nachdem ich Sie kennengelernt habe. Seine eigentliche Schuld liegt Jahre zurück. Sie besteht aus mangelnder Entschlußkraft und unzulänglicher Liebe. Damals schon, vor vier Jahren, hätte er sich für ein Leben mit Ihnen entscheiden müssen. Das hätte ihm Festigkeit gegeben und Klarheit. Und im selben Augenblick, wo er entschlossen gewesen wäre, Sie und das gemeinsame Leben mit Ihnen in den Mittelpunkt seiner Gedanken zu stellen, hätte alles das nicht mehr passieren können, was ihn ins Gefängnis geführt hat und Sie dann in die Arme eines anderen trieb. Dieses Kind hier hätte sein Kind sein können.«

»Wir waren sehr jung«, sagte Ulrike.

Scheuermann glühte vor Eifer; dieses Mädchen dort, fand er, glich ein wenig seiner Frau; ihr Kind erinnerte ihn an Uschi. Sie hatten sich sehr geliebt, aber erst als sie starb, war ihm klargeworden, daß ihre Liebe noch intensiver hätte sein können, noch selbstloser, noch unbedingter. Das Leben ist kurz und an Versäumnissen reich. Erst der Tod oder das Alter macht die Legion der lieblosen Stunden deutlich.

»Wir hatten uns nicht erkannt«, sagte Ulrike mit schlichter Selbstverständlichkeit.

»Er muß wie blind gewesen sein«, sagte Scheuermann.

»Wir sind es alle, von Zeit zu Zeit. Ich komme jetzt, wenn Sie erlauben, mit Ihnen. Ich will für ihn tun, was ich kann.«

»Aber nein!« sagte Scheuermann ablehnend. »Sie müssen ausgeschlossen bleiben! Sie haben das Kind, aber niemand kennt Einzelheiten aus Ihrer Vergangenheit. Sie werden eine Zukunft haben und das alleine ist jetzt wichtig für Sie. Warum wollen Sie plötzlich vor allen Menschen ausbreiten, was Sie seit Monaten wohlbegründet verschwiegen haben?«

»Er darf nicht eingesperrt bleiben.«

»Ach! In dieser Beziehung kenne ich ihn besser. Es schadet ihm nichts. Es geht ihm gar nicht einmal so schlecht. Wenn Pulver nicht da ist, verwandelt sich seine Zelle in ein Bienenhaus.«

Ulrike blieb hartnäckig. »Es geht hier nicht um die Reste meines Rufes«, sagte sie, »es geht um seine Freiheit.«

»Er will das nicht!« sagte Scheuermann. »Wenn er es wollte, hätte er es mir gesagt. Er hätte gesprochen; er hätte mich aufgefordert, mit Ihnen zu reden. Nichts dergleichen. Er würde mir mit Recht Vorwürfe machen, daß ich nicht alles getan habe, um Sie davon zurückzuhalten.«

»Er will mich schonen, aber ich will mich nicht schonen lassen!« Ulrike nahm ihm das Kind ab und setzte es in den Spielzwinger. »Kommen Sie. Wir haben keine Zeit zu verlieren.«

Scheuermann hob das Kind, das sich angstvoll sträubte, wieder auf seinen Schoß. »Das kann ich nicht zulassen«, sagte er. »Ihretwegen nicht, und wegen Mutsch auch nicht. Es muß ohne Ihre Hilfe gehen. Mutsch besteht darauf. Wir haben alles vorbereitet. Wir werden jeden Punkt der Anklage entkräften. Einer der besten Rechtsanwälte ist an der Arbeit. Wir sind sehr zuversichtlich. Verlassen Sie sich auf uns.«

Ulrike Loos zögerte ein wenig.

»Sie werden sehen«, sagte Scheuermann prophetisch, »in kürzester Zeit ist er wieder in Freiheit.«

»Wie lange wird das dauern?«

»Ein paar Tage. Anfang nächster Woche haben wir es bestimmt geschafft.«

»Unmöglich«, sagte Ulrike.

»Verlassen Sie sich darauf. Die Beweise gegen ihn werden zusammenbrechen wie ein Kartenhaus.«

»Nein«, sagte Ulrike entschieden. »Nicht einen Tag länger darf er eingesperrt bleiben.«

»Reden Sie mit ihm«, sagte Scheuermann. »Ich werde es erreichen, daß Sie ihn sprechen können. Er wird Ihnen genau dasselbe sagen wie ich.«

»Gut, ich will ihn sprechen.«

Scheuermann gab auf. »Sie sind sehr hartnäckig«, sagte er. »Ich hätte das Ihnen, ganz ehrlich, niemals zugetraut. Wenn ich richtig überlege – der gute Mutsch wird keinen leichten Stand bei Ihnen haben. Aber das gönne ich ihm!«

Mutsch, Insasse der Zelle 2 im Polizeirevier der Stadt Wahlheim, war nicht verzweifelt, nicht einmal beunruhigt. Er nahm seine Verhaftung hin wie einen Landregen, dem nicht auszuweichen war. Doch Mutsch wußte genau, daß seine Situation nicht unbedenklich war; er kannte die Mühlen der Justiz, in die hineinzugeraten leicht war, denen man aber schwer wieder entkam.

Nun, er vertraute seinem halbwegs guten Gewissen, dem Eifer seiner Freunde und den derzeitig humanen Tendenzen der Justiz, die sich im Augenblick nicht mit Volksgenossen zu befassen hatte, sondern mit Einzelmenschen. Solange das so war, konnte es ihm nicht allzu schlechtgehen.

Es ging ihm sogar, den Verhältnissen entsprechend, gut. Pulver behandelte ihn wie ein rohes Ei und ohne Zweifel streng nach Vorschrift.

»Sie müssen verstehen, daß ich meine Pflicht tun muß, Herr Mutsch.«

»Jeder muß seine Pflicht tun, Herr Pulver. Fragt sich nur, was Sie Pflicht nennen.«

»Wir haben unsere Vorschriften.«

»Wenn Sie außerdem auch ein Gewissen hätten, wäre nichts dagegen zu sagen.«

Während Pulver Wahlheim und Umgebung unermüdlich abgraste, vertrat ihn auf dem Polizeirevier der Wachtmeister Balk. Seit zwanzig Jahren schon war dieser Balk im Dienst, und immer noch Wachtmeister. Balk war gutmütig und ohne Ehrgeiz.

Und dieser Balk war ein Werkzeug des Himmels. Mit edler Einfalt kreisten seine Gedanken immer nur um einen Punkt: was dann, wenn ich nicht Polizist wäre, sondern einer, mit dem sich die Polizisten befassen? So kam es, daß der einfache, gutmütige Balk wie ein wahrer Wohltäter der Menschheit in Wahlheim lebte und sich allgemeiner Wertschätzung erfreute.

Fast war er zu einer Sage geworden; denn seine Selbstlosigkeit kannte keine Hintergedanken und er half, wo er nur konnte. Vor 1933 war sein Bild noch unklar, denn er verschaffte Nationalsozialisten ebenso wie Kommunisten Erleichterungen, sobald sie nach hitzigen Wahlkämpfen in die Hände der allerdings nur zögernd zugreifenden Polizei geraten waren. Nach 1933 galt er als der heimliche Engel der politisch Verfolgten, und da der Kreisleiter Wahlheims, ein Ortsfremder, nicht sonderlich angesehen war, brach er sich nicht das Genick dabei. Nach 1945, Balk war immer noch Wachtmeister, setzte er sich für die internierten und inhaftierten Nazis ein, still und selbstverständlich. Und fünf bis sechs Jahre später, als sich das Blatt erneut zu wenden drohte, hatte Balk, der seinen alten Methoden bedingungslos treu blieb, neue Patienten bekommen.

Diesen Mutsch schloß er besonders tief in sein Herz; er bevorzugte ihn nicht, aber er hatte ihn gern. Er tat alles für ihn, was nicht ausdrücklich verboten war. Er besorgte ihm Schlafdecken und Lektüre, Kaffee und Rauchwaren. Er hing ihm sogar ein Bild in die Zelle, auf dem zu sehen war, wie Jesus Christus über das Wasser wandelte und den Ungläubigen, der zu ertrinken drohte, zu sich emporzog.

»Und was brauchen Sie sonst noch?«

»Bier, damit ich besser schlafen kann.«

»Ich werde es besorgen, wenn Sie es wünschen. Aber ich rate davon ab. Es strapaziert die Blase und verursacht unruhigen Schlaf. Die Toilettenverhältnisse hier sind nicht die besten.«

»Sie werden recht haben«, sagte Mutsch. »Sie verfügen über die größeren Erfahrungen. Aber fragen Sie doch Frau Krampus, was sie mir sonst an guten Getränken empfehlen kann.«

Die freundlichen Augen von Balk leuchteten auf. »Warum sagen Sie das nicht gleich! Sie wollen also Frau Krampus wissen lassen, daß Sie hier eingesperrt sind. Das läßt sich machen. Wer soll das sonst noch wissen?«

»Frau Krampus genügt vorerst.«

Irene erschien bald darauf mit einem riesigen Lebensmittelkorb.

»Einer Ihrer Lieferanten, Herr Mutsch«, sagte Balk, der Frau Krampus in die Zelle geleitete, freundlich.

Irene packte aus. »Es gibt jetzt wieder«, sagte sie, »frische Langusten, die in Kühlkästen importiert werden.«

»Das interessiert mich sehr«, sagte Mutsch.

»Ich werde in der nächsten Woche Ihnen zu Ehren ein Abendessen geben.«

»Ich werde nicht versäumen, rechtzeitig zu erscheinen«, versicherte Mutsch.

Ein wenig später, es war am Freitag nachmittag, empfing Mutsch den ihm zugeteilten Rechtsanwalt Wildermuth, diesmal in Gegenwart von Pulver.

Wildermuth sah sich interessiert um, musterte die Einrichtung der Zelle und den aufgestapelten Privatproviant und sagte dann: »Sie scheinen hinreichend versorgt zu sein.«

»Wir sind nicht kleinlich«, warf Pulver ein, den die Menge der inzwischen aufgestapelten Waren überraschte. Aber er kannte den Ruf des Rechtsanwalts Wildermuth, der als gefährlicher Gegner der Justiz galt.

»Die Unterbringung allerdings ist vorbildlich«, sagte Wildermuth mit unverkennbarer Enttäuschung.

Pulver freute sich darüber. Aber seine Freude war nur von kurzer Dauer.

Denn der Rechtsanwalt sagte: »Dagegen ist die rechtliche Situation alles andere als vorbildlich. Wir werden uns da nicht lange bei den Kleinigkeiten aufhalten, sondern gleich den Landtag mobilisieren. Ich habe den Eindruck, daß hier ein glatter Rechtsbruch vorliegt.«

»Aber erlauben Sie mal!« warf Pulver ein. Eine derartige Ausweitung einer rein lokalen Angelegenheit ängstigte ihn. Wie eine Vision stiegen vor ihm die erbarmungslosen Schlagzeilen der gegnerischen Presse auf: Der Bluthund von Wahlheim – Polizist terrorisiert Bürger – Justizskandal . . .

Pulver wußte im gleichen Augenblick, daß natürlich in derartig krasser Form niemals geschrieben werden würde; Deutschlands Presse war in dieser Hinsicht kulant geworden; aber der Endeffekt war trotzdem der gleiche: Pulver als Sündenbock.

»Herr Rechtsanwalt«, sagte Pulver milde, »Sie haben natürlich das Recht, Einsicht in alle Unterlagen zu nehmen, die sich bei meiner vorgesetzten Behörde befinden. Ich bin hier lediglich Vollzugsorgan.«

»Mit Ihnen verhandle ich auch gar nicht«, sagte der Rechtsanwalt, streng nach dem Prinzip: bringe den Leuten bei, daß sie Würmer sind, und sie werden sich entsprechend benehmen und kriechen. »Ich bin meines Klienten wegen hier. Ich bitte um Ihre Vollmacht, Herr Mutsch. Das dafür erforderliche Formular ist ausgefüllt. Hier. Bitte, unterschreiben Sie.«

Mutsch, der auf einem mit Decken ausgepolsterten Stuhl saß, regte sich nicht. »Herr Rechtsanwalt«, sagte er, »ich danke Ihnen für Ihre Bemühungen. Aber ich will nicht, daß sich dieses Mißverständnis, das sich bestimmt in Kürze aufklären wird, zu einem politischen Skandal auswächst.«

»Aber, lieber Herr Mutsch!« rief der Rechtsanwalt beschwörend. »Ich handle im Auftrag Ihres Freundes Scheuermann.«

»In diesem Fall«, sagte Mutsch, »handelt Scheuermann nicht wie ein Freund. Ich will keine Ausweitung. Ich will nur eine Bereinigung.«

»Sie werden sich das überlegen.« Rechtsanwalt Wildermuth verabschiedete sich gekränkt. »Ich werde inzwischen alles vorbereiten, um Ihr Recht durchzusetzen. Aber ich bitte Sie, entscheiden Sie sich schnell. Jede Stunde ist kostbar. Verzögerungen wird es nachher immer noch genug geben.«

Mutsch sah ihn lächelnd an. »Ich will Ihre kostbare Zeit, Herr Rechtsanwalt, nicht länger in Anspruch nehmen.«

Pulver geleitete den Rechtsanwalt Wildermuth hinaus und

kehrte sofort wieder zurück. Er sah sichtlich erleichtert aus. »Ihre Haltung, Herr Mutsch«, versicherte er, »war klug, sehr klug. Es war das beste, was Sie machen konnten.«

»Das beste, was Sie jetzt machen können«, sagte Mutsch, »ist, sich davonzumachen und die Tür zu schließen.«

Pulver entfernte sich verärgert. Das Gefühl, innerhalb weniger Minuten zuerst gekränkt und dann auch noch verschmäht worden zu sein, wucherte in ihm nicht minder heftig als die Furcht vor den Folgen der kühnen Entscheidung, die er getroffen hatte, und der zwar seine Freunde applaudierten, die ihm aber niemand abnehmen würde . . . Und mit erneuter Willensanstrengung stürzte er sich in seine Nachforschungen.

Inzwischen regelte Balk geschickt den Besucherstrom für Mutsch. Am Freitag nachmittag traf Frau Ulrike Reißer ein, die Gattin des Bürgermeisters, und begrüßte ihn wie einen alten, lieben Bekannten.

»Ich mußte Sie aufsuchen, Herr Mutsch«, sagte sie. »Wie geht es Ihnen?«

»Im allgemeinen gut, im Augenblick ausgezeichnet«, versicherte Mutsch. Er war sichtlich beglückt durch ihre Anwesenheit. Er bot ihr den Polsterstuhl an und nahm auf dem Rand seines Feldbettes Platz.

»Ich habe Ihnen Bücher mitgebracht.«

»Verehrte Frau Reißer«, sagte Mutsch, »ich muß Ihnen etwas gestehen.«

»Gestehen Sie!«

»Wenn ich Sie ansehe und mich mit Ihnen unterhalte, dann tut es mir fast leid, daß ich damals nicht auch Ihren Mann ein wenig verprügelt habe. Er weiß offenbar gar nicht, wie glücklich er sein kann, daß er Sie hat.«

»Lieber Herr Mutsch«, sagte sie, »vielleicht geht es auch ohne handgreifliche Nachhilfe. Jedenfalls danke ich Ihnen für Ihre Bereitschaft.«

»Verfügen Sie über mich«, sagte Mutsch lachend.

Als Balk zum Aufbruch mahnte, da sich weitere Besucher angemeldet hatten, verabschiedeten sie sich herzlich.

Mutsch ging in seine Vorratsecke und machte sich ein Brot mit kaltem Braten zurecht. Er aß es mit Genuß. Hierauf überprüfte er die Polsterung seines Stuhles, klopfte eine Decke zurecht und begann zu lesen.

Ein fröhliches Gekreisch störte ihn in seiner Lektüre. Uschi stürzte auf ihn zu, umarmte ihn heftig und drückte ihm einen Blumenstrauß in die Hände.

»Da!« sagte sie. »Frisch für dich gepflückt.«

»In welchem Garten?« fragte Mutsch mißtrauisch.

»In mehreren!« Sie sah sich unternehmungslustig um, wühlte in seinen Vorräten, stieg auf den Stuhl und wollte durchs Zellenfenster sehen.

»Schön!« rief sie dann begeistert. »Du hast es gut, du brauchst nicht zu arbeiten. Wann kommst du eigentlich wieder nach Hause?«

»Bald, Uschi.«

»Es wird auch Zeit«, sagte sie ernsthaft. »Seit zwei Tagen muß ich meine Schularbeiten ganz alleine machen. Wohin soll das führen? Aber da wir gerade davon sprechen: hier, eine Rechenaufgabe. Kannst du sie lösen?«

Uschi ging, nachdem ihr Mutsch gezeigt hatte, wie die Rechenaufgabe zu lösen war. Sie nahm einige Konserven aus dem Freßkorb der Irene Krampus mit sich. Sie erklärte noch, es gefalle ihr hier ausgezeichnet.

Am anderen Tag, am Samstag vormittag, erschien Scheuermann. In seiner Begleitung befand sich Ulrike Loos.

Mutsch erhob sich verlegen und ging ihr entgegen. »Du hättest nicht kommen sollen«, sagte er.

»Das habe ich ihr auch gesagt«, versicherte Scheuermann.

Mutsch stellte sich vor seinem Freund auf. »Daß du es noch wagst, dich hier sehen zu lassen! Ich dachte immer, ich wäre dein Freund. Aber ich bin nur ein politischer Faktor für dich.«

»Du bist ein saublöder Hund«, sagte Scheuermann.

Diese Erklärung ernüchterte Mutsch. »Wie sieht es aus?« fragte er sachlich.

»Nicht gut, nicht schlecht«, sagte Scheuermann. »Aber wir kommen vorwärts.«

»Nicht schnell genug.«

»Warum hast du den Rechtsanwalt abfahren lassen?«

»Ich will kein Aufsehen«, sagte Mutsch; und er blickte bedeutsam zu Ulrike hinüber, die bescheiden auf seinem Stuhl saß.

»Es wäre ein gutes Druckmittel gewesen«, sagte Scheuermann. »Ein Mittel mehr, um den Haftbefehl aufzuheben. Wir haben einen Tag versäumt.«

»Du hast ihn verschlafen.«

»Und morgen ist Sonntag.«

»Morgen wird das Denkmal eingeweiht. Ich möchte gerne dabeisein. Also tummle dich. Worauf wartest du denn noch?«

Scheuermann ging und ließ Ulrike Loos mit Mutsch allein in der Zelle.

»Es ist schön«, sagte Mutsch, »daß du gekommen bist. Aber es ist nicht gut für dich. Wenn sich das herumspricht, könnten einige auf dumme Gedanken kommen und nach Verbindungen suchen, die zwischen dir und mir und Semper bestehen.«

»Das ist mir gleich«, sagte sie.

»Aber ich will das nicht. Deinetwegen und deines Kindes wegen will ich das nicht.«

»Du«, sagte sie forschend, »ich habe davon gehört, daß du bei Semper warst.«

»Ich war nicht bei ihm«, sagte Mutsch unwillig. »Ich habe lediglich mit seinen Eltern gesprochen. Ihn habe ich nie gesehen und kein Wort mit ihm gewechselt.«

»Was wolltest du von ihm?« fragte sie hartnäckig.

Dieses Gespräch war Mutsch unangenehm. Er wanderte nervös in der Zelle umher. Schließlich sagte er: »Was soll ich denn schon von ihm gewollt haben! Dich wollte ich von ihm. Klarmachen wollte ich ihm, daß ich sogenannte ältere Rechte besitze und er sich zum Teufel scheren soll. Freigeben sollte er dich. Das war es!«

Ulrike schüttelte zaghaft lächelnd den Kopf. »Das glaube ich dir nicht.«

»Ich kann dich nicht dazu zwingen. Ich kann dich nur bitten, mir zu glauben.«

»Das kann nicht gut sein«, sagte Ulrike. »Du hattest deine Koffer gepackt, dich von allen verabschiedet und wolltest abreisen. Du hast ihm etwas ganz anderes sagen wollen.«

»Wenn du wirklich überzeugt bist, daß du mich kennst«, sagte Mutsch erregt, »dann sprich jetzt nicht weiter.«

»Du warst entschlossen, abzureisen. Aber vorher wolltest du ihn sprechen. Du wolltest ihn bedrohen! Ich kenne dich doch! Du wolltest von ihm verlangen, daß er sich zusammennimmt, also alle Konsequenzen zieht und mich heiratet.«

Mutsch lehnte an der Wand seiner Zelle. »Ich bitte dich, zu gehen«, sagte er.

»Ich gehe«, sagte sie. »Und ich werde dafür sorgen, daß du freikommst.«

»Das kannst du nicht!« rief er.

»Ich will es versuchen«, sagte sie.

»Du wirst nichts erreichen. Nur der Klatsch wird dich überfallen, dich und mich. Du lieferst den Leuten nur das Motiv, nach dem sie krampfhaft suchen: Mord aus Eifersucht!«

»Ich werde es trotzdem versuchen.«

»Ich liebe dich«, sagte Mutsch impulsiv.

»Ich liebe dich auch«, sagte sie. Sie ging zur Zellentür. Dann fügte sie hinzu: »Du hast etwas Wichtiges vergessen, das ich dir anvertraute. Ich kann beweisen, was geschehen ist.«

Mutsch sah sie überrascht und ungläubig an.

»Nur ein wenig Mut gehört dazu«, sagte sie. »Dann ist alles einfach.«

Scheuermann saß müde an seinem grobgezimmerten Schreibtisch und starrte, über die zerlesenen Bücher hinweg, die darauf standen, ins Zimmer. Er versuchte Bilanz zu ziehen; und das Ergebnis stimmte ihn traurig.

Er hatte die Schlacht um das Denkmal so gut wie verloren; es würde eingeweiht werden, ob er dagegen war oder dafür oder sich neutral verhielt. Es war ein klarer Erfolg für die anderen; und für alle war das eine so gut wie feststehende Tatsache, daß er das Rennen kläglich verloren hatte.

Das mit dem Denkmal bedauerte er; aber das mit Mutsch tat ihm leid.

Er schob ein Buch zur Seite und war bereit, den Kopf auf die Schreibtischplatte fallen zu lassen, um zu schlafen. Er war sehr müde.

Es klopfte stark; und es mußte zweimal geklopft werden, ehe er sich sammeln konnte und »Herein!« rief.

Das Zimmer betrat Fuchs, der auch Leibfuchs genannt wurde und Chauffeur bei Direktor Seebaum war. Er war lichtblond und sah bieder aus, lächelte wie das leibhaftige gute Gewissen und verstrahlte Gemütlichkeit.

Scheuermann wußte genau, daß der Fuchs, der Leibfuchs, mehrere Gesinnungen und Überzeugungen besaß und sie laufend, je nach allgemeiner Tendenz, augenblicklicher Umgebung oder klarerkennbarem Vorteil, auszuwechseln verstand.

Scheuermann empfing ihn kühl. »Was verschafft mir das Vergnügen?«

»Herr Direktor Seebaum«, sagte Fuchs und zwinkerte mit den Augen, »möchte Sie gerne sprechen. Der Wagen steht vor der Tür.« Und er sah mit Wonne, wie Scheuermann aufhorchte, aber bemüht war, Gleichgültigkeit zu zeigen.

»Wenn Herr Seebaum mich sprechen will«, sagte Scheuermann, »dann soll er sich gefälligst hierher bemühen.«

»Sehr richtig«, pflichtete der Fuchs, der Leibfuchs, mit anbiedernder Schamlosigkeit bei. »Ich hätte Ihnen auch nicht dazu geraten, Herr Scheuermann. Wie würde das denn aussehen, wenn ausgerechnet Sie sich beim Direktor zur Audienz einfinden. Abgelehnt also! Aber im Falle einer Weigerung soll ich einen neutralen Ort vorschlagen, an dem die Herren sich treffen könnten.«

»Ich bin es nicht«, sagte Scheuermann, »der eine Unterredung wünscht. Mich interessiert daher auch kein neutraler Ort.«

Der Fuchs zwinkerte hier kameradschaftlich mit den Augen. »Interessiert Sie auch nicht der ›Schwarz-weiße Ochse‹?«

»Das ist etwas anderes«, sagte Scheuermann. »Sagen Sie also dem Herrn Seebaum: in einer halben Stunde. Ich warte aber nicht länger als fünfzehn Minuten.«

»Sie werden nur zehn Minuten zu warten brauchen«, versicherte Fuchs und verschwand.

Scheuermann erhob sich nachdenklich, ging in das Badezimmer und drehte die Brause auf. Er ließ eiskaltes Wasser über seinen Kopf fließen und das tat ihm gut. Erfrischt, unternehmungslustig und voller Spannung begab er sich in den »Schwarz-weißen Ochsen«, ließ sich von Irene ein Hinterzimmer zuweisen und wartete auf seinen Besucher, sich vergeblich fragend: was will dieser Mann von dir?

Direktor Seebaum erschien mit nur sieben Minuten Verspätung. Er deutete einen Gruß an und setzte sich. Er zog eine dünne, hellbraune Zigarre aus der Brusttasche und steckte sie feierlich in Brand.

»Ich höre«, sagte Scheuermann.

»Sie wissen«, sagte Seebaum gedämpft, »daß ich nichts gegen Sie persönlich habe und im Grunde auch wenig gegen Ihre politischen Anschauungen. Solange wir Arbeitgeber sind, werden wir Ihre Probleme spielend lösen.«

»Nur weiter«, sagte Scheuermann.

»Aus Erfahrung weiß ich«, dozierte Seebaum mit wohlwollender Überlegenheit, »daß Ihre Weltanschauung – und die fast jeder Partei – untrennbar an das Funktionärswesen gekoppelt ist. Nicht wenige machen Politik lediglich, um einen guten Posten oder sonstige Vorteile dadurch zu erhalten. Ich finde das durchaus in der Ordnung und möchte diese Betrachtungsweise Realismus nennen.«

»Nennen Sie sie ruhig Realismus.«

»Ich nenne sie so, Herr Scheuermann. Und ich weiß auch, ebenfalls aus Erfahrung, daß Sie in Wahlheim vermutlich der einzige sind – außer mir –, der mit den realen Gegebenheiten von vornherein rechnet. Sie leben von der Gier der Besitzlosen, ich lebe von der Macht des Geldes. Wir wissen doch genau, wie weit die Dinge käuflich sind und wie die Kurse für Gesinnung stehen.«

»Was bieten Sie mir an?«

»Mutsch – und damit erhalten Sie wieder Ihr altes, gutes Ansehen in Wahlheim zurück.«

»Und der Preis?«

Seebaum lächelte dünn. »Wieviel ist Ihnen Ihr guter Ruf wert? Sagen wir: die Entfernung dieses Mutsch aus Wahlheim und Ihre Zustimmung für das Denkmal.«

»Und die Wahlen?«

»Ich bin nicht kleinlich. Ich gebe Ihnen völlige Bewegungsfreiheit in allen mir unterstellten Betrieben. Keinerlei Nachteile für Anhänger Ihrer Partei.«

»Ist das alles?«

»Genügt Ihnen das nicht? Ich fürchte, Sie übersehen Ihre Situation nicht – aber ich kann es mir nicht vorstellen. Jeder Trottel in Wahlheim weiß, wie Ihre Aktien stehen. Aber schön – die Sache ist es mir wert. Sagen wir: zehntausend Mark – für soziale Zwecke. Machen wir Schluß mit dem Theater; das spart uns Zeit und Nerven.«

Scheuermann spürte, daß ihm der Schweiß in dicken Tropfen auf der Stirne stand. Seine Beine waren schlaff, und die Hand, die er zur Faust ballen wollte, lag energielos auf der Tischplatte. »Und was geschieht«, fragte er, »wenn ich Ihre Vorschläge nicht annehme?«

Seebaum sah überrascht hoch. Er sog an seiner Zigarre. »In diesem Falle«, sagte er gedehnt, »wird alles seinen Lauf neh-

men. Ihr Herr Mutsch wird als erster daran glauben müssen.«
»Und weiter?«
»Ich kann Ihren Gegnern neuen Auftrieb verschaffen. Ich kann Ihre Anhänger blockieren. Ich kann es mir leisten, einige Monate lang zuzusperren; aber bereits nach einer Woche wird jeder Arbeiter tun, was ich will. Und vergessen Sie nicht, daß mir eine ganze Reihe von Häusern gehört, in denen auch Mitglieder Ihrer Partei wohnen. Ich könnte sogar das Kino sperren und den Autobusverkehr lahmlegen.«
Das Gesicht von Scheuermann flammte auf.
»Bleiben Sie doch Realist«, empfahl Seebaum.
»Gut«, sagte der, »gut!« Sekunden vergingen. Dann klang seine Stimme kalt: »Ich habe bisher«, sagte er, »Mutsch nie verzeihen können, daß er sich vergaß und handgreiflich wurde. Heute verstehe ich ihn. Und ich sage Ihnen das eine, Seebaum: wenn Mutsch auch nur ein Haar gekrümmt wird, wenn Sie auch nur eine von Ihren Drohungen wahr machen, dann ist mir alles gleich, alles, die Politik, meine Arbeit und das Familienleben, dann haue ich Sie eigenhändig zusammen. Und jetzt machen Sie, daß Sie hier verschwinden.«

Das Festprogramm der Denkmalseinweihung für Sebastian Semper, das der »Wahlheimer Bote« in einer Sonderbeilage, neben Würdigungsartikeln, Grußadressen und zahlreichen Abbildungen, veröffentlicht hatte, durfte als stattlich und sehr repräsentabel bezeichnet werden. Die Spitzen von Wahlheim verstanden es, Festakte zu arrangieren, die wahre Tradition atmeten, ohne daß Gedanken an Rückständigkeit aufzukommen vermochten.
Der Samstag wurde als der »Tag des Auftaktes« bezeichnet. Die Anteilnahme der gesamten Bevölkerung war sicher. Das Interesse weiter, außerhalb Wahlheims liegender Kreise war geweckt worden. Eine größere Zeitung hatte einen Artikel gebracht und Fotos der beinahe fertigen Relieftafeln »Widmung« und »Sinnspruch von Sebastian Semper« veröffentlicht. Ein Bundestagsabgeordneter einer überaus deutschbewußten Partei hatte seine Teilnahme bei den Festlichkeiten schriftlich zugesichert und das Gesamtdenkmal, nach eingehendem Studium der Werkzeichnungen, als »Sinnbild nationaler Romantik« bezeichnet.

Diese tischplattengroßen Relieftafeln lagerten seit drei Tagen in einer Kiste im Lagerschuppen des Bahnhofsgebäudes. Sie war dort in eine Ecke hineingeschoben worden, neben einem Kübel Seife und ein Faß Schmieröl. Das engere Denkmalskomitee, bestehend aus Gümpel, Reißer und Miegalke, hatte mit Hilfe eines Brecheisens und einer kurzen Axt bereits am Freitag vormittag die Kunstwerke freigelegt. Sie begutachteten sie eingehend und fanden sie unbeschädigt. Dann nagelten sie die Kiste wieder zu.

Die anschließende Konferenz mit dem Bahnhofsvorstand von Wahlheim ergab volle Respektierung des geplanten Zeremoniells, das mit der »Einholung der Relieftafeln« einen denkwürdigen Anfang nehmen sollte. Der diesbezügliche Aufruf im »Boten«, den Chefredakteur Bremer persönlich, auf Drängen des Komitees, verfaßt hatte, lautete:

». . . hoffen wir zuversichtlich, daß es sich die Bevölkerung unserer Stadt nicht nehmen lassen wird, schon bei der feierlichen Einholung der Relieftafeln zugegen zu sein. Dieser vorbereitende Festakt beginnt, nach der Errichtung der Säule, pünktlich um vierzehn Uhr am Güterbahnhof, Abstellgleis 1, und wird gegen fünfzehn Uhr in der Halle des Rathauses sein Ende finden.«

Also wohlvorbereitet und auf ein Erlebnis besonderer Art gefaßt, strömten Teile der Bevölkerung, insbesondere Schulkinder, lange vor der angegebenen Zeit zum Bahnhofsgelände. Hier zog ein großes Transparent ihre Aufmerksamkeit auf sich. Es lautete: *Willkommen in Wahlheim;* es war jedermann seit langen Jahren bekannt und hing gewöhnlich über der Bahnhofssperre, wo es Reisende oder Viehmarktbesucher begrüßen sollte. Diesmal aber hing das Transparent hoch über einem Güterwagen, der auf Abstellgleis 1 stand und dessen Schiebetür mit einer schmächtigen blaßgrünen Tannengirlande bekränzt war.

Währenddessen versammelten sich vor dem Rathaus die Sportvereine »Jahn 34« und »SV Eintracht«. In der Halle des Rathauses traf sich das Denkmalskomitee und ein kleiner, erlesener Kreis besonders ausgesuchter Bürger. Im Saal des »Schwarz-weißen Ochsen« aber hatten sich Mitglieder der Blaskapelle der Freiwilligen Feuerwehr, »Wahlheimer Bläser« genannt, eingefunden; sie übten noch ein wenig, besprachen die Musikfolge und tranken Freibier.

Pünktlich um dreizehn Uhr fünfzig vereinigten sich diese drei Marschsäulen vor dem Rathaus. Die Bevölkerung schloß sich an, und dann zogen alle in Richtung Bahnhof. Voran ein Schildträger, dann die Wahlheimer Bläser, in deren Reihen nur eine Trommel gerührt wurde, dahinter das Komitee, sodann der Sportverein »Jahn 34«, zum Schluß ein wenig Volk.

Auf dem Güterbahnhof warteten schon einige Dutzend Menschen. Der Zug näherte sich, die Blaskapelle hielt, wie vorgesehen, fünfundzwanzig Meter vor dem bekränzten Güterwagen, das Komitee marschierte links, der Sportverein rechts vorbei, beide schwenkten ein und bildeten so ein offenes Karree. Oberst a. D. Gümpel nickte und gab damit zu erkennen, daß ihm dieses Manöver nicht mißfiel.

Reißer, der Präsident, trat in die Mitte.

Aber er konnte noch nicht das Zeichen zum Beginn geben. Der Transportwagen war nicht zur Stelle. Der Spediteur war offenbar nicht an militärische Pünktlichkeit gewöhnt. Der auf die Minute präzis geplante Festakt geriet ins Stocken. Allgemeine Unruhe wurde spürbar. Das Rühren der Trommel fand keine Unterbrechung. Aber das beinahe feierliche Staunen der versammelten Bevölkerung wich einer soliden Plauderei.

Der Transportwagen rollte dann mit einer Verspätung von sieben Minuten heran. Eine Wolke Staub wirbelte auf, Räder polterten, das Pferd wieherte. »Zur Stelle!« rief der Kutscher.

Gümpel würdigte den Formlosen keines Blickes. Reißer überprüfte schnell die Aufmachung des Transportwagens und fand sie gelungen. Die Pferde trugen stattliches Geschirr, das mit gelacktem Weiß abgesetzt war; es wurde sonst nur noch zu Hochzeiten angelegt. Der Wagen selbst, ein normaler, mäßig gefederter Lastenträger ohne Seitenteile, war mit dunklen Decken ausgelegt und mit Tannenzweigen verziert.

Nun konnte die erste Szene des dritten Aktes des großen Schauspiels beginnen. Die dafür ausgesuchten Sportler schoben mit schönem Schwung die Tür des Güterwagens beiseite. Die Kiste, die der Bahnhofsvorstand verabredungsgemäß nach der Abfertigung des Frühzuges mit seinen Mannen in den leeren Waggon transportiert hatte, wurde jetzt dem versammelten Volke sichtbar.

Auf ein Zeichen des Präsidenten des Denkmalskomitees ergriffen sechs Sportler die längliche Kiste, hoben sie in Hüfthöhe und trugen sie dem Transportwagen zu. Hier setzten sie das reichlich schwere Gepäckstück ab und postierten sich an den Flanken.

Alsbald setzte sich der Zug in Bewegung; und zwar in der gleichen Reihenfolge wie beim Anmarsch, nur daß sich der Transportwagen mit der Denkmalskiste zwischen die Wahlheimer Bläser und die Mitglieder des Komitees geschoben hatte. Die Trommel wurde unentwegt gerührt, eine Lockpfeife fiel ein und schließlich spielten die neun Musikanten eine Melodie, die gut der Triumphmarsch aus »Aida« hätte sein können.

Dieser festliche Zug bewegte sich durch die Bahnhofsstraße und dann durch die Hauptstraße, die früher Adolf-Hitler-Straße hieß, noch früher Hindenburgstraße und noch früher Kaiser-Wilhelm-Straße. Schließlich näherte man sich dem Marktplatz.

Die Sonne strahlte, der Himmel war blau und die Luft klar. Viele Bürger Wahlheims hatten das Ihre getan und den Aufrufen des Komitees willig Folge geleistet. Frisches Grün schmückte einige Häuser. Selbst Fahnen, vornehmlich solche in den Landesfarben, waren sichtbar.

Die Kaufleute hatten ihre Geschäfte eine Stunde früher als sonst geschlossen. Die Kinder waren auf das kommende Ereignis rechtzeitig und ausführlich aufmerksam gemacht worden. Zahlreiche Hausfrauen hatten dafür gesorgt, daß das Mittagessen frühzeitig aufgetragen wurde.

Frau Ulrike Reißer lehnte im Fenster ihres Hauses, und nicht wenige bewunderten den kühnen Ausschnitt ihres leuchtend hellblauen Kleides. Auf der genau gegenüberliegenden Seite des Marktplatzes war, auf dem Balkon stehend, Irene Krampus zu sehen. Margarete von Habern, in aufreizenden, halblangen Hosen und gelbem Pullover, stand neben dem Journalisten Flammer, der seine Kamera schußbereit hielt.

Der festliche Zug überquerte den Marktplatz. Die Wahlheimer Bläser entlockten ihren Instrumenten nunmehr zum drittenmal den Triumphmarsch aus »Aida«. Die Angehörigen des Sportvereins schritten stolz und elastisch, die des Komitees würdig und gemessen. Gümpel, im dunkelblauen Anzug, spürte die Weihe der Stunde. Reißer, graublau gekleidet, hielt nach seiner Frau Ausschau und fand, daß sie sündhaft schön aussah. Hauptlehrer Kuhn, barhäuptig, hatte Ähnlichkeit mit Gerhart Hauptmann. Der Klempnermeister Miegalke freute sich, daß sein

Konkurrent Scheuermann unsichtbar blieb. Kolonialwarenhändler Scheuwitz, stark beleibt und allzeit friedfertig, bemerkte mit Genugtuung, daß der Schmuck seines Hauses den der anderen überbot.

Nun war der Platz erreicht, an dem sich der Sockel des Denkmals erhob, den jetzt eine Säule krönte. Diese Mahnsäule aus Zement war etliche Meter hoch und verjüngte sich nach oben. Ihre schweren Flanken, unmittelbar über dem Sockel, waren für die Anbringung der Relieftafeln vorgesehen. Der Festzug stand still, die Bläser schwiegen. Auf ein Zeichen von Reißer, dem Gümpel einen Wink gegeben hatte, hoben die sechs eingeteilten Sportler die Kiste vom Transportwagen und stellten sie vor den Sockel.

Reißer warf sich in Positur. Erwartungsvolles Schweigen herrschte in der Runde. Gümpel nickte ihm aufmunternd zu.

»Meine Damen und Herren!« rief Reißer, der einige Mühe hatte, sich auf die vorbereitete kurze Rede zu konzentrieren, denn er sah, über die Menge hinweg, das Fenster, durch das sich seine Frau lehnte. Er fand, daß sie zuviel von ihrem Busen sehen ließ.

»Wir werden morgen mittag«, rief er, »festlich und in Eintracht ein Denkmal der Öffentlichkeit übergeben, das durch einen bedeutenden Sohn unserer schönen Stadt inspiriert worden ist und das seine unsterblichen Verse tragen wird, mit dem alle Söhne unserer geliebten Heimatstadt geehrt werden sollen, die eine Ehre verdienen. Der Opfersinn unserer Bevölkerung, der nicht genug gerühmt werden kann, hat die Herstellung dieser Relieftafeln nach antikem Vorbild durch einen Künstler von hohem Rang ermöglicht. Noch ruhen die Meisterwerke in dieser Kiste, aber schon morgen werden sie diese Mahnsäule schmükken, nachdem in einer Feierstunde die bevollmächtigten Vertreter von Bevölkerung, Behörden und Kirche die Weihe vollzogen haben.«

Er legte, programmäßig, eine kurze Pause ein, sammelte sich zum Schlußwort und bemerkte freundliche Zustimmung in den Gesichtern seiner näheren Umgebung.

»So wollen wir denn die Relieftafeln von ihren Hüllen befreien, sie bewundern und sie sodann in der Halle des Rathauses aufstellen, wo sie bis morgen mittag von der Bevölkerung besichtigt werden können. Heute abend aber treffen sich die Mitglieder, Freunde und Gönner unseres Denkmalskomitees zu einem kameradschaftlichen Beisammensein im ›Schwarz-weißen Ochsen‹. Und morgen findet nach der Einweihung, wie geplant, ein Volksfest statt. Jetzt aber wollen wir unserer Bevölkerung die Werke des Künstlers nicht mehr länger vorenthalten. Wir zeigen die Gedenktafeln mit dem Sinnspruch von Sebastian Semper und der Widmung an alle großen, bedeutenden und heldischen Söhne unserer geliebten Heimatstadt!«

Eingeteilte Sportler entfernten den Deckel der Kiste. Viel Holzwolle kam zum Vorschein, wurde herausgerissen und auf den Marktplatz geworfen.

Dann wurden die fast tischplattengroßen Tafeln aus der Kiste gehoben und aufgerichtet. Das Denkmalskomitee stand ergriffen und steif. Pulver salutierte. Die Bevölkerung drängte vor.

Die Tafeln zeigten Männer in sackartigen Kitteln, die nicht wenige für bei der Wehrmacht gebräuchliche Tarnanzüge hielten. Die Füße schienen in Stiefeln zu stecken, die Hände waren tief in die Gewänder geschoben. Die freien Köpfe wurden von hohen Stirnen beherrscht, Nase und Mund waren gerade Striche. Die Backenknochen und die Kinnmuskeln traten, als bissen die dargestellten Männer die Zähne zusammen, kräftig hervor. Versonnenheit ging von ihnen aus, aber auch dumpfe Entschlossenheit. Sie umrahmten auf der einen Tafel die Widmung, auf der anderen Sebastian Sempers Sinnspruch.

»Es ist wahrhaft deutsch!« sagte Gümpel laut.

Zustimmendes Gemurmel wurde laut. »Bravo!« rief einer von hinten. Flammer arbeitete eifrig mit seiner Kamera.

Die eingeteilten Sportler ergriffen die Relieftafeln und trugen sie gemessenen Schrittes ins Rathaus. Die Bevölkerung folgte ihnen neugierig. Die Wahlheimer Bläser aber spielten den Triumphmarsch aus »Aida«.

Zurück auf dem Platz blieben eine leere Kiste, viel Holzwolle, und der Journalist Flammer, der boshaft grinste.

Pankholzer, Staatsanwalt beim Amtsgericht in Wahlheim, pflegte das Wochenende regelmäßig auf dem Lande bei einem ehemaligen Kriegskameraden zu verbringen. Je nach Witterung ging er die vierzehn Kilometer zu Fuß, legte sie mit einem Fahrrad zurück oder wurde von einem Kutschwagen abgeholt.

Die Nacht vom Samstag zum Sonntag gehörte der Kameradschaft, also dem Kartenspiel, dem Bier, dem Tabak und den großen Redensarten. Es war eine Nacht ohne Schlaf, und die beiden Kameraden des großen Krieges ließen in ihr jene schlaflosen Nächte wiedererstehen, in denen sie, die Hitler einen Idioten genannt hatten und daher wegen Zersetzung der Wehrkraft Angehörige einer Strafkompanie geworden waren, um jene Kleinigkeiten gewürfelt hatten, von denen ein Menschenleben abhing: wer das MG übernimmt; wer Leichen schleppt; wer den britischen Sender abhört; wer den Unteroffizier Gerber, den Bluthund, umlegt; wer im Depot einzubrechen hat.

Diese seltsame Zeit in Pankholzers Leben, die den Juristen in ihm erschütterte, den Menschen aber fundierte, über die er nie sprach, von der kaum jemand etwas wußte, diese Zeit konnte er nie vergessen. Die heimlichen Erinnerungsfeiern mit seinem Kameraden, die Überwinden bedeuteten, aber niemals Vergessen, waren ihm zum Bedürfnis geworden. Und da es Nächte waren, die den Geist nicht zur Ruhe kommen ließen und den Körper strapazierten, pflegte er, bevor er sich zu seinem Kameraden hinausbegab, einige Stunden zu schlafen.

Pünktlich mittags um zwölf Uhr verließ er jeden Samstag sein Büro. Eine Stunde vorher schon nahm er keine Telefongespräche oder neue Akten mehr entgegen, gab keine Unterschriften und Auskünfte. Er machte unter die Arbeit der Woche einen großen Schlußstrich.

Zwei Minuten vor zwölf ergriff er seine Armbanduhr, die vor ihm auf dem Schreibtisch lag, und schnallte sie um das Handgelenk. Dann nahm er die fast leere Aktentasche und begab sich in den Vorraum. »Bis Montag!« rief er.

Er wollte durch die Tür, die ein Angestellter weit geöffnet hatte, in den Korridor gehen. Ein Mädchen, fast ein Kind noch, stellte sich ihm in den Weg. »Kann ich Sie sprechen?«

»Nein!« sagte er und wollte weiter.

»Ich muß Sie aber sprechen«, sagte das Mädchen hartnäckig.

Der Bürovorsteher meldete sich im Hintergrund. »Ich habe der jungen Dame bereits gesagt . . .«

»Nicht eindeutig genug, offenbar. Die Gerechtigkeit ruht, mein Fräulein. Danken Sie Gott dafür; jetzt hat er freies Feld und er irrt sich weniger als wir. Er ist milder. Kommen Sie Montag vormittag!«

Er ging durch den Korridor. Das Mädchen lief ihm nach. Er tat, als bemerkte er das nicht.

»Es ist sehr wichtig«, sagte das Mädchen.

Pankholzer, der Staatsanwalt, blieb stehen. »Was ist denn schon wichtig! Was für Sie wichtig ist, ist nicht unbedingt für mich wichtig. Und umgekehrt. Es ist alles nicht so wichtig.«

Und Pankholzer wich der kleinen Person aus, ging zu einer Tür, öffnete sie und schlug sie hinter sich zu. Auf dieser Tür war zu lesen: »Herren«.

Als er nach einigen Minuten wieder herauskam, stand das Mädchen immer noch da und sah ihn bittend und fordernd an. »Was wollen Sie denn noch!« rief er. Er hatte bei seiner Haushälterin das Essen für zwölf Uhr dreißig bestellt. Ab dreizehn Uhr wollte er schlafen, um gegen siebzehn Uhr mit frischen Kräften seine Wanderung beginnen zu können, die ihn zu jenen makabren Nächten zurückführte, in denen er, als Jurist, das geltende Recht auf den Kopf gestellt hatte und dennoch überzeugt gewesen war, es habe richtig gestanden.

»Kommen Sie Montag früh wieder.«

»Bis dahin sind sechsunddreißig Stunden vergangen, Herr Staatsanwalt.«

»In diesen sechsunddreißig Stunden können Sie zweimal schlafen, Sie werden Abstand gewinnen, den Fall klarer sehen und Ihre Nerven werden sich beruhigt haben.«

»Herr Staatsanwalt«, sagte das Mädchen. »Die Gerechtigkeit hat keine Bürostunden. Mir geht es um einen Menschen und nicht um einen Fall.«

Pankholzer war verblüfft. Er war es nicht gewöhnt, daß irgend jemand in diesem Ton mit ihm sprach. Im allgemeinen umwinselten sie ihn. Das Mädchen gefiel ihm.

»Weshalb sind Sie hier?«

»Wegen Mutsch.«

»Ach!« rief der Staatsanwalt unwillig. »Ausgerechnet! Seit zwei Tagen ärgere ich mich mit diesem Fall herum. Ein renitenter Bursche. Ein Weltverbesserer womöglich gar, aber einer von der Sorte, die glaubt, daß die Schädel der anderen dazu dasind, um auf ihnen herumzutrommeln; sie nennen das dann Überzeugenwollen!«

»Sie kennen ihn nicht. Er ist unschuldig.«

»Ich kenne Mörder, die unschuldig waren; sie sind zum Tode verurteilt worden. Es gibt Schlächter, die in Blut gewatet haben; sie sind zu Helden geworden. Kein Paradies, diese Welt. Sie wollen mich glauben machen, daß Ihre Seligkeit davon abhängt, ob ein Mann namens Mutsch heute nacht in seinem möblierten Zimmer schläft oder in einer, wie ich höre, gutausgestatteten Zelle? Gehen Sie nach Hause!«

Das Mädchen dachte gar nicht daran. »Herr Staatsanwalt«, sagte sie, »geben Sie mir zehn Minuten und Sie ersparen ihm sechsunddreißig Stunden. Wenn Sie das nicht tun, dann . . .«

»Was dann?«

». . . dann halte ich Sie für einen bürokratischen Schalterbeamten.«

»Das ist gut!« sagte Pankholzer beglückt. »Das hat noch niemand zu mir gesagt. Das tut mir wohl. Kommen Sie in mein Büro!«

Er drehte sich um, ging mit langen Schritten den Weg zurück, über den Korridor, durch den Vorraum, in sein Dienstzimmer. Sie lief freudig hinter ihm her. Pankholzer übersah die erstaunten Gesichter seiner Mitarbeiter, schlug die Tür zu und warf seine Aktenmappe auf den Schreibtisch. Er wies ihr einen Platz an und setzte sich ebenfalls. Er band seine Armbanduhr ab und legte sie vor sich hin. »Schießen Sie los!«

»Er ist unschuldig.«

»Keine Opern! Ich will Tatsachen. Wie heißen Sie?«

»Ulrike Loos.«

»Sind Sie mit ihm verwandt, verschwägert oder so was?«

»Nein. Ich lernte ihn vor etwa fünf Jahren kennen und wir liebten uns.«

»Weiter!«

»Dann kam er ins Gefängnis und wir trennten uns, auf seinen Wunsch. Inzwischen lernte ich Sebastian Semper kennen.«

»Und den liebten Sie auch?«

»Ja.«

»Weiter!«

»Ich bekam ein Kind von Sebastian Semper, vor ungefähr einem Jahr. Dann starb er. Er hat mir einen Abschiedsbrief geschrieben, aus dem hervorgeht, daß er nicht mehr weiterleben wollte, weil er nicht die Kraft fühlte, für sich, für mich und das Kind zu sorgen. Hier ist dieser Brief.«

Staatsanwalt Pankholzer nahm ihn wortlos an sich und überflog ihn. Er griff nach einem Aktenstück, das neben ihm auf dem Schreibtisch lag, schlug es auf, und verglich einige Daten. Der

Brief war am gleichen Tag, an dem der Tod Sempers erfolgte, geschrieben worden; auch der Poststempel stimmte damit überein. Ein Vergleich der Handschrift mit in den Akten befindlichen Unterlagen von Semper bewies die Echtheit des Briefes.

Der Staatsanwalt sagte immer noch nichts. Er lehnte sich zurück und betrachtete das Mädchen, das vor ihm saß. Hinter dem Mädchen befand sich eine graue Wand, auf der mattes Sonnenlicht lag. Kein Geräusch störte die Stille.

»Wußte Mutsch von diesem Abschiedsbrief?«

»Ja«, sagte sie, »ich habe ihm davon erzählt, kurz nach Sebastian Sempers Tod. Ich traf Mutsch auf dem Friedhof.«

»Und warum ließ er sich wortlos einsperren und hat geschwiegen, obwohl ein Hinweis auf diesen Brief genügt hätte, seine Verhaftung hinfällig zu machen?«

»Er wollte mich schonen.«

»Wie ist das zu verstehen?«

»Niemand wußte von meiner . . . von meinem Verhältnis mit Sebastian Semper; auch habe ich niemandem gesagt, wer der Vater meines Kindes ist. Ich wußte, daß das für Sebastian Semper eine übergroße Belastung gewesen wäre, und ich wollte sie ihm ersparen. Mutsch ist der einzige, den ich unterrichtet habe.«

»So war das also! Und da niemand wußte, daß Sie mit Sebastian Semper in Verbindung gestanden hatten, hatte niemand bei Ihnen nachgefragt. Natürlich auch nicht die Polizei. Und erst als Mutsch in Verdacht geriet und eingesperrt wurde, haben Sie überlegt, ob . . .«

»Ich habe es erst heute erfahren. Da gibt es doch nichts zu überlegen.«

»Für Sie gibt es da nichts zu überlegen. Schau einer an! Jetzt ist Ihnen alles gleichgültig geworden. Das allgemeine Gerede, die kommenden Untersuchungen, die notwendigen Folgen – alles das stört Sie jetzt nicht mehr.«

»Nein.«

»Mein liebes Kind – verdient dieser Mutsch das auch?«

»Ja.«

Der Staatsanwalt schüttelte den Kopf. »Mädchen, Mädchen!« sagte er warnend. »Hoffentlich wissen Sie, was Sie sich da aufgehalst haben. Aber hören Sie zu. Ich werde den Brief und eine ausführliche Vernehmung den Akten beifügen. Eine eingehende Untersuchung wird Ihre Aussage erhärten. Diese Untersuchung kann nicht geheim bleiben und die erstaunte Umwelt wird erfahren, was los ist. Da ist dann einmal der einwandfrei geklärte Selbstmord, der hier Überraschung auslösen wird, was ich den Betreffenden aber von Herzen gönne. Dann aber wird Ihre Person, mein liebes Kind, in den ordinärsten Klatsch hineingezogen werden. Ihres Kindes wegen werden Sie Auseinandersetzungen mit der Familie Semper haben und wohl auch mit Ihrem Vater. Es wird das Kind eines Selbstmörders bleiben. Mit Fingern werden die lieben Mitmenschen auf Sie zeigen. Sie werden Wahlheim verlassen müssen.«

»Die Hauptsache ist, daß er freigelassen wird.«

Staatsanwalt Pankholzer lächelte. »Und wenn er sich nicht mehr um Sie kümmert? Was dann?«

»Dann«, sagte sie schlicht, »habe ich doch nur etwas verloren, was ich im Grunde gar nicht besaß.«

Der Staatsanwalt erhob sich. »Also gut!« sagte er.

Er nahm den Hörer seines Telefons aus der Gabel. »Sofort eine Verbindung mit dem Polizeirevier«, rief er und hängte wieder ein. Ulrike Loos sah ihn mit großen Augen an, in denen Tränen standen.

Das Telefon klingelte. Staatsanwalt Pankholzer meldete sich. »Ich will Pulver sprechen«, sagte er. »Sie sind's, Balk? Was macht Pulver? Denkmalsweihe? Nachforschungen? Sagen Sie ihm, etwas weniger Eifer wäre besser. Ja, das sagen Sie ihm wörtlich. Und jetzt folgendes, Balk: Herr Mutsch ist sofort zu entlassen. Sofort. Bereiten Sie alles vor. Den schriftlichen Befehl haben Sie in fünfzehn Minuten. Völlig idiotisch, was ihr als Beweismaterial bezeichnet. Was? Natürlich meine ich Pulver damit. Wen denn sonst? Sie können so bleiben, wie Sie sind.«

Staatsanwalt Pankholzer legte den Hörer in die Gabel, lächelte Ulrike zu und rief seinen Bürovorsteher herein. »Ich verfüge die Haftentlassung von Herrn Mutsch. Füllen Sie sofort das Formular aus. Ich warte darauf. Diese junge Dame nimmt es dann mit.«

»Aus der Haft zu entlassen wegen Mangel an Beweisen?«

»Wegen erwiesener Unschuld. Nehmen Sie dieses Aktenstück mit. Also, los! Beeilen Sie sich. Ich will raus aus Wahlheim, ich muß eine andere Luft atmen.«

Der Bürovorsteher zog sich diensteifrig zurück. Staatsanwalt Pankholzer stand schwer atmend neben seinem Schreibtisch, Ulrike Loos strahlte ihn an.

»Ich danke Ihnen«, sagte sie.

»Ich habe Ihnen zu danken.« Er verbeugte sich. »Und damit wir uns nicht mißverstehen: ich nehme nur den Abschiedsbrief zur Kenntnis, nicht, an wen er gerichtet ist und warum. Alles andere interessiert mich nicht und hat auch die Öffentlichkeit nicht zu interessieren. So! Jetzt noch die Unterschrift, und dann bin ich bis Montag früh für Wahlheim nicht mehr zu sprechen.«

Der Kameradschaftsabend am Vortage der Einweihung schien ein voller Erfolg zu sein, schon ehe er noch richtig begann. Das war Verdienst des guttemperierten Bieres und der behaglich-stallwarmen Atmosphäre des »Schwarz-weißen Ochsen«.

Die Mitglieder, Freunde und Gönner saßen gemütlich und breit an Einzeltischen, die in ihrer Gesamtanordnung die traditionelle Hufeisentafel bildeten. Das Komitee saß an der Stirnseite, der Rest verteilte sich zwanglos, der Höhe der Spenden entsprechend, an den einzelnen Tischen. Laute Stimmen klangen durch den Raum. Man fühlte sich miteinander verbunden.

»Bei uns in Deutschland«, sagte der Hauptlehrer Kuhn mit der gleichen wohltönenden Stimme, die seinen Schülern von der Lesung des »Wilhelm Tell« her in Erinnerung war, »ist immer schon Wert auf Ehre gelegt worden. Selbst noch in unserer Zeit werden tagtäglich Straßen, Brücken, Gedenktafeln oder gar Monumente der Erinnerung an große, verdienstvolle Söhne unseres geliebten Vaterlandes geweiht. Aber was wir hier in Wahlheim geschafft haben, das macht uns so leicht keiner nach.«

Hauptlehrer Kuhn erntete Zustimmung. Er hob sein Glas den vielen entgegen, die anstoßen wollten. Dann leerte er es bis zur Neige und verschluckte sich heftig.

Bürgermeister Reißer, in seiner Eigenschaft als Präsident, ergriff, nicht sonderlich schwungvoll, das Wort. Er wies auf die große Stunde hin, die morgen zu einem Höhepunkt führen werde, und erinnerte an die Opfer, die gebracht worden waren, um das große Werk Wahrheit werden zu lassen. Sodann erteilte er das Wort den Sachbearbeitern des Komitees zwecks kurzer Berichterstattung und kündigte an, daß das Schlußwort dem Vizepräsidenten, Herrn Oberst Gümpel, vorbehalten sei.

Als erster Sachbearbeiter ergriff der Ehrenkurator des Komitees, Chefredakteur Bremer vom »Wahlheimer Boten«, das ihm erteilte Wort. Er verglich sich zunächst vorsichtig mit Demosthenes, wogegen keine Einwände erhoben wurden, da fast niemand, außer Hauptlehrer Kuhn, ganz genau wußte, wer Demosthenes war. »Der von mir geleiteten Zeitung«, sagte er mit der ihm eigenen Bescheidenheit, »ist es nicht nur gelungen, ihre Leser anzusprechen, sondern auch deren Herzen zu erobern. Der Einsatz für Sebastian Semper, den Sänger der Heimat, war uns selbstverständliche Pflicht.«

Bremer erhielt viel Beifall; besonders viel von jenem Tisch, an dem Flammer saß und sich, für den »Boten« natürlich, Notizen machte. Eine kleine Pause trat ein, die zum Nachfüllen der Biergläser benutzt wurde. Das Bedienungspersonal hatte alle Hände voll zu tun und die Oberfenster wurden geöffnet, um eine bessere Lüftung zu erzielen, was sehr nötig war.

Sodann berichtete Klempnermeister Miegalke, geschäftlicher Werbeleiter und kaufmännischer Berater, über Einsparung und Aufrechnung von Transportspesen. Daß es ihm gelungen war, dem Schöpfer der Relieftafeln »Widmung« und »Sinnspruch« vom Endpreis zwanzig Prozent abzuziehen, wegen Barzahlung, Übernahme der Fracht und kleinem Materialschaden am Hinterkopf eines dargestellten Mannes, erregte allgemeine Aufmerksamkeit. »Es konnte nicht geduldet werden«, sagte Miegalke, »daß großstädtische Künstler von soliden Bürgern profitieren. Er hat gesagt, das ist woanders üblich. Ich aber habe ihm gesagt: mit uns ist das nicht zu machen!«

Auch ihm wurde Beifall zuteil. Polizeihauptwachtmeister Pulver, der sich den ganzen Nachmittag, der Vorfeiern wegen, nicht auf dem Revier hatte blicken lassen, prostete Gümpel zu, der ihn in den letzten Tagen mit ausgesuchtem Wohlwollen behandelte. Flammer ging in die Küche, die dicht neben dem Saal lag und hatte eine kurze Zwischenbesprechung mit seinen Freunden, die durch eine Luke den gehaltenen Reden folgen konnten und selbst dabei für die Feiernden unsichtbar blieben.

Inzwischen gab Kolonialwarenhändler Scheuwitz, der Kassierer des Denkmalsvereins e.V., einen umfassenden Rechenschaftsbericht, dem entnommen werden konnte, daß die Einnahmen zwar sehr hoch, aber die Ausgaben gar nicht einmal so niedrig gewesen waren. »Dank der vorzüglichen Organisation und der vorausschauenden Planung ist ein Überschuß von einhundertsiebenundvierzig Mark und dreiundachtzig Pfennigen vorhanden, über den noch verfügt werden muß.«

»Versaufen!« rief einer im Hintergrund.

Hauptlehrer Kuhn meldete sich zum Wort, erhielt es, stärkte sich durch Bier und ergriff es. »Wie die Wogen des Meeres einander folgen, so zieht auch die Errichtung die Pflege nach sich. Eine Einfriedung wird zu erwägen sein, schmückende Blumenbeete oder ein schattenspendender, dekorativer Baum.«

»Eine Eiche!« rief Gümpel spontan.

Die Errichtung einer Gedenkeiche wurde nach kürzerer Zeit so gut wie einstimmig beschlossen. Es wurde erwogen, sie Sebastian-Semper-Gedenkeiche zu nennen.

Der nächste Redner war der Schriftführer, Papierwarengroßhändler Hohlhänder. Laut der von ihm geführten Protokolle und gesammelten Unterlagen hatten sieben Vollsitzungen des Komitees und achtzehn interne Arbeitsbesprechungen stattgefunden. Sieben Artikel waren im »Boten« speziell über die Tätigkeit des Denkmalsvereins veröffentlicht worden, fünf weitere befaßten sich mit Werk, Wirken und Persönlichkeit des Heimatdichters Sebastian Semper. Vier größere und eine große Zeitung gaben ausführlichen Notizen Raum. Der Rundfunksender gab, in der Reihe »Aus unseren Landen«, eine Nachricht von fünfundzwanzig Sekunden Dauer. Die Fotos der Relieftafeln hatten dreimal in der Presse Aufnahme gefunden. Eine Festschrift ging der Fertigstellung entgegen. Und, als Höhepunkt, der »Bote« plante die Herausgabe eines Extrablattes unmittelbar nach der Denkmalseinweihung, mit Fotos von derselben.

Auch Hohlhänder wurde beklatscht. Bier schäumte in den Gläsern. Dicke Rauchwolken stauten sich an der Decke. Auf den Tischen lag Asche in den Lachen.

Die Mitglieder des Komitees tranken stolz und viel; sie waren zufrieden mit sich und ihrer Arbeit, und der Beifall, der ihnen reichlich gespendet worden war, förderte Wohlbefinden und Durst. Oberst a. D. Gümpel konzentrierte sich auf seine Rede; Pulver achtete darauf, daß er nicht übermäßig dabei gestört wurde.

Lediglich Reißer, der Bürgermeister und Präsident, war nicht voll bei der Sache. Er nippte nur an seinem Bier und hörte weit mehr zu, als daß er selbst redete, was durchaus ungewöhnlich war. Er fühlte sich nicht sonderlich wohl; die ganze Atmosphäre behagte ihm nicht. Er ertappte sich bei dem Wunsch, lieber zu Hause bei seiner Frau zu sein.

Er sah in Gesichter, aus denen Ergebenheit sprach und die bereit waren, ihm zuzulächeln, wenn er auch nur das leiseste Zeichen dazu gab. Er sah auf Hände, die in der Nähe der Gläser lagen, um sofort zugreifen zu können, wenn er ihnen zuzutrinken wünschte. Aber er wünschte es nicht. Er wünschte, dieses Theater wäre bald zu Ende.

Gümpel nahm einen kräftigen Schluck aus seinem Bierglas und schlug dann daran, mit dem Siegelring seiner rechten Hand. Er gab Reißer die Erlaubnis, ihn anzukündigen. Als das geschehen war, schwiegen die Anwesenden erwartungsvoll. Oberst a. D. Gümpel erhob sich; und wenn er sich auch ein wenig zierte, so tat er das doch auf sehr männliche Weise.

»Meine lieben Kameraden!« rief Gümpel und blickte herzgewinnend um sich.

»Meine lieben Kameraden! Alles Große wächst aus der Gemeinschaft. Wenn es keine Gemeinschaft mehr gibt, kann auch das Große nicht wachsen. Die edelste aller Gemeinschaften aber ist die Frontkameradschaft. Und ihr gehören, im Zeichen des totalen Krieges, nicht nur diejenigen an, die Schulter neben Schulter das Weiße im Auge des Gegners sahen, sondern auch alle, die im Geiste dabei waren, dem kämpfenden Soldaten den Rükken stärkten und an der Heimatfront ihre verdammte Pflicht und Schuldigkeit taten.«

Gümpel fühlte deutlich, daß er gefiel. Pulver, ihm zur Seite, sah ergeben hoch. Der Bürgermeister blickte vor sich hin; er sah aus, als sei er bemüht, seiner Ergriffenheit Herr zu werden. Das alles gab Gümpel Auftrieb und verführte ihn dazu, seine für morgen geplante Rede schon heute, probeweise, zu halten.

»Jedes Volk von Kultur und Geschichte, wie unser Volk, lebt in der Tradition fort. Es ist nichts ohne seine Vergangenheit. Und wenn sich einer seiner Vergangenheit schämt, ist es, als schäme er sich seiner Eltern. Wir können stolz sein auf das, was wir bisher geleistet haben. Der deutsche Soldat ist immer noch der beste der Welt! Durch Verrat in eigenen Reihen, durch primitive wirtschaftliche Überlegenheit unserer Gegner, durch eine unzulängliche Führung, durch truppenfremde Elemente haben wir wohl einen Krieg verloren, aber unsere Ehre nicht!«

Oberst a. D. Gümpel griff nach seinem Glas, um sich den Gaumen anzufeuchten. Er wußte, daß die Gelegenheit dazu günstig war, denn nach seinen langjährigen Erfahrungen mußte jetzt Beifall aufdröhnen. Beifall dröhnte auf. Einer trampelte sogar mit den Füßen.

»Es hat einige Jahre der Schmach gegeben, in der volkszersetzende Agitatoren, von fremdem Gold bezahlt, das Ansehen unserer Soldaten mit Füßen in den Staub trampeln konnten. Aber das hat sich bald und gründlich geändert. Schon heute kann gesagt werden: diese Zeiten sind vorbei! Und zwar endgültig! Der alte Geist wird wieder wach und die alten Sympathien kommen zum Vorschein. Und als wir die Bevölkerung unserer Heimatstadt, deren Haltung stets einwandfrei und vorbildlich war, zur Spende für das Ehrenmal aufriefen, zögerte niemand, der noch ein Herz besaß und Ehre im Leibe hatte.«

Gümpel machte eine kleine Kunstpause und blitzte in den Saal hinein. Keiner wagte zu trinken.

»Denn«, rief Oberst a. D. Gümpel, »was hier geschieht, ist doch nichts anderes als eine Rehabilitierung von innen heraus. Und dieser Sebastian Semper – ist er nicht ein Symbol unserer Zeit? Er zog in den Krieg, wie es seine Pflicht war; und Millionen Deutsche zogen mit ihm. Tapfer verteidigte er sein Vaterland. Auszeichnungen schmückten seine Brust. Er entging dem Heldentod und glaubte reinen Herzens an den Sieg der gerechten Sache. Aber er wurde, wie wir alle, um den Lorbeer des Ruhms betrogen.«

Ergriffenheit!

Nur Flammer sah unruhig auf die Tür am Saalende, hinter der die Küche lag, wo er die Freunde wußte, die ungesehen zuhörten und auf einen günstigen Augenblick warteten, um sich zu zeigen.

»Gekämpft und gelitten hatte auch er, als tapferer Soldat. Er geriet jenem Feind in die Hände, vor dem wir das Abenland schützen wollten. Krank, doch ungebrochen, kehrte er heim. Er war durch die Stahlgewitter des Krieges gegangen und das große Erlebnis hatte ihn gereift. Als ein nationalbewußter Dichter kam der Soldat Semper wieder. Er sang ein Loblied der deutschen Frau und verkündete die Schönheiten unserer Heimat. Er ging der Unsterblichkeit entgegen wie Kleist, der griechische Preuße. Und da fiel er, der Frühvollendete, einem furchtbaren Schicksal zum Opfer. Die Heimat, für die er gekämpft hatte, war einem Staatsgebilde ausgeliefert, das keine Dankbarkeit kannte; wie die besten Teile des Volkes darüber denken, wird sich erneut bei den kommenden Wahlen zeigen. Aber nicht allein das: Mordbuben, schnöde Gesellen, bar jeden erhabenen Gefühls und wahrhaft ethischer Werte, sie fielen ihn an und bereiteten seinem vielversprechenden Leben ein Ende. Aber die Gerechtigkeit . . . die Gerechtigkeit . . .«

Die bisher so feurige Rede des Obersten a. D. Gümpel erstarb. Es war, als sei das Laufwerk eines Grammophons am Ende der Kraft. Gümpel starrte auf die Tür am Ende des Saales, die genau seinem Platz gegenüberlag. Und alle Anwesenden starrten gleichfalls in diese Richtung.

Dort standen Mutsch und Scheuermann; freundlich und friedlich. »Guten Abend allerseits«, sagte Scheuermann.

Pulver erhob sich, atmete tief ein, befahl sich Energie und fragte forsch: »Wie kommen Sie hierher?«

»Ich bin entlassen worden«, sagte Mutsch. »Der Selbstmord des Sebastian Semper ist einwandfrei bewiesen. Er war lebensmüde. Außerdem hatte er ein Kind gezeugt, unehelich natürlich. Auch hierfür wollte er die Verantwortung nicht tragen.«

»Verleumdung!« schrie der Oberst a. D. Gümpel außer sich.

»Das Beweismaterial liegt bei der Staatsanwaltschaft.«

»Weiterhin«, sagte Scheuermann, nicht minder sanft, »sind die veröffentlichten Gedichte gar nicht von Sebastian Semper, sondern von Goethe; einfach abgeschrieben.« Er hob ein Buch in die Höhe. »Hier. Es handelt sich um Gelegenheitsgedichte an Ulrike von Levetzow.«

»Er schmäht einen Toten«, gurgelte der Oberst.

»Das liegt mir fern. Sebastian Semper hatte wohl die Gedichte abgeschrieben, aber daß sie von ihm sind, hat er niemals behauptet. Sein Name stand nie darunter. Es war nur seine Handschrift. Was dann mit diesen Gedichten geschah, ist wahrlich nicht seine Schuld. Ich schmähe ihn nicht. – Er ist mißbraucht worden. Von Ihnen!«

Ein riesiger Tumult erhob sich. Einige schrien aus Leibeskräften; andere drohten sich totzulachen. Sie stießen sich an, so daß sie fast vom Stuhl flogen; oder sie hieben mit der Faust auf den Tisch, bis die Gläser tanzten. Der Saal bebte vor Lärm.

Im Keller wurde in Eile ein neues, großes Faß angestochen. Mutsch und Scheuermann standen zufrieden lächelnd in diesem Hexenkessel. Flammer grinste ihnen herzhaft zu. Und Scheuermann hob das Buch, das er in der Hand hielt, in Brusthöhe und senkte es dann, in Richtung Flammer, feierlich wie einen Degen. Der Journalist quittierte diese stille Ehrung mit einem Kopfnikken und errötete fast vor Freude.

Pulver plumpste, wie vernichtet, auf seinen Stuhl. Reißer, bleich bis in die Haarwurzeln, erhob sich still und ging hinaus. Oberst a. D. Gümpel reckte sich hoch, blitzte wild und entschlossen in die tobende Menge und hob beschwörend die Hand.

»Kameraden!« schrie er. »Kameraden!« Seine fanfarenartig anschwellende Stimme verschaffte sich Gehör. Es war, als bringe dieses jahrzehntelang trainierte Brüllorgan die Gläser zum Klirren. Kurz hatte er das brennende Gefühl, seine herrliche Stimme sei für alle Zeiten erloschen. Doch ein kräftiges Räuspern gab ihm die Gewißheit, daß dem nicht so war.

»Kameraden!« rief er in die erregte, aber jetzt schon wieder empfangsbereite, leicht zu übertönende Menge hinein. »Nur nicht den Mut verlieren! Nicht kurzsichtig werden! Nicht allen Einflüsterungen jener Gehör leihen, die schon immer versucht haben, alles, was uns heilig war, zu untergraben! Vergessen wir uns doch nicht, meine Kameraden! Denn es geht ja im Grunde gar nicht um einen einzelnen Menschen, nicht um diesen Sebastian Semper, sondern alleine doch um die große, gute und gerechte Sache. Der einzelne ist nichts, das Volk ist alles! Ein Symbol wollen wir. Und ein Symbol haben wir uns geschaffen! Wessen Namen es trägt, ist unwichtig. Das Denkmal ehrt, unter anderen, einen Dichter. Nun gut – sind wir nicht ein Volk der Dichter und Denker? Wir haben daher – trotz allem! – nicht nur das Recht, dieses Ehrenmal zu errichten, sondern auch die Pflicht. Widmen wir es doch unserem Goethe, zumal seine Gedichte in Wahlheim sehr populär sind! Oder widmen wir es, ganz schlicht und groß: dem deutschen Genius. Wir brauchen nur den Namen Semper in Goethe umzuändern und alles ist in bester Ordnung. Und das werden wir denn auch tun – beziehungsweise nachträglich tun lassen. Daran kann uns niemand hindern! Die Einweihung findet statt! Das sind wir unserer Ehre und unserem Ansehen schuldig.«

Und nicht wenige gab es, die dieser Rede Beifall zollten.

Hochwürden Marcus verbrachte den Abend im Garten. Hier saß er auf einer Bank und lauschte dem Lärm aus dem Gasthaus. Er trank Rotwein, aber der schmeckte ihm nicht. Über seine Taten dachte er nach, über die Zeit, die an ihm zerrte, über dieWelt, die ihn beengte. Und er fragte sich grübelnd, was Gott von ihm erwarte.

Später spielte ein milder Abendwind in seinen spärlichen Haaren. Und da nahm er seine Rotweinflasche unter den Arm und trat durch die Haustür, die er weit offen ließ, in sein Arbeitszimmer, dessen Fenster er ebenfalls weit öffnete. Denn die Sommernacht war warm. Er zog seinen Rock aus und ließ sich in einen Korbsessel fallen.

Er war allein im Pfarrhaus. Seine Wirtschafterin war zur Hochzeit ihrer Schwester gefahren. Das Flüchtlingsehepaar, das, obwohl anderer Konfession, zwei Zimmer in der oberen Etage bewohnte, nahm an einem Treffen Heimatvertriebener teil.

Hochwürden Marcus fand die Stille, die ihn umgab, beruhigend, schlürfte ein wenig von seinem Rotwein und begann über die morgige Predigt nachzudenken, die unter dem Motto stehen würde: Liebet einander! – Diese Gedanken erfüllten sein Herz mit Freude und beruhigten sein aufgestörtes Gewissen. Denn er würde etwa folgendes sagen: Sünder sind wir allzumal; der aber steht in der Gnade, der seine Sünden erkennt, bereut, Besserung gelobt und der Läuterung entgegenschreitet. Seid nicht hartherzig mit den Sündern, seid großmütig, denn es steht geschrieben, ihr sollt einander lieben. Moral: mag der Bau dieses Denkmals aus Schwäche, ja vielleicht aus der Sünde geplant worden sein; der Segen der Kirche, der gewünscht wird und deshalb gegeben werden muß, bereitet dennoch die Wirkung der Gnade vor.

Er war überzeugt, eine gute Lösung gefunden zu haben. Er lauschte noch ein wenig auf den Lärm, der vom Gasthof her in seinen Abendfrieden eindrang. »Sie sind wie die Kinder«, sagte er. Und er trank von seinem Rotwein.

Doch ehe er noch das Glas absetzte, vernahm er Schritte.

»Herein – in Gottes Namen!« rief Hochwürden Marcus, ständig bereit, Seelen, die nach ihm verlangten, trostreichen Zuspruch zu gewähren. Er sah zur Tür.

Scheuermann betrat das Arbeitszimmer.

»Die Stunde ist ungewöhnlich«, sagte Hochwürden befremdet. »Was wollen Sie von mir?«

»Ihre ganze Kraft!« sagte Scheuermann. »Ich bin direkt vom sogenannten Kameradschaftsabend des Denkmalvereins zu Ihnen gekommen. Der Punkt ist erreicht, wo jede Geduld ein Ende haben muß.«

Hochwürden Marcus wich zurück. »Ich wußte es«, sagte er erschöpft, »ich habe es kommen sehen, daß Sie mich wieder in Versuchung führen würden.«

»Lassen Sie mich berichten«, sagte Scheuermann und erzählte, was geschehen war, während Marcus sinnend im Garten saß und mit verzeihendem Lächeln dem Lärm lauschte, der aus dem Gasthof kam. »Sie werden hier nicht mehr ausweichen können, Herr Pfarrer! Sie müssen eine klare Stellung beziehen.«

Hochwürden Marcus faltete seine Hände. »Nun gut«, sagte er, »wenn das stimmt, was Sie mir sagen, wenn der Selbstmord erwiesen ist und über die Herkunft der Gedichte kein Zweifel mehr besteht, dann bleibe ich dem Denkmal fern.«

»Und?«

»Das ist alles!«

»Das ist alles?« Scheuermann war tief enttäuscht. »Sie sollten mißbraucht werden, und Sie nehmen das gelassen hin? Sie dulden schweigend, daß eine peinliche Komödie, als wäre nichts geschehen, von einer widerwärtigen Farce abgelöst wird?«

»Ich mische mich nicht ein. Meine Abwesenheit wird meine Stellungnahme sein.«

»Sie resignieren also.«

»Ich wende mich ab, Herr Scheuermann. Und wahrlich nicht zuletzt, weil Sie mich versuchen wollen. Mir ist bekannt, wo Ihre Interessen liegen. Meine Empörung würde Ihre Gegner treffen, mein Zorn für Sie nur günstig sein. Für dieses Spiel bin ich nicht der rechte Partner. Gehen Sie!«

Scheuermann erhob sich und schritt zur Tür. »Herr Pfarrer«, sagte er, »ich wollte gegen diesen Irrsinn kämpfen und habe gedacht, Sie würden mir helfen. Denn es geht doch nicht um uns. Es geht darum, ob die Zukunft in unserem Land wieder den Phrasen gehören soll, der Vernebelung mit den großen Worten, oder der tätigen Nächstenliebe und dem ausgleichenden Sozialismus. Ich verwische nicht die Unterschiede. Aber ich sehe auch das Gemeinsame; das, was gemeinsam sein könnte, bei gutem Willen. Und bei gemeinsamen Gegnern. In dieser Stunde und an diesem Platze sind Sie meine letzte Hoffnung gewesen. Wenn es in meiner Macht stünde, würde ich Sie zwingen – zu Ihrem und zu unser aller Besten.«

»Es tut mir leid«, sagte der Pfarrer, »daß ich Ihnen nicht helfen kann.«

Scheuermann wandte sich nochmals um: »*Mir* tut es leid, denn Ihre Resignation zwingt mich, mit Ihnen zu resignieren, obwohl ich weiß, was zu tun wäre.«

Die Tür fiel hinter ihm ins Schloß.

Sie waren laut in dieser Nacht im »Schwarz-weißen Ochsen«. Sie tranken nicht nur viel, sie tranken auch hastig. Kurz nach Mitternacht schon wankten viele nach Hause. Eine Kolonne umstand Oberst a. D. Gümpel an der Theke, Restgrüppchen saßen an Einzeltischen.

Gümpels Stimme, lodernd vor Kampfbegeisterung, tönte seiner Umgebung in die Ohren wie Fanfarenklang. Nach ein Uhr sprach er von den Nibelungen und ihrer Treue. Einige viertel Stunden später würde er vermutlich von Friedrich dem Großen sprechen, »rein vom soldatischen Standpunkt aus betrachtet«. Zwischendurch, wenn gerade eine Gesprächspause einzusetzen drohte, sangen sie; selbstverständlich Soldatenlieder, oder doch solche, von denen anzunehmen war, daß sich nach ihnen marschieren ließ.

Im fast leeren Saal saßen an einem der Tische Reißer und Pulver, an einem anderen Mutsch und Scheuermann. Der Journalist Flammer pendelte zwischen ihnen hin und her.

»Mein lieber Pulver«, sagte der Bürgermeister, »wen Gott schlagen will, dem gibt er ein öffentliches Amt.«

»Und wen er lieb hat, den verschont er mit der Politik.«

»Warum bin ich in dieser Stadt eigentlich Bürgermeister geworden?«

»Man hat Sie dazu gewählt.«

»Und warum habe ich mich wählen lassen?«

»Um der Öffentlichkeit zu dienen.«

»Sie sind ein Rindvieh, Pulver. Und das Traurige ist, daß ich Ihnen das erst heute gesagt habe, obwohl ich das schon lange weiß.«

»Herr Bürgermeister haben sehr viel getrunken«, sagte Pulver.

»Ja, ich bin besoffen. Und außerdem bin ich hier die längste Zeit Bürgermeister gewesen.«

Flammer, der ein aufmerksamer Zuhörer war, wenn er Weiterungen witterte, mischte sich ein. »Wie ist das zu verstehen? Ziehen Sie Ihre Kandidatur zurück?«

»Ich stoße Sie aus dem Anzug«, sagte Reißer, »wenn Sie etwa auf die Idee kommen sollten, ich gebe Ihnen hier ein Interview.«

Flammer zog sich zurück. Er ließ sich neben Mutsch und Scheuermann nieder und sah sie freundlich an.

»Das Erstaunlichste«, sagte Scheuermann betrübt, »ist Ihre Hartnäckigkeit. Was Sie tun, das tun Sie gründlich. Sie lassen nicht locker.«

»Aber du bist ganz anders«, sagte Mutsch mit müdem Spott, »du bist entgegenkommend und nachgiebig.«

»Ich wehre mich gegen den schlimmsten Feind, den wir haben: gegen die Borniertheit, gegen das Verharren im einmal begangenen Irrtum, gegen den Heldenmut der Hirnlosen.«

»Bravo, bravo!«

»Sie haben sich entschlossen, ein Denkmal einzuweihen, und jetzt weihen sie es ein. Warum sie es einweihen wollten, ist gar nicht mehr wichtig, sie haben es fast vergessen. Hauptsache: ein Denkmal ist da und sie weihen es ein, weil sie es einmal so gewollt und versprochen haben. Nein, ihr Wort brechen sie nicht! Sie lassen sich totschlagen für ihr lächerliches Denkmal. Sie lassen sich sogar totlachen. Aber die Fahne halten sie hoch, ganz gleich, warum und wofür.«

Flammer mischte sich ein. »Soll das heißen, daß Sie kapitulieren?«

»Ich habe nicht wenig Lust«, sagte Scheuermann und musterte Flammer kühl, »noch eine allerletzte Schlacht zu schlagen – und Sie dann auf der Strecke zurückzulassen, Flammer.«

»Sie kriegen das fertig«, sagte Flammer. »Sie müder, alter Krieger!«

»Er will wohl damit sagen«, vermutete Mutsch, »daß wir ihn verkannt haben. Er schlägt sich schon in unseren Reihen, wir sehen es nur nicht, denn er trägt eine Tarnkappe.«

»Stimmt«, sagte Flammer freundlich. »Ich bin ein heimlicher Held.«

»Ein Salonsiegfried«, sagte Scheuermann. »Sie haben Wind gemacht, Zeitungsspalten gefüllt und sich als Mitstreiter ausgegeben, solange es sich um ein munteres Spielchen handelte. Als es ernst wurde, zogen Sie sich zurück und grinsten im Hintergrund.«

»Ich bin eben ein Feigling«, sagte Flammer ungerührt. »Ich liebe ein regelmäßiges Monatsgehalt. Das ist der Geist der jungen Generation. Entschuldigen Sie mich, ich muß zum Bürgermeister.«

Flammer schlängelte sich behende durch die leeren Tischreihen und setzte sich dann wieder zu Reißer und Pulver.

»Ich habe immer nur meine Pflicht getan«, sagte der Polizeihauptwachtmeister. »Und zwar eisern! Manch guter Griff ist mir gelungen und hier und dort ist gelegentlich auch ein Mißgriff unterlaufen. Das sei offen zugegeben, das ist auch ganz normal. Denken Sie an eine Razzia in den großen Städten. Sie füllen ganze Lastkraftwagen voll. Um einen oder zwei zu fangen, sperren sie erst hundert ein.«

»Wir in Wahlheim haben kein Verbrecherviertel, Pulver.«

Der nickte vor sich hin. »Ich bedauere das manchmal, Herr Bürgermeister. Ich kann mich hier nur schwer entfalten. Mein kriminalistisches Wissen findet hier kein Feld.«

»Sie sollten sich versetzen lassen«, riet Flammer freundlich.

Der Polizist war nicht beleidigt; er hatte viel getrunken. Er war nur traurig. »Sie spielen da wohl auf Mutsch an«, sagte er verständnisvoll. »Aber Laien sehen nicht die Hintergründe, Juristen verstehen nichts von dem Innenleben der Verbrecher – aber die Kriminalisten loten tiefer. Und ich sage Ihnen: was heute nicht mehr sitzt, kann schon morgen wieder sitzen!«

»Nichts da, Pulver«, sagte der betrunkene Bürgermeister mit schwerer Zunge. »Solange ich hier noch Bürgermeister bin, wird keiner mehr verhaftet. Auch wenn er Feuer legt, notzüchtigt und seine Eltern mit dem Küchenbeil erschlägt. Niemand.«

»Auch Mutsch nicht?«

»Niemand! Wenn ich nicht mehr Bürgermeister bin, dann können Sie in Wahlheim verhaften, wen Sie wollen!«

»Und wann wird das sein?« fragte Flammer interessiert.

Der Bürgermeister starrte ihn mit müden Augen an. »Kein Interview!« rief er. »Ich bin als Privatmann hier. Ganz privat.«

»Herr Bürgermeister«, sagte Pulver bohrend, nachdem er sich durch Bier und Schnaps gestärkt hatte, »diesen Mutsch muß ich haben.«

»Sie können Ihre Niederlage nicht vergessen«, warf Flammer ein.

»Wir Inhaber der öffentlichen Ämter«, sagte der Bürgermeister schwer, »sind von jeher Prügelknaben gewesen.«

»Aber wir haben uns nicht daran gewöhnt!« Pulver beugte sich vor, weit über den Tisch; er warf ein Glas um, aber da es leer war, achtete er nicht darauf. »Soll die Sache mit dem Selbstmord ruhig klar sein! Aber sonst? Was ist mit den laufenden schweren und ehrenrührigen Beleidigungen? Wohin ist das Aktenstück Mutsch aus meinem Büro gekommen? Wer hat das werdende Denkmal geschändet? So wahr ich Pulver heiße – ich bringe diesen Kerl hinter Schloß und Riegel!«

Flammer erhob sich eilig. Niemand nahm Notiz von ihm. Er zündete sich hastig eine Zigarette an. Dann ging er wieder zu dem Tisch zurück, an dem Mutsch und Scheuermann saßen.

»Du brauchst nicht so hämisch zu grinsen«, sagte Scheuermann. »Die Situation ist vollkommen verfahren. Die Sache ist auf ein politisches Gleis geschoben worden; das macht die Menschen automatisch kurzsichtig. Das ist eine Zeiterscheinung. Denn da wir bisher niemals Poltik gemacht haben, sondern mit uns immer nur Politik gemacht wurde, halten viele alles, was auch nur entfernt nach Politik riecht, für Massenverdummung.«

»Und der Gümpel – macht der etwa keine Politik?«

»Das ist es ja gerade; der macht keine Politik! Der appelliert an die ewigen Werte. Und da sind wir mit unseren primitiven Alltagsweisheiten einfach abgemeldet.«

»Wenn ich also recht verstehe«, mischte sich Flammer unbekümmert ein, »dann lassen Sie den Karren im Dreck stecken.«

»Es ist hoffnungslos«, sagte Scheuermann mit matter Geste. »Ich habe getan, was ich konnte. Und was geschieht? Die einen brüllen Kampflieder und die andern halten sich heraus.«

»Und Sie halten hier Begräbnisreden«, sagte Flammer unbekümmert. »Kennen Sie die Geschichte von dem Mann, der in einer Wüste zu verdursten drohte? Er suchte nach Wasser, gab es aber bald auf und starb; seine Leiche lag dicht vor einem Brunnen.«

»Merkst du was, Mutsch«, sagte Scheuermann, »der junge Bursche will uns aufhetzen. Vermutlich braucht er Zeilen.«

»Ich weiß doch, was los ist! Der Bürgermeister will nicht mehr und Pulver denkt an Versetzung.«

»Morgen werden die wieder nüchtern sein, Flammer; und dann werden sie wieder entdecken, daß sie verpflichtet sind, Wahlheim zu dienen.«

»Das glaube ich nicht, Scheuermann. Das sitzt tief.«

»Na schön – glauben Sie, was Sie wollen. Kann immerhin sein, daß es uns gelungen ist, zwei von denen auszuschalten. Aber was bedeutet das schon! Morgen werden andere ihre Plätze einnehmen. Denn, mein lieber Flammer, solange sich noch nach allem, was geschehen ist, so ein Gesangverein zusammenfindet und jedes normale Gespräch in Grund und Boden brüllt, so lange wird für uns kaum Platz in dieser Welt sein.«

Sie schwiegen ein wenig. Scheuermann betrachtete nachsichtig Reißer und Pulver, die ein paar Tische weiter ihre Köpfe zusammengesteckt hatten. Und in dieses nachdenkliche Schweigen brach das markige Gebrüll der passionierten Sänger ein. Das Lied war: »Drei Lilien«. Sie wollten sie wieder einmal auf ihr Grab pflanzen; aber ein schmucker Reiter sei gekommen und habe sie abgebrochen.

»Warum brüllt ihr nicht auch!« sagte Flammer impulsiv. »Warum geht ihr nicht auf die Straße, wenn sie auch auf die Straße gehen? Verprügelt den Gümpel, daß der morgen nicht mehr marschfähig ist – und die Einweihung wird ausfallen. Und wenn ihr im Dunkeln den Falschen erwischt, dann trommelt morgen früh alle eure Kumpels zusammen! Stört ihr Fest! Beschriftet Transparente, laßt Flugblätter drucken, zündet einen Strohhaufen an und sorgt dafür, daß die Feuerwehr ausrückt! Und die Einweihung wird nicht stattfinden! Warum tut ihr das nicht?«

»Weil wir nicht dazu dasind, Ihnen Zeitungsstoff zu liefern, Flammer! Man muß im Leben gewisse Spielregeln einhalten. Ich bin hier der örtliche Vorsitzende einer Partei, aber nicht der Anführer einer Räuberbande. Ich habe getan, was ich auf rechtlicher Basis tun konnte. Hätte ich Geld, ich würde es opfern. Hätte ich ein maßgebliches Amt, ich würde es unbedenklich in die Waagschale werfen. Aber ich bin machtlos.«

»Und Pfarrer Marcus?«

»Ja, der könnte die ganze Macht der Kirche in einem großen Wagnis ins Treffen führen. Aber er wird es nicht tun. Alles, was er allenfalls tun wird, ist der Versuch, Gott um ein Wunder zu bitten!«

»Vielleicht sollte man«, sagte Flammer und erhob sich nachdenklich, »den Versuch machen, sich sozusagen Gott als Werkzeug zur Verfügung zu stellen.«

»Sie sind der respektloseste Bursche, den ich kenne«, sagte Scheuermann tadelnd.

»Sie schmeicheln mir«, sagte Flammer. Er verbeugte sich, wie sich Kavaliere des späten Mittelalters in schlechten Filmen verbeugen.

Kurz darauf kreuzte er erneut an dem Tisch auf, über den hinweg Reißer und Pulver aufeinander einredeten. Er schob seinen Kopf zwischen sie und erregte sofort den Protest von Reißer.

»Was wollen Sie schon wieder hier!« sagte der Bürgermeister mit Würde, was ihm in seinem Zustand nicht leichtfiel. »Ich gebe kein Interview! Haben Sie denn nichts Besseres zu tun?«

»O doch!« sagte Flammer freundlich. »Natürlich habe ich was Besseres zu tun.«

»Warum zögern Sie dann noch?«

»Warum zögere ich eigentlich noch?« fragte sich Flammer laut. Und dann sagte er: »Wohlan denn! Ans Werk!« Und er verließ den »Schwarz-weißen Ochsen« und ging in die Nacht hinaus.

Reißer und Pulver sahen ihm nicht nach. Sie führten mit Eifer ein intimes, überaus privates Gespräch. Ihr Alkoholverbrauch dabei war enorm.

»Das Amt«, sagte Reißer, »zerstört das Familienleben. Auch um meine Metzgerei habe ich mich kaum noch gekümmert; nur die Leberwurst habe ich immer selber gewürzt. Es ist die beste Leberwurst weit und breit.«

»Bedauerlicherweise habe ich keine Familie«, sagte Pulver.

»Viel habe ich in meinem Leben versäumen müssen«, gestand Reißer fast lallend, »denn mein Amt fraß mich auf. Dabei habe ich eine ganz wunderbare Frau, Pulver; eine ganz wunderbare Frau.«

»Wie Zucker«, bestätigte der sachverständig.

»Ich habe sie vernachlässigt. Amt oder Frau – das ist hier die Frage! Aber ist das überhaupt eine Frage, bei dieser Frau? Pulver! Bruderherz. Prost. Sie sind ein Rindvieh. Ich kann Sie gut leiden.«

»Gleichfalls, Herr Bürgermeister. Ich kann Herrn Bürgermeister auch sehr leiden.«

Reißer beugte sich noch weiter vor; der schwere Oberkörper

lag jetzt auf dem Tisch. »Pulver«, sagte er im Verschwörerton, »meine Frau ist enorm.«

»Ganz große Klasse!« bestätigte Pulver.

»Auf dem rechten Oberschenkel«, sagte Reißer versonnen, »hat sie ein Muttermal.«

»Auf dem linken«, korrigierte Pulver, ebenfalls versonnen.

»Stimmt«, sagte Reißer und hatte Mühe, seine Augen offen zu halten. »Auf dem linken.« Plötzlich stutzte er. Er riß die Augen auf, stieß den Oberkörper vom Tisch ab und richtete sich hoch.

»Woher wissen Sie das, Pulver?« fragte er dumpf.

Der hatte heftig mit dem Alkohol, mit der Müdigkeit und mit seinem augenblicklich schlecht funktionierenden Gedächtnis zu kämpfen. Er fand keine rechte Antwort und starrte blöde auf seinen Bürgermeister.

»Dafür werden Sie mir Genugtuung geben«, sagte Reißer. Dann torkelte er hinaus.

Nacht über Wahlheim.

Der Mond hing am Himmel wie ein Lampion vor graugepinselten Kulissen. Der vergoldete Hahn auf dem Turm der Kirche schimmerte matt. Die Uhr schleppte sich durch die Zeit.

Der Kolonialwarenhändler Scheuwitz schnarchte, daß das Bett zitterte. Hohlhänder, der Inhaber der Buch- und Papierwarenhandlung, konnte nicht schlafen und wälzte sich unruhig auf den knarrenden Matratzen.

Klempnermeister Miegalke, Scheuermanns schärfster Konkurrent und politischer Widersacher aus geschäftlichen Gründen, saß auf seinem Wasserklosett und sann. Der Kopf schmerzte ihn und der Magen schmerzte ihn auch; er hatte sehr viel gesungen und noch mehr getrunken, das bekam ihm nicht. Er war sehr unzufrieden mit der Welt; nur die angenehme Form des von ihm jederzeit lieferbaren Wasserklosetts, auf dem er saß, tat ihm wohl.

Der Journalist Flammer pendelte durch Wahlheim. Er verstopfte das Schlüsselloch bei Bürgermeister Reißer und drehte die Glühlampen in der öffentlichen Bedürfnisanstalt aus. Dann klemmte er den Klingelknopf bei Chefredakteur Dr. Bremer ein. Mit Genuß hörte er, an die gegenüberliegende Hauswand gedrückt, die elektrische Anlage schrillen.

Bremer stieß oben in seiner Wohnung ein Fenster auf. »Wer ist da?« rief er schlaftrunken.

»Sind Sie Bremer?« fragte Flammer mit verstellter Stimme.

»Der bin ich!«

»Wissen Sie das auch genau?«

Der Chefredakteur, von fahlem Mondlicht umstrahlt, erstarrte. Die Klingel schrillte unentwegt. Dr. Bremer verließ das Fenster, eilte durch seine Wohnung und polterte die Treppen hinunter. Flammer entfernte sich.

Gedämpftes Licht erhellte zwei Fenster im »Schwarz-weißen Ochsen«. Dort lag das Schlafzimmer von Irene Krampus.

»Nicht wahr«, sagte Irene zu Scheuermann, »du hörst mit der Politik auf und übernimmst den ›Schwarz-weißen Ochsen‹?«

»Ich kann nicht mit Dingen aufhören, die mir nun mal im Blute liegen.«

»Und ich liege dir gar nicht im Blut?«

»Auch!« sagte Scheuermann zögernd. »Dich will ich ja auch haben. Aber nicht dein Gasthaus. Wir könnten es verpachten.«

»Dann verkommt es.«

»Und wenn wir es nicht verpachten, verkomme ich.«

»Da habe ich immer gedacht«, sagte Irene, »ich bin eine gute Partie.«

»Du bist eine Frau, die man heiraten muß.«

»Aber an mir hängt ein Gasthaus, und du hängst an der Politik.«

»Eins davon werden wir aufgeben müssen«, sagte Scheuermann.

Irene richtete sich auf. »Und das wird deine blöde Politik sein!«

Scheuermann sagte sanft: »Das ist durchaus möglich. Wenn nicht gerade ein Wunder geschieht, dann ist das durchaus möglich.«

Flammer wandelte weiter durch Wahlheim. Er pfiff vor sich hin. Mit einer Latte, die er vom Zaun des kleinen Gartens, der sich neben dem Polizeirevier befand, abgerissen hatte, fuhr er mehrmals über die Rolläden der Kolonialwarenhandlung, und bei Klempnermeister Miegalke klopfte er damit kräftig an die Tür.

Dann bog er in die Schillerstraße ein und hielt vor dem Haus, in dem Margarete von Habern wohnte. Er stieg über den Gartenzaun und pirschte sich zum Hof hin. Er griff ein paar Kieselsteine auf und warf sie gegen eine Fensterscheibe im ersten Stock.

Margarete von Habern öffente das Fenster vorsichtig. »Wer ist da?« fragte sie leise. Im Mondlicht war zu sehen, daß sie ein Nachthemd trug.

»Ich«, sagte Flammer mit großer Selbstverständlichkeit.

»Was willst du?«

»Zu dir raufkommen!«

»Nein«, sagte Maragarete entschieden.

»Dann komm herunter.«

»Nein! Bitte, geh. Was denkst du dir eigentlich?«

»Daß es sehr schön wäre.«

»Du kannst doch nicht einfach hier mitten in der Nacht . . .«

»Doch!« sagte Flammer freundlich. »Wenn du nicht gleich kommst, schreie ich. Dann mache ich dich zum Nachtgespräch.«

»Du bist unmöglich!«

»Ich zähle bis drei. Eins, zwei . . .«

Und ehe er noch »drei« sagen konnte, schoß aus einem offenen Fenster neben Margarete von Habern ein dicker Strahl Flüssigkeit heraus, ein Nachtgeschirr wurde sichtbar und die Wirtin, die es schwenkte.

Flammer sprang zur Seite. Margarete lachte auf. Und die Wirtin schrie: »Blöder Kerl! Entweder raus oder rein! Aber kein Lärm! Meine Nachtruhe lasse ich mir nicht stören!«

Margarete schloß ihr Fenster. Noch durch die Scheibe hindurch hörte man sie lachen. Flammer entfernte sich. »Das ist eine Frau«, sagte er anerkennend. »Die hat ihre Qualitäten. So einfach in die Bude steigen, das läßt die nicht zu. Kompliment.« Dann ging er abermals zum Marktplatz hinüber und sah auf die Kirche.

Durch die Schatten, die die Häuser warfen, bewegte sich Mutsch. Seine Schritte klangen durch die Nacht und hallten von den Wänden wider. Sie verloren sich, als er dem Stadtrand näher kam.

Er ging am Stadtpark vorbei, bis zu der Brücke hin, unter der die Panse träg dahinfloß und wie versilbert aussah. Doch Mutsch bemerkte das nicht. Er setzte sich auf das Brückengeländer und betrachtete das Haus, in dem Ulrike schlief. Ein Hund kläffte unruhig. Mutsch pendelte ein wenig mit den Beinen, stützte sich mit den Händen und hielt sich sicher in der Balance.

Seine Phantasie begann sich zu regen; der Mond wurde zur Sonne, die Wiesen glänzten grün und das Gras war hoch. Der Himmel darüber erstrahlte in sattem Blau. Die Luft war frisch und rein, die Lerchen sangen und von ferne erklang eine Glocke – genauso, wie es Lesebücher schildern. Und durch die Felder wandelte er, einfach, doch gut gekleidet, respektvoll gegrüßt und die Grüße freundlich erwidernd, umhüpft von einer munteren Kinderschar. Ihm zur Seite aber schritt Ulrike; liebevoll sah sie zu ihm hoch und ihre weiße Hand berührte zart seinen Arm.

»Ach!« sagte Mutsch und richtete sich auf, schier überwältigt vom Schauder seiner Glückseligkeit. Und da verlor er sein Gleichgewicht und fiel in die Panse.

Überrascht schrie Mutsch auf. Er ruderte kräftig. Und der Schmied Loos, der sein Haus umschlich, da der Hofhund unruhig geworden war, stürzte herbei und half Mutsch, wieder festen Boden unter den Füßen zu gewinnen.

Im Pfarrhaus lag Hochwürden Marcus unruhig in seinem Federbett und schwitzte.

Er hochte auf die Geräusche, die zu ihm drangen. Er vernahm das schleppende Ticktack der Kirchenuhr und zählte, wenn sie die Stunden schlug, leise mit. Er hörte mit Widerwillen den Lärm, der aus dem »Schwarz-weißen Ochsen« bis in seine Kammer drang. Es schlug ein Uhr.

Es beruhigte ihn ein wenig, daß die Polizeistunde fast genau eingehalten wurde; und einige Sekunden lang dachte er nicht ohne gelinde Rührung an die Zuverlässigkeit der Frau Krampus, an ihre wohltuende Freundlichkeit ihm gegenüber, an ihre angenehme Erscheinung. Seine Ohren vernahmen sodann das anhaltende Geschrei der heimstrebenden Zecher. Mühelos erkannte er die scharfe Kommandostimme des Gümpel, der die letzten Getreuen um sich scharte und in Marsch setzte. Es schlug zwei Uhr.

Langsam wurde es stiller. Doch das stampfende Ticktack der Kirchenuhr nahm zu an Lautstärke, schien mehr und mehr auf ihn zuzukommen, seine Kammer auszufüllen, ihm in den Ohren zu dröhnen. Einige Schritte, die an seinem Haus vorüberhallten, zerrissen dieses monotone Geräusch. Doch dann kam es wieder, wurde stärker. Es schlug drei Uhr.

Hastig griff er zu den Schlaftabletten, die auf seinem Nachttisch lagen. Drei davon löste er in Wasser auf; dann trank er das Glas aus. Bevor er einschlief, um für lange Stunden nichts mehr zu hören, umkreisten ihn Bilder, die alle seine Gemeinde darstellten.

»O mein Gott«, sagte er in seine Kissen hinein, »hilf mir!«

Jetzt brach nur noch aus zwei Fenstern in Wahlheim ein heller Lichtschein, und aus zwei weiteren Fenstern, die dicht daneben lagen, schimmerte es dunkelrot. Reißer, der Bürgermeister, saß im Wohnzimmer in einem Sessel und starrte auf die Tür seines Schlafzimmers, wo seine Frau lag.

Die Arme Reißers hingen schlaff neben den Sessellehnen hinunter. Eine Flasche Schnaps stand auf dem Fußboden. Reißer trank; doch je mehr er trank, um so nüchterner schien er zu werden. Seine Blicke wanderten über das Schachbrettmuster des Teppichs zur Schlafzimmertür hin; und er seufzte.

»Du hast mich nicht verdient«, sagte er dumpf.

Dann erhob er sich mühsam, ging auf die Schlafzimmertür zu, stand dort kurze Zeit mit gesenktem Kopf, wandte sich ab und schleppte sich auf das Fenster zu. Er lehnte sich gegen die Rahmen und sah in die Nacht hinaus, noch geblendet von dem hellen Licht des Wohnzimmers.

Nur langsam gewöhnten sich seine Augen an die Dunkelheit. Er sah auf den Marktplatz, auf die Säule, die das Denkmal darstellte; und als er das sah, schauderte ihn. Seine Augen suchten nach anderen Anhaltspunkten; und er bemerkte unter einem Baum den Schatten eines Mannes, eines Mannes, der zu ihm hinaufzusehen schien. Und er dachte, das müsse Pulver sein, sein Nebenbuhler Pulver, dieser unverschämte, aufdringliche, hinterhältige Kerl.

Er schlug das Fenster zu. Er ging an das andere Fenster und schloß es ebenfalls. Er zerrte an den schweren Vorhängen.

Dann ging er an die Tür, die zu seinem Schlafzimmer führte. »Du«, sagte er. »Du hast mich belogen. Wage es nicht, zu leugnen. Aber ich will es dir vergelten. Ich will es dir fürchterlich vergelten. Ich werde auf dich aufpassen. Nicht von der Seite werde ich dir weichen. Keine Sekunde mehr werde ich dich allein lassen. Immer, immer sollst du spüren, zu wem du gehörst.«

Die Tür öffnete sich. »Komm schlafen«, sagte seine Frau.

Mutsch, mit einem riesigen Laken bekleidet, saß in der Küche bei Loos, während seine Kleider am Herd trockneten. Er betrachtete zärtlich Ulrike und warf gelegentlich einen Seitenblick auf den Schmied Loos, der die beiden überwachte.

»Sie hatten eine Abkühlung dringend nötig«, sagte Loos; und in den Fältchen, die seine Augen umgaben, verbarg sich ein winziges Lächeln. »Es wird natürlich eine gewisse Zeitspanne vergehen, ehe Ihre Kleider wieder trocken sind.«

»Ich habe viel Zeit«, sagte Mutsch und blinzelte zu Ulrike hinüber, die seine Kleider behutsam über den warmen Herd ausbreitete.

»Trotzdem werden Sie hier nicht übernachten.«

»Natürlich nicht«, sagte Mutsch eifrig.

»Sie werden noch ein wenig warten müssen.«

»Wie lange denn – meinen Sie?«

Der alte Loos brummte zufrieden vor sich hin. »Ich will Sie ja nicht heiraten, Mutsch.«

»Aber ich will ihn heiraten, Vater!« Ulrike erglühte, was nicht allein auf die Hitze des Herdes zurückzuführen war.

»Meine liebe Tochter«, sagte er, »du hast eine harte Strafe verdient. Und deshalb sage ich nicht nein.«

Bevor die Nacht, die über Wahlheim lag, dem kommenden Tag wich, umhüllte sie noch einmal die kleine Stadt. Wolken verbargen den Mond. Der vergoldete Hahn auf dem Dach der Kirche schimmerte nicht mehr. Flammer ging pfeifend durch die leeren Straßen. Dann war alles still.

Langsam kroch der neue Tag hervor.

Das, was der neue Tag, der sich Wahlheims bemächtigte, zu sehen bekam, war alarmierend und riß manchen Schläfer frühzeitig aus dem Bett.

Hochwürden Marcus taumelte hoch, denn ihm war, als würden Kanonen abgefeuert; aber es war nur der Lärm, den Fäuste verursachten, die gegen seine Tür trommelten. Er preßte die Fingerspitzen auf seine Augen. Sein Kopf dröhnte; das war die Wirkung der übergroßen Dosis Schlaftabletten.

»Hochwürden!« riefen aufgeregte Stimmen. »Hochwürden!«

»Ja«, sagte er gedehnt und unwillig, noch benommen von seinem tiefen, traumlosen Schlaf, aus dem er brutal herausgetrommelt worden war. Er stolperte aus seinem Kastenbett, warf sich einen schwarzen Mantel über und schlurfte zur Tür.

Draußen, im matterleuchteten Korridor, stand der Kirchendiener und wedelte aufgeregt mit den Armen. Hinter ihm glotzte ihn eine Frau, die seine Haushälterin vertrat und ihm das Frühstück zubereiten sollte, neugierig an. Unten im Flur standen einige Menschen.

»Nun?« fragte Hochwürden beunruhigt.

»Eine Kirchenschändung!« sagte der Kirchendiener bebend. »Eine schwere Kirchenschändung!«

Marcus schloß die Augen. »Das darf nicht sein«, sagte er leise.

»Das ist aber so!« rief der Kirchendiener. Er schien erregt darüber, daß in Erwägung gezogen wurde, seine Glaubwürdigkeit anzuzweifeln. »Eine richtige schwere Kirchenschändung. Entwendung und Beschädigung von Kirchengut.«

»Verdammt!« brüllte der Geistliche mit mächtiger Stimme auf. Es war eine Stimme von einer derartig elementaren Gewalt, wie man sie in den letzten zehn Jahren nicht mehr gehört hatte. Es war jene donnernde Stimme, mit der er in der Blüte seiner Mannesjahre die Kirche mühelos zu füllen imstande war. Er wurde hellwach dabei. Ein mächtiger Zorn drohte in ihm aufzulodern. »Ich bin sogleich wieder da«, sagte er und warf die Tür so kräftig zu, daß ein wenig Putz von der Decke abbröckelte und auf den Kirchendiener herabrieselte.

Hochwürden Marcus eilte zum Fenster, spähte hinaus, schloß dann verwirrt die Augen und legte seine schwere Hand darüber. Doch dann nahm er alle Kraft zusammen und riß seine Augen weit auf.

Der goldene Hahn war nicht mehr da.

Der goldene Hahn war nicht mehr da und die Kirchturmuhr stand und zeigte die zwölfte Stunde an. Das graue Gesicht von Marcus lief rötlich an und spiegelte seine Empörung wider.

Dann begab er sich in die Ecke neben seinem Bett, in der das Kruzifix hing, und verrichtete ein kurzes, hastiges, fast grimmiges Gebet. Er bat um Kraft.

Dann tauchte er den ergrauten Kopf tief in seine Waschschüssel. Er nahm sich keine Zeit, sich zu rasieren. Mit fliegender Hast kleidete er sich an. Hierauf stürzte er, ein Engel der Rache, die Treppen hinunter, durch den Garten, auf die Kirche zu.

Was er sah, ließ ihn erbleichen. Das Unglück war größer, als er geahnt hatte; die Heimsuchungen stellten sich als umfangreicher heraus, als zu erwarten gewesen war. Nicht nur der goldene Hahn fehlte, nicht nur die Kirchturmuhr war zum Stillstand gebracht und auf zwölf gestellt worden, weit beklagenswerter war: die Stricke der drei Glocken waren abmontiert worden und verschwunden. Und also konnten die Glocken nicht in Bewegung gesetzt werden und nicht die Gläubigen zum Gottesdienst rufen.

Hochwürden Marcus stand vor seiner geliebten Kirche wie vor einem geschändeten Grab eines ihm besonders nahestehenden Menschen. Er ballte die Fäuste.

Zornbebend begab er sich in seine Sakristei. Hier setzte er sich auf eine Bank. Dann betete er zu seinem Herrn.

»Herr«, betete er, »sie zerren an mir wie an einem Tau. Sie spielen mich aus wie eine Karte, mit der sie ihr Spiel gewinnen wollen. Für sie bin ich der Sportplatz, auf dem sie ihre Wettkämpfe austragen. Und ich kenne ihre Regeln nicht. Und ich bitte dich, erleuchte mich. Was bezweckten sie, indem sie meinen Hahn entfernten? Wollten sie mich herausfordern oder warnen, soll das ein Spaß sein oder eine Drohung? Und wer, Herr, tat mir das an? Ich will es nicht mehr dulden, o Herr, daß man deinen Vertreter wie einen Waschlappen behandelt!«

Der Kirchendiener schleppte den Polizeihauptwachtmeister Pulver herbei. Der war übermüdet und nervös; der Kopf dröhnte ihm und sein sonst so schneidiges Auftreten war nörgelnder Ungeduld gewichen. Die vergangene Nacht lag ihm mächtig in den Knochen. So elend, verbraucht und gereizt wie an diesem Morgen hatte er sich noch nie gefühlt. Er verspürte jetzt überdeutlich, wie hoffnungslos alle seine Bemühungen waren; aber er wußte auch, daß er etwas, irgend etwas, tun mußte. Also machte er Betrieb.

»Herr Pulver«, sagte Hochwürden Marcus mit einer bei ihm

völlig ungewohnten Energie, »was haben Sie veranlaßt? Was haben Sie erreicht?«

Pulver hob die Schultern. »Es ist nicht einfach«, sagte er.

»Es ist ganz einfach eine unerhörte Sauerei!« sagte der Pfarrer wild. »Ich verlange, daß Sie energisch vorgehen!«

»Ich tue schon, was ich kann«, sagte Pulver nervös. »Aber schließlich bin ich nicht nur für die Kirche da.«

»Unerhörtes ist geschehen!«

»Nicht nur der Kirche. Haben Sie nicht das Denkmal gesehen?«

Hochwürden Marcus trat auf das Freigelände vor der Kirche und sah auf den Marktplatz. Um das Fundament herum patrouillierte ein Polizeiposten. Und auf dem Fundament stand, mit einer Zaunlatte abgestützt, gegen die Mahnsäule gelehnt, eine grob zusammengezimmerte Holzfigur, mit knallbunt angemaltem Gesicht, bekleidet mit einem alten, verschmierten Monteuranzug.

»Diese Figur«, sagte Marcus wie ein Ankläger, »gehört Scheuermann.«

»Das weiß ich«, sagte Pulver gleichmütig. »Er hat mit ihr Schwimmübungen in der Panse veranstaltet, um uns darüber aufzukären, welche Strömungen dort vorhanden sind.«

»Und wenn Sie das wissen, warum unternehmen Sie nichts?«

Pulver wehrte mit müder Geste ab. »Zwecklos. Er behauptet, die Holzfigur sei ihm in der vergangenen Nacht gestohlen worden. Sie lag bei ihm, bequem zu erreichen, mitten im Hof. Und außerdem hat er mich glatt gefragt, ob ich ihn für so idiotisch halte, daß er einen Gegenstand, von dem die ganze Stadt weiß, daß er ihm gehört, für einen groben Unfug zur Verfügung stelle.«

»Nicht unrichtig«, sagte Marcus mißmutig. »Aber dieses mehr als fragwürdige Denkmal interessiert mich auch gar nicht. Ich will, daß der Schimpf, der meiner Kirche angetan wurde, seine Aufklärung und Sühne findet. Das kann so schwer nicht sein. Es muß sich nach drei Uhr ereignet haben, denn dreimal hörte ich die Uhr noch schlagen. Kurz nach fünf Uhr wird es hell. Es muß also in diesen zwei Stunden geschehen sein.«

»In der vergangenen Nacht«, sagte Pulver reichlich uninteressiert, »sind Dutzende Menschen unterwegs gewesen. Ich kann nicht jeden verhören, der die Nacht nicht in seinem Bett zugebracht hat.«

»Sie wollen also nichts tun?«

»Davon kann keine Rede sein. Ich erfülle meine Pflicht und halte mich streng im Rahmen meiner Dienstvorschriften. Aber niemand kann jetzt noch von mir erwarten, daß ich abermals eine Art Justizirrtum riskiere. Und unter keinen Umständen bei dem gleichen Mann! Das wär's, Herr Pfarrer. Ganz unter uns und mit aller Deutlichkeit.«

Hochwürden Marcus stürmte davon. Seine Rockschöße wehten. Pulver sah ihm gelangweilt nach, wie er den Marktplatz überquerte und in die Hauptstraße hineinsegelte, wo Scheuermanns Haus lag. Pulver gähnte. Er fühlte sich todmüde und wollte nichts als schlafen.

Der Pfarrer zerstörte ungestüm ein seltenes Morgenidyll im Hause Scheuermann. Sie tranken dort Kaffee und plauderten angeregt. Uschi war maßlos stolz, daß der von ihr angemalte Holzmann auf einem derartig schönen Platz aufgestellt war. Mutsch freute sich auf diesen Anblick wie ein Kind. Scheuermann fand das weit weniger amüsant.

Hochwürden begrüßte die Anwesenden mit einem Kopfnikken. Dann sagte er zu Uschi: »Laß uns ein wenig allein, mein Kind. Dein Vater und ich, wir haben einiges miteinander zu besprechen.«

Uschi entfernte sich maulend. Und Marcus fragte frei heraus: »Waren Sie das, Herr Scheuermann? Haben Sie mir den Hahn abmontiert, das Uhrwerk festgeklemmt und die Zeiger auf zwölf gestellt? Haben Sie die Stricke von den Glocken entfernt?«

»Nein«, sagte Scheuermann.

»Ich«, sagte Mutsch bereitwillig, »war es auch nicht.«

»Es wird Ihnen nicht wohltun, das zu hören«, sagte Scheuermann, »aber ich habe auch die vergangene Nacht bei Frau Irene Krampus verbracht.«

»Und Sie, Herr Mutsch? Wo waren Sie in der Zeit von drei bis fünf Uhr morgens?«

»Ich«, sagte Mutsch liebenswürdig, »fiel kurz nach zwei Uhr in die Panse. Dann verbrachte ich den Rest der Nacht im Hause des Schmiedes Loos. Aber nicht mit seiner Tochter, wie Sie vielleicht denken werden, sondern mit ihm. Wir hatten wichtige Dinge zu besprechen.«

Hochwürden Marcus war ratlos. »Aber einer«, rief er mit ungedämpftem Zorn, »muß es doch gewesen sein!«

»Jawohl!« Jetzt wurde auch Scheuermann laut. »Einer muß es gewesen sein. Aber nicht einer von uns! Warum verdächtigen Sie denn nur uns? Sie verkennen die Situation. Die Sache mit dem Denkmal ist total verfahren und eine tödliche Blamage unvermeidlich. Wir, Herr Pfarrer, können dabei unsere Hände abwartend in den Schoß legen. Aber andere haben großes Interesse daran, uns zu belasten; sie müssen es haben, denn es würde ihnen Erleichterung verschaffen. Wollen Sie ihnen dabei behilflich sein? Oder lassen Sie sich nur mißbrauchen? Was wollen Sie denn ausgerechnet von uns? Machen Sie es sich doch nicht so leicht, Herr Pfarrer!«

Hochwürden Marcus fand keine Antwort hierauf; er wollte auch keine Antwort hierauf finden. Er ging wortlos. Er betrat seine Kirche und setzte sich in der Sakristei auf eine Bank.

Eine stattliche Menschenmenge hatte sich zu der gewohnten Zeit vor der Kirche eingefunden. Aber das Portal blieb geschlossen und die Glocken klangen nicht.

Die Anzahl derjenigen, die am Gottesdienst teilnehmen wollten, war größer denn sonst. 76,3 Prozent aller Einwohner Wahlheims hatten sich als Angehörige jener Kirche registrieren lassen, die Hochwürden Marcus repräsentierte.

Diesmal schien es, als habe sich die gesamte Bevölkerung der Stadt vor der Kirche versammelt. Sie standen nicht wie sonst plaudernd in Gruppen beisammen. Sie standen und schwiegen. Erwartung erfüllte alle.

Doch niemand vermochte zu sagen, welcher Art diese Erwartung war. Der fehlende goldene Hahn beunruhigte sie nicht sonderlich, die Untätigkeit der Turmuhr auch nicht, eher schon das Schweigen der Kirchenglocken. Daß die Predigt ungewöhnlich interessant werden würde, stand fest.

Was Unruhe schaffte, war die eherne Entschlossenheit einiger führender Bürger, die mit finsteren Mienen entweder auf die immer noch geschlossene Kirchentür starrten oder auf das seltsame Holzgestell, das auf dem Denkmalssockel gegen die Mahnsäule lehnte und von einem bewaffneten Polizisten bewacht wurde. Auch fehlte der Bürgermeister. Pulver ließ sich ebenfalls nicht blicken. Dafür waren Scheuermann und Mutsch anwesend; sie standen mit Irene Krampus und dem Schmied Loos zusammen, dessen Tochter – »die mit dem unehelichen Kind!« – die Stirn hatte, harmlos die Menge zu betrachten.

Oberst a. D. Gümpel, auf der zweiten Treppenstufe stehend, die Anwesenden musternd, erhob sich über die Menge wie ein Turm. Einige seiner Gesinnungsfreunde standen eine Treppenstufe tiefer und sahen zu ihm hoch, ebenfalls schweigend. Gümpel hatte seine Taschenuhr umständlich gezückt und betrachtete sie mit herausfordernder Ausdauer.

»Es ist gleich soweit«, sagte er.

Da öffnete sich das Portal. Gümpel steckte behende seine Uhr weg und wollte sich, an der Spitze der Gemeinde, in Bewegung setzen.

Da trat durch das geöffnete Portal Hochwürden Marcus und stellte sich der Menge in den Weg. Er hob die Hand, als gebe er ein Signal, das den Verkehr abstoppt.

»Niemand«, rief er und seine Stimme klang rauh, »betritt dieses Haus Gottes!«

Jedermann vernahm deutlich, was er gebot. Sie sahen voll Verwunderung auf den unrasierten Mann im abgetragenen Anzug, dessen zertretene Schuhe ungeputzt waren. Aber sie sahen nur seine Augen, die sie anfunkelten.

»Erlauben Sie mal, Hochwürden«, fiel Gümpel, gedämpft und sehr um Takt bemüht, ein. »Das können Sie doch nicht machen.«

»Sie«, rief Hochwürden Marcus und seine Stimme schwoll mächtig an, »sollten schweigen.« Er wies mit der ausgestreckten Hand auf ihn; und aufmerksame Schulkinder besannen sich, diese Geste schon einmal gezeichnet gesehen zu haben: so wies der Erzengel Adam und Eva aus dem Paradies!

»Hochwürden, ich muß doch bitten!« sagte Gümpel, immer noch gedämpft, aber sehr entschieden und mit guter Haltung.

Des Pfarrers Blick verweilte nicht auf ihm. Marcus musterte die Menge. Und viele sahen ihn mit aufgerissenen Augen an, und es war ihnen, als hätten sie ihn nie vorher gesehen.

»Jesus Christus«, rief der Geistliche, »warf die Händler und Wechsler aus dem Tempel. Ich eifere ihm, in aller Bescheidenheit, nach und verwehre denen den Eintritt in das Haus Gottes, die mitschuldig geworden sind an Taten, die den Namen des Herrn mißbrauchen und entweihen.«

Gümpel wich zurück. Die Gemeinde drängte sich näher. Scheuermann bekam blanke Augen. Die Sonne leuchtete mit voller Kraft.

»Ich habe«, sagte Marcus stark, »mich in Milde geübt und war immer bereit zu verzeihen. Lange Jahre habe ich diese Gemeinde betreut, habe ihre Kinder getauft, sie heranwachsen sehen, ihren Ehebund gesegnet und so manchem Sterbenden die Augen zugedrückt. Als ich hierher kam, besaß ich zwei Anzüge, und wenn ich einmal abberufen werde, wird mein irdischer Besitz nicht größer sein. Ich habe Tag für Tag gearbeitet, an euch, für euch, zum Lobe Gottes und zum Wohle der christlichen Bürger. Aber mein Lohn ist Undank!«

Seine Stimme, die immer mächtiger wurde, hallte über den Platz. Seine Gemeinde sah zu ihm hoch, wie zu Wolken, aus denen ein Gewitter bricht. Nur Flammer war respektlos genug, eifrig zu fotografieren.

»Viele hundertmal stand ich auf der Kanzel dieser Kirche und redete euch ins Gewissen. Einige tausendmal sprach ich euch, von Christ zu Christ, Mut zu, gab Ratschläge und ermahnte euch, den göttlichen Geboten zu folgen. Ich habe nie gebetet, ohne eurer zu gedenken. So habe ich gesät und gepflügt, geeggt und gejätet – aber zu ernten war mir nicht vergönnt. Die Sprache der Milde habe ich mit euch gesprochen, doch es war vergeblich. Jetzt wird es der Zorn sein, den ich über euch ausschütte.«

Gümpel sah um sich, aber niemand sah ihn an. Seine Freunde zogen ihre Köpfe ein. Kaum einer war anwesend, dessen Gewissen es ihm erlaubt hätte, sich frei von Schuld zu fühlen.

»Daß ihr allzumal Sünder seid, ist mir bekannt! Daß ihr nicht die Kraft hattet, euch zu bessern, das will ich hinnehmen, denn das ist Menschenlos! Aber daß viele unter euch bereit sind, über ihre eigenen Sünden hinaus, die anderen zu mißbrauchen, durch Wort, Schrift und Beispiel, zu entwerten, zu verführen und zu vergewaltigen – das darf und kann ich nicht schweigend hinnehmen! Ihr habt geduldet und gefördert, daß ein armer, verirrter Mensch, der sein Leben frühzeitig endete, zu einem Blendwerk der Phrasen wurde. Geduldet und gefördert habt ihr die Errichtung eines fragwürdigen Symbols, die Verdummung der Menschen, die Verdächtigung von Mitbürgern durch üble Nachrede oder voreilige Handlung! Das Mißtrauen unter euch, die heimtückische Verleumdung zwischen euch, die Auseinandersetzung aus dem Hinterhalt – geduldet und gefördert! Und geduldet und gefördert: die Schändung der Kirche!«

Das Gesicht des Geistlichen war hochrot vor Zorn und Anstrengung. Schweißtropfen standen ihm auf der Stirn. Die Knie zitterten ihm, aber die Stimme klang mächtig und klar.

»Wie redet der mit uns«, sagte Gümpel leise und nicht ohne Anerkennung.

Scheuermann stieß Mutsch an. »Weiter so, und ich bekomme ein schlechtes Gewissen.«

»Du hast ein schlechtes Gewissen«, sagte Mutsch.

»Meine Geduld«, rief Hochwürden Marcus, »hat ihre Grenze gefunden. Ich bin ein Diener Gottes und euer Priester, kein Popanz eurer Einfälle. Und deshalb sage ich euch: Ihr könnt wählen zwischen diesem Haus und dem Jahrmarktsrummel einer Einweihung; wer aber die Einweihung wählt, der betritt dieses Haus nicht, ich verbiete es ihm! Und das versichere ich euch ebenfalls: Solange nicht die Seile wieder an den Glocken hängen, das Uhrwerk geht und der Hahn aus Gold wieder über Wahlheim strahlt, solange sich der Täter nicht zu seiner Tat bekennt, meine Verzeihung erhalten hat, sofern er bereut – solange das nicht geschehen ist, verwehre ich jedermann das Betreten dieser geschändeten Kirche. Amen.«

Der Pfarrer schwieg erschöpft. Die Gemeinde schwieg betroffen. Niemand regte sich.

Scheuermann sagte leise: »Das habe ich nicht gewollt.«

»Ein starkes Stück«, sagte Gümpel unterdrückt, aber mit ehrlicher Betrübnis.

Hochwürden spürte, wie ihm der Schweiß über das Gesicht lief. Er faltete die Hände und preßte sie zusammen. Ihn schauderte vor der übergroßen Verantwortung, die er voll heiligen Eifers auf sich genommen hatte. Er neigte den Kopf und war unglücklich. Jetzt, so glaubte er fest, konnte ihm niemand mehr helfen.

»Das habe ich, bei Gott, nicht gewollt«, sagte Scheuermann abermals.

Da löste sich Mutsch aus der Gruppe, in der er stand, lächelte ein wenig, schritt die Treppen zum Portal hoch und stellte sich vor Marcus auf.

»Ich«, sagte er in die atemlose Stille hinein, »bekenne mich schuldig.«

Hochwürden wich zurück. Seine Lippen zitterten. Er hob abwehrend die Hände. »Nein«, sagte er. »Nein!«

»Warum nicht«, sagte Mutsch.

Da ging ein Leuchten über das Gesicht des Pfarrers. Er verstand, was das bedeutete. Er breitete die Arme weit aus und schloß Mutsch hinein.

»Dieser Mann«, rief er aus, ihn dem Volk präsentierend, »ist genauso unschuldig oder so schuldig wie ich und manch einer unter euch. Ich weiß es. Er wollte sich opfern. Wieder wollte er sich opfern; und diesmal, damit die Kirche wieder den Gläubigen gehöre und der Dienst an Gott keine Unterbrechung erfahre.«

Und er legte seinen Arm um Mutsch und sagte: »Kommt in die Kirche, liebe Brüder und Schwestern im Herrn. Wir wollen Gott danken. Aber das eine sage ich euch: betretet dieses Haus mit gutem Willen!«

Und sie strömten ihm alle nach. Niemand blieb auf dem Platz zurück.

Die Einweihung fand nicht statt.

Die Relieftafeln wurden eingeschmolzen und kehrten dann als Belag für das Kirchendach wieder nach Wahlheim zurück. Die Säulen wurden einige Wochen später, durch den neugewählten Stadtrat, im Park aufgestellt, ohne nähere Bezeichnung. Ein paar Blumenbeete schlängelten sich um sie herum und eine Bank stand in der Nähe, auf der sich Liebespaare zu treffen pflegten. Sie nannten die Säule »Geduld«. Und Eingeweihte ergänzten das: »Geduld mit Wahlheim«.

Doch die kleine Stadt an der Panse gedieh.

So hatte der »Wahlheimer Bote« einen monatlichen Abonnentenzuwachs von durchschnittlich fünfzehn, notariell beglaubigt, zu verzeichnen. Dieser deutlich sichtbare Aufstieg war allein der Tüchtigkeit und dem Spürsinn des Redakteurs Flammer zu verdanken. Besonders die ihm durch glückhafte Inspiration gelungene Entdeckung der verschwundenen Glockenseile und des goldenen Hahnes, die einfach hinter den Altar geschoben worden waren, brachte ihm hohes Ansehen. Die Anstellung von Margarete von Habern als seine Chefsekretärin wurde allgemein gebilligt.

Doch bevor es dem wackeren Flammer gelang, die redaktionelle Leitung des »Boten« ganz in seine Hände zu bekommen, während sich der einstige Chefredakteur Dr. Bremer bescheiden mit den Titeln »Verlagsleiter und Herausgeber« abfand, zwangen Mutsch und Scheuermann den unternehmungslustigen Freund, bei Hochwürden Marcus um eine Privataudienz nachzusuchen. Der Pfarrer vernahm zunächst mit Entsetzen, dann mit Anteilnahme die Beichte des bereuenden Kirchenschänders. Er erteilte ihm die Absolution. Und von der Kanzel verkündigte er mit stolzer Demut: »Der Mann, der den Frevel beging, hat mir gestanden. Und ich bin glücklich, euch mitteilen zu können, daß nicht politische oder weltanschauliche Motive wirksam waren, sondern allein das Ungestüm der Jugend. Ich werde den Namen des Täters verschweigen und will vergessen, was geschehen ist. Leben wir fortan in Frieden.«

Der Einfluß, den danach Hochwürden Marcus auf den »Wahlheimer Boten« nahm, war nicht unerheblich. Überhaupt war die neuerwachte Aktivität des Geistlichen erstaunlich. Er blühte auf, wurde rosig im Gesicht und nahm zu an Umfang und Lautstärke. Einer seiner glücklichsten Tage war der, an dem er die Trauung der Konstanze Kuhn mit dem Leiter des Schlachthofes vollzog. Er gab seinen Oberen fortan kräftige Antworten und hielt seine Schafe in Zucht. Dabei war er gütig und gerecht; nur seine gelegentlichen Eingriffe, von der Kanzel herab, in die örtliche Politik behagten keiner Partei.

Übrigens hatte sich die politische Willensmeinung der Wahlheimer nicht unerheblich verschoben. Der kurz auf die geplante Denkmalseinweihung folgende Wahlgang hatte den National-Liberalen eine Niederlage, und den Sozialen, die sich neuerdings auch christlich gebärdeten, einen entscheidenden Stimmenzuwachs gebracht. Das war unvermeidlich, denn eines der stärksten Pferde schied aus dem Rennen. Bürgermeister Ottokar Reißer zog sich ins Privatleben zurück.

Reißers Leberwurst, die er schon immer gewürzt hatte, wurde nunmehr wieder unter seiner persönlichen Leitung zusammengemahlen und gekocht. Sie wurde zum Hauptverkaufsschlager einiger ausgezeichneter Delikatessenhandlungen in Frankfurt, München und Hamburg. Selbst der Bundespräsident soll von ihr gekostet haben, ohne daß auch nur im geringsten eine abfällige Bemerkung gefallen wäre.

Doch nicht nur sein Geschäft ging gut, auch seine Frau blühte immer mehr auf. Sie waren sogar in der Öffentlichkeit zärtlich. Und neidlos sah er auf seinen Nachfolger im Amt.

Der neue Bürgermeister von Wahlheim hieß Scheuermann. Er

brachte sehr viel Unruhe in die kleine Stadt, verstand es aber, den Handel zu fördern und den Verkehr zu heben. Seine sozialen Einrichtungen ließen aufhorchen und schon nach kurzer Amtszeit galt es als beschlossen, daß ihn seine Partei zum Landtagsabgeordneten nominieren würde. Es gab nicht wenige in Wahlheim, die diese rapide Entwicklung bedauerten.

Mit seinen politischen Gegnern wurde Scheuermann erstaunlich gut fertig. Nur mit Oberst a. D. Gümpel hatte er Schwierigkeiten. Und das ist wohl noch heute so.

Daß Pulver gehen mußte, als Scheuermann kam, war für niemanden eine Überraschung. Pulver beantragte selbst seine Versetzung und soll später als Verkehrsschutzmann in einer größeren Stadt gesehen worden sein.

Kurz nach seiner Wahl zum Bürgermeister hatte Scheuermann Irene Krampus geheiratet. Er gab seine Werkstatt nicht auf, schränkte aber seinen Kundenkreis ein, was ihm das Wohlwollen des Klempnermeisters Miegalke einbrachte, der alles tat, um die Stellung Scheuermanns zu festigen. Irene verpachtete den »Schwarz-weißen Ochsen« und zog zu ihm.

Der Direktor Seebaum fühlte sich in Wahlheim nicht mehr wohl; das Klima behagte ihm nicht und er suchte fortan Erholung in südlichen Zonen. Bald darauf besaß er eine repräsentative Villa im Gebirge und ein reizendes Blockhaus am Meer. Kurz darauf schaffte er sich eine kleine Freundin an, die er in einer Bar kennengelernt hatte. Sie half ihm sein Vermögen aufzubrauchen. Fuchs, der Chauffeur, wurde bald darauf in Unehren entlassen, weil er sich, in Abwesenheit des Direktors, zu lange im Schlafzimmer der Dame aus der Bar aufgehalten hatte.

Mutsch verließ das Haus Scheuermann. Er übernahm als Pächter den »Schwarz-weißen Ochsen«. Seine Frau Ulrike, geborene Loos, gab sich Mühe, ihm zu helfen. Doch die Last der Betriebsführung lag allein auf seinen Schultern, denn Ulrike erwartete ihr zweites Kind, das den Namen Karl erhalten sollte. Mutsch fand sich erstaunlich gut zurecht, als Gastwirt und als Vater. Der Pfarrer war sein liebster Gast, der Bürgermeister sein häufigster, Flammer sein ausdauerndster.

Und eines Tages ließ die Stadtverwaltung den Sockel für das damals geplante Denkmal abreißen, die Erde planieren und sie auspflastern, so daß diese Stelle sich in nichts mehr von dem übrigen Marktplatz unterschied. Es fiel kaum jemandem auf.